小百，你就是我的一等功勋

有爱的青春陪伴者

本文为架空背景,请勿对号入座。
因情节需要,本文关于哮喘疾病的抑制药物及病发症状、治疗方式等均为作者虚构,请勿代入现实。

愿你如尚楚一样,即使身处阴霾,也要用力发光,因为太阳一直都在。

祝阅读愉快!

youyanzaixian

有言在先 2

小姜宝 著

XIAO JIANG BAO

中原农民出版社

·郑州·

图书在版编目（CIP）数据

有言在先. 2 / 小姜宝著. -- 郑州：中原农民出版社, 2025.4. -- ISBN 978-7-5542-3071-8

Ⅰ. I247.5

中国国家版本馆CIP数据核字第2024SY1916号

有言在先. 2

YOUYANZAIXIAN 2

出 版 人：刘宏伟	责任印制：孙　瑞
策划编辑：连幸福	美术编辑：杨　柳
责任编辑：连幸福	特约设计：Insect　姜　苗
责任校对：尹春霞	图片绘制：carrrrrie 加里

出版发行：中原农民出版社
　　　地址：河南自贸试验区郑州片区（郑东）祥盛街27号7层
　　　邮编：450016　电话：0371-65788662
经　　销：全国新华书店
印　　刷：天津睿和印艺科技有限公司
开　　本：880mm×1230mm　1/32
印　　张：10
字　　数：348千字
版　　次：2025年4月第1版
印　　次：2025年4月第1次印刷
定　　价：45.80元

如发现印装质量问题，影响阅读，请与出版社联系调换。

CONTENTS 目录

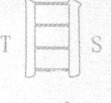

新阳篇 【001】

第1章·处理　002
第2章·转机　014
第3章·看戏　029
第4章·罪恶感　047
第5章·小组第二　056
第6章·不要生气　068
第7章·第一志愿　089
第8章·生锈　101
第9章·空荡　113
第10章·黑色胎记　125
第11章·生日　144
第12章·月亮　160
第13章·利剑　176
第14章·台风　197

启程篇 【210】

第1章·接机　211
第2章·答辩　221
第3章·赌约　228
第4章·如果能早点遇见　243
第5章·给小白　254

目录

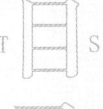

C O N T E N T S

尾声【262】

第1章·零花钱　263

第2章·结账　269

第3章·看房　282

第4章·不配　286

第5章·一等功勋　292

第6章·有言在先　296

番外【303】

番外·最好的警察　304

番外·又是三年后　310

新阳篇

第1章 • 处理

首都最大的匿名论坛"知道"灌水区，一篇名为"震惊！有个得哮喘的混进首警"的帖子出现在了广大网友的视野中——

【听说没，首警混进去个有病的！警校本来就不让这种有不可治愈的先天性疾病的人报考，据说这人成绩还贼牛，每门课都数一数二的那种！】

前十分钟，回复寥寥无几，并且都在质疑帖子的真实性：

【此等神人我们这种"阿宅"只能瞻仰！】

【真假？有没有首警的同学出来说一下？】

【谢邀，人在 M 国，刚下飞机，已经确定是编故事，马上要去谈一个三十亿的小生意，勿扰，谢谢。】

【嘀嘀嘀——此帖终结——】

帖子渐渐沉入底端。五分钟后，一个新的回帖悄然出现，再次把这篇帖子顶上了热门。

【我是首警的，这事确实是真的，有人拍到他躲在后山草丛里打药，立马就把事情报上去了，采血化验的医生都赶来了。这事儿学校内部都传遍了。本来我们也不信，但辅导员在群里通知说别外传，八九不离十了。】

随帖附上了一张截图，辅导员在大二刑侦年级群里发布了一条群公告，要所有人不再讨论此事，并严禁外传至各社交平台上，等待学校公示调查结果。

这个回帖一出，随后又有几名自称是首警学生的回帖人出来证实，并且附上了各种聊天截图，还有人弄到了事发现场拍摄的图片：一名精瘦的少年蹲在草丛中，因为树木遮掩看不清具体情况，但往手肘内侧扎针的姿势很明显。相机找不到人脸，自动聚焦在了针管上，管子里的液体颜色都能看得一清二楚。

很快，帖子下的跟帖越来越多，有人贴出这两年间的成绩单，佐证这位打药的少年非常优秀，专业能力名列前茅，奖学金和荣誉称号拿到手软；有人说有位教授用"不拘一格降人才"来评价他，可见其出类拔萃；还有人说，他为人也很不错,很能和大家打成一片,学校里几乎没人不知道他。按理说树大招风,越是名气大的就越招人恨,但他性子爽朗,人又有趣,谁都愿意和他一块儿玩。

渐渐地,一些不明原委的"吃瓜"群众闻讯赶来。大概人天生就有主观臆测并美化事物的倾向,于是大家把这位少年的形象描述得非常英勇——少年天才为了追求梦想,明知不易却勉力为之,怀着一腔孤勇和热血毅然前往警校求学,可敬可佩!

【他本来就先天不足,还能够比警校里的其他人都优秀,可以想象他背后付出了多少努力,佩服!】

…………

【不是,这帖是不是歪了?我弱弱地问一句,这种破坏规则的事能拿出来夸吗?】

这条回复成功地把舆论带到了另一个风向上。

【同意,他打的那个药是不是什么兴奋剂之类的?首警好好调查,别装死。】

【他那个药说不定就是什么违禁品,靠打药评了奖评了优,对其他学生不公平吧?】

【没错,如果真是靠个人实力那咱也没话说,这很明显是走歪门邪道,要是这种人将来进了公安系统工作,那后果真是不堪设想!】

【希望首警能给个调查结果,严肃处理。】

【赞成,必须处理!】

…………

"处理处理!一个个都朝我施压,这叫我怎么处理!"

行政楼会议室内,一个处长大发雷霆,把一个文件夹重重甩在深棕色会议桌上。几张A4纸从硬夹中散落,是尚楚的个人档案以及体检报告。

一共三份报告,"是否有先天性疾病"一栏写的都是"否",盖的是相关指定医院的公章。

尚楚站在会议桌这头,另一侧坐着几个校领导,还有教导主任(实际上他是教务处处长,但学生们都叫他教导主任)。但是校长不在,邻市发生了一起大案,他被警方请去做顾问了。

"尚楚!你知不知道这件事影响有多恶劣!"招生办主任急得团团转,现在外头都在质疑首警招生的公平性,怀疑校领导是不是也知情,故意给尚楚开了这个后门,"你、你……你简直是……"

"对不起。"尚楚道了个歉,神情平静地指了指桌上的药瓶和针管,"能让我把药打完吗?还有小半瓶。"

"冥顽不灵!"

教导主任气得直接抓起桌上的钢笔摔到地上。尚楚无可奈何地看着他,等钢笔落地不动了,弯腰捡起,合上笔帽,放回会议桌上,又重复了一遍:"我申请把剩余的药用完,请各位老师批准。"

"简直无药可救!"教导主任火冒三丈,拍桌起身,隔壁位置坐着的人抬手把他按了回去。

面容刚毅的男人对尚楚一点头:"批准。"

教导主任扭头道:"老秦,你这是……"

"他是我徒弟,"秦天的语气不容置疑,"我带他两年了,他的事我负责。"

秦天是因伤从一线退下来的功勋刑警,很受学校重视,作风正派,脾气又硬,身上一股子战斗一线带来的老辣习气,学校大大小小的领导都很敬重他。

"谢谢师傅。"尚楚对秦天鞠了一躬,拿起桌上的药瓶和针管,把剩余的褐色药剂注入身体。

他此刻其实非常狼狈,衣裤破得不成样子,T恤下摆沾着星星点点的血渍,裤脚都是草叶和泥灰,侧脸有一道食指长的血痕,从颧骨一直延伸到耳后——当时他被相机快门声惊动绊了一跤,被树枝刮的。刚才校医院的人来给他做了紧急采血,他脸上呈现出一种虚弱的苍白,眼窝泛出淡淡的青色。但他站得比任何时候都挺拔,从脖颈、背脊到双腿的线条像是经过严格校准后的直线,笔挺得如同一棵垂直生长的青松。

打完药后,紧接着迎来一阵熟悉的眩晕感,尚楚咬着舌尖,借着痛感让自己不要踉跄,保持稳稳站立的姿势。

淡淡的血腥气在口腔中泛开,尚楚把空药瓶和针管放到桌上。

秦天盯着他,严肃道:"教的都忘了?"

"没忘。"尚楚抬手敬了个标准的举手礼,"报告长官,注射完毕!"

秦天淡淡颔首:"礼毕。"

教导主任喝了一口水,平复了一下心情后,缓缓地说:"尚楚这事儿,如果真是体检报告作假,整个学校都会被拖下水,造成的社会影响没谁能兜得住……"

秦天听不下去了,伸手打断他:"目前的焦点是尚楚有没有作假,不能随便冤枉学生!"

"行了!"一直在一旁静默不言的副校长道,"秦天,尚楚是你的徒弟,你问。"

"尚楚!"秦天正色道。

"到!"尚楚立正站好。

"下面几个问题,你如实回答。"

"明白!"

秦天指尖点了点桌上那几张纸:"这是你从青训开始,亲手填过的调查表,都没有反映这个情况。"

尚楚淡淡地道:"我没写。我有病,从娘胎里带来的。"

教导主任恨铁不成钢地说:"你们看你们看,我就说他问题很大……"

"你打的是什么药?"秦天接着问,"正规吗?"

尚楚没有任何隐瞒:"托人买的,抑制哮喘的。便宜货,不正规。"

"这药打了多久了?"

尚楚垂眸沉思片刻,才说:"不记得了,从小就一直在打。"

几名领导闻言皆是一愣,副校长拧眉问道:"既然不是为了进警校才用的药,那是为什么?"

尚楚双手背在身后,十指紧紧绞在一起。

从后山被抓到现在,一直平静镇定的他终于流露出了一丝不易察觉的不安。

他抿了抿唇,似乎抗拒回答这个问题。

在座的几位领导大多都有一线斗争的经验,极其敏锐地捕捉到了年轻人此时的慌乱,依照审讯技巧,此时应该把握主动权,趁势出击。但尚楚是个品学兼优的出色学生,他们多少有几分不忍,副校长叹了口气,摆手道:"你坐下说。"

尚楚闻言笑了笑,双手紧贴裤缝,指尖不自然地绷紧:"为了不被人卖掉。"

"荒唐!"教导主任冷哼,"卖掉?这是法治社会!你编理由也编得像样一点!"

"不是编的。"尚楚面无表情地看向他,"我如果不这样,可能已经被卖到哪个偏远山区,也可能死在某个桥洞底下,流动人口失踪,短时间内没人会察觉,没人给我报案。"

刑侦学院院长闻言微愠,沉声道:"既然这样消极,你又何必费这么大劲儿考进首警?"

尚楚喉结滚动,紧贴着裤缝的手指微微弯曲:"因为我相信我可以救自己,我可以救其他像我一样的人。"

秦天闭上双眼，神情复杂地叹了一口气。

"还有谁知道这件事？"

尚楚微微收起下巴，眼底目光微闪。

"没有，"尚楚抬起头，淡淡道，"谁都不知道。"

"你知不知道？"

宋尧在行政大楼下撞见了匆匆赶来的白艾泽，把白艾泽拉到楼梯拐角，紧盯着他的眼睛。

"让开！"

白艾泽素来整洁的衬衣上满是褶痕，一边鞋带松开了也顾不上系。他一把推开宋尧，三步并作两步往楼上走。宋尧追上来截住他，想也不想一拳挥向他下巴："你根本就知道！"

白艾泽没工夫和宋尧纠缠，反制住他的手肘，一把将他掼到墙角，语速极快地低声道："抱歉阿尧，以后我再和你解释。"

白艾泽转身时，宋尧仰头把后脑往墙上重重一磕，长长地叹了一口气："宋尧啊宋尧，你是不是有病，你冲老白发什么火啊！"

白艾泽不知道为什么就陷入了莫名的混乱中，不久前，消息突然传开——尚楚在后山打违禁药被当场抓获，校领导大发雷霆，正在会议室讯问尚楚。

宋尧闭了闭眼，摒除掉脑海中的种种杂念，追着白艾泽上了楼。

这件事情况复杂，于公而言，学校的制度不容破坏，否则无法向社会交代；于私而言，尚楚是个难得一见的好苗子，在调查结果出来之前，学校不想轻率地毁掉他的前程。但他打药一事确实是事实，所以学校暂时给了尚楚点惩罚——做停课处理，留校察看，监督他进行自我反省，并将事情如实上报教育部门，等待下一步的处理意见。

尚楚推开会议室大门，恰好遇上白艾泽从走廊那头跑过来。尚楚看见他狼狈又慌张的样子，鞋带松了也没系，不禁勾起嘴角。

白艾泽停在离尚楚几步远的地方，从头到脚仔仔细细地看了他一遍，发现他脸上有伤，衣服上也沾着血。

怎么把自己搞成这副德行？

白艾泽听到消息就立即赶来，这一路上，心脏就卡在喉咙口剧烈跳动。白艾泽知道自己要冷静、要理智,他在这十几分钟之内预想了很多种可能,好的坏的都想到了,记大过、下处分,甚至开除都有可能,但事情总会有转机,一定还会有机会。

直到真正见到尚楚的这一刻,猛烈搏动的心脏才算落回了胸膛。

他想过很多种可能,独独没想过尚楚会受伤。

最后,他的目光停在尚楚脸颊那道长长的伤痕上,皱眉道:"怎么伤的?"

尚楚笑笑没说话,白艾泽轻叹了一口气,想要凑近去看那伤口——

尚楚立即后退一步避开,沉下脸,扬声嘲讽道:"怎么着,赶着过来看我笑话是吧?"

尚楚身后的木门大敞,校领导们还在里面坐着,白艾泽当即就反应过来尚楚的意思。

——尚楚要和他撇清关系。

"艾泽?"有位领导瞥见了门外站着的白艾泽,探头问,"有事?"

白艾泽站着不动,定定地看着尚楚的脸,又问了一遍:"怎么伤的?"

尚楚抬脚要走,白艾泽却架住他的手臂。

"松手。"尚楚压着声音说。

"你都说了?"白艾泽问。

"说了。"尚楚回答,"你先松手。"

门里的副校长注意到门外对峙的两人,察觉出了一些不对劲,皱眉道:"白艾泽,你进来,有话问你。"

尚楚看见白艾泽阴沉的脸色,心头猛地一跳,掐着他的虎口低声道:"你不能说!"

白艾泽盯着他脸上那道伤:"怎么伤的?"

尚楚也不知道白艾泽这会儿哪来的心思管什么伤口不伤口的,紧紧攥着白艾泽的手腕不让他进会议室:"你冷静点听我说,你现在……"

白艾泽此刻只关心尚楚会受到什么样的处罚:"他们为难你了吗?"

"阿楚!"宋尧从走廊那头匆匆跑来,见到尚楚后连气都来不及喘,语无伦次地询问,"你没事吧?他们说的是真的吗?那个尾随拍照的我整死他!不不不,这些都不重要,学校那边怎么说?一定有办法的,你……"

"阿尧,"尚楚拍了拍他的肩膀,认真地道歉,"对不起啊,这么大的事儿一直没和你说,挺对不住你的。"

宋尧神色焦急："你还知道你对不住我呢！你、你……"

"我就是个大傻子，以后再负荆请罪行不行？给你洗三天袜子。"尚楚笑了笑，往他背上推了一把，"里头正找你问话呢，刚好你来了，进去吧。"

心情复杂的宋尧就这么稀里糊涂地进了会议室，副校长见来的是他，皱眉道："白艾泽呢？"

"你来得正好！"教导主任刚还心想找白艾泽来能问出个什么屁，谁都知道尚楚和白艾泽关系不好，恰好宋尧自己送上门来了，他急不可耐地问，"你和尚楚关系最铁，问你几个问题，你必须如实回答！"

副校长总觉得尚楚和白艾泽刚刚在外边拉拉扯扯的样子不对头，探头往门口看去，却见尚楚从外边把门关上。会议室里已经针对宋尧开始了新一轮的盘问，他皱了皱眉，没多想。

一旁的秦天抿了口茶水，意味深长地对宋尧说："来得很及时。"

"及时，及时，太及时了。"教导主任迫不及待地敲了敲桌子，"你和尚楚是从青训营一起上来的，这件事你就一点没发现？"

"没有。"宋尧如实回答，又说，"尚楚的能力大家有目共睹，这和他打不打药没有关系。"

"这些事情我们会判断，"一个处长立掌打断他，"你只需要回答问题，不需要额外补充。"

"我必须首先表明我的态度，"宋尧挺起胸膛，看着眼前一众面容严肃的领导，字正腔圆地说，"尚楚的出色是公认的，不容置疑。"

"没关系没关系，真没一点关系。"尚楚拽着白艾泽进了行政楼背后的自行车棚，"我这就是不小心被树枝子划了一道，和别人真没关系，不是被谁揍的，你说你怎么这么爱操心呢！"

尚楚痞里痞气地勾唇一笑："你还怀疑他们对我严刑逼供啊？"然后故作轻松地玩笑道："白sir，现在审讯也不搞这一套了，你瞎想什么呢？"

"怕不怕？"白艾泽突然问。

尚楚"嘁"了一声："我能怕这个？你也太小看我了……"

白艾泽指着他虎口位置的一处掐痕："自己掐的？"

尚楚一愣，立即把手缩回身后："这不是……"

白艾泽没等他的理由编完，又说："嘴张开。"

尚楚不明就里地"啊"了一声。

"舌尖上有破口，"白艾泽目光暗沉，"自己咬的？"

他怎么这都能注意到？

尚楚心虚地眨了几下眼，胡诌道："没留神磕着了。哎，猪肉涨价了，吃不起了，馋肉馋得只好咬舌头玩了。你别说，还挺美味！"

"尚楚，我们是朋友，你什么时候受伤了能告诉……"

他这时候还有心思东拉西扯，白艾泽话说一半戛然而止，背过身去长长地叹了一口气。

尚楚看着白艾泽的背影愣怔片刻，小声说："怕也是有点怕的——就一点吧，那种感觉就是——怎么突然就被发现了，也不知道之后会怎么样。我知道这事儿挺严重的，但我也不敢想，好像还在网上闹开了，我……"

"阿楚，"白艾泽抬手撑着额头，低声说，"对不起。"

尚楚鼻头一酸，以为白艾泽是为了刚刚没能进会议室为他辩解而感到自责，摇了摇头："你不能进去啊，艾泽，你站得远一点，我才放心。"

从头到尾确实毫不知情的宋尧可以进去接受调查盘问，而白艾泽不行。

尚楚知道白艾泽想做什么，白艾泽想冲进去说自己早就知道这件事，想告诉里面那些人自己不仅知道，还想和他共同承担接下来有可能会出现的一切后果。白艾泽总是想替他把一切都扛下来，尚利军那次也是，这次也是。

但意气用事并不是最优选择，一旦他刚才没有拦住白艾泽，那么结果只会更加糟糕。

"对不起，阿楚。"

白艾泽叹息着重复了一遍，他闭眼摇了摇头，觉得自己人生中从没有哪一个时刻像现在这样，被深不见底的无力感紧紧包围。

实际上，他道歉不是因为自责，他也意识到刚才在会议室门外是他太过冲动，好在宋尧阴错阳差替他解了围；他只是发现自己什么也做不了，有些场景他光是想象都喘不上气——尚楚蹲在草丛打药却被发现的时候怕不怕？被赶来的保安围着带往行政大楼的时候怕不怕？一群白大褂手持器械给他采血的时候怕不怕？独自面对那么多人讯问的时候怕不怕？

尚楚回答说只有一点点害怕，白艾泽不知道他是不是在说谎——他在疼的时候会说不疼。

这种无助的疲软感如同潮水般高高涨起，将白艾泽整个淹没。尽管他在心里反复对自己说要冷静不能冲动、要谋定而后动、要静观其变，但实际上，他只能想想，什么也做不了。

"小白，"尚楚站到他面前，"走吧。"

尚楚搬进了单人间。

接下来的一周，尚楚被带到各种场合接受调查和讯问，市医院也特地来要了他的药去化验，他不厌其烦地回答各种问题、填写各种表格，其间有几次要叫家长过来，但尚利军这次的酒疯还没发完，根本联系不上人，尚楚反倒松了一口气。

尚利军是他的亲生父亲，却一天都没有管过他，连他上几年级、生日是几月几号都不知道，更不用说了解他的身体状况了。

尚楚最初决定这么做，和尚利军脱不开干系。

在会议室，他对副校长说是为了不被卖掉，不是随口编出来骗人的。

妈妈在世的时候，会定期带尚楚去诊所治疗。妈妈死后，尚楚只能自己照顾自己，他没有钱去诊所，只好用那种最便宜的药。妈妈死后两年，尚楚才跟着尚利军来到首都。当时他们还住在新阳，有天尚楚放学回家，发现家里来了一个陌生男人，正在房间里和尚利军交谈，他隐约听到那个男人说什么"当初有个老板出高价我都没把人给他，几百块就卖给你，哥们儿对你够义气了""我看你那儿子倒是长得干干净净，小男孩最好出手，现在生不出男孩的多了去了"……小尚楚在门外咬着牙，死死盯着那个男人，原来他就是那个拐走妈妈卖给尚利军的人贩子。他看不清男人长什么样，只记得对方右耳后下方有一块圆形的黑色胎记。

他害怕男人发现自己，不敢多听，不敢多看，立即转身逃出了家门，在路口坐到了深夜才敢回家。

尚楚不知道尚利军是怎么和那个男人说的，会不会真的把他卖了。他对尚利军不是没有过期待和信任，然而他惴惴不安地在家等尚利军下班回家，直到深夜才等来一个喝醉的酒鬼和一个狠狠的耳光。

尚利军说尚楚是拖油瓶，说尚楚跑去酒馆叫老板娘不要卖酒给他，丢了他的面子，骂尚楚"赔钱货""当初还不如卖了算了"。

那时候的尚楚还打不过尚利军，他什么话也没说，一滴眼泪也没掉，就是觉得心里有个什么东西被打碎了。

如果尚利军知道他的病，会不会果断将他卖掉？毕竟"小男孩最好出手"，而且一个病孩子也是个累赘。

尚楚后来买了那种据说"能够彻底抑制哮喘"的试剂，颤抖着卷起衣袖，找准手臂上的血管,咬着牙扎下了人生中的第一针。

到今天,尚楚已数不清他到底扎了多少针,他自己也没数过,针管掰碎了就丢进下水道冲走,闭着眼晕一阵就能做个正常人,多自在。

尚楚被几双眼睛从早到晚地盯着,他不知道网上因为他的事儿争成了什么样;不知道小蜜桃发了一篇微博公开表态支持他,引起了轩然大波;不知道白艾泽在一个深夜打出去一通电话,电话那头是白书松;不知道白书松说这件事情影响太大,他即使想帮忙也使不上什么力。

又是一个周五,被各种声音弄得焦头烂额的校领导,从打印机中取出关于开除尚楚学籍的文件,老校长对着文件来来回回看了好几遍,手里的印章始终盖不下去。

秦天在办公室外间的喊叫声他听得很清楚,秦天说尚楚是难得的好苗子,绝对不能开除;但更多的声音在说尚楚的行为有多恶劣,给首警带来了多坏的影响,现在所有人都在质疑首警招生的公平性以及审核材料的准确性、严肃性……

老校长按了按额角,他记得尚楚这孩子,机灵活泛,确实是个可塑之才,但可惜了。

他抬手,正准备在文件右下角盖下首警公章——

"丁零零——"

手边的座机响了,上头又来电话了。

他一阵头疼,把印章放下,接起电话。

"喂?"老校长听到那头的声音大惊,"刘局?您怎么打电话来了?"

"喂喂喂。"

周一晨会,尚楚站在主席台侧,教导主任拔高话筒,喊了两声试了试音量。

"下面,请尚楚同学进行自我检讨。"教导主任对他点了点头。

上周五晚上,学校下了个通知,要尚楚于周一晨会上在全体师生面前做深刻检讨。

宋尧听说之后非常激动,觉得事情一定是有转机了,连夜找了他读中文的堂哥当枪手,给尚楚写了篇三千八百多字的发言稿。

阳光刺得眼睛难受,尚楚微眯着眼,看着下面站着的一千多号人,乌泱泱的全是人头,也不知道白艾泽和宋尧在哪儿。

他从上衣口袋里掏出那张发言稿,几千双眼睛齐刷刷地盯着他,他还有点儿紧张,但他这人越紧张就越拿乔,挺直身板摊开那张反复练习了几十遍的稿子,念道:"尊敬的各位老师,亲爱的各位同学,你们好,我是大二刑侦一班的尚楚。下面,我将说明我隐瞒病情进入首警就读一事。"

底下渐渐响起了交谈声,从网上听说是一回事,真正听到当事人本人承认又是另一回事。

"这事是真的?"

"我说他怎么那么牛呢,原来都是靠打药打的……"

"还想当警察,笑死个人了!"

尚楚对此毫不在意,平静地对着稿纸念出下一段:"本人为进入首警学习,实现警员梦想,隐瞒我有先天性疾病的事实,我对栽培我的学校及各位师长表示深深的歉意。"

秦天站在主席台下右侧的位置,尚楚身体微微右偏,对师傅深深鞠了一个躬。

几秒后,他直起身子,安静地环视场下站着的人。

"以上,是我的事实陈述,没了,说完了。"

他把稿纸随意叠了几叠,把剩下的检讨与自省塞进上衣口袋。

宋尧愣住了,转头问白艾泽:"他怎么不念了?"

白艾泽定定地看着台上的尚楚,片刻后,无奈地摇头笑了笑。

"下面,我将陈述另一个事实。"

尚楚的眼神从台下最左边游移到最右边,他双手插进口袋,右脚脚尖在地上轻轻一点——原先刚挺的气质之上瞬间多了几分天不怕地不怕的傲岸和痞气。

"各位今天之所以站在我下面,只能抬头仰视我的原因,有且只有一个,"他顿了顿,嘴边笑意渐渐加深,"那就是,你们没一个比得上我。"

"哗——"

原本还算安静的操场如同炸了锅的开水,瞬间沸腾了。

"尚楚!"教导主任没想到他竟然来这一出,今天有领导来学校视察,万万不能出岔子,他在台下急得跳脚,朝尚楚不住挥手,"你说什么!"

尚楚看也不看他,自顾自地说道:"接下来,我有三个问题要请教各位老师和同辈。"

"你给我下来!"教导主任气得想要冲上台去,却被一边的秦天牢牢按住了肩膀。

"第一问，患先天性疾病的人，智力和体能是否绝对会输给正常人？"尚楚吐字清晰，一句一顿，"第二问，患先天性疾病的人，是否就不能有警察梦？"

嘈杂的人声涌进尚楚耳朵中，他闭了闭眼，复而睁开："以上两个问题，希望各位老师和同学进行解答。"

"你、你……"教导主任白眼一翻，靠着栏杆就要晕厥过去。

尚楚微眯起眼，再次用视线扫了一遍台下众人，怎么也找不着白艾泽和宋尧在哪儿。

没事，知道他俩在就成，他们永远是他尚楚的底气。

尚楚从架子上拿起话筒，继续说："在场的所有人，你们全部比不上我。我就是比你们都厉害！"

第2章 • 转机

"你听听你你听听，他这是说的什么话！"教导主任脸色煞白，气都喘不上来。秦天微笑着摇摇头，什么话也没说。

晨会还在继续，尚楚已回到了单人宿舍，他站在窗边，隐约能听到操场那边传来教导主任中气十足的声音，好像是要大家引以为戒，坚决杜绝这种弄虚作假、走捷径的行为。

捷径？

尚楚倚着窗框笑了笑，他哪来的捷径可走？别人的山重水复疑无路后头好歹跟着个柳暗花明又一村，他是车到山前必是悬崖，船到桥头肯定触礁，怎么就这么惨呢！

他刚才在台上讲的那番话听起来是挺慷慨激昂的，好像他对开不开除这事根本就无所谓，其实他自己心里明白，什么就无所谓啊，他太有所谓了！

他已经不知道连着几晚干瞪眼到天亮了。有天晚上他的鼻血止不住地流，胸口像开了一个巨大的风洞，怎么也喘不上来气。他在厕所里对着镜子，觉得里头的自己有些古怪。他不知道怎么就走到这一步了，就好像蹚进了一个四面不通的死胡同，往哪儿看都是黑的。脸上都是血他也懒得擦，再擦又能怎么样，他好不了的。

深夜十二点半，尚楚的手机闹铃又准时响了——是白艾泽每晚都来给他上药的时间。

尚楚一个激灵，赶紧接了一捧水把脸弄干净，回到房间里等着白艾泽来，然后跟他抱怨脸上的伤忒疼了。

白艾泽仔细地给他擦药，动作很轻。尚楚离白艾泽很近，能明显地看到他眼底的血丝和眼下的乌青。

这种药还挺刺激的，涂在伤口上针扎似的疼，但尚楚这种时候总是很安静，不嚷嚷也不乱动,就睁着眼睛目不转睛地盯着白艾泽看,好像以后再也见不着他似的。

"看什么?闭眼,"白艾泽说,"小心药膏进眼睛里。"

尚楚撇嘴:"你小心点就不会进去了,笨手笨脚的。"

白艾泽有些无语:"白眼狼,给你抹药还要被嫌弃。"

"我就说不用上药呗,"尚楚很是豪气地一拍胸脯,"留疤就留疤,这叫男人的勋章,是我勇猛的象征!"

"被树枝划了道口子也叫勇猛?"白艾泽眉梢一挑,"那是挺勇猛的。"

"滚你的!"尚楚笑着骂了一句,"要不是那偷拍的开了快门声吓着我,我这身手能被根树枝给伤了?"

白艾泽闻言动作一滞,脸上的笑容渐渐敛起。

尚楚在心里骂了一声,怎么哪壶不开提哪壶呢!

"那什么,"他眨了眨眼,想着找个轻松点的话茬把这件事绕过去,"单人间住得可爽了,这是VIP待遇啊,无敌了……"

"他被揍了。"白艾泽突然说。

尚楚一怔:"谁?"

"偷拍的那个。"白艾泽说。

"打得好!"尚楚咧嘴乐得不行,乐了一会儿突然想到什么,狠狠地捶了下床板,严肃道,"你打的?你有毛病吧,私自斗殴要记大过的你知不知道!"

"宋尧干的。"

"那就好。"尚楚松了一口气,旋即反应过来,又瞪着眼捶了一下床,"好个屁!宋尧傻你也傻?你就不知道拦着点!"

白艾泽换了一根棉签,动作轻缓地把药水涂在尚楚的伤口上:"拦不住。"

"你怎么拦的?"尚楚皱眉。

"我说别打,宋尧说一定要打。"白艾泽说。

尚楚:"就没了?"

白艾泽:"没了。"

尚楚翻了个白眼:"你这也叫拦?"

白艾泽一只手固定住他的头:"别乱动。"

尚楚很是着急:"没被发现吧?那人没去告发吧?"

"没被发现,"白艾泽摇头,"我把的风。"

"你倒是机灵。"尚楚"哧"了一声,"他没去举报你们啊?"

"他不敢。"白艾泽放下棉签,淡淡道,"首先,宋尧下手没那么重,没伤到他。其次,我告诉他,如果敢去举报,我就让他在学校里待不下去。"

尚楚没好气地说:"牛,真牛。你真有办法让他待不下去?"

"没有,"白艾泽笑了笑,"吓唬他的。"

尚楚一脚踹在他小腿上:"他要没被吓着真去告发你俩了,你俩现在就完了,你知不知道!"

白艾泽把最后一层药粉小心地覆盖在创面上,声音很轻:"完了就完了。"

尚楚愣了愣,片刻后叹了一口气:"你可不能完了,你要是完了,谁给我擦药啊?"

白艾泽看着他不说话。

"我还没完呢,现在不是还没动静嘛,说不定我就能绝处逢生东山再起了。电视剧里男主角都拿的这个剧本,你这种的就是个男二号,一路顺风顺水的,没看头,一点看头都没有。"

"你是男主角。"白艾泽说。

"你要好好睡觉知道不?"尚楚在他眼眶的位置轻轻按了按,"男主角身边要是没了男二号,那也没看头;要是这个男二号是个熊猫眼,那更没看头。"

绝处逢生一般能被称为奇迹,奇迹之所以是奇迹,意思就是发生概率极低。

过去整整一周,尚楚又经历了很多调查,他已精疲力竭,却还抱有期待,或许有谁能为他说句话呢?或许事情有转机呢?

白艾泽给尚楚打印出了这两年他的成绩单,又把他入学以来拿过的奖项、评过的先进都整理出来。尚楚去哪儿都随身带着这些,但他根本就没有机会拿出来,没人关心他排第几名,没人想知道他为了这个成绩做了多少努力。他的病犹如一张遮天蔽日的黑色幕布,把他从头到脚整个牢牢罩住。

他一个地方一个地方地跑,一张表格一张表格地填,可别人只说你这种行为是严重的欺瞒和造假,你罔顾纪律,你目无规矩,你大错特错!

除了咬着牙挺着身板说"你们这群废物没一个比得上我",他什么办法也没有了。

他总不能在这种时候还让别人看出他有多害怕、多慌张,他被开除了就什么也没了,总得为自己争口气。

尚楚发了会儿呆,准备收拾行李,门外突然来了两个人。

"尚楚是你吧?"其中一个对他笑了笑,"去趟行政楼301会议室,有领导找你。"

"谁找我？"

尚楚一愣，能见的领导他早都见了个遍，现在还能有谁要找他？

"去了就知道了，"另一个看着面相严肃些的催促道，"快点儿，还有位大领导，都在等你一个！"

会议室里的阵仗比上回还大，校领导们全都坐在长桌两侧，正中间的位置上坐着两个尚楚没见过的人，坐在左边的看起来要严肃些，留着板寸发型，穿着板正的制式警服。

尚楚神色一凛，虽然想不通其中机窍，但能从肩章看出那人警衔高得吓人，便不自觉地放平肩膀、挺直背脊。

相较之下，坐在右边的那位就显得随意不少，穿着常见的白色衬衣，领口处那颗扣子没有扣上，大约五十来岁的年纪，五官极其硬朗，气质刚毅却不过分外放，周身散发着恰到好处的威严感。

"老刘，老白，"校长亲切又恭敬地说，"这就是尚楚，他的情况……"

尚楚在心里嘀咕了一句，这位领导也姓白？

他敏锐地注意到，自打他一进门，这位姓白的领导就一直用审视的视线上下打量他，目光并没有恶意，甚至算不上严厉，似乎还带着点儿隐隐的……好奇？

尚楚被打量得浑身不自在，他这段日子前前后后见了不少大人物，他们大多公事公办，很严肃，哪有人像这位似的，一双眼睛就像粘他身上似的，把人从头发丝儿到脚尖都齐齐整整看了个遍。

尚楚抿了抿唇，那股子倔劲儿和不甘又冲上脑门了。他下巴一抬，也直直地看了回去。

两人这么一对视，那位姓白的领导不知怎的，竟也不觉得冒犯，反倒是笑了笑。

尚楚一愣，总觉得他眉眼间有几分熟悉，但又想不起来在哪里见过。

那位刘姓领导边听校长介绍情况，边用食指指尖轻轻地敲击桌面，脸上始终没有丝毫表情。

接下来是招生办负责人和教导主任汇报情况，教导主任痛心疾首，听起来似在撇清责任。尚楚则是一脸冷漠，好像教导主任说的是别人一样。

姓白的领导突然咳了两声，插话问："有水吗？"

"有的有的！"教导主任立即起身倒水。

"你要吗？"姓白的领导对尚楚一颔首。

尚楚一时没反应过来："我？"

"对，要水吗？"他又问了一遍。

尚楚一愣，显然不知道该怎么应对这个意料之外的问题，于是摇了摇头："不用，谢谢。"

"也对，你们这年纪的孩子都不爱喝水，就喜欢碳酸饮料。"姓白的领导念叨了一句，摊开眼前放着的文件夹，扫了眼尚楚的档案，又抬头看看他问，"尚楚是吧？你有先天性哮喘，一直靠打违禁药品……"

"材料都报上去了，您手里的档案夹里有。"

教导主任刚才有一点说得没错，尚楚这人骨子里确实是挺叛逆的，越到这种要把他压垮的紧要关头，他就越要把身板挺得笔直，比钢板还直！

姓白的领导点头"嗯"了一声："我是要问，你脸上的伤怎么回事？"

"……树枝划的。"

尚楚有点儿摸不着这位大人物的套路了，要批判他就直接来，拐弯抹角算怎么回事？

难道要走怀柔政策？对他动之以情，晓之以理，好让他深刻认识到自己错在哪儿，最后当众表演个痛哭流涕？

他在脑海里幻想了一档荒谬的情感栏目，对面坐着的姓白的领导又开口问话了。

"看起来伤口不浅，"姓白的领导拧眉看着尚楚脸上那道已经结了痂的伤口，颇有些忧心地问，"会留疤吗？"

尚楚淡淡道："不清楚。"

"最好去医院处理一下，"姓白的领导说，"你们这年纪的小孩儿啊，都大大咧咧的，觉得留个疤痕没什么。等你到我这个年纪就知道喽，留个疤在脸上多难看。"

"好……"

这姓白的领导业余时间是在居委会兼职的吧？

学校领导们虽然也觉得这两人的一问一答有些诡异——好像和今儿的主题没什么干系，但也不好贸然打断。

"资料上你净身高一米八？"姓白的领导又抛出一个神似居委会大妈给人张罗着找对象时才问的问题。

"上个月刚量的。"尚楚回答。

姓白的领导接着问："这一两年来有长高吗？"

尚楚："没有。"

姓白的领导点点头："你这年纪还能长长，你得多喝牛奶。"

尚楚越发摸不着头脑，这不像是兴师问罪，倒像是长辈对晚辈表达关心。

姓白的领导翻了一页档案资料："你的户籍在新阳，将来打算回南方吗？"

"老白，"旁边坐着的那位刘姓领导露出一丝无奈的神情，屈指叩了叩桌面，打断道，"说正事。"

姓白的领导向后靠在椅背上，抿了口一次性水杯里的凉白开，颔首道："别紧张，就是随便聊聊。"

尚楚也站得有些累了，紧绷的背部肌肉放松了些许，瞥了眼墙上的时钟。晨会结束后，白艾泽和宋尧肯定会去找他，没见到他人估计这会儿正在着急，于是皱眉道："您还有什么问题？"

"你刚才说，全校的学生，没有一个比得上你？"姓白的领导饶有兴味地问。

"是。"尚楚点头。

"但这两年的成绩单却显示，"姓白的领导从文件夹中抽出其中两页，两指按着推到尚楚面前，"有位叫白艾泽的同学，成绩始终在你之上。"

尚楚低头看了看那两页单薄的纸张，他的名字出现在第二行，排名一栏中的阿拉伯数字标着"2"。

"我会超过他，"尚楚抬头看着姓白的领导，"总有一天会。"

一直没怎么说话的刘局开口问："首警人才济济，你就不担心排名在你之后的，哪天就超越了你？"

尚楚轻轻一笑："不可能。"

刘姓领导上身前倾，紧紧盯着他，目光犀利："任何事情都有可能。"

尚楚寸步不让地看回去，拿起那两页成绩单扬了扬，不卑不亢地反驳道："事实已经证明了，不可能。"

教导主任斜眼看着尚楚："我们学校的学生都是全国精挑细选出来的精英，如果尚楚不打药，他们怎么可能输？"

"你的成绩是打药打出来的吗？"姓白的领导问。

打药打出来的？

除了流鼻血、耳鸣和眩晕，别的他什么也没打出来。

尚楚无奈地一笑："医院应该已经给出了化验证明，我长期使用的药剂到底有没有这种功效,各位应该比我更清楚。"

"化验也有查不准确的成分。"教导主任忍不住插嘴。

刘姓领导看着尚楚沉思片刻,问道:"你不打那些乱七八糟的药,还能有这个成绩吗?"

那位姓白的领导看向刘姓领导,刘姓领导点点头。姓白的领导不待尚楚回答,正色说道:"尚楚同学的病情是关键点,这个哮喘究竟是情绪性的还是先天性的?能不能治好?如果能够治愈,那就是另一种情况了。"

刘姓领导接着说:"因为从材料上来看,尚楚小时候家庭条件有限,也有可能当时就能治愈。但是,不管怎么样,他现在的成绩跟用药有没有关系,还需要进一步观察。"

依旧是首都最大的匿名论坛"知道"灌水区,一篇名为"震惊!混进警校的那个神人没被开除"的帖子被顶上了首页,标题后飘着一个小小的"热"字标记。

【一手消息,绝对保真!那个人因为太牛所以被保下来了,说他是情绪性疾病,由焦虑、抑郁啥的消极情绪引起的,能够治愈。学校又给了一次机会:下次大考要是能考到专业第一,就不用被开除!】

帖子一发出去就引起了热议,隔几秒刷新一次就多出十多条回复,一时间众说纷纭,什么样的声音都有:

【真的能治愈吗?骗人的吧!】

【无语,说保就能保,肯定有什么内幕,哈哈!】

【楼上有什么可酸的,又不是直接就把这事儿压下去了,都说是再给一次机会。要是他真的有传说中的那么牛,首警想要把这种人才留住,这没什么不公平吧?】

【他牛还不是靠他那个什么药?要这样都能容忍,以后体坛也不用禁兴奋剂了,比赛前打一针就能成为第一名。】

【这两件事儿性质能一样吗?楼上扯什么体坛呢,充分暴露当代网民人均小学学历。】

【搞化学检测的大神都发帖说了,这种药对生理机能没有任何增强作用,有些人当这是玩手游呢?打一针还给你加个 buff(增益)还是咋地?】

…………

随着讨论越发激烈,争吵的焦点渐渐往"这个学员到底是不是因为打了药才有好成绩"上靠,有人搬出了一份看起来挺专业的说明,从化学成分角度严谨地分析了这类药物与通常所说的兴奋剂存在本质差别,但压根儿没人真的把注意力放在这类长篇大论上。

【太长不看,反正这个学员就是有问题,否则能超过那么多人?】

【楼上的,你怎么知道人家就是有问题?】

【常识啊!这不是常识吗!】

…………

尚楚从本质上说,还算是个挺乐观、挺能扛的人。

刚出事的头两天,他全部的心理活动用"慌张"和"恐惧"两个词就能概括,什么前途啊、光明啊、璀璨啊这些东西好像一夜之间都变得遥不可及了。他不是个害怕失去的人,或者说从小到大他拥有的太少、失去的太多,早就习惯了这种空空落落、不知道明天是什么样的日子。

然而,在遇到白艾泽和宋尧之后,他开始害怕面对未知和有可能到来的失去。他忍不住想,如果他变得不那么优秀了,他们还会关心他吗?如果他变成了一个平庸的、碌碌无为的、一事无成的人,他们还愿意和他成为朋友吗?如果他回到城中村就此深陷沼泽再也走不出来,他们是不是就找不到他了?

他越想头越疼,晚上心悸得厉害,翻个身鼻血就"唰"地往下流。他害怕血沾到枕头和床单上被发现,手忙脚乱地往鼻孔里塞纸巾,连侧躺着都不敢。也不知道是不是因为突然断了药,他总觉得不舒服,生理上的那种不舒服,上一秒还感觉心跳怎么那么微弱,下一秒就觉得有无数颗心脏在胸腔里一块儿跳舞,震得连床板都在抖。

第三天晚上他想明白了,他可以接受被开除,可以接受自己的人生再次迎来一个急转直下,但他不可以失去他的朋友们。所以他才总装出轻松且勇敢的样子,他每分每秒都在告诉白艾泽和宋尧"没事儿,像我这么能耐的就算不上警校也能在别的地方出人头地""没什么大不了的,我就算去搬砖也能成为工地之星、赚大钱发财",他生怕他们看出他哪怕一点点的怯懦和软弱,然后就此和他分道扬镳了。

尚楚是个聪明人,他知道朋友们喜欢他张扬、喜欢他放肆、喜欢他无畏,所以他不管在什么时候、不管背着多重的包袱,他都要做出他们喜欢的那个样子。

好在市医院还了他清白,检测结果显示,他确实没有先天性哮喘。尚楚仔细回忆病史，发现自己在发病前确实有不小的负面情绪，小时候是因为尚利军的暴力伤害和对未来的恐惧，这两年是因为焦虑和愤怒。但这病也不是一天两天了，要想治愈也需要一个过程。而且这个病对身体造成的伤害，更需要长期调理。不管怎么样，他还有机会，一切都是全新的。

尚楚终于睡了这一周来的第一个好觉。

第二天早上起床，尚楚在厕所洗漱完，习惯性地找个隔间准备打药，一摸兜，发现口袋里什么也没有。他愣了一下才反应过来，自己不再需要打那个药剂了。

下了楼，白艾泽在操场边等他，穿着一套黑色运动服，脖子上挂着条柔软的白色毛巾，倚着天蓝色栏杆，肩宽腿长的。

尚楚远远冲白艾泽吹了个口哨："哟，帅哥，大清早的等谁呢？"

白艾泽左手敲了敲右手手腕，示意他来迟了。

尚楚三步并作两步跑过去，朝白艾泽咧嘴笑了笑："天朗气清，阳光明媚，我一看就知道小哥你是出来晨跑的。哎呀巧了，我也是，你没伴我也没伴，不如咱们结个伴？"

白艾泽看尚楚这油嘴滑舌、生龙活虎的样儿就想笑，但他故意板着一张脸，拒绝道："不结。"

"不结伴可不行，"尚楚咿巴咿巴嘴，眯着眼打量白艾泽，颇有几分神秘地说，"我看你今日有血光之灾，必须和我待在一起才能消灾啊！怎么样，结不结伴？"

白艾泽瞥了尚楚一眼，扭了扭脖子又张开手臂扩了扩胸，扔下句"不结"，迈开长腿就上跑道了。

两人边跑边闹了几公里，然后去吃早饭。这个点大多数人才刚起床，食堂空空荡荡没什么人，后厨推出来一个巨大的不锈钢锅，里头装着热腾腾的南瓜粥。

断了几天没运动，乍一跑起来还挺费劲儿。人家说他们警校生，一天不练自己知道，三天不练对手知道，他都一周多没练了，那不得全天下都知道了！

尚楚内心不由得升起了一阵紧迫感，汗淋淋地趴在面点窗口，和阿姨说："来杯豆浆，快快快，没时间了！"阿姨慢腾腾地问："要冰的还是热的？"尚楚回头看了眼，瞧见白艾泽正端着餐盘往这里走，于是笑眯眯地说："要冰的！"

"热的。"白艾泽走到他身边，不赞同地看了他一眼，低头对阿姨说，"要热的，麻烦您少放些糖，小半勺就行。"

"到底热的还是冰的啊？"阿姨问。

白艾泽对尚楚挑了挑眉毛，示意他自己回答。

"冰——"尚楚嘿嘿笑了两声，"热的热的，来杯热的。"

他们找了个最角落的位置，白艾泽剥了个白煮蛋给尚楚。尚楚在餐盘里张望了两眼："酱油呢？"

"没要，"白艾泽把鸡蛋放进他碗里，"你脸上有伤，不能吃酱油。"

尚楚翻了个白眼："吃酱油伤口就发黑的说法没有科学依据的，早就辟过谣了，伤口变不变黑和你人帅不帅挂钩，帅的人是不留疤的……"

白艾泽打断他的胡诌："酱油对黑色素细胞的合成、运输、分解没有促进作用，不会引起皮肤色素沉着。"

尚楚先是被这一套理论唬得愣了愣，然后一拍大腿："你知道啊！那你还不让我蘸！"

"道理是这个道理，"白艾泽露出了一个温和的笑容，"这和不让你蘸酱油有什么关系吗？"

隔了这么久再回到课堂，尚楚除了一开始唏嘘一番，也没觉得有什么不正常的，但他发现身边的同学变得有些奇怪。

这么大的事儿，大家好像都当不知道一样，这就是最奇怪的地方。

他们见了尚楚照样打招呼，照样嘻嘻哈哈地开玩笑，但眼神却变得有点儿不一样了。

尚楚也说不上来具体是哪里不同，但就像是隔了一层什么，不再是以往那种直接且纯粹的友好。

他看得很开，毕竟他以前欺骗过他们，大家知道真相后难免对他心有隔阂，很正常。直到尚楚发现，就连宋尧眼睛里都出现那一层东西的时候，他终于心头一沉，觉出了一些不对劲。

中午下了课，宋尧没有像往常那样在门口等他，反而先离开了。他当时没当回事，以为这家伙饿坏了先去食堂抢鸡腿，路上还和白艾泽调侃了几句。到了食堂，他和白艾泽在队列里排着，宋尧端着餐盘经过，分明见到了他们却假装没看见，他还是没放在心上，只是觉得宋尧肯定是先去占位置了。他打好饭在食堂里转了一圈才看见宋尧坐在哪儿，到了宋尧那桌坐下，问宋尧刚才怎自己先溜了，宋尧打哈哈说尿急没憋住。白艾泽打完汤站在窗口前张望，宋尧扬手喊了声"老白，这儿呢"，喊完后迅速扒了两口米饭，和尚楚说了句"我吃好先撤了啊"，在白艾泽过来之前端起餐盘就走。

"他怎么了？"尚楚皱眉，看着宋尧匆匆离开的背影，"菜都没吃几口就走了。"

白艾泽在他对面坐下，偏头看了宋尧一眼："不清楚。"

"你们还在一个宿舍住着，"尚楚问，"你就没觉得有什么不对？"

白艾泽目光微闪，低声说："没有。"

"奇怪。"尚楚沮丧地吹了一口气，"阿尧是不是不愿意和我玩了？"

"他不是那种人。"白艾泽劝慰道，"给他一些时间缓一缓，不着急。"

尚楚啃了口排骨，觉得没滋没味："要不我给他买个礼物道个歉，说不准他就好了呢。"

"可以。"白艾泽从他碗里夹走那块酱排骨，"颜色太重，你不能吃。"

"白艾泽！"尚楚咬着牙。

当天晚上，尚楚看了书做了题，熄灯后打开充电台灯，正好白艾泽推门进来，给他上药。

白艾泽从抽屉里拿出酒精和棉棒："擦药。"

尚楚盘腿坐在床上，等着白艾泽给他处理伤口："你看看是不是好些了？我觉得今天好像没那么痒了，再过几天就能好了。"

"好多了。"白艾泽说，把那几样药一字排开，和尚楚说，"先用酒精把前一天的药粉擦干净，记得消毒；接着再用这瓶紫色的，不要记错了……"

"嗯嗯嗯，"尚楚很敷衍地点头，"知道知道。"

"阿楚，用心记着。"

"我干吗记这个，"尚楚撇嘴，"每次不都是你给我弄吗？我这聪明的脑袋瓜子要装的是知识……"

"我明天回趟家。"白艾泽说。

"啊？哪个家啊？"尚楚愣了愣，反应过来后又迅速舔了舔下唇，然后点头，"哦，刚才是不是你妈妈给你打电话啊？"

"你要用心记住。"白艾泽站起身，认真地说，"自己上药就早一点，动作轻点，伤口不能沾水。新的枕巾在抽屉最下面一层，每天晚上换新的，不想洗就放着等我回来，别让我操心。"

"哦，好。"尚楚抬头看着他，过了会儿才问，"那你要回去几天啊？多久回来啊？"

"不确定，"白艾泽说，"快的话明天就能回来，慢的话可能三五天。"

"那行。"尚楚看了眼桌子上摆着的瓶瓶罐罐，"先用酒精，再涂那个紫色的，然后呢？"

白艾泽定定地看着他："然后外敷一层消炎药，白色塑料瓶装的那个。"

"白色塑料瓶装的。"尚楚重复了一遍，皱了皱鼻子抱怨，"嗨！好难记啊！你给我写个条儿贴上头呗！"

"好。"白艾泽笑了笑，"先上药。"

第二天一早，尚楚照例五点半起床洗漱，下了楼看见白艾泽在操场边等他。

尚楚没跑多久就喊累，跑几步走几步，拖拖拉拉地跑完几公里。两人赶早去食堂吃饭，不知道是不是师傅起晚了偷懒，白艾泽常吃的南瓜粥还没熬出来。

"粥粥粥，"尚楚站在后厨门边，踮着脚往里头张望，嘴里念叨个不停，"粥粥粥呢？"

"去去去，一边儿去！"阿姨推着一车包子往外走，假装生气嚷嚷道，"挡道了，挡道了，要吃什么前边窗口等着去！"

"阿姨，南瓜粥呢？"尚楚追在她后头问。

"喏，里边熬着呢，快了快了，再等会儿！"阿姨把推车放到一边，在围裙上搓了搓手，"这么着急啊？我进去给你催催！"

"哎哎哎！别催别催，"尚楚拦下阿姨，瞥了眼正在水池边拿开水烫碗筷的白艾泽，压低声音说，"不急不急，您让师傅慢慢熬，慢点儿啊，越慢越好，慢慢来。"

阿姨没好气地笑了起来："你不着急你堵门口看什么呢？"

"我就是看看呗，"尚楚没正形儿地伸着脖子，往后厨巴望，"我这是来监督监督卫生情况。"

"他开玩笑的。"白艾泽走了过来，"他爱胡闹，您别搭理他。"

尚楚冲阿姨嘿嘿笑了两声，对白艾泽说："南瓜粥还没好呢，还要等一等。"

"那不喝粥了，吃点别的。"白艾泽说。

"别啊！"尚楚赶紧拉住他，"南瓜粥多好喝啊，你不是每天早上都喝吗？我也想喝，就等等呗，快了快了，很快就出来了。我刚问阿姨了，她说马上就能好……"

他语速越来越快,眼神飘忽,藏着点儿不明显的慌张。白艾泽察觉出了什么,问他:"阿楚,你不是不喜欢南瓜的味道吗?"

"我也不知道怎么了,就是突然想喝南瓜粥了。"尚楚抿了抿嘴唇,视线落在自己的脚尖,又缓缓上移,看着白艾泽的脸,"等等呗,一会儿就有了。"

"好,那就等一等,刚好我也想喝南瓜粥。"

尚楚点头,又指了指边上的面点窗口:"刚才我看包子已经出来了,要不先去买包子吧,我想吃叉烧的。"

"不急,"白艾泽笑着说,"等粥出来了再去。"

尚楚顿了顿,接着扬起嘴角笑开了:"不急不急,那就再等等。"

白艾泽吃东西一贯都是慢条斯理,尚楚经常怀疑他盘子里的不是煎得丑模丑样的荷包蛋,而是什么贵族牛排。尚楚的吃相就不那么讲究了,一个包子一口就能咬下去小半个。他吃东西快,加上又是个话痨,就这事儿白艾泽说过他好几次,生怕他把自己噎着。他就是改不了,还声称人生的意义在于爽,吃饭就得大口才能爽。

尚楚从餐盘里抓走一个叉烧包,白艾泽习惯性地皱眉,抬起头说:"慢点吃……"

他话还没说完就顿住了。尚楚右手拿着鼓鼓囊囊的胖包子,轻轻咬一口,细细地咀嚼着雪白的面皮,左手拿着个汤勺,再舀点儿稀粥喝一口,吃相堪称优雅。

今儿怎么转性了?

白艾泽哭笑不得地看着尚楚,这画面就和开了0.5倍速的电影似的,怎么瞧怎么古怪。

"太阳打西边出来了?"白艾泽眉梢一挑。

"不是你说吃饭要细嚼慢咽吗?"尚楚冲他翻了个白眼,又装模作样地抽了张纸巾塞在领口上,接着用门牙咬下一小块叉烧肉,挺直腰板,"你看我这样像不像贵族?"

"嗯……"白艾泽摩挲着下巴打量他片刻,然后说,"已经很像了,但还差一个步骤。"

"什么?"尚楚睁大眼睛。

"这里,"白艾泽倾身过去,把尚楚两只手的小拇指往上掰了起来,又掏出手机给他拍了两张照,"现在就完美了。"

"你拍什么?"尚楚问。

白艾泽调整手机找角度:"很帅气,很优雅,很高贵。"

"那是!"尚楚被夸得找不着北,就差长条尾巴飞到天上去,美滋滋地对镜头抛了个媚眼,"好没好?我手都酸了。"

"好了。"白艾泽划了划手机上刚拍的几张照片,很是真诚地夸赞道,"帅。"

"你们贵族还有这讲究?"尚楚一时间没反应过来,狐疑地看着自己翘起小指头的双手,愣了半秒钟后把包子往盘子里一摔,"这不是兰花指吗?你大爷的白艾泽!"

一顿早饭在尚楚有意的拖拉下吃了将近半小时。他送白艾泽出校门,到了一个没什么人的拐角,问:"你请了几天假啊?赶不赶得及下周考试啊?"

"一周。放心,没那么容易让你拿到第一名。"

"滚滚滚!"尚楚推了他一把,冷哼一声说,"我要拿第一名那还不简单,十个你也不够我打的。"

"嗯,阿楚,我妈妈病了,我很久没有见她了,回去照顾一阵,等她好些了就回来。"

"哦,那你好好照顾她。"

尚楚摇摇手说拜拜,白艾泽看着他进了校门,恰好出租车到了。

首警校门边,已经离开的尚楚侧身站着,看着那辆黄色出租车转过拐角,彻底消失在了视线里。

他怔怔地站了几分钟,又使劲做了个吞咽的动作,但喉咙里那种又酸又涩的感觉却怎么也消不下去。

昨天,他给尚利军发了条短信,没收到回复。

如果尚利军清醒着,不会不回他的消息,只能说明尚利军还在喝酒。

多少天了?尚楚点了点日子,尚利军这次已经疯了半个多月了。

连续半个多月,尚利军都没来要钱,只能说明他手里有钱。除了他找来学校那次的一千块,白艾泽又给他转了几次?一共转了多少?

尚楚觉得有点儿喘不上气,烦闷压抑的情绪涌起,太阳穴一阵阵地疼。

他不敢再去问白艾泽,也不知道该用什么样的方式、什么样的口气问白艾泽。上次他们就因为这个吵了一架,他不想和白艾泽吵架,不想和白艾泽冷战。

白艾泽似乎不打算让他知道,那他就装作不知道好了。

就是挺难的。

白艾泽已经看到了他最真实、最不堪、最卑微的一面，他明明在意得不得了，还要装作什么也不知道，继续做那个热忱无畏、一腔孤勇的尚楚，真的挺难的。

　　就好像那层遮羞布被倏地揭开，光与暗里的两个尚楚同时出现，他手足无措地想要把另一个尚楚塞进黑夜里，但身份被揭穿、面临被开除、身体情况糟糕、必须考到第一名这些事情接踵而来，他手忙脚乱应接不暇，哪头都顾不上。

　　好难啊，尚楚。

　　他看着白艾泽离开的方向，直到上课铃快打响才一个激灵反应过来。

　　"到教室了吗？"白艾泽给尚楚发来消息。

　　"到了啊，"尚楚转身往学校里走，打字回复道，"今天老秦穿了条大花短裤，可丑了，我和宋尧都要笑死了，你没见着真是可惜。"

　　"拍张照我看看。"白艾泽回他。

　　"不拍，"尚楚笑了笑，低着头继续打字，"上课哪能拍照！不和你磨叽了，听课去了啊。"

第3章 · 看戏

张姨知道白艾泽今天要回来,早早就起来等着。花园外的铁门没上锁,大门也敞开着,她一直竖着耳朵听外头的动静。

等了老半天,门外终于传来声响,她立即探头一看,白艾泽正从出租车上下来。

"艾泽!"张姨激动地喊了他一声,赶紧跑到门外迎他,拉着他的手左看看右看看,嘴皮子一动就开始唠叨个不停,"怎么瘦了这么多?看着还黑了点!你这孩子真是的,这都多久了也不回趟家,我听你妈妈说你在外面租了房子?你长大了有主意了,但也要经常回来看看不是?你妈妈平时忙工作忙这忙那的,好不容易回来住几天,你还都不在!张姨都小半年没见着你了,你不知道我多想你!"

"姨,"白艾泽拍拍她的手背,笑着说,"我也记挂您。"

"你说说你,"张姨心疼地看着他的脸,"非要去那什么警校,那种地方是咱们能待的吗?成天就是训练训练,怎么,是要把你们培养成功夫巨星还是怎么的?你在学校都吃没吃饱饭哪?要我说啊,你就不该住校,每天晚上回家来,张姨给你顿顿做好吃的,保准把你掉的肉都养回来……"

"没掉肉,"白艾泽笑着从车上取下背包,再合上车门,"练成腱子肉了,虽然看着瘦了,实际上没掉秤。"

张姨挽着白艾泽的胳膊絮叨个不停。她平时一个人待在这空空荡荡的大别墅里,连一个说话的人都没有,好不容易白艾泽回来一趟,她像是要把这几个月没说的挂念和担忧一次性倒出来似的。

白艾泽也不嫌烦,耐心地听着张姨在耳边唠叨,偶尔还笑着回她几句。

"你啊,也不经常打个电话回来,"张姨说,"我又不敢打给你,就怕打扰了你……"

"哪有,我不是每周都给您打电话吗?"进了大门,白艾泽卸下双肩包,问道,"我妈呢?"

"艾泽。"乔汝南站在二楼,双手搭着扶梯,毫无感情地叫了他一声。

白艾泽抬头,看见她穿着一身裸色的真丝长裙,脖子上戴着一条同色珍珠项链,脚上穿的是一双象牙白色高跟鞋,非常乔总式的装扮。

她不知道起得多早,这个点就已经化好了全妆,眼圈上晕染着藕粉色的眼影,深黑眼线在眼尾拉出一条纤长的余线。

白艾泽似乎从来没有见过她卸妆后的样子,他经常怀疑世界上到底有没有谁见过乔汝南完全卸下面具后的那张脸。他皱眉问:"您不是病了吗?怎么不在房间休息?"

乔汝南淡淡瞥了眼张姨挽着白艾泽的手,又迅速移开目光,想起刚才白艾泽说每周都会给张姨打电话,语气也冷了几分,直截了当地说:"我有事问你。"

"您不是病了吗?"白艾泽再次问道,"应该好好休息。"

"我有事情要问你,"乔汝南也面无表情地重复道,"立即到书房来。"

她咄咄逼人的表现实在不是一个病人该有的,白艾泽隐约猜到了什么,连鞋也不换,径直上前一步,仰头问:"您不是病了吗?"

楼上楼下的空气温度一度降至冰点,任谁也看不出来这是一对相隔数月没有见面的母子。

"艾泽,"张姨见气氛不对,赶紧出来打圆场,"你妈妈她……"

"张姨,"乔汝南抬手捋了捋头发,笑着说,"我有话和艾泽单独聊一聊。"

张姨一愣,点头"哦"了一声,不敢说什么别的,快步进了一楼自己的房间,关门前朝白艾泽投来了一个担忧且操心的眼神。白艾泽朝张姨宽慰地笑了笑,张姨叹了一口气,关上了房门。

乔汝南从楼梯上走下来,迈步时真丝长裙贴着她的大腿,勾勒出她完美的身形。

她给自己倒了一杯水,在沙发上坐下,笑着说:"想和你见一面还真难。"

"哪里,"白艾泽也勾唇一笑,在她身边坐下,"您的时间才难约。"

乔汝南喝了一口水,把水杯放在通透的玻璃茶几上,声音不似平时清亮,有一些沙哑:"既然你这么珍惜时间,我也不和你做那些累赘的寒暄了。"

白艾泽嘲讽地笑笑,原来她把那些关心和担忧都统称为"累赘的寒暄"?

"你向你爸爸求助了。"乔汝南用冰冷的陈述语气说,"为了那个叫尚楚的同学,对吗?"

"您说您病了，"白艾泽没有回答，反而抛出了另一个问题，"我以为您需要我，我才回到这里，这对您来说也是一种累赘吗？"

乔汝南低头一笑，白艾泽注意到她脸上泛着一片明显的红，他没有在意，只是以为她今天的妆容化得浓了一些。

她脚尖在地上一点，高跟鞋尖碰上瓷砖地面时发出一声清脆的"啪"。她的嗓音比这一声还要冷硬："这么大的事情，没有你爸爸的权威，谁敢定性？艾泽，你为了那个孩子，真是用心良苦啊。"

"看来您没有生病，"白艾泽站起身，"也并不需要我。"

"艾泽，我已经做出了让步，你却一再试探我的底线，"乔汝南直直地看向他，"你是不是过分了呢？"

白艾泽闭了闭眼，乔汝南说的每一个字都像一捧带水的泥沙，沉甸甸地砸在他身上。他呼了一口气，问道："我不明白，您所谓的底线究竟指什么？您希望我和爸爸做彻底的切割吗？"

"你能做到吗？"乔汝南反问。

"抱歉，不能。"白艾泽斩钉截铁地回答，又问，"妈，有时候我觉得很疑惑，您究竟对我爸爸怀有怎样的感情？"

乔汝南食指微微一弯，避开了这个话题，又说："既然你已经动用了你爸爸的关系去帮那个孩子，那也可以为我提供一些帮助。城郊有一块地，公司正在争取……"

她的话没有说全，白艾泽却听明白了。

"既然您身体很健康，我就不耽误您的时间了，"白艾泽没有愤怒，甚至还微微一笑，转身离开，"我还有课。而且，尚楚根本没有作假，他只是误认为自己坏了规矩。"

"艾泽！"乔汝南喊了一声，从沙发上猛地站起身，又无力地跌回沙发。

白艾泽头也没有回，从鞋架边拿起才放下不久的背包，刚出大门就被张姨追上了。

"艾泽啊艾泽！"张姨扯着他的手臂，在他背上轻轻拍了几下，小声责怪道，"你怎么这么和妈妈说话！她得了肺炎，早上我刚给她量的体温，她还发着高烧啊！"

白艾泽脚步一顿，听见屋里传来压抑的咳嗽声。

"你啊你啊！"张姨拉着他往屋里走，"你多陪陪她，多和她说说话，你们是母子，能有什么解不开的结啊！"

白艾泽眉心紧蹙，抬手按了按额角，无奈地叹了一口气。

"唉……"
尚楚看着宋尧的背影，也深深叹了一口气。

也不知道这家伙吃错什么药了，下课铃一响溜得比兔子都快，脚上是安了风火轮还是咋地——不跑起来就难受啊？

没意思！

尚楚慢吞吞地收拾书包，白艾泽回家了，宋尧跑了，其他人不怎么搭理他，就他一个人孤零零的，也懒得去食堂吃饭，没劲得很。

等教室人都走空了，尚楚趴在桌上，有一搭没一搭地晃着脚，掏出手机给白艾泽发了条微信。

【吃了没？你妈妈的病怎么样了？身体还成吧？】

等了十多分钟，白艾泽也没回信。尚楚想着他可能正忙，也可能手机没带在手边，于是百无聊赖地打开宠物养成游戏，给小宠物买了碗牛肉面。

小宠物吃完牛肉面，正美滋滋地向楚楚主人表达爱意时，手机突然一震，进来一条短信。

尚楚还以为是白艾泽回信了，立即点开一看，是个陌生号码，信息只有两个字外加一个标点。

【尚楚？】

诈骗的？看着也不像啊。

尚楚眼珠子转了转，编辑了一条短信回过去。

【买房请加 Vxin：8763eee，地铁口学区房，黄金商圈，金牌地段，你想要的统统都有~】

那头的消息回得很快。

【我是秦思年。】

秦思年？

秦思年发消息干吗？

就在他恍神这么一会儿，秦思年的消息又进来了，连续两条。

【白艾泽早就知道你有病的事情吧。】

【还在青训的时候，他就已经知道了吧？他和你关系那么好，你打药他不可能不知道。】

尚楚一愣，秦思年怎么会突然这么问？

尚楚一时拿捏不准秦思年是什么意思，于是回道：

【牛啊小年，现在胡说八道的本事见长啊。】

秦思年很快回复：

【如果我把这件事说出去，别人就都知道白艾泽一直在包庇你了。】

威胁？

这是威胁没错吧？

尚楚吹了声口哨，猛地坐直了身子，刚才还觉得无聊透顶，这会儿总算有了点乐子，心想就秦思年那小脑袋瓜子还不够他玩一轮的。

他拿准了秦思年手里没有证据，也不会往外声张这件事，于是飞快地打字回过去。

【随便你啊，你爱说说呗。你想威胁我是吧？那可不能够啊，反正我已经没什么好名声了，你帮我把白艾泽拖下水我谢谢你都来不及！哦，还有，发短信怪贵的，咱加微信聊呗。我开了无限流量，微信号就是这个手机号，加上哈！切记切记！】

信息发出去后，秦思年就再没一点声儿了，估计没想到遇着尚楚这么个脸皮厚的，一时间也不知道该怎么应付。

尚楚对着手机等了会儿，撇嘴吹了一口气，觉得怪没劲儿的。

她竟然就这么轻易放弃了？怪不得青训没坚持下来呢，实在是没什么毅力。

"有劳，我送您下去。"

私人医生撤下吊瓶，白艾泽送她到门口，看着她开车离开了，这才返回主卧。

乔汝南闭眼靠在床头，绒被盖到小腹的位置，右手手背上插着滞留针，左手手背高高肿起一块——她血管太细，实在不好入针，本来扎的是左手，但针头两次都没扎进地方，只好换了一只手。

白艾泽拧了一条毛巾，搭在她手背上隆起的地方，又坐在床边，轻轻揉捏她的手腕和指尖。医生说轻微的按摩能加快血液循环，有助于消肿。

乔汝南烧到了将近39℃，她安静地闭着眼，一动不动。

她的妆一点没有花，白艾泽看见她耳后那一块皮肤泛着病态的红，不像是化妆化出来的。

他自嘲地勾唇笑了笑，也只有在乔汝南高烧不退的这种时刻，他才能从他妈的面具背后找到一点属于人类的表现。

"艾泽。"乔汝南嘴唇动了动。

白艾泽说："医生让您现在少说话，多休息。"

"那块地，"乔汝南睁开眼，看着白艾泽说，"乔氏势在必得。"

白艾泽动作一顿，放下乔汝南的手，起身淡淡道："您休息吧，有事叫我。"

"你可以为了那个同学求你爸爸帮忙，却不愿意为了我向你爸爸开口，"乔汝南声音嘶哑，"你还是选择了你爸爸。"

白艾泽突然觉得冷，一言不发地走到窗边关紧窗户："午饭我会给您端上来的，张姨说您昨晚通宵处理工作，现在睡一会儿吧。"

"艾泽，我只是想不通。"不知道是不是因为生病会令人更容易陷入偏激的情绪中，乔汝南盯着儿子高大挺拔的背影，语气尤为冰冷，"他没有抚养过你，也没有栽培过你，在他身边长大的儿子是另一个人，我给了你最好的资源、最好的条件，连乔氏将来都是你的，你却选择站在他那一边？"

白艾泽累得连叹气的力气都使不出来，回答说："我没有。"

这三个字他不知道自己已经说了多少遍了。从小到大，他生日乔汝南不关心，他病了乔汝南不关心，他受伤了乔汝南也不关心，他做什么乔汝南都不关心，但只要知道他去了白书松家，知道白书松带他去了什么地方，乔汝南一定会过问。

她要知道"你爸爸和你说了什么"，并且反复强调"你爸爸爱的儿子不是你，你是我优秀的继承人，和你爸爸无关，你的'所有权'是完完全全在我这一边的，你不能背叛我。你可以和你爸爸有适度的交流，但不能过度来往，你爸爸有自己的生活，你的打扰只会让他们都反感你、厌恶你"。

年幼的白艾泽差点就真的这么以为，是白书松、付思恒和白御一点一点地把他扳正，告诉他"不是，你是你，是艾泽"。

白艾泽接受自己不能拥有一个完整的家庭，接受自己的母亲是事业型精英，甚至也接受把自己放在钢索上举步维艰的处境，但乔汝南还要掐着他的脖子逼他。

"不管你有没有，"乔汝南意识到自己的失态，喘了几口气后再度平静下来，不带丝毫感情地通知道，"那块地乔氏一定要拿到。"

"祝您成功。"白艾泽拉上窗帘。

"既然你不愿意求你爸爸，"乔汝南笑了笑，"还有另外一个方法，艾泽，你必须帮我。"

白艾泽没有回答，径直朝门外走。

在房门就要合上的刹那，乔汝南说："午饭我下去吃，家里有客人要来。"

白艾泽下了楼，在沙发上合眼靠了一会儿，门铃响了。

"艾泽，有客人来了，开下门！"张姨在厨房里朝他喊。

白艾泽以为是医生落下什么东西回来取，拉开大门一看——

许久未见的秦思年站在门外，手里提着一个果篮。见到他，她腼腆地笑了笑："艾泽你好，我听说阿姨病了，特地请假过来看看她。"

白艾泽一手撑着门框，拧眉看着秦思年。

秦思年有些紧张地抿了抿嘴唇。

"辛苦，"白艾泽似乎不打算让她进门，接过她手里的果篮，"她睡了，你先回去吧。"转身就要回屋关门。

秦思年一愣，拽住了他的衣角："等等！"

"等等！"下课铃一打响，尚楚顾不上收拾书本，三两下冲到门边，揪住了准备开溜的宋尧。

"阿楚？"宋尧眼神飘忽，眼珠子转来转去，就是不肯直视尚楚，"啊……有事啊？"

"我没问你有事没事呢！"尚楚勾着他的脖子把他拽到墙角，"你最近怎么回事啊？犯什么病呢？"

宋尧摸了摸鼻尖，动作生硬地拍了拍尚楚后背："谁有病呢，无缘无故骂人，你就这么当警察的？"

尚楚察觉到了宋尧的不自然，皱着眉松开他，问道："阿尧，你说实话，你也看不上我了是吧？"

"不是！"宋尧立即否认，"我是那种人吗我！"

"那你怎么回事？"尚楚问他，"大老爷们儿的成天躲着我绕道走，有劲没劲？有什么事情敞开了说不行？"

宋尧低头苦笑了一下："就……我不是还没想明白嘛！"

他就是心里别扭，阿楚有疾病的事情老白知道，他却不知道。他们三个明明是最好的朋友，结果阿楚和老白之间却有了小秘密，这种感觉让他心里堵得慌。

但他一个大老爷们儿，又不能直接说"你们两个关系更好，有事都瞒着我"这种矫情话，只好自己憋着默默消化。

"你什么事没想……"尚楚叹了口气，想来宋尧也不会告诉他究竟是什么事情,干脆转口道,"那你给个数,多久你能想明白?"

宋尧吸了吸鼻子:"老白说他妈病了,要回家照看,他多久回来啊?"

"下周考试前他肯定回来。"尚楚脱口而出,反应过来又补了一句,"我猜的,不确定啊。"

"哦。"宋尧闷闷地说,"等他回来我兴许就想明白了。"

"什么毛病!"尚楚嗤他,又冲他摆摆手,"行行行,你想你想,你自个儿慢慢想,给我滚蛋!"

宋尧拖着步子转头就走,尚楚看着他的背影,突然觉得怪难受的。

他知道宋尧不是那种人,他就是不明白,宋尧为什么一夜之间就和他隔得远了。

关键是他还不知道隔的究竟是什么,就是这种看着好朋友走远的无力感才让人最难受。

"阿尧!"尚楚从背后叫了他一声,"还是兄弟吗?"

宋尧停下脚步,朝尚楚扬了扬手:"废什么话!"

清晨五点半,打扫卫生的清洁工隐约看见对面马路公交站牌后头靠着一个人,他以为是无家可归的流浪汉。

清洁工还没走近,就被浓烈的酒臭气熏得皱起了眉头,上去一看,顿时吓了一跳,手里的扫帚"啪"一下掉在地上。

公交站牌后倚坐着一个男人,胡子拉碴,衣衫不整,皱巴巴的T恤上沾着一摊黄色的东西,裤子松松垮垮,拉链敞开着,手边散着两个酒瓶。最关键的是,这个人满嘴是血,也不知道是活人还是死人。

清洁工在原地愣怔几秒才尖叫出声,双腿战战发抖,想跑却使不上力。

就在他想起该报警的关头,地上那个男人咂巴了两下嘴,慢慢睁开双眼。

原来不是死人!

清洁工彻底松了一口气,愤愤地捡起扫把拍在男人身上:"酒鬼真是作死哦!走开走开!做卫生了!"

尚利军眼底布满血丝,撑着站牌从地上爬起来,踉踉跄跄地走出去几步,喉咙里发出卡着浓痰时才有的咕哝声,接着俯下身剧烈地干呕起来。

隔着几米远,清洁工也能闻到从他嘴里发出的那种酸臭腐坏的味道。

干呕声持续了一阵子,尚利军偏头啐了一口,夹杂着猩红血丝的黄痰"啪"地打在公交站牌下。

"什么人哪这是，"清洁工露出嫌恶的表情，"真够没素质的……"

尚利军听到有人在背后骂他，红着眼转过身，挥起拳头要打人："你说什么！"

清洁工没真想惹这个酒鬼，吓得转身就跑，没跑出去两步就听见后头传来"砰"一声响。他扭头一看，那臭酒鬼一个跟头摔在路边，然后狼狈地爬起来，嘴里不干不净地边骂边走远了。

尚利军这次昼夜颠倒地喝了二十多天，昨晚也不知和谁打了一架，门牙断了半颗，酒钱也喝空了。

这段日子找谁要的钱来着？好像是尚楚的那个朋友？

尚楚这些天回没回家？

想到儿子，尚利军混混沌沌的脑子稍稍清醒了几分。他一步三晃地走在马路上，来往的行人见了他都露出恶心的表情，远远地就躲着走。

进了城中村，经过那家小酒馆，尚利军蠢蠢欲动地舔了舔嘴唇，心说再喝点儿也没事，就喝几杯，不妨事。

他掀开门帘走了进去，老板见他一脸是血，问道："尚哥，你又和谁干起来呢这是？"

"来、来一瓶！"尚利军撩起T恤抹了抹嘴，"白的！"

"四十八块。"老板敲了敲桌子。

"赊着，"尚利军眼皮外翻，扶着柜台也站不稳，"先赊、赊账上……"

"我可听骡子他们说你这段时间发财了啊。"老板试探，"听说你家小尚搭上个有钱的朋友？可以啊，够有出息的啊。"

"别废话！"尚利军闻到屋里的红酒味，酒瘾立即上来了，"给开瓶白的先，快、快点！"

"我听说你儿子要被警校开除呢，真的假的？"老板从架子上拿了一瓶酒给他。

开除？

这两个字如同一道惊雷，"咣"一下在尚利军脑子里炸开。

对他这种只有小学学历的外乡人来说，"开除"就是最严重不过的事情，意味着他儿子这辈子就完蛋了！

"你说什么？"他一只脚蹬上柜台，揪着老板的领子，龇着牙吼道，"你再敢放屁试试！"

老板太了解尚利军是什么货色了，轻轻松松就甩开尚利军的手，一把将他推倒在地。

"你还不知道呢,尚哥?"老板居高临下地看着狼狈不堪的尚利军,幸灾乐祸地笑着说,"网上都说了,你儿子马上就要被赶出校门喽……"

尚利军表情狰狞,在地上坐了几分钟,突然发狠似的抓了一把脸,起身操起柜台上那瓶白酒,跌跌撞撞又气势汹汹地往外走。

"就这样的人生出来的儿子还想当警察呢,也不看看自己配不配!"老板对着尚利军的背影啐了一口,眼神就像看着一条下水沟里的臭虫。

尚利军那几个酒友说尚楚结交了有钱人,一转账就是几千几千的,尚利军到处炫耀,请客一点都不手软,还说自己马上就要搬去住大别墅了。

想到这里,老板的语气里多了几分嫉恨和恶毒,声音像淬了毒的针似的:"平时看着人模狗样的,还不是贱命一条!呸!"

"呸呸呸!"

尚楚匍匐着从铁丝网底下钻出来,扭头吐出嘴里的灰尘。

"第一名!"教官在一边掐着表,"三分四十二秒!"

三分四十二秒?还是慢了点。

尚楚拍了拍脑袋,一脑门黄色泥沙扑簌簌从头顶上往下掉。

"第二名!"教官接着报出时间,"三分四十六秒!"

跟在尚楚后头钻出来的是江雪城。

尚楚过去把江雪城拉起来,拍了拍他的迷彩上衣:"可以啊,哥们儿,你这速度挺牛啊!"

江雪城脸色一僵,不动声色地往边上拉开点距离:"没,比不上你。"

尚楚察觉到他刻意的冷淡,收回手插进裤兜,耸了耸肩,什么话也没说。

后边的人一个接一个地完成训练任务,从铁丝网下出来,以往他们一知道成绩就喜欢围着尚楚转,请教他陷阱那块怎么过比较快、身上发力点在哪儿、有没有时间给他们调整调整动作……第一名白艾泽性子冷,不和人过多接触,他们也识相地不去骚扰白艾泽;在白艾泽之下最强的就是尚楚,加上尚楚为人大方爽朗,有什么技巧从来不藏着掖着,谁都是真心服他,愿意从他这儿学点东西。

现在他们围着的人变成了江雪城。

"雪城你可以啊,三分四十六秒,刷新你个人纪录了啊这是!"

"我总觉得我姿势不对,每次过完网我都腹痛!你一会儿过个网我看看,学习学习！"

　　……………

　　尚楚看着热闹的人群，默默走到一边坐下。

　　"哎，"宋尧喊了他一声，朝他扔了一瓶矿泉水，"接着！"

　　尚楚抬手接住水瓶，拧开瓶盖喝了一大口，拿手背抹了抹嘴："谢了啊。"

　　"那些人是不是脑子不好使？"宋尧看着那群人，皱着眉说，"你比江雪城快了整整四秒，他们是瞎了、聋了还是傻了？"

　　"无所谓。"尚楚笑了笑，打趣道，"你都快四分钟了，不跟着过去请教请教？"

　　宋尧站一边乐了："我放着你和老白不请教，我请教他干吗？真不知道这群人怎么想的。"

　　尚楚朝人群那边瞥了一眼，很快就移开了目光。

　　能进首警的都是全国万里挑一选出来的尖子生，个个都心比天高、一身傲骨，加上他们专业的特殊性，强就是强，弱就是弱，直观得很，没那么多虚头巴脑的东西。强者就能受到崇拜、追捧和欢迎，曾经的尚楚就是最好的例子。

　　然而，现在成绩单上尚楚居于高位的名字变得无比刺眼，他们仰头望向那个名字的目光也从仰慕、向往中渐渐催生出了不甘和反感。

　　他们越不能正视那张成绩单，就越在心里强调尚楚是规则的破坏者，越认为尚楚的名字本来连出现的资格都没有。

　　将心比心，尚楚其实挺能理解这些人是怎么想的。他转头看了宋尧一眼，突然笑着砸了宋尧一拳："我发现你就是个傻子。"

　　"你什么毛病？"宋尧翻了个白眼。

　　"就你还光明正大地站在我这边，"尚楚喝了口水，"不是傻子是什么？"

　　"我爱站哪儿站哪儿。"宋尧说，又问，"下学期就选实习地了，你怎么想的？"

　　"那还能怎么想，"尚楚想也不想脱口而出，"肯定选首都啊，之前不是商量过嘛，咱们都报西城分局。西城分局这几年破案率高，过去后我跟着刑侦，你跟着物证，咱俩通力合作，无敌了啊这是！"

　　宋尧也笑："行，叫上老白，咱三剑客称霸首都警界去！"

　　尚楚也跟着乐，过了会儿宋尧去上厕所，他从包里翻出手机，给白艾泽发了一条消息过去。

　　【我过网三分三十秒，破你纪录了，牛不牛？】

白艾泽回得挺快。

【三分三十秒？】

尚楚故意唬他，打字过去说：

【是啊！你是不是傻眼了！这个纪录以后就由我来保持了，你已经成为时代的弃儿，悲哀啊！】

白艾泽先是回了一串省略号过来，又说：

【阿楚，刚出的成绩表已经发到年级群里了，三分四十二秒，虽然不错，但希望你再接再厉。】

尚楚忽悠失败，悻悻地摸了摸鼻尖，把手机塞回包里。

"集合——"

教官在一边吹哨，等人到齐了，下令说："下面两两一组进行近身搏斗训练。"

他们实训有固定搭档，尚楚一直和白艾泽一组，但今天白艾泽不在，他举手问："报告教官，我的搭档缺席！"

教官拧眉想了想："加入其中一组，进行三人训练！"

"是！"尚楚敬礼。

"加入秦涵、方舟组！"教官指定了其中一组。

被叫到名字的两个人对视一眼，面露难色，犹豫着开口："教官，我们搭惯了，突然加个人影响练习。"

"这是命令！"教官怒目圆瞪。

"可是他有病啊！"秦涵瞟了尚楚一眼，话里有话地针对道，"要我们和他搭档训练，这说出去也太……"

"报告教官！"宋尧举起手，嬉皮笑脸地说，"我不怕输了丢人，让我搭档去他们组，我和尚楚搭伙练习呗！"

其余人脸色一变，宋尧这话就是在暗讽他们不和尚楚一组，就是怕输给尚楚。

教官怎么会不知道这群学生是怎么想的，他看向尚楚，颔首问道："你是怎么想的？"

尚楚双手插着裤兜，一挑眉毛："反正我不练也照样拿第一。这样吧，我就站这儿，谁要是想和我过两招就来，打赢了我就弄张大字报贴公示栏，通知全校说我尚楚不如你。当然了，要是实在不敢也没事，理解哈，毕竟输在我手里那么多回了，怕也是情有可原的。"

"嗨！谁说不是呢？"宋尧在一边一唱一和地搭话，"反正下周考试也要输，何必今天多输一次呢，没面子！你说是不是啊，秦涵？"

刚才针对尚楚的秦涵冷不丁被点到，只好硬着头皮犟嘴："我们是不想和他打！"

"哎哟喂，我看你磨磨蹭蹭的，哪有男人的样子，痛快点，上啊！"宋尧添油加火。

教官伸手指了指秦涵："你和尚楚一组。"

秦涵还想辩一辩："可……"

"来，"尚楚对他吹了声口哨，"赶紧的。"

隔壁球场有个大一的班级正上课，听见动静围过来看热闹。秦涵这会儿是骑虎难下了，咬牙道："来就来！"

他摆了个起手，一掌就朝尚楚劈过去。尚楚侧身避开，手臂从身后绕过他的胳肢窝——一个漂亮的过肩摔。

"小老弟，"尚楚俯身笑着说，"格斗进前十了吗，就敢和我组队？"

宋尧吹了声口哨，叫好道："牛！"

"还有要组队的吗？"尚楚缓缓站直身子，对着围观的师弟们抬了抬下巴，倨傲地说，"小家伙们都看着点儿，基本功不牢靠就只有被摔的份儿。"

与此同时，首警保卫室闯进来一个闹事的酒鬼。

保安认出尚利军就是上回来学校找事的，赶紧拦下他："你又来做什么？"

"你大爷！"尚利军二话不说，操起酒瓶就往保安头上砸，高声吼道，"你敢开除老子的儿子！老子要你死！"

操场上，尚楚放倒了第三个，扭了扭手腕，笑眯眯地问："还有下一个吗？"

围观的低年级师弟里不知道是谁叫了一声好，其余人看热闹不嫌事大，纷纷跟着起哄，齐声嚷嚷道："下一个！下一个！下一个！"

秦涵羞得面红耳赤，低声说："谁知道他用没用什么药……"

"你说什么？"尚楚挠了挠耳朵，扬起声音道，"药？用了啊，哮喘喷雾啊，学校医务室批的。那东西……说实话，挺影响发挥的，味儿难闻，我鼻子吸了总觉得不通气。不好意思啊，兄弟们，今儿没拿出最佳状态和你们比画，绝对不是看不起你们的意思哈。"

宋尧"扑哧"一声笑了出来，悄悄地给尚楚竖了个大拇指。

"牛啊，尚师兄！"有个师弟在人群里中气十足地喊道。

其他人打响指的、吹口哨的、鼓掌的，干什么的都有，全在瞎起哄。

尚楚非常不真诚地摆了摆手："低调点，谦虚使人进步。"

一直在一边冷眼旁观的教官吹了声口哨，板着脸问："还有谁要和尚楚组队训练的？"

"来者不拒，来者不拒啊！"尚楚嬉皮笑脸地吆喝起来，"一拳八十，两拳一百六，谁能打着我，我给倒贴钱啊！把我打趴下，我银行卡的余额全转给你啊！"

宋尧闻言倒吸一口冷气，凑到他耳边低声提醒："阿楚，你玩大了吧！连银行卡都敢拿出来玩？"

尚楚悄悄伸出三根手指。

"三万！"宋尧低呼。

尚楚翻了个白眼，他这辈子都没攒到过三万块这么多钱，用气声对宋尧说："三十八块六。"

宋尧："……我看你是有病。"

两人凑在一起嘀嘀咕咕，教官朝他们投来一个警告的眼神，二人识相地闭上了嘴。

"没有？"教官问，"到底有没有！"

秦涵他们面面相觑，没人站出来回话。

有人推了江雪城一把，江雪城向前迈了两步，看了眼正在活动手腕跃跃欲试的尚楚，抿了抿嘴唇，又悻悻地退回队伍里。

"既然没有敢挑战他的，"教官缓慢地环视众人一眼，神情严肃，厉声道，"以后别再让我听到……"

"那儿呢！在那儿！"

教官的话还没有训完，就有个不知趣的在三楼走廊吼了一声。

一群人齐齐抬头，想看看是哪个敢拍老虎屁股，结果是辅导员和一个穿浅蓝色保卫服的保安。

保安撇开辅导员，拿警棍指着操场上的尚楚："那儿呢！那个就是！"

尚楚伸手指了指自己的鼻子，找自己的？

"你又犯什么事儿了？"宋尧问。

尚楚耸耸肩，一脸茫然。

辅导员赶紧拉住保安交代了两句，然后下来把教官拉到一边着急地说着什么。

然后,教官转过身,怜惜地对尚楚说:"尚楚,校门口有人找你,快去吧。需要帮忙的话,告诉老师一声啊。"

这时候,保安按捺不住冲了过来,大喊道:"尚楚是吧!你爸喝多了来闹事!赶紧去保卫室!"

尚楚的表情僵在脸上,周遭那些喧嚣的叫喊和嬉笑声像被按下了定格键,刹那间变得无比安静。

"阿楚?"宋尧有些无措地看着他。

尚楚闭了闭眼,在心里反复默念这是他自己的事儿,必须由他去面对。

"没事吧?"宋尧担忧地问,一手搭着他的肩。

尚楚舔了舔上唇,又极其不自然地迅速眨了几下眼,接着把嘴角勾出熟悉的弧度,吸了吸鼻子,已经形成惯性似的摆出一个笑容:"没事,我去一趟,这事儿你别和白艾泽说,别让他看我笑话。"

宋尧立即说:"我陪你。"

"别!"尚楚猛地转身,眼睛看着地面。几秒后他呼了一口气,才将眼神移到宋尧脸上,淡淡笑着说,"阿尧,别去,你就……别去了。"

宋尧愣了愣,尚楚眼睛里罩着一层他不熟悉的东西,他看不出那是什么,总之这东西把阿楚眼里的光罩起来了,阿楚目光黯淡,眼神带着一丝几不可察的恳求。

宋尧这时候才发现,原来他并不了解他最好的朋友。

"行。"宋尧说,"你快去,老白那儿我不和他说。"

"谢了。"尚楚点点头,转过身往学校大门的方向奔跑。

"给老子松开!"

保卫室里,尚利军被两个保安按住动弹不得。他常年酗酒,外强中干,挣扎了几下就脱了力,侧脸贴着冰凉的桌面,双眼赤红,嘴边全是鲜血,眼珠子就像下一秒就要从眼眶掉出来似的,面容看起来十分恐怖。

尚楚跑着穿过操场,又跑下一道坡,就觉得有点儿累了。

以他的体力和耐力,跑这么点距离根本不算什么,这回他却觉得有些喘不上气。

离保卫室大概还有十多米时,远远就看见那边围满了人,隐约能听见尚利军的吼叫声和怒骂声。

尚楚一听就知道，是尚利军没错。

尚利军骂得很难听，尚楚脚步顿了顿，脚尖往侧边挪了半寸——他想跑。

确切地说，他想逃走，他想掉头就跑，跑回刚才的训练场，嚣张地挑战那些不服气的学员。

他连着打五十个秦涵都游刃有余，但一个尚利军就能让他心力交瘁。

但由不得他，从小到大每一次都由不得他。

有眼尖的看到了这边的尚楚，尖声喊道："尚楚来了！"

他挪了半寸的脚尖又移正了。

尚楚笑了笑，把后背挺得笔直，一步一步地朝那边走。

"尚楚，"有人笑着说，"里头那是谁啊？他说他是你爸，真的假的？"

"儿子是靠行骗进的警校，老爹喝醉了来警校碰瓷。"有人小声嘀咕。

尚楚装作没听见，挤进了保卫室，从他这个角度只能看见尚利军被按在桌上的后背。

"松开，"尚楚说，"辛苦各位。"

保卫室里一片狼藉，两个文件夹掉落在地，A4纸雪片般地散了一地；酒瓶碎片溅得到处都是，酒气浓重。

尚楚扫视一眼，除了一个保安脸颊上有很淡的刮痕，其余没有受伤的人。

"可不敢松开！"压着尚利军后脑的那人说，"他刚才拿酒瓶袭击人，要是松开……"

"我说了，松开。"

尚楚的声音冷到了极点，那两个保安对视一眼，放开了手。

尚利军死狗似的趴在桌上喘着粗气。

"他是你爸吗？"受伤的保安问尚楚。

尚楚轻轻"嗯"了一声："对不住，没伤着您吧？"

"那不至于，好歹也练过几招。"受伤的保安摆摆手，"行了行了，你快领回家吧，劝劝你爸别喝那么多酒，酒这东西害人……"

外头传来窃窃的交谈声。

"还真是他爸……"

"撒酒疯撒这儿来了，真牛啊！"

"上回不就来过了吗？那次还赖上了白艾泽……"

"那回我就觉得不对，白艾泽怎么可能认识这种人，敢情是尚楚他爸，你说这白艾泽也真是倒了血霉……"

尚楚安静地站在原地，面无表情地听着。

"他之前就来过，不过上回不是找你，"保安又说，"后来是那个叫白……"

"是找我，"尚楚说，"上次也是找我。"

尚利军骂骂咧咧地撑起上半身，一口痰"呸"地吐在窗户上。受伤的保安厌恶地侧过头，不忍直视地说："你儿子来了，快走吧！这儿不是你闹事的地方！"

"我儿子？"尚利军扭头看见尚楚，跟跟跄跄地走到他身边，拍了拍他的背，"你爹我干、干死他们……"

他口臭很厉害，说话时酸臭味儿扑面而来，还能看见嘴里豁了口的门牙。

"谁打的？"尚楚问他。

尚利军昏昏沉沉的，嘴里不干不净地骂着什么，面目狰狞，似乎要和这里头的人同归于尽。

"是你们打的吗？"尚楚面无表情地问刚才按着尚利军的那两个保安。

"不是啊！"其中一个说，"他来这儿就这样了，谁知道在外面被谁打的。"

"知道了。行，那辛苦你们了。"尚楚抓着尚利军的胳膊，"走。"

"你松、松开！"尚利军吼道，"老子今儿就、就把这学校给砸烂了！"

尚楚闭了闭眼，五指猛地一用力："我说，走。"

尚利军吃痛，被尚楚半拖半拽地往外带。

人群外围，秦涵他们也来了，刚刚输在尚楚手里的那些学员看着他笑。

尚楚像被一双大掌掐住了喉咙。

他赢再多人又怎么样，他再强又怎么样，现在还不是像马戏团的猴子一样，出尽了洋相。

尚楚拽着尚利军出了校门，又穿过热闹的学生街。他一路上都把尚利军抓得很紧，一直到了一条没什么人经过的巷子才松开手。

尚利军骂了几句，扶着墙开始干呕，然后顺着墙面滑坐在了墙根。

尚楚站在他面前，居高临下地问："你来干吗？"

尚利军眼皮高高鼓起，瞪眼看了尚楚半晌才认出他是谁，一句话断断续续地说不清楚："你、你别……"

"我问你来干吗？"尚楚抓着他的头发，把他的头往墙上一撞，突然吼了一声，"你到底要我怎么样？"

尚利军吓了一跳，撑着地面几次想站起来，但又软趴趴地摔了回去，说话时酒气熏天："我和你说，你、你不要……"

"你要钱是吧？"尚楚胸膛上下起伏，冷笑道，"你就是要钱是吧？你要钱你说啊，你来这里干吗？我求你别来了，算我求你行不行，我求你以后别来了。你要我给你下跪给你磕头也行，你去哪里发疯都随你，我求求你别来这行不行？啊？行不行啊……"

"你别、别怕啊……"尚利军终于踉跄着站了起来，扶着墙往外挪，"他们要开除你，老子和他们拼命！"

尚楚一愣，听着尚利军嘴里不清不楚地反复念着："敢搞我儿子，老子弄死他们……"

尚利军扒着墙面，往前费劲地挪了没几步，听到身后传来一声压抑的呜咽。

他转头一看，尚楚蹲在地上，双手抱着头，整个人蜷作一团。

尚利军用布满血丝的双眼辨认了半响才认出，那不就是儿子嘛！他儿子怎么变得那么矮了，就和五六岁时似的？

就在这时，尚楚慢慢抬起头来，漆黑的双眼直直看着尚利军，脸上是一种混杂着悲哀和无助的复杂表情。

尚利军突然浑身一颤，因为酒气而通红的脸瞬间变得惨白，一手捂着右侧小腹，极其痛苦地摔倒在地。

尚楚瞳孔猛地一缩。

第4章 · 罪恶感

附近有个社区门诊，尚楚架着尚利军往那儿走。尚利军一路上都紧紧按着肚子，嘴里发出无意识的呻吟，弓着腰止不住地呕，一股一股的酸水从他嘴里往外吐，先前还是透明的，吐到后头甚至夹了些血痰。

突然，尚利军呕出一摊血，暗红的血水挂在尚楚的衬衣前襟。尚楚顾不上清理自己，拖着尚利军穿过两条街，进了那家诊所。

"医生！"他朝里间喊，"医生在吗？"

医生正在里头吃午饭，端着个快餐盒子走出来，见了尚利军吓了一跳，赶紧把他扶到靠背椅上，探了探他的颈动脉，问尚楚："人怎么了？这血是吐出来的？"

"吐的，就吐了一口，一直在呕酸水，"尚楚说，"大约二十分钟前突然就这样，捂着肚子叫疼。"

"急性腹痛？那不该吐血啊。"医生戴上医疗手套，掰开尚利军的嘴一看，"得了，牙断了，估计血就是从这儿来的。"

"不对，"尚楚立即说，"是呕出来的，我确定。"

医生蹲下身，抓起尚利军的手掌看了几眼，手背皮肤隐隐泛黄；他接着掀起尚利军的上衣，看到尚利军异常鼓胀的腹部时脸色一变："我这儿看不了，去大医院吧。"

尚楚一愣："他怎么了？"

医生看了看尚利军鼓起的肚子，欲言又止地摇了摇头："我这儿没条件做检查，也不好和你说，你赶快带去大医院。"

尚楚打了辆车去市医院，尚利军在车上昏昏沉沉的，闭着眼没一会儿就要吐。尚楚拿了个塑料袋给他接着，酒气混杂着酸臭味在车里弥漫开来，司机按下车窗，从后视镜里投来嫌恶的目光。

尚楚装作没看见，一个小塑料袋很快就满了。车里没别的垃圾袋，尚楚情急之下脱下自己的衬衣外套，揉成一团给尚利军捂在嘴上。

到了医院，医生问了几句情况，让尚楚拿着单子先去交费，交完费才能进行后续检查。

尚楚看起来也不着急也不担忧，好像没有什么情绪，很平静地接过单子，问了交费处在哪儿就走了。身后两个小护士在嘀嘀咕咕，说："这是亲儿子吗？怎么一点儿也不急？"

尚楚就和没听见似的，到交费处递上单子："交钱。"

"医保卡？"

"没有。"尚楚问，"多少？"

"这看你存多少了，"玻璃窗里的收费员给他办了张临时卡，头也不抬地回答，"存多少扣多少，多退少补。"

"那先往里存五百块。"尚楚掏出手机付钱。

收费员一脸冷漠地对着话筒喊："下一个！"

尚利军被拉去做检查，尚楚在大厅休息区坐着等。他把衬衣丢了，身上就穿着一件打底的无袖白T恤，尚利军刚吐在他衣服上了，味道很重。经过的无论是病人还是家属都皱着眉瞧他，远处空位都没了也没人愿意坐他附近。

尚楚不是故意坐这儿讨人嫌的，他是真的没有意识到。

他感觉自己脑子被挖空了，什么东西也装不进去。宋尧和戚昭都给他打了几个电话，他没接。听觉也失灵了，耳朵变成了个大洞，周围人在谈论谁家早产了，又有谁突发脑出血进ICU了……这些信息像一阵风似的，从他耳朵里穿过，激不起他一点反应。

脑袋里那根弦绷得死紧，一块石头沉甸甸地压在上头，重压之下他反倒不感觉累了，就是觉得空落落的，眼睛不知道该往哪儿看，耳朵不知道该听什么，嘴巴不知道说什么，手脚不知道往哪儿摆。

就是空得很。

他怔怔地坐了会儿，呆呆地看着头上挂着的电视，主持人嘴巴一开一合不知道说的是什么。不知过了多久，他终于拿到了检查报告。医生说："病人肝内多发占位，有严重的腹腔积液，俗称腹水。"

尚楚问："什么意思？"

医生说："考虑是肝硬化和巨型块，很有可能是肝癌，现在还不能确诊。"

"怎么才能确定？"

"做个增强CT才能确诊，这两天最好先住院观察。"

"成，那住院吧。"尚楚的脸上没什么表情，"那个增强什么的，也做。"

医生开了住院单后打了个电话。一个护士过来带他们办了住院手续，然后便安排尚利军进了病房。

尚利军到了病房后，尚楚又坐回原先的位子，抬头看着电视屏幕。新闻播完了，现在正放着一个巧克力广告，说是个德国牌子，以前是皇室贵族吃的，口感顺滑，香醇浓郁，风靡全球。

尚楚觉得这广告挺有意思，冷不丁笑出了声。坐前排的一个中年男人回头奇怪地瞄了尚楚一眼，尚楚抬手指了指电视屏幕："挺逗的，说以前那些欧洲贵族就吃这个。"

"有病……"男人低声骂了一句。

巧克力广告播完了，接着放的是一个牛奶广告。尚楚睁眼看着里头的奶牛，看着看着突然心里一阵发疼。

毫无预兆地、不受控制地、突如其来地难受，胸口那块地方像有根锥子往里戳似的，就是那种说不清道不明的疼，酸疼酸疼的。

尚楚握拳捶了捶胸膛，深深呼了几口气。前排的男人听见喘息声回头一看，惊恐地瞪大双眼，指着尚楚的脸："你、你流血了啊……"

尚楚抬手一摸鼻头，流鼻血了。

他撩起T恤下摆，胡乱往鼻子上一抹，没留神蹭到了脸上的伤，蹭下来一块沾着药粉的痂。他心想完了，白艾泽千叮咛万嘱咐要小心脸，他还是刮着了，白艾泽见了，肯定要和他生气。

他匆匆忙忙翻出手机，想给白艾泽打个电话。虽然他也不知道要和白艾泽说什么，但就是很想听听白艾泽的声音，听一听就行。

尚楚拨了白艾泽的号码，响了两声又立即挂断，估计白艾泽也在忙，就不烦他了。

好像听说白艾泽妈妈得了肺炎，这么严重的病离不了人，他肯定忙不过来了。

刚才那医生说尚利军得了什么病来着？是癌吧？说是肝癌来着？这点小病就别管了，再说尚利军这种人，天天酗酒，能活到这个岁数已经不错了，他这病得得不冤枉。

尚楚想了些乱七八糟的事儿，想了一会儿觉得有点饿了。他想到白艾泽总是要他多吃苹果，有句话怎么说来着——一天一个苹果，医生远离我。

吃苹果，对，吃苹果！

尚楚从纷乱嘈杂的脑袋里抽出了这个关键词，立即站起身，跟跟跄跄地小跑到外边找了个水果商店，称了两个苹果。

他蹲在水果店外边，从塑料袋里掏出一个苹果，洗也不洗就开始啃。老板给他拎了个小塑料凳，也不嫌弃他一身又是血又是脏渍，在医院门口摆摊什么人没见过，尚楚这程度都算是好的了。

"小伙子，你家谁得病了啊？"老板问他。

"我爸。"

"什么病啊？"

"还不知道，"尚楚说，"兴许是癌吧。"

"哟！"老板很不真诚地震惊了一下，"那老烧钱了，你得准备一下了。"

尚楚没再说话，一个苹果啃完，听着边上有人说："您好，要一个精装的果篮。"

他把果核扔进边上的垃圾桶，掏出另一个苹果，才咬了第一口，一双白色的帆布鞋出现在他眼前："尚同学？你怎么在这里？"

尚楚抬头一看，秦思年穿着干干净净的白色衬衣，站在他面前盯着他看。

"好久不见。"她冲尚楚笑笑，看着尚楚一身乱七八糟的，小心翼翼地说，"你这是？"

尚楚面无表情地看着她："能不能让让？挡我晒太阳了。"

秦思年往边上挪了一步。

"阿楚？"另一个熟悉的声音响起。

尚楚瞳孔骤然紧缩，抬头一看，白艾泽正从几步之外朝他跑来。

"艾泽？"

尚楚愣了半秒，接着突然开始发抖，啃了一口的苹果掉在地上，骨碌碌地滚了几滚。

"怎么了？哪儿伤着了？"白艾泽眉头紧蹙，声音又急又快，听起来有几分严肃，"怎么回事？哪里疼？出事了你为什么不告诉我？"

尚楚怔怔地看着他，表情一片茫然，手腕抖得很厉害。

"阿楚？"白艾泽见尚楚双眼无神，脸颊惨白，一点血色都没有，顿时心头一沉。

究竟发生了什么？他从没见尚楚如此失魂落魄过。

白艾泽放缓了语气，轻声说："对不起，我太急了，你是不是有哪里不舒服了？"

"我……"

尚楚张了张嘴，一出声却发现自己的声音在颤抖。白艾泽拍着他的背，看着他的眼睛反复说："没事了，我在这儿呢，没事阿楚，没事了。"

尚楚眨了眨眼，喉结不住滚动。

一边的秦思年愣了愣，低头看着白艾泽的后脑，眼神很是复杂，而后又低落地抿了抿唇。

尚楚很脏，衣服上挂着血点，还沾着不知道什么脏东西，有着一股令人作呕的酸臭味。连往来的行人都受不了这味道，捂着鼻子嫌恶地避开，白艾泽却像一点没察觉似的，耐心地安慰他："怎么了？被欺负了？连我都不好意思告诉？"

"谁能欺负得了我？"尚楚总算回过神来，双手环胸，又微微侧了侧身，想要遮住自己脏得不能看的白T恤，笑了笑说，"怎么这么巧，你怎么也在这儿？哈哈，真巧……"

白艾泽见他要岔开话题，不禁皱了皱眉，双手扣着他的肩膀，强行扳正他的身体。

尚楚眼神闪烁，下意识地挣了挣："你离我远点儿，我身上这都脏了……"

白艾泽脱下自己的外套，把深黑色的外套披在尚楚身上。

尚楚闻见他衣服上清爽的肥皂气味，喉头一酸，推说："不用，把你衣服都弄脏了……"

"手抬起来。"白艾泽平静地说。

尚楚一愣，顺从地抬起手臂。

白艾泽帮他穿上衣服，又仔细地扣上每一颗扣子。

最后一颗扣子扣好，尚楚一直紧绷的肩膀肌肉微微松了松。

其实他也怕，也怕路人皱着眉捂着鼻子从他身边经过，也怕对上他们反感的眼神，也怕别人看见他狼狈又肮脏的样子。他是最要面子、最好强的人，他在意得不得了。

他脏，他臭，他失魂落魄，白艾泽用一件衬衣就帮他遮住了。

白艾泽又帮了他一次。

"怎么流血了？"白艾泽的声音平缓却有力，"哪里伤着了？"

尚楚吸了吸鼻子，眼神虚虚落在白艾泽额头上，片刻后才说："不是我，我没事，我爸出了点事，我送他过来。"

知道他没有受伤,白艾泽这才松了一口气,又问:"叔叔怎么了?"

"啊?没事,没事啊,"尚楚突然咧嘴一笑,嘻嘻哈哈地含糊道,"就和别人打架呗,牙断了半颗,嗨!他这个人你也知道,没什么大事,真的。"

"叔叔现在人呢?"白艾泽问。

"他还在里头处理伤口吧。"尚楚耸了耸肩,没心没肺地说,"不知道,我还要回学校呢,没工夫管他。"

白艾泽定定地看着尚楚,似乎觉出了哪里不对劲,但细想之下又找不出什么说不通的地方。

他知道尚楚和尚利军的关系有多糟糕,也知道尚楚不想让他插手尚利军的任何事情,加上尚楚状态明显不好,于是便也没有追问,轻轻说:"我送你回学校。"

"不用。"尚楚摆摆手,"你妈妈是不是生病住院了?你快去照顾她,我自己回去就行,丢不了。"

白艾泽还是送了尚楚一段路,秦思年在原地站了半晌才转回身,刚要迈步,眼神不经意往地上一瞥,在尚楚刚才坐过的小板凳边看见了一张对折起来的薄纸,看材质像是发票一类的东西。

应该是从尚楚口袋里掉出来的。

她捡起打开一看,是张医院收费单据。

病人叫尚利军。姓尚,应该就是尚楚的爸爸。科室……

秦思年一惊:怎么看的是肝胆科?

回到学校,尚楚没有心情复习功课,直接去了后山那个小树林。

他掏出手机打开微信,尚利军到学校闹事的照片和小视频在各个群里传播着,大部分人在讨论尚楚的爸爸是个什么样的人。包括宋尧在内的小部分人叫他们闭嘴,说这事儿本质上和尚楚没有关系。

没关系吗?

尚楚蹲在草地里想,想得比谁都通透,但他还是难受。

其实白艾泽的衣服盖不住他里头那件T恤的臭味,一路回来他自己都闻见了,白艾泽怎么可能闻不到呢?白艾泽很快就会看到那些照片和视频,他有多少件外套能替自己遮掩的?

怎么遮也遮不住的。

尚楚一颗一颗解开扣子,脱下衬衣,像生怕把这件衣服弄脏似的,小心翼翼地叠好放到一边。

接着,他又打开微信,想了想,点开宋尧的头像。

【阿尧,借我点钱。】

宋尧一听尚楚回学校了,赶紧过来找他。

"怎么突然要这么多?"

宋尧一收到尚楚的消息就赶回宿舍拿银行卡,送到后山小树林给他。

尚楚拔了一根草,哆嗦着叼住草茎,含混地说:"我爸查出有点病。"

"这些够吗?"宋尧蹲在尚楚身边,也拔了一根草叼着,"要是不够我找我爸……"

"够了。"尚楚拍拍他的肩膀,"谢了,兄弟,一会儿回去我给你打张欠条。"

宋尧摆摆手:"你说什么呢!这点钱要留我手里,全得被我拿去买鞋,你拿着是正经用处,咱这叫发挥货币的最大价值。"

"条子还是得打。"尚楚吸了一口烟。

宋尧知道尚楚的个性,没再就这事儿多说什么,转头看了尚楚一眼,小心地开口:"你爸他……得了什么病啊?"

"肝癌吧,"尚楚吐出草茎,一张脸上毫无表情,显得有些冷漠和麻木,"还没确诊,他是个酒桶,七八成是这病。"

"啊?"宋尧低呼一声,赶紧也把草吐了,无头苍蝇似的急得团团转,"这么严重?那这点钱也不够啊!不都说得了癌症要做那什么化疗吗?还有那什么靶向药好像价格很高,要不要做手术啊?要不我、我还是找我家里要点钱……"

"别,"尚楚按下他,"我再找几个朋友凑一凑。"

"大家都还在读书,能凑几个钱啊!"宋尧拽了一撮草叶子,茫然地说,"要不找老白帮帮忙?"

"不行,"尚楚手腕一抖,"别和他说。"

宋尧叹了口气,又说:"那你打算怎么办?"

"你看过视频没?"尚楚突然问。

"啊?"宋尧一时间没反应过来。

"群里都在传的,"尚楚又叼了一根草说,"你看了吧?"

宋尧一时不知该怎么回答,沉默片刻后才点头说:"看了。"

"那你应该能猜到他是什么样的人，"尚楚平视前方，声音平静得没有丝毫起伏，"这已经算是他还比较清醒的时候了。"

宋尧一愣，眼前浮现出视频里尚利军双眼赤红、挥着拳头号叫、毫无理智的样子，任谁看了都会觉得那不是个正常人，是个疯子。

这都还算比较清醒？

那不清醒的时候该有多糟糕？

他忍不住转头看了尚楚一眼。

宋尧一向都觉得尚楚长得过分帅气、个性也过分嚣张，现在他脸上划着一道破了痂的疤，沉着几分本来不该属于他的阴郁，宋尧才觉得原来自己一直都没有看懂他。

"能凑到多少就多少，也算尽了我做儿子的责任。你们借我一万两万，我过几年指不定就能还上，要是再多，那就还不清了。"尚楚的声音和着纤细抖动的草，显得轻飘飘的，"别的就没有了。他当初做的那些事，不值得我为他背上那么重的担子。"

"阿楚……"宋尧心头一沉。

"阿尧，你不知道，"尚楚对他笑了笑，"真的不值得。"

宋尧看着他无波无澜的眼睛，于是不再多说什么，拍了拍他的背："有什么需要随时和我说。"

"成。"尚楚把口中的草吐掉，"你复习去吧，我缓一会儿，腿麻。"

"行。"宋尧起身，走出去两步又转回头，担忧地说，"接下来的考试，你有把握吗？"

"不好说。"尚楚说。

"不好说？"宋尧问，"那是有还是没有啊？"

尚楚挑了挑眉毛："赢你还是挺有把握的。"

宋尧朝他踢过来一粒小石子，骂了一句。

尚楚偏头避开，挥挥手说："滚吧！"

等宋尧离开了，尚楚拿出手机搜索"肝癌"。网上有人说肝癌是癌症之王，一般发现了就是晚期，患者存活期通常不超过半年；有人说如果病得非常严重，就没有必要住院了，再怎么住院治疗也是浪费钱，没这个必要了。

他又摸进一个本地的癌症患者互助论坛，不少帖子都说自己亲人毫无征兆地就查出得了肝癌，病来如山倒，没多少时日就走了，而且走前很痛苦，痛得彻夜睡不着觉，大小便失禁，时时刻刻要有人守在身边。

尚楚是新注册的用户，论坛版主给他发私信，问他是病友还是家属，来的是哪个"好朋友"。

论坛里把癌称作"好朋友"，尚楚回他说是家属，得了肝癌。

版主立即把他拉到一个聊天群里，群里有两百多人。很多人都热心地给他加油打气，还给他分享了一堆和这病有关的资料，安慰他说肝癌也并不是毫无治愈的可能，要是想找护工他们也能帮忙。

尚楚突然愣住了，脑子中有两个小人在疯狂撕扯，一个说"他是你亲爹，是你在这个世界上唯一的亲人，你必须救他"，另一个说"你看看他都做了些什么，想想你妈妈是怎么死的，他死了活该"。

"叮——"

白艾泽发来消息，说他妈妈病情好转，他今晚就能回学校。

尚楚想要笑一下，但脸上的肌肉却很僵硬，他摆不出任何表情。

好在白艾泽在手机那边，看不见他的脸。

他发过去一个小猪欢呼的表情，又打字让白艾泽路上快点儿，三食堂出了烤猪蹄，可香可美味，等他一起去吃。

【如果我回去得晚，你就自己先吃饭，别等我，烤猪蹄记得别放辣，别喝冰的。】

白艾泽又发来一句，尚楚就没再回复了，打字怪累的。

手机屏幕渐渐暗了下来，尚楚看着漆黑屏幕中倒映出来自己的脸，面无表情，挺颓的。

他眨了眨眼，觉得自己好像要裂开了。

第5章 · 小组第二

白艾泽回来第一件事就是给尚楚换药。

他把前一天的药粉用酒精擦了,一看伤疤就知道尚楚这几天压根儿就没认真擦药。他走前结的痂破了两处,有指甲盖大小,还往外渗了点儿血珠子,擦干净后能看见皮肤上浅浅的肉疤和被刮出来的伤口。

"你啊,"白艾泽叹了口气,拿这家伙实在没办法,"什么时候能对自己上点心?"

白艾泽理了理袖口的褶皱,拿起药瓶递到尚楚面前。

尚楚倒出两粒药片吞了下去,起身去上厕所。

等尚楚从厕所回来,白艾泽坐在椅子上,手里拿着他的手机。

"你干吗?"尚楚一愣,想起里头全是找宋尧他们借钱的消息,立即冲上去抢过自己的手机,反应很大地说,"你拿它干吗?"

"闹钟响了。"白艾泽没什么别的反应,淡淡道,"睡吧。"

"哦……"尚楚察觉到自己刚才反应太过激了,抿了抿嘴唇,解释说,"我定的,晚上十二点半响,提醒自己该睡了。"

白艾泽点头:"睡吧,我下去了。"

"好。"尚楚把他送到楼梯口,摆摆手说,"晚安。"

等白艾泽离开了,尚楚打开微信界面,排前面的几条一水儿都是几个朋友给他转账的消息,金额不等,从几百几千到两三万的都有。

白艾泽没看到吧?

他应该只是关了闹钟,没看见这些吧?

尚楚心跳加快,惴惴不安地安慰自己说没事的,就是闹铃响了,白艾泽关掉闹铃而已。

以白艾泽的为人,不会擅自动他的手机翻看他的消息,白艾泽不是那种人。

尚楚慌乱的心跳才刚稍稍平息一些,眼角不经意地往下一扫,顿时指尖一僵——

有几个微信群人多话杂,他一贯是屏蔽的,因此群头像上总有小红点挂着。

但现在,小红点消失了。

意思是就在刚刚,白艾泽翻看了这些群聊。

这些都是班级、年级和专业群的聊天信息,白艾泽也在群里面,他没理由要从自己手机里看这些。

尚楚喉头发紧,打开群聊一看——

所有聊天记录都被清空了。

那些关于尚利军的图片和视频、那些乱七八糟的质疑、那些凭空臆造的猜测,全都清空了,干干净净的,一个字都不剩下。

他早该想到,他怎么就没有早点想到。

尚楚怔了片刻,又倒回去看了看那几条晃眼的转账信息,忽然觉得喉咙干涩得难受,于是拿起水杯喝了一大口水,一不留神被呛着了,扶着床沿剧烈地咳嗽起来。

就在这时,一个电话打了进来。

"是尚楚吧?我这里是市医院,尚利军是你父亲对吧?"

尚楚平静地说:"住院费昨天转过去了,走的是官网的电子通道……"

"不是钱的问题!"那头的人打断他,"你爸爸晚上清醒了,吵着闹着要走,还弄伤了我们一个医护人员,现在还在闹!你赶紧过来一趟!"

"你们看着办吧,"尚楚舔舔嘴角,"我明天要考试。"

"考试?"那边似乎对这个答案很惊诧,"先放放吧!你爸爸都病成这样了!"

尚楚说:"放不了,这场考试很重要。"

那头的人变得强硬:"那好,既然你这个态度,那我们只能报警了。"

尚楚叹了口气,用拳头狠狠砸了砸墙壁。

出了校门,尚楚烦闷得喘不过气,去街边的便利店买了两罐啤酒,边喝边伸手拦了一辆出租车。

尚利军在十三楼1318房,尚楚还没走近就听见熟悉的叫骂声。

"没病!老子没病!谁说我有病!"

此时已是深夜,他这么一闹整层楼的病人都没法休息。附近病房的人都纷纷来到他的病房门口。

057

"这位病人,你现在身体情况很不稳定,需要留院观察。"护士的声音显然也没什么耐心了,"你现在这么吵,大家都没法休息了,你看这合适吗!"

"我管你合适不合适!我有病没病自己不清楚?"尚利军一脚踹在病床上,"你们就想骗钱是吧!骗我交钱是吧!"

"借过……"

尚楚从人群中挤进去,看见里头一地狼藉,床头柜被掀翻了,被子、枕头都被扔在地上。

尚利军正在破口大骂,眼角余光瞥见尚楚来了,到嘴边的脏话戛然而止,愣愣地看了尚楚两秒,又局促地眨了眨眼睛,才说:"你,你怎么来了?他们给你打电话的?我没事,没事哈,你赶快回学校,快点回去,不是还要上课吗……"

尚楚伸手一指病床,冷冰冰地下了命令:"别说话,躺下。"

"啊?"尚利军搓了搓手,有些不安地看着尚楚,小声说,"我没事,真没事。"

"刚才还吼得那么大声……"

"就是,把我都吓傻了!"

门口传来窃窃私语,尚楚赶紧扭过头给大家道歉,人群很快就散了。

值夜护士总算松了一口气,把掉了一地的东西捡起来,对尚利军说:"你儿子来了,你能好好住院了吧?"

尚利军看看雪白的床单,又闻见空气里的消毒水味,脖子僵硬地动了一下:"咱们不花这个冤枉钱,好端端的看什么病,你快回学校,快去!"

尚楚定定地看着他,眼神沉静:"躺下,别让我说第三遍。"

尚利军嘴唇发抖,接着有些着急地走过来拽着尚楚:"你回学校去!快点!我听人说你被学校开除了,我想那不可能……"

"我马上就要被开除了。"尚楚说。

尚利军退了一步,笑了笑说:"别开这玩笑,快走走走!"

"没开玩笑。"尚楚说,"明天我有个考试,考不过就直接被开除。"

"那你快去准备考试去!"尚利军推了他一把,"快啊!"

"你躺下,我就走。"尚楚很平静。

"哦哦哦,躺下是吧?"尚利军摸了摸脑袋,在病房里无头苍蝇似的转了一圈,最后直挺挺地躺倒在病床上,"躺了躺了,你赶紧走,赶紧走!"

"麻烦你们了。"

尚楚对值夜护士鞠了一躬,一个字没和尚利军多说,转身就走。

"那什么……"他一只脚刚踏出房门,就听见身后传来尚利军小心翼翼的声音,"他们说我得了癌症,是不是真的啊?"

尚楚身形一顿,没有回头:"不清楚。"

"哦……"尚利军吸了吸鼻子,在短暂的空隙后又说,"哦哦哦,没事,那没事,你去考试,你考完我们就回去,你快考试去……"

尚楚反手带上房门,离开了,值夜护士赶紧跟上去,准备交代一些事情:"我们医院——哎呀,你怎么了?"

她突然惊慌地叫了一声,尚楚觉得有点儿心悸头昏,但没太当回事,问她:"我怎么了?"

"你这脸发黑啊!"

她拉着尚楚的手拽了一把,想让他停下来好好观察一下,尚楚被她这么轻轻一拽,竟膝盖一软,眼前一黑,摔在了地上。

"中毒了吧!"她急得大喊,"邵老师!不好了!这儿有个中毒的!"

被叫作邵老师的值夜医生给尚楚挂上点滴:"得亏你年轻有底子,代谢好、抵抗力高,不然可就危险了。"

尚楚看着手背上扎着的针头和一旁的吊瓶,只好无奈地问:"这要多久?我赶着回去……"

邵医生瞥了他一眼:"吃完消炎药喝酒,能耐啊!你这个中毒反应叫……"

"双硫仑样反应!"实习护士在一边抢答,"原理是酒精在肝细胞内经过乙醇脱氢酶的作用氧化为乙醛,但抗生素抑制乙醇脱氢酶活性,所以乙醛不能进一步氧化代谢,体内乙醛就会聚集!"

尚楚被这一通叽叽喳喳弄得心烦,对邵医生说:"您能让她安静点吗?"

"不能!"邵医生翻了个白眼,"以后注意点身体。"

"我明早还要赶回去考试,现在能睡会儿吗?"尚楚扶额。

邵医生摇了摇头,带着实习护士一起走了。

尚楚强迫自己靠着椅背睡了会儿,好在他反应不算太大,血压也没降到太低,护士又给他挂了瓶葡萄糖,各项体征很快就恢复了正常。

腿脚还是有点儿使不上劲,加上手机马上就没电了,尚楚懒得再折腾一趟回寝室,就给白艾泽发了条短信,说明早别找他吃早饭,他打算自己早点去考场热热身。发完消息手机就关机了,接着他又让值夜护士明早五点半把他喊醒,打算就这么窝在医院的长椅上凑合睡一宿,明早回学校直接上考场。

这边的尚楚刚闭上眼,那边的白艾泽在漆黑的夜里睁开了双眼。

——尚楚有事隐瞒。

宋尧睡得很熟,呼噜声打得震天响。

白艾泽抬起手臂搭在额头上。

尚楚瞒着他,却告诉了宋尧。

那条他无意中瞥见的消息中,宋尧给阿楚转了 21899.30 元。

精确到小数点后两位,每一个数字他都记得。

尚楚不愿意让他知道的事,宋尧知道。

甚至其他一些关系并不密切、来往并不频繁的朋友都知道。

尚楚需要钱,一笔很大的钱,他却毫不知晓。

头脑里一时间冒出了很多猜测,他却抓不住一条清晰的线索。

白艾泽开始认真地思考,他和尚楚之间,是不是哪里出了一些问题。

或许是从尚楚第一次见到乔汝南开始,又或许是从尚利军第一次到首警被他拦下开始,他和尚楚一直彼此紧扣的友情中,出现了一点微小的、不易察觉的错位。

那个争吵后的雨夜,他以为已经解决了问题,实际上并没有。

他自认为做出了退让,不忍心再逼尚楚去面对不愿意面对的一切,甚至帮着蒙上尚楚的眼睛,想要让尚楚只看见所向往、憧憬、希冀的一切。

那尚楚呢?他是怎么想的?

白艾泽叹了一口气,闭眼沉思片刻,然后下床往四楼去。

最角落的单间宿舍没有人,是空的。

白艾泽眉头紧锁,立即给尚楚打过去电话,已关机,没有人接听。

也许他只是去厕所了,白艾泽坐在床沿等他回来;也或许他肚子饿了,偷溜出去吃宵夜了。

稍微等一等,尚楚应该就回来了。

次日一早,第一门考核的就是近身格斗。

尚楚赶到大教室的时间正好,这次考核按成绩交叉分成两个大组,在两间教室同时进行,他和白艾泽一直是前两名,自然分在两个不同的考场。

尚楚觉得自己身体没大问题,但组内考试最后一轮的时候出现了意外,对手一拳挥过来,这本来是可以轻易躲开的一次进攻,拳风逼近,尚楚突然眉心一抽，眼前闪过一道白光。等他反应过来，拳头已经打在了他的侧脸上，他整个嘴唇都是血。

"你怎么不躲啊？"

对方也惊了，自己竟然打到了尚楚？那个牛得不得了的尚楚？

"怎么样？"裁判见尚楚的鼻血止不住地往外冒，"赶紧去医务室！"

"不不不……不是我啊！"对手急得直摆手，"我没砸鼻子啊！"

"没事，"尚楚抹了抹鼻尖，"我最近上火，不关你的事。"

第一轮结果出来了，尚楚只拿到了组内第二名。

他走出大教室，心烦意乱地叹了一口气。

很快，另一间教室的分组考核也结束了。

"怎么回事？你小组第一名啊！"

里头走出来几个人，尚楚听见了小组第一几个字，下意识地转头看过去，却发现竟然不是白艾泽！

其中一个人也有些蒙，慢腾腾地眨了眨眼，云里雾里地说："我也没想到啊！白艾泽是不是昨晚没睡啊？我自己都放弃了，最后那脚他随随便便就能把我干倒，结果我踢中了？"

"你走了狗屎运吧！那可是白艾泽啊！那可是从来没拿过第二的天才白艾泽啊！"

白艾泽怎么可能会输？

尚楚听愣了，第一反应是白艾泽放水了想让自己拿第一，但再一想又觉得不应该，这只是第一轮的分组考核，下午还有两轮交叉考，白艾泽这轮输给其他人意义不大。

那白艾泽怎么会输掉组内第一的？

他突然病了？还是出什么意外了？

尚楚心急如焚，又不敢明目张胆地进隔壁场地找人，在走廊上来来回回踱了好几圈，总算见着白艾泽从里头走出来，浑身汗涔涔的，发梢带着水汽，外套随意地搭在臂弯中。

"你开什么玩笑呢，竟然输给那个'飞机头'……"尚楚藏在门边，等白艾泽走近了，伸手一把将他拉到楼梯间后面的拐角，皱着眉问道。抬眼看见他的脸时，尚楚一顿："怎么回事？"

尚楚知道白艾泽为什么会输了。

白艾泽的状态不好，肉眼可见地不好——眼圈泛着隐隐的乌青，下巴冒出细小的胡楂，眼皮有些红肿，一看就精神不振。

尚楚盯着他左看看右看看，对上他沉静的双眼，问道："怎么了？昨晚没睡好吗？"

"嗯，没怎么睡。"白艾泽说。

"你想什么呢？是不是担心你妈妈啊？不是说病情好转了吗？虽然说肺炎这病挺麻烦的，但你妈妈肯定会没事的。"尚楚有点心疼地数落，"黑眼圈这么大，胡子都不刮，邋遢。"

"你怎么也输了？"

"说明我和你心有灵犀呗！"尚楚嘿嘿一乐，企图把这个话题用轻松的方式带过去，"我悄悄告诉你，你可别告诉别人哈。其实是我抠鼻屎把鼻子抠破了，流了点儿鼻血出来，我一下没反应过来，那小子乘人之危，'砰'一拳就打过来了，我这才输了小半招！"

"你多大了还拿手抠鼻子，"白艾泽明知道他在扯谎，但还是接过他的话茬，"傻不傻。"

"白 sir，你管天管地总不能还管我抠鼻屎放屁吧。"尚楚哼唧了两声，又皱着鼻子问，"你怎么输的啊？你再精神不济也不至于输给那个非主流啊！"

"分心了。"白艾泽言简意赅地回答。

"你想什么呢！"尚楚翻了个白眼，没好气地教训他，"格斗场上都敢分心，这万一要是荷枪实弹地上了一线，你脑袋都得给敌人轰掉半个！"

白艾泽举手投降："是是是，我以后不敢了。"

刚才在考核的最后一刻，隔壁训练场比他们先结束这一轮，出来的人经过走廊，白艾泽隐约听见有人说尚楚输了，说尚楚被一拳打得满脸是血，样子看起来怪吓人的。

白艾泽心神一恍，对手一个横踢结结实实地踢在了他的后腰，他这才输了。

尚楚见他认错态度良好，又警告说："这只是第一轮，下午还有两轮呢，第一名最后还得是我的。哎，我和你说啊，你吃个饭赶紧回去补觉，别等第二轮又被哪个人一脚踹翻喽。那最后一轮我就真遇不上你了，和别人打架没劲死了……"

见尚楚一如既往地在自己面前耍贫嘴，吊儿郎当地晃着脑袋，一副没正行的样子，好像什么都没发生过似的，白艾泽表情有片刻的僵硬，突然说："阿楚，你昨晚睡得好吗？"

"好啊,好得不能再好了。"尚楚想也不想就脱口而出,"你走了我就睡了,脑袋一沾枕头就开始做梦,梦见我吃大鸡腿,大鸡腿炸得那叫一个外酥里嫩香飘十里,早上醒来发现我口水流了一床……"

他边说还边咂了两下嘴,回味无穷地眯起双眼,表情很是享受。要不是白艾泽在他房间坐了一夜,险些就要相信了这个蹩脚的谎话。

真是个爱撒谎的混账东西。

"看来你是真的睡得很好。"白艾泽笑着说。

第二轮是交叉考核,尚楚连着干趴下三个人,最后遇上早晨赢了白艾泽的那个"飞机头"。

"你就是上午隔壁组那个第一?"

热身的时候,尚楚问他。

"飞机头"没想到自己经此一战竟然名声已经如此显赫了,他还真以为是自己实力超了白艾泽一头,自然也就不把尚楚放在眼里,于是边压腿边炫耀:"没有没有,侥幸赢的,白艾泽还是很强的,我也就比他稍微厉害一点点。"

"我听人说你最后那一脚老牛了,"尚楚扭了扭手腕,"踢在别人腰上了是吧?"

"对啊。""飞机头"得意扬扬地抬了抬下巴,"不过你不用过分担心,我肯定不会那么粗暴对你的。"

"谢谢。"尚楚对他友好地笑笑。

"飞机头"突然觉得这人怎么怪怪的?

裁判吹哨,考试开始。

昨晚尚楚几乎一晚上都在折腾,身体没好利索,加上刚刚体力消耗太大,过了十多招就有点喘,额头不住地冒虚汗。

"飞机头"没接住尚楚一个侧踢,狼狈地摔倒在地,却看见一滴豆大的汗珠滑进尚楚眼睛里,尚楚眼珠被这么一刺激酸涩得难受,下意识地用力眨了眨眼。"飞机头"飞快地从地上爬起来,趁这个时机一掌狠狠劈下来,尚楚抬肘挡住,但无奈体力不支,生生被逼得倒退几步,单膝跪在了地上,大腿肌肉发抖,根本没法站起来。

尚楚睫毛上全是汗,眼睛被蜇得睁不开,一口牙几乎都要被咬碎了。"飞机头"趁势追击,把整个身体的重量压在尚楚那只用来格挡的手臂上。

"阿楚不行了！"坐在一旁观战的宋尧猛地站起身，对裁判喊道，"老师，赶快叫停吧！再这么下去尚楚铁定要受伤！"

"再等等，"白艾泽按着宋尧的肩膀，眉心紧锁，"他还可以。"

尚楚肩背肌肉绷得很紧，背脊止不住地微微颤抖着，裁判的倒数计时念到"二"，他猛地抬眼，被汗水浸湿的双眼迸溅出灼人的凶狠——

"飞机头"也已经撑到了极限，他对上尚楚的眼睛时，背后突然蹿起一股凉意，有种被某种凶猛的猎食动物盯上的感觉，不由得卸了几分力。

尚楚抓机会的能力在首警堪称一骑绝尘，甚至比白艾泽还强。他紧咬牙关，喉咙里发出一声嘶哑的低吼。

"嘶——啊！"

"飞机头"发出一声痛呼，尚楚一肘打在他胸口，他吃痛退了两步，尚楚顺势从地上站了起来。

"好！"宋尧兴奋地握拳。

白艾泽始终面无表情，但眉心的褶皱渐渐展开，眼睛片刻也没有离开。

这一切不过发生在短短的一秒之间，裁判的最后一声口令没有喊出来就收了回去，高台上站着的记录员拿镜头录下了这个精彩的绝地反击。

尚楚趁"飞机头"捂着胸口喊疼，使出一记利落的回旋踢，凌厉的腿风如刀刃般袭来，"飞机头"知道自己必输无疑，绝望地闭上了双眼——

"阿楚怎么不打了？"安静的场馆里响起宋尧的声音。

"飞机头"等了几秒也没等到那一腿，战战兢兢地睁开双眼，看见尚楚的脚背停留在距他肩膀只有一拳的地方。

"你、你干吗？"他问尚楚。

尚楚勾唇笑了笑，屈膝收腿。

"阿楚在干吗？"宋尧着急地喊了一声。

就在大家都以为尚楚要放弃考试不打了的时候，尚楚扭了扭腰，旋身一记侧踢——

"啪！"

"飞机头"的后腰结结实实地挨了一下，伴随着"哎哟"一声跌倒在地。

尚楚一步三晃地走到"飞机头"旁边，蹲下身，笑嘻嘻地拍了拍他的腰："这地方可不能随便踢，记住没？"

虽然不明白尚楚是什么意思，但奈何实在是技不如人，"飞机头"讷讷地点了两下头，委委屈屈地表示："记住了。"

"无语。"宋尧撇嘴,"阿楚是不是炫技呢?刚那一脚直接把他干翻多漂亮,还非要多来一脚!"

白艾泽无奈地摇了摇头,眼底浮上几分清晰的笑意。

虽然第一轮出了些意外,最后的得分肯定会受一些影响,但好在后两轮没什么失误,最后尚楚还是和白艾泽争一,也还是输给了白艾泽。

这个结果在尚楚的意料之中,尽管难免有些沮丧,但他还是强撑着没让自己太过在意,毕竟这只是第一门。

考试一共有三天,后头还有体能、耐力和各门文化课测试,不管怎么样他都要挨过去,结果如何另说,这个机会他得抓牢了,这个脸他不能丢。

这回尚楚的表现众人有目共睹,尤其是第二轮考核的最后一场,有人偷拍了照片传到论坛上,又引起一轮热议。

比起身材高大的"飞机头",尚楚显得有些单薄和瘦削,从场面上看已经没有翻身的可能,但他硬是咬牙扛了下来,实现了精彩绝伦的反击。

考试结束后,连在场监考的几名教官也忍不住赞叹,尚楚表现出来的抗压能力、决断力和耐力确实称得上是教科书级别的,他们还特地找记录员拷了那段视频,以后上课当教学素材用。

"你们成天酸人家,说什么是打了药才那么牛的,现在好了吧,人家不打药了,不照样把那群人打趴下!"尚楚坐在台阶上,声情并茂地读着一条条回帖,"'酸鸡'们消停点,稍稍收起你们盲目的自尊心和优越感,承认别人比你们强很难吗?"

"行了行了,"白艾泽见他这副嘚瑟样就好笑,把刚接来的热水递给他,"这么开心?"

"那可不嘛,"尚楚跷着二郎腿,"沉冤得雪能不开心吗!"

"喝水。"白艾泽说。

尚楚喝了口水,眼睛还黏在手机上。他手指划拉着屏幕,看到其中一条跟帖时突然浑身一震,气急败坏地抹了抹嘴:"有个傻子还在这不服气瞎嚷嚷,你听听他说的是人话吗?"

白艾泽从他手里拿过手机:"别看了。"

"那不行!"尚楚一把抢过手机,"我必须开个小号骂回去!"

他坐在台阶上义愤填膺地敲字,在网络世界舌战群儒,指头恨不能把屏幕戳出几个洞来。

白艾泽经常觉得尚楚是透明的——他个性坦率，有一说一，从来没有什么弯弯绕绕，也不是个会藏事的人，即使他有不希望自己知道的一些事情，自己也能一眼看破他没心没肺表象下的不安、慌张、拘谨和局促。

作为好朋友，他喜欢尚楚的坦率，也喜欢尚楚偶尔的不坦率。但是现在，尚楚坐在他身边很近的地方，他却发现自己开始看不清尚楚了。

就好像罩着一层朦胧的雾气，雾气笼罩下的尚楚，轮廓隐约变得有些模糊。

"阿楚。"

"干吗？"尚楚头也没抬。

白艾泽目光微闪动，拧眉说："你昨天晚上……"

"尚楚！"有人在操场对面冲这边喊，"校医喊你过去做检查！"

"行，来了啊！"尚楚回道。

他现在每周都得去校医那边做血检，以证明他没有服用激素类药物。

尚楚把手机塞进口袋，站起身拍了拍屁股，问白艾泽："你刚说什么来着？"

"去吧，"白艾泽朝他抬了抬下巴，"你回来再说。"

"那你回去等我，我抽个血就回，很快。"

白艾泽笑着看他跑远，等他的背影消失了，这才抬手按了按眉心。

尚楚想着早去早回，明儿一早考文化课，他还想着回宿舍再背背书。

行政楼一楼是会议室，窗户没关，尚楚经过时瞄了一眼，学校几位高层领导都在里头，不知道正开什么会。

"今年名额卡得很严，西城分局只给我们两个推荐资格。"

里头有个声音传来，尚楚脚步一顿。

他们在讨论校荐资格的事情。

这届学生马上就要被派到全国各地去实习，他们专业特殊，除开极少数以后不打算留在公安系统工作的人自己去找实习单位，其他人基本上走的是自主报名加选拔的路子。这就有点类似高考报志愿，全国的公安机关——上到市局，下到乡镇派出所——全都给你列出来，你中意哪个城市、想去哪个机构实习，你就自己报名参加选拔，和其他警校的人竞争。每个人能填三个志愿，要是全部落选，就由学校进行分配，把你派去哪儿你就得去哪儿，否则就领不到毕业证。所以说填志愿这事儿还挺让人头疼。

尚楚倒是从来没操心过这事，他早就拿定主意：报且只报首都的西城分局。

因为西城分局有全国最牛的刑侦队,破案率极高,破的还都是些轰动全国的大案要案。

西城分局还给了首警一个优待,给首警推荐名额,由学校推荐上去的学生可获得免试资格,但名额极少,往年都只有四五个,今年更是只压缩到了两个。

"既然只有两个名额,那按规矩就照排名发。"

尚楚摸了摸鼻子,其实他倒不是很在意什么免试不免试的,但能拿到自然最好。今年只有两个名额,看来铁定要归他和白艾泽了,一会儿回去得和宋尧说声,让他抓紧点训练,不然选拔被刷了就完了。他们三个说好了要在一个地方一块儿惩奸除恶,少一个都不是滋味。

"白艾泽没有问题,我已经交代老管了,重点磨一磨这小子,他将来前途不可限量。"副校长说,"不过这第二个人选嘛……难办!"

尚楚一愣,白艾泽之后自然是他,这有什么难办的?

"尚楚毕竟有过很大的争议,把他报上去不妥啊……"

"但他的成绩摆在那里了,这总没有争议吧?"

"成绩是暂时的,不能代表一切。也许现在有一些学生是略微逊色于他,但经过专业的打磨和训练,一定能够得到质的提升。"教导主任用钢笔头戳着桌面,"尚楚的身体情况摆在这里,他再强也就这个程度了,在体力、耐力这方面的天花板是很低的,我们也要考虑将来的发展空间嘛!"

"赞同。"有人附和道。

"这孩子也挺可怜的……"

"他有理想固然是好事,但这个校荐名额宝贵,我实在不建议给尚楚。"

尚楚站在窗外,只觉得手脚阵阵发凉,里面在说什么他也听不清了。他垂眸盯着自己的脚面,片刻后冷冷一笑。

大不了自己去考,照样能堂堂正正地走进西城分局的大门。

第 6 章 · 不要生气

"我拿到推荐名额了！"

第二天上午一出考场，宋尧打开手机就收到辅导员发来的消息，说今年西城分局给了两个校荐名额，学校经过商议，决定把其中一个给他，让他这两天抽空去教务处网站，做个线上信息材料填报。

宋尧匆匆瞄了一眼信息，没注意"两个校荐名额"这个关键词，理所当然地以为他们仨都被推荐了，于是兴奋得两脚不沾地，一只手勾着尚楚的脖子，另一只手拽着白艾泽的胳膊："那咱们三兄弟也忒爽了吧，连选拔都不用参加，这就齐齐免试进西城分局了？首警之光啊咱们这是……"

"不错不错。"尚楚乐呵呵地恭喜他，"祝贺未来首都警界物证科最牛的宋尧同志！"

"承让承让！"宋尧抱拳，又问他俩收到了没。

白艾泽自然也收到了同样的消息，他把手机放回口袋，看了尚楚一眼。尚楚正和宋尧嘻嘻哈哈地打闹，笑得眼睛都眯成一条缝。

"两个名额。"白艾泽说。

"什么两个？"宋尧随口应了一句，还在幻想西城分局那边会不会给他派一个漂亮搭档，"要是让我跟警花一起干活，那我保证效率……"

"醒醒吧，你还以为你是电视剧男主演呢，"尚楚哼了一声，"顶多给你派个鲁晓夫。"

"滚！"宋尧脑海里的幻想瞬间破灭，变成了他家雪白雪白的傻狗，吐着舌头追在他后头跑，顿时什么兴致都没了，捶了尚楚一拳，笑骂道，"你就不能盼我点好！我诅咒你在西城遇见个领导一毛不拔、铁面无私、大义灭亲！"

尚楚笑笑没说话。

白艾泽看着尚楚，尚楚却目光闪烁，偏头避开他的眼神。

到了食堂门口，尚楚让他们俩先去吃饭，自己准备到小卖铺买个面包，然后回宿舍背背书，下午那门考试他总觉得还没准备好。

"不是，下午不是开卷嘛，"宋尧说，"这有什么好准备的……"

"我也回宿舍，"白艾泽打断他的话，"阿尧，你先去。"

宋尧看看白艾泽，又看看尚楚，这才觉出了不对劲，点头说："行，那你俩一道回吧，我吃饭去。"

"那我也去吃饭吧，"尚楚走到宋尧背后推了他一把，打哈哈说，"我都忘了是开卷，走走走，吃饭去……"

"你们……"宋尧欲言又止，没搞懂眼下究竟是个什么情况，犹豫了两秒才说，"那老白先回，我和阿楚吃饭去？"

"他和我一起回去。"白艾泽看也不看尚楚，斩钉截铁地说。

尚楚抿了抿唇，拒绝道："我要去吃饭，饿了。"

"那要不这样，"宋尧打圆场说，"老白你先回，我俩吃好饭再去找你？"

白艾泽紧紧地盯着尚楚，嘴唇抿成一条平直的线，一言不发地抓起尚楚的手臂，拽着他往外走。

"你干吗！"周围来来往往的都是人，尚楚不敢挣扎得太激烈，压低声音说，"白艾泽你什么毛病！"

他用另一只手去掰白艾泽攥着他的五指，但白艾泽力道大得出奇，他怎么也挣不开，皱着眉说："你发什么疯！赶紧放开！"

白艾泽把尚楚拉进一个教学楼，随便进了间教室，反手关上教室门。

"砰！"

里面还有几个没离开的学生正在自习，听见响动不悦地抬头朝这边看来，呵斥道："大中午的吵什么吵——白师兄？那什么，那个……你们聊，我们刚好要去吃饭了哈……"

首警就没有不知道白艾泽和尚楚的，也没有不知道这两人关系堪称剑拔弩张的，见他们俩一副要打架的样子，那几个学弟互相使了个眼色，麻溜地收拾东西走人了。走前他们还拉上窗帘，热心肠地问："两位师兄，需要我们把风吗？"

尚楚笑眯眯地伸出脑袋："不用不用，我们不打架，讨论讨论微积分。"

微积分？

几个学弟对视一眼，得出结论：微积分的意思就是微微地打一架。

学弟们了然地"哦"了一声，又不放心地叮嘱："那你们'微'的时候动静小点，别弄坏公共财产，不然学校调查起来我们就说不清楚了。"

"幽默啊，小老弟，"尚楚一条胳膊还被白艾泽攥在手里，嬉皮笑脸地扬了扬下巴，"你们什么专业的啊？有没有兴趣加入我们插花社啊？进来进来，咱们坐下来好好聊聊，师兄给你们辅导辅导功课……"

"关门。"

一道低沉的声音横插进来。

门口几人不禁打了个哆嗦，轻手轻脚地反锁上了前门，心说"白师兄真可怕"，抱着一堆来不及塞进书包的课本，手忙脚乱地从后门跑了。

人走光了，教室也彻底空了下来，窗帘合得严严实实，只有一丝微弱的天光透过木门缝隙钻了进来，恰好从尚楚和白艾泽之间穿过，像一条波光粼粼的河流，把他们划成泾渭分明的两个阵营。

尚楚逐渐敛起了笑意，抬眼看着"河"对岸的白艾泽，他两道乌黑的剑眉拧起，眼底写着尚楚看不懂的情绪。

"松开。"

尚楚动了动手腕，白艾泽五指反而收紧了几分，一言不发地盯着他。

"你有什么话就不能好好说？"尚楚不敢大声说话，情急之下有些暴躁。

走廊上依稀传来脚步声，随时可能会有人进教室。

"尚楚。"白艾泽逼近他一步，"到底是谁有话不说？"

尚楚闻言一愣。

"大白天关什么门啊！"前门外传来两个人的对话声，"有没有人啊！"

"别躲在里面不出声，我知道你在里面！"另一个人说，"保不准那孙子骗我们说回去睡觉，实际上躲里头偷摸学习呢！"

"有人来了。"尚楚侧过头，小声说。

见尚楚反应这么大，白艾泽面色越来越沉，眼神紧盯着尚楚不放，外面的拍门声越来越大。

尚楚越发焦急，手肘在白艾泽肋骨的位置重重一顶。白艾泽吃痛，闷哼一声，却还是没有退让。

外边的人不耐烦了，一拳捶在门上。

"咚！"

尚楚觉得有人朝着自己太阳穴重重捶了一拳，眼前的白艾泽虚化成了一团混杂起来的抽象色彩。天花板开始旋转，他仿佛被倒置了一般，双脚变得很轻很轻，浑身的血液都呼呼地往上冲。

他屏住呼吸，紧闭上眼，用残存的意识反复告诉自己不要流鼻血，千万不能流出鼻血。在大脑的严厉命令下，血液好像真的缓慢回流了。他仍然有些恍惚，眩晕中听到耳边传来嘈杂的声音：

——要不白艾泽和他关系不好呢，白艾泽能跟他这种人结交？

——就他一个靠打药混进来的，也配和白艾泽并称什么"双子星"？搞笑呢吧！

——就他爸，那个酒疯子，上回带着一帮老流氓来学校找白艾泽，不就是看白艾泽有钱，赖上了呗！

——你说他爸怎么知道白艾泽是谁？铁定是尚楚私底下没少和他爸说白艾泽的事儿呗！

——老爸是个疯子，儿子也不是什么正经人。

——白艾泽也是挺惨，好端端的读个书就被碰瓷儿了。要是我，才不会息事宁人，当即就报警把那帮流氓逮起来！

…………

"别说了，"尚楚闭着眼，无力地低声道，"别说了别说了……"

白艾泽胸腔里突然弥漫起一阵难耐的酸楚，仿佛有一根细长尖锐的针一点点地往肉里扎。他深深吸了一口气，对尚楚说："睁眼，看着我。"

他极少用这样居高临下的命令口气对尚楚说话，尚楚乌黑的睫毛颤抖着，缓慢地睁开了双眼，大脑是一片茫然的空白。

见没人回应，门外的两人不甘不愿地走了。尚楚脑子里的声音终于消弭殆尽，眩晕感也渐渐散去，他从倒置的空间中回归，良久，他抬眼看着白艾泽，带着些几不可察的鼻音，极其小声地说："小白，疼。"

白艾泽无声地叹了一口气，终于松开了攥着尚楚的手，捏了捏眉心，沉声说："抱歉，阿楚，我……抱歉。"

"没事，"尚楚笑了笑说，"其实也没那么疼，我骗你的。"

白艾泽知道尚楚在骗自己，他疼的时候从来不说疼，他从来不告诉自己他疼。

"你也拿到校荐名额了对不对？"尚楚牵出一个新话题，避开他们之间没说的那些话，"不错不错，我就知道你肯定没问题。"

"你呢？"白艾泽问。

"我没有啊。"尚楚耸了耸肩，好似一点也不在意，"短信上不说了嘛，只有两个名额，是你和阿尧。"

白艾泽目光闪动："你已经知道了是不是？"

尚楚是那么好强又倔强的一个人，如果不是早知道推荐名额跳过了他，他不可能一点反应都没有。

尚楚没有否认："昨天偷听来的。不给我也正常，指不定我考完试就被开除了，给了我多浪费。"

"不会，"白艾泽打断他，"你不会被开除。"

尚楚似乎听出了他有什么言外之意，愣了半秒后又立即笑开，轻快地说："那我自己考呗，你还怕我考不上啊？你和阿尧先去，我马上就去。"

白艾泽看着他的眼睛，似乎要确认他说的是不是实话。

"阿楚，你要去。"白艾泽说，"你答应我们的。"

"必须的，西城分局是我们都梦寐以求的地方，说好了要一起去，说话不算数的是鲁晓夫。"

"好。"白艾泽认真地应下，顿了几秒后终于问出口，"考试前一天晚上，你在……"

"艾泽，我好像有点累，我们先回宿舍好好休息一下吧，下午考试一定会超常发挥。"

白艾泽知道尚楚是故意避开话题，但他不打算拆穿，等阿楚考完这场试吧。

尚楚看着门边透进来的那道白光，无数扬尘飘浮在空气中。

他第一次对自己产生了怀疑。

白艾泽和阿尧要去的地方，他真的可以去吗？

最后一天考试日，上午的科目结束，医院打来电话通知尚利军的增强CT结果出来了。医生说得挺专业的，癌变三分之二，门脉发现癌栓，淋巴有转移，少量腹水，最关键的是肿瘤在靠近大血管的位置，不好动手术，建议进行介入治疗，尝试靶向药。

尚楚也没听明白什么意思，就抓了几个关键词，大概说的是肝癌晚期，没救了，手术也没效果，现阶段就拖呗，能活多久是多久，有钱就活得久点。

他"哦"了一声表示知道了，又问尚利军还能活多久。

医院那边实事求是地说，半年已经是比较理想的生存期。

尚楚早就有这个心理准备，知道肝癌一发现就是晚期，活不久的。

尚楚心里好像压了一块石头，他反复开解自己说他已经尽力了，为了尚利军拉下面子到处借钱，他做得够好了。但每说一次，那块石头就变得更沉一分，沉甸甸地压在他心头，堵得他喘气都困难。

他握拳敲了敲额头,把手机关机,躺倒在床上合上眼,强行清除掉关于刚刚那通电话的记忆。

下午最后一门考试的知识点比牛毛还多,贼烦人。

最多活半年?死就死吧,活着也是烦人。

他在脑袋里过了一遍知识框架,又掂了掂考完的几门,他自认为是尽全力了,各科都发挥得不错,至于拿不拿第一,听天由命吧。

也有肝癌治愈的案例吧?难道就一点希望都没了?算了,就让尚利军听天由命算了。

都说白艾泽是天才,他之前一直不愿意承认自己比不过白艾泽,但普通人怎么能和天才比呢?

介入治疗是什么意思?能有用吗?要多少钱?还有那什么靶向药又是什么?他用得起吗?

"考试"和"肝癌"两个关键词反复在脑子里出现,像是电视新闻底下的滚动字幕交替出现,然后"刺啦"一声,电视画面消失,取而代之的是一片空白。尚楚突然觉得呼吸困难,用力捶了捶心口,像离了水的鱼那样张开嘴,大口大口地喘着气。

下午,尚楚到了考场,座位是按照上回考试成绩排的,白艾泽坐第一排第一个位子,尚楚在他后头,再往后是宋尧。

两点开考,宋尧在一点五十七分踩着点匆匆进了教室,将书包往讲台上一甩,趴在桌上喘气。

前面的位置还空着,监考官开始拆密封袋准备发卷了。首警对考试纪律抓得很严,一旦发卷就不允许再有人进出考场,迟到一律算作零分,取消该场考试资格。

尚楚皱眉,转身小声问宋尧:"白艾泽呢?"

"他发高烧了,"宋尧说,"我出门的时候他正穿鞋呢,让我先来顺道帮他带瓶水,估计正在路上,马上就到。"

发烧?

中午他还好好的,怎么突然就发烧了?

尚楚心里隐约有了一个猜测,但还是忍不住担心白艾泽,是不是前些日子照顾他妈被传染了?他平时看着挺强壮的,病了会不会扛不住?

"还有人没到?"监考官发现有个位置空着,蹙眉看了看表,"再等一分钟,要是还不来就算了。"

"老师，"宋尧见白艾泽还不来，着急地举手，"我室友病了晚点来，能不能等等他啊？"

"纪律就是纪律，"监考官严肃道，"不能因为任何一个人破例。"

"可是……"

"再不保持安静就出去！"监考官拍了下桌子。

宋尧不情不愿地噤声了。

尚楚心急如焚，笔尖一下下地敲着桌面，敲到第六十二下，监考官在白艾泽的答题卡上画了一个硕大的"×"，说道："发卷，一人一张往后传。"

一沓卷子"啪"地丢在他桌面上，尚楚心头一沉。

两个半小时的考试，尚楚两小时不到就交了卷，拎起书包拔腿就跑。

一口气跑到了宿舍楼，这个点大家都考试去了，整栋楼安安静静的，一点声音也听不着。尚楚上了三楼，到了白艾泽宿舍门口，着急地一把推开门——

"阿楚？"白艾泽听见声音回头一看，顿时怔了几秒，"你怎么？"

尚楚一个寒噤，也愣在了门口。

房间里温度很低，空调开到了17℃。白艾泽光着上身正在举哑铃，小腹肌肉流畅紧实，细密的汗珠挂在皮肤上，配合着窗外的金色斜阳，画面看起来怪美的。

他果然是故意的。

他没有发烧，他是为了……

"我、我听说你发烧了，我就来看看。"尚楚手指微微弯曲，靠在门边笑了笑，"你没事就行，我瞎操心了，那我先上楼了啊，拜拜。"

"等等！"

尚楚才刚转身，白艾泽大步上前拉住了他的手臂，把他拽进房间里，反手带上了门。

"我不是……"

白艾泽想说什么却不知如何辩解，他没想到尚楚会回来这么早，他算准了这场考试主观题分值大，得分点多且细，通常只有答题时间不够的情况，很少有可以提前交卷的时候，况且还提前了这么多。

早在青训营的时候，他因为分神让了尚楚半招，尚楚就气得不行，这回他干脆连考试都不去，尚楚会不会更愤怒？

"抱歉，"白艾泽双手按着尚楚的肩膀，懊恼地闭了闭眼，"阿楚，我绝对没有你不如我的想法，只是——"

"没事没事，"尚楚拍拍白艾泽的手臂，"我又没生气，特殊情况嘛，我理解的。"

他这个反应反倒让白艾泽不知如何是好。

"现在最重要的就是让我别被处分，如果你故意在卷面上放水，一个是不能确定我能不能拿到第一，还有一个就是阅卷老师肯定会觉得不正常。"尚楚分析道，"反而是借口生病缺考一门比较稳妥，放心，我肯定不辜负你，这下我保准是第一了，不用被处分了。"

他说的道理都对，白艾泽却觉得有几分心慌。

"你不生我的气？"白艾泽问。

"不生气啊，你对我这么好，什么都为我着想，我哪能生你的气。"

白艾泽叹息道："阿楚，不要生气。"

"你把空调关了吧，穿上衣服。"尚楚抬起头，皱了皱鼻子说，"倒是也没必要故意把自己弄感冒，要是真发烧了怎么办？"

"我真发烧了就辛苦你照顾我。"白艾泽说。

"我有那么闲吗我！"尚楚笑着推了他一把，顿了顿又说，"那个……我这几天就不住宿舍了，家里有点事，我回家住几天。"

"怎么了？"白艾泽接着问。

"嗨，倒也没什么，"尚楚一摊手，"我家楼上有个张奶奶，她回农村老家几天，把她孙子寄放在我家了。那小屁孩才七岁，白天他自己能上学，晚上回去总不能没人看顾。我爸那个人你也知道，三天两头不着家，我只好回去带孩子了呗！"

白艾泽眼神一凝，他楼上的张奶奶哪有什么七岁的小孙子。

尚楚以前和他说过，张奶奶的两个孙子就是那对小流氓，曾经劫过他的道，一个叫阿龙，一个叫阿虎，读完初中就辍学了。

"所以你千万别真发烧啊，"尚楚冲他龇牙，一脸凶相地警告他，"我可没工夫管你，带个小孩就够费劲了！你赶紧把空调关上，快点！"

"好，记住了。"白艾泽没想到还能有被尚楚唠叨的一天，把上衣套上，又打开窗户通风。

"走啦！"

尚楚嬉皮笑脸地关上门，白艾泽笑着对他抬了抬下巴。

"砰！"

一门之隔，白艾泽闭上双眼，无声地叹了一口气。尚楚步伐沉重，拖着步子往楼上走，从包里找出手机开了机，六个未接来电，全是医院打来的。

傍晚，班长来给每间宿舍发实习志愿申报表，特地嘱咐要谨慎填写，一旦交上去就不能改了，下周三他来收。

尚楚领了表，在"第一志愿"那栏写下"首都市西城分局"，底下两个空格就不再填，把表格塞进抽屉，背上背包离开了。

这天晚上发生了很多事。

白艾泽约宋尧去了小树林，跟宋尧一样，也叼着一根草。

"你怎么也叼起草来了？"宋尧蹲在白艾泽身边问。

"烦。"白艾泽说。

宋尧隐约能猜出他是因为什么，拍了拍他的肩膀："兄弟，阿楚他做什么事肯定有原因的。"

"嗯。"白艾泽应了一声，用力嚼起了草。

白艾泽从上衣口袋里取出一张卡，递到宋尧面前。

"这是什么？"宋尧问。

"里面有三十万，密码是六个'0'。"白艾泽说，"你把钱转到你自己账户上，再转给阿楚，别让他知道是我的。"

宋尧怔了几秒，抬眼看着白艾泽："你知道了？"

"只知道他缺钱。"白艾泽站起身，"麻烦你了。"

宋尧接过卡："成。"

白艾泽口腔里野草的味道还没散去，他第一次嚼完一整根草，挺苦的，味道不好。

"老白，"宋尧喊他，"你别想太多，什么事儿都会好的。"

"知道。"白艾泽对他笑了笑。

同样是这个晚上，秦思年去 VIP 病房看望了还没有痊愈的乔汝南，离开之前又去了肝胆科住院部，在护士站打听："请问尚利军叔叔在哪个病房，我是尚叔叔儿子的朋友。"

护士见这女孩长得漂亮又有礼貌，于是对她说了房间号，没忍住吐槽了几句："他儿子都不爱管他，难得你有心还来看他。"

"他们关系不太好。"秦思年笑笑，"麻烦您别和我朋友说我来过，不然他肯定要和我吵架。"

"他今天晚上要过来,要不你改天再来?"护士说。

"这样啊?"秦思年想了想,点头说,"谢谢姐姐,那我改天再来看叔叔。"

秦思年乘电梯下楼的时候,尚楚刚下公交车,又接到了医院打来的电话,催他交费,他回答说马上到。

宋尧刚才打来了五万块,说他老爸心情好,知道他免试进了西城分局,大手一挥奖励了他不少钱,让尚楚先用着,不够再找他要。

五万块也只是杯水车薪,尚楚向宋尧道了谢,默默又在备忘录上多添了一笔账。

白艾泽也接到了一通电话,乔汝南问:"刚才你的账户有十万元的支出,这么大一笔钱用在哪里了?"

"您怎么会知道这个?"白艾泽皱眉问。

"我想知道,自然可以知道。"乔汝南说,"你用的不是我给你的卡,你动了你爸爸那边的钱?"

钱是怎么花的不重要,用的是白书松的钱才重要。

白艾泽闭了闭眼,不想再多说什么:"您好好休息,周末我去看您。"

不知道是不是因为知道尚利军就要不行了,尚楚终于发现其实他的病并非毫无征兆。

尚楚到医院的时候,尚利军精神不太好,耷拉着眼皮躺着,腹胀非常明显,洁白的病床上隆起一个山丘的形状。尚楚原以为是喝酒喝出来的,现在明白了,里头的东西叫腹水,是要命的。

尚利军看见尚楚推门进来,混浊的眼珠子迷迷瞪瞪地盯着他,反应了将近十秒,才缓慢地从床上坐起来:"考完了?考完了就好,那回去吧,赶紧回去,我不爱待这里……"

尚利军说话变得有些含糊,嘴唇抖个不停,才短短几天没见,他好像彻底垮了。

尚楚没回他的话,看了几眼桌上堆着的药瓶,都是些保肝药,没和论坛里说的那些黑医院似的,瞎开什么保健品、抗生素。

"你、你等下,"尚利军把一条腿费劲地抬下床,"我撒个尿就走,赶紧走。"

尚楚把空药瓶扫进垃圾桶:"再待几天,钱交了。"

尚利军一愣,保持着一条腿在床下一条腿在床上的滑稽姿势,点点头对尚楚说:"交了多少? 赶快退了, 快点去……"

"没多少。"

尚利军有些急了, 扯了把尚楚的衣袖:"你哪里来的钱? 赶快退了, 我不待这里!"

他说话时嘴里散发出很重的味道, 尚楚侧开头, 不耐烦地甩开他的手:"退不了。"

"退不了? 他们骗你的, 看你是学生好骗, 你退不了我去退。"尚利军又把另一条腿搬下床, 撑着床沿站起来, 音量拔高喊道,"黑心医院, 敢骗我儿子!"

"嚷嚷什么!"外头经过的护士听见声音, 探头训斥道,"21床, 怎么又是你, 赶快休息!"

"你怎么对我说话的! 啊?"

对尚利军来说, 在自己儿子面前被一个年轻小姑娘教训简直可以说是奇耻大辱, 所以音量陡然增大。

尚楚上网搜过酗酒是什么病, 网上说酒精依赖算精神病, 他觉得也是。尚利军经常表现得跟个神经病似的, 在外头自尊心极强, 容不得别人说他一个字不好, 火气说来就来。这会儿他眼皮吊着, 挥着拳头往外走。尚楚眉心紧皱, 刚要过去拉, 尚利军经过厕所时, 里头恰好有人推门出来, 他被门绊了一跤, 整个人趴到电视柜上。

"对不住啊对不住。"出来的人是邻床病人的家属, 赶紧上去扶他,"大哥, 我真不是故意的, 没磕着吧?"

尚利军上半身扒着电视柜, 对着墙开始干咳, 喉咙里卡着痰, 他嘴里那股酸臭的味道像是什么生化武器, 渐渐在病房弥漫开来。

尚楚心里燥得很, 赶紧去打开窗通风。

邻床病人的家属见尚利军这个样子, 又恶心又害怕, 一脸苦相地转头问尚楚:"小兄弟, 你爸他没事吧?"

"没。"尚楚说,"你忙你的吧, 不用管。"

"那行那行。"邻床病人的家属松了口气, 手掌虚拍了拍尚利军的背,"那大哥您悠着点啊……"

"呕——"

突然, 尚利军发出巨大的呕声, 邻床病人的家属跟着喊了一声。

尚楚一看, 尚利军呕出了一口血, 鲜红鲜红的血。

尚楚留在医院过夜，租陪护床一晚上五十五块，押金三百块。他在窗口签完条准备交钱，想想还是算了，觉得大老爷们儿也没那么多讲究，从书包里翻出几张卷子摊开了铺地上，凑合凑合也能躺，没必要花这个冤枉钱。

病历本上写尚利军吐血是因为门脉高压导致食管胃底静脉曲张破裂，他也看不太懂，反正就是肝癌晚期的典型症状。

尚利军靠着床头输液，留置针扎在他右手背上，眼睛似闭非闭，偶尔哆嗦一下嘴唇，也不知道是不是太疼了，一个字也说不出来。

尚楚摞了两本书做枕头，邻床的老太太在和她儿子悄声嘟囔，说21床这男的真闹心，成天大嚷大叫，拉大便又不冲干净，把厕所弄得一塌糊涂，每天早上都要咳咳咳，这么爱咳怎么不去看肺病，来看肝干吗！她儿子赶紧冲她"嘘"了一声，要老母亲小声点，老太太不情不愿地噤声，没过多久又开始抱怨。

她儿子知道自己老娘病得不太清醒，说起话来就没个歇，谁也劝不住，于是抱歉地对尚楚笑了笑，拉上了两张病床间的帘子。

老太太把尚利军骂了一通，儿子喂她喝了些老年奶粉，她安静了没多大会儿，感叹她命还是不错的，怎么说也活到了这个年纪，身边还有儿子照顾着，邻床那个就歹命喽，儿子也不管他，成天晚上疼得睡不着觉也没人搭理……

"妈，您赶紧睡吧。"老太太的儿子估摸着尚楚肯定听着了，觉得有点尴尬，"大晚上的，快休息，我也睡了。"

"休息什么休息，"老太太翻了个身，"一天到晚躺在床上光顾着休息了，我想说话了还不让我多说点？我看你是想要我赶紧下去陪你那个死鬼爹……"

"好好好，您说话您说话，我听着呢啊，您说您说……"她儿子无奈道。

尚楚听了全程，内心无波无澜。

比起尚利军，老太太确实命好；比起尚楚，她儿子也确实命好。

尚楚看了眼输液瓶，还有一半，估计还要半个小时。他戴上耳机，放了一首嗷嗷叫的摇滚乐，上网找了篇小说开始看。

过了十来分钟，白艾泽给尚楚发了个视频邀请，尚楚点了拒绝，回消息说正在看书，没工夫闲聊。

白艾泽问他在看什么书，怎么这么勤奋？

尚楚又和白艾泽有一搭没一搭地聊了会儿，直到尚利军的药液输完了，尚楚按铃叫来护士，护士拆了输液管之后嘱咐他们赶紧休息，明早安排了检查。

"不、不……"尚利军捶床。

"不什么不！"护士翻了个白眼，"都这样了还不不不，你自己都不把自己当回事，难怪你儿子对你不上心！"

她牙尖嘴利，一句话嘲讽了两个人。尚利军气得眼珠子都要瞪出来了，背脊一挺想要坐直身体，又痛得呻吟一声，喘着气倒了回去。

不知道是不是心理作用，尚楚总觉得医院的地板怪冷的，阴森森的凉气从地下往骨头里渗，半夜他被冻醒了一次，恍惚间听见床上传来压抑的呻吟。

他起身一看，尚利军背对他蜷缩着，喘气声很粗，嘴里发出"咿呀"的声音。

尚楚伸手在尚利军背上推了一把，尚利军身体一僵，一条手臂往后抬了抬，似乎想要翻过身，但最后还是失败了，于是背身问："吵到你了？"

"嗯。"尚楚说，"安静点。"

"哦哦哦。"尚利军笑了笑，"你睡你的，明天就别来了。"

尚楚重新躺下，合上眼却怎么都睡不着了。

耳边的声音小了很多，不知道尚利军是怎么忍住的，过了十来分钟，尚楚听见"咯咯咯"的响声，应该是牙关打战的动静。

"疼？"尚楚轻声问。

"不疼，爸不疼。"尚利军说，"你赶紧睡，睡好了就走。这钱不能退，算了，我待到钱用光就回，你别来了，赶紧去上学……"

"我叫人给你弄点止疼的。"尚楚坐了起来。

"不用，"尚利军赶紧阻止，"多花那个冤枉钱干吗，不疼，我真不疼。"

尚楚说："不用多花，都在里头，用多少扣多少，早用完早走。"

尚利军静了两秒，才说："那行。那你叫他们随便弄点什么，早点让我出去就行。以后就不交钱了吧？"

"没了，"尚楚说，"花完就没了。"

尚利军讷讷地点头。

尚楚去护士站找护士，说尚利军疼得睡不了觉，护士说能忍最好先忍一忍，肝癌是比较痛苦的病，止痛药多多少少有依赖性，建议治疗早期先不用或少用。

"用吧，"尚楚垂眸，"他吵得我睡不着。"

护士用一种不悦的眼光扫了他一眼："行吧，你回去等着，我准备准备马上过去。"

尚楚和学校请了三天假，算上周末一共在医院待了五天。

其间尚利军又吐了一次血，这回出血量挺大，毛巾都捂不住，尚楚从厕所弄了个塑料脸盆来接着才行。

尚利军说喉咙疼,饭都不怎么吃得下,神色憔悴,人也迅速瘦了,颧骨高高突起,但肚子却胀得像一面结实的皮鼓。

有天下午尚利军梦到自己尿失禁了,醒来后发现床单湿了一片,他上下两片嘴唇剧烈地颤抖起来,神色慌张,好像这是一件天大的坏事。尚楚拿完药回来,尚利军立即把被子捂得死紧,双腿牢牢并在一起。

"吃药。"尚楚说。

尚利军吞下药片,尚楚看了看时间,医生给尚利军开了利尿剂,这会儿差不多该去厕所排尿了,于是问:"去不去厕所?"

尚利军摇头说不想去。

尚楚回了个"哦",坐在一边看书去了。

天气炎热,病房里开了空调,门窗紧紧关着,空气很不流通,没过多久房里弥漫起一股淡淡的腥臊味。

"谁上了厕所没冲啊?"邻床老太太阴阳怪气地说,"整天大小便不冲干净,没公德心!"

"你说谁!"尚利军瞄了尚楚一眼,梗着脖子回道,"说谁!"

老太太哼了一声:"你心里清楚!"

尚楚去厕所看了,马桶和洗脸池都挺干净的,也没有异味,他以为是下水道的臭味,于是喷了点儿消毒水,关上厕所门,但房里那股味道还是没有散去。尚楚皱眉吸了吸鼻子,尚利军浑身一抖,两手紧紧按着被子边缘,手指颤个不停。

尚楚发现了他的异常,安静地站了几秒钟,然后拉上床帘,一手搭上被角。

"别、别别……"尚利军求他。

尚楚一把掀开被子,尚利军的裤裆湿答答的,床单洇湿了一大块,浅黄色液体里掺杂着一些血丝——他便血了。

"起来。"尚楚说。

"你先出去,"尚利军不敢看他,哆嗦着说,"你先出去一下。"

尚楚把拖鞋放到床边,眉头也不皱一下,平静地说:"你先起来。"

尚利军从床上站起来,尚楚把脏了的床单拆下来,又从抽屉里找出一条一次性内裤:"自己换。"

尚利军像是机器人似的,尚楚下一个指令他就跟着做,他去厕所给自己稍微清洗了一下。

厕所外头有人敲门,尚楚说:"开门。"

尚利军打开一条门缝,尚楚给他递了个东西进来,是一包尿不湿。

尚利军接过那包东西,又立即关上门。

尚楚面无表情地换床单、被套,换到一半时脑子里突然冒出来一个念头,他为什么要做这些?

他为什么要伺候尚利军?

就在这时,厕所里传来了极其压抑、极其痛苦的哭声。

尚楚一愣,把干净的床褥铺平。

尚楚回学校后,白艾泽被学校推举去参加一个全国性的大学生刑侦大赛,忙着做各种准备。尚楚也忙,白天下了课就往医院跑,早上再往回赶。

他觉得自己就要溺死在这种无休止的循环里,尚利军的情况一天天变糟,大小便不正常,腹水严重,疼痛日益难以忍受,开始靠打吗啡才能够获得片刻喘息。

他每天压抑着烦躁和火气给尚利军喂饭、把尿,忍受尚利军的口臭和时不时的失禁,他做得够好了。

尚楚有时候也挺自我感动的,觉得自个儿值得一个全国十佳孝顺儿子的荣誉称号。他挺乐观地想着,万一哪天他的事迹被报道出去,就说警校贫困生一边上学一边照顾病重的老父亲,然后鲜花掌声赞美纷至沓来,全国人民都夸他是孝子,嘿!这不是挺光宗耀祖的嘛!

但他晚上又常常梦见妈妈,醒来后觉得自己这么做对不起妈妈。当初妈妈被尚利军虐待,他一声也不敢吱;现在这个虐待狂终于有报应了,他却忙前忙后地服侍着,真荒唐啊。

对于尚利军这种没医保又没重疾险的外来人口来说,得癌症等同于烧钱,住院费一天将近两百,一次腹水穿刺又要大几百,更别提栓塞术费用、射频费用、各种进口药的费用。其实接着治希望也很渺茫,住院的意义只在于维持生命,病人大出血或者急发疼痛的时候不至于再跑医院折腾。

尚楚想的是账户里那些钱用完就不治了,他对尚利军也算仁至义尽了。但每次到最后关头,他还是狠不下心,前前后后又找宋尧借了十万块。

有个晚上,尚楚头痛欲裂,醒来的时候鼻血淌湿了一张卷子。他在厕所里洗鼻子,水很冰,他看着镜子里的自己,人不人鬼不鬼的,眼眶都凹陷下去一块。

最后一次了,尚楚咬着牙对自己说,真的是最后一次了,这次钱花完了就不再看了。他做得够多了,真的够了,再熬下去自己也要搭进去了。

尚楚瘦了不少，整个人好像就剩下一把骨头，中午吃饭也没食欲，吃不下多少，得要白艾泽盯着他才愿意多吃几口。

他在学校的时候，白艾泽几乎是寸步不离地陪着他。周三下午，尚楚去上选修课，下课后发现白艾泽在窗外等他，尚楚强打着精神调侃道："白 sir，我又不是什么一级通缉犯，你成天跟着我也没赏钱领啊！"

刚才尚楚在里头打瞌睡，白艾泽看得清清楚楚，但他没说什么，只问："张奶奶还没回来呢？"

"什么张奶奶？"尚楚问，愣了几秒总算反应过来，赶紧打哈哈掩饰过去，"没呢，这老太太估计在农村玩嗨了，还要好几天才回来接孙子。"

"要不别带了，"白艾泽状似不经意地说，"或者我租个房子，我和你一起带。"

"别别别。"尚楚赶紧摆手，"我能搞不定一个小屁孩吗？我和他相处得挺快乐挺好的，你就别跟着瞎操心了啊！"

白艾泽静静地看着他，两秒之后说："行。你想吃什么？师大旁边开了一家酸辣粉，宋尧说很不错，想去吗？"

"哈？"尚楚震惊地张大嘴，"你不是说酸辣粉是垃圾食品不让吃吗？"

"偶尔可以吃一次。"白艾泽说。

"成啊！那去呗！"尚楚拽着白艾泽就跑，"我多放辣椒你不许叨叨啊！"

"好，放多少都可以。"

新开的酸辣粉叫流泪酸辣粉，意思是好吃到让人哭。

两碗粉卖相好到不行，小米椒红彤彤，小白菜绿油油，配上花生碎和酸豆角，香喷喷热乎乎的。尚楚以往最爱这些东西，今天却没什么食欲，闻见辣味反而额角一跳，像被针扎了一道似的刺痛。

他浮夸地深吸了一口气，操起筷子："看着我都要哭了！"

白艾泽又给他加了一个鸡腿、一个翅根和一个卤蛋，额外要了一份清炒秋葵："你多吃点，最近瘦了。"

"瘦了吗？"尚楚掐了把腰，"还成啊，我最近偷着练肌肉，看着可能细了点，都转成腱子肉了。"

"这么勤奋？"白艾泽挑眉，"是想赶上我？"

尚楚"喊"了一声："那不是轻轻松松的事情。"

这碗粉尚楚最后也没吃多少，他强撑着想在白艾泽面前多吃点，吃了半碗就感觉胃里难受，喉咙里像堵着个什么东西似的，吞咽不下去。

"饱了吗？"白艾泽问。

"没啊，"尚楚啃了口鸡腿，"这才哪儿到哪儿啊……"

"阿楚，"白艾泽放下筷子，看着他说，"吃不下就不吃了。"

尚楚怔了怔，很快又笑起来："那成，走吧。"

两人往学校走，经过一个小花坛，白艾泽问他："最近你在忙什么？"

"没什么啊，"尚楚踢开一个小石头，"上课，下课带小孩呗。你那个比赛准备得怎么样了？"

"还好。"白艾泽回答。

接着就陷入了长久的沉默。

两人围着小花坛一圈圈地走。

白艾泽有很多次想要找尚楚谈一谈，想知道尚楚发生了什么，想要跟尚楚一起担着扛着，但他现在只能等。如果尚楚不愿意告诉他，他就等，不能给尚楚任何压力，他应该再多一些耐心，再等一等。

尚利军在病房里等到了一个来探病的女孩，说自己是尚楚和白艾泽的好朋友。尚利军没想到儿子的同学会来看他，一时间又开心又激动，去厕所捧了把清水抹了几下头发，在病号服外头罩了件外套，得要体体面面的，不然儿子多没面子。

晚上，尚楚去医院，尚利军呆呆地坐在床上，眼神涣散，不知道在想什么。

尚楚给他打了饭，他吃了几口，突然问："你那个……"

"什么？"尚楚见他欲言又止，问道。

"就你和你那个朋友，"尚利军舔了舔嘴唇，"关系还好吗？"

尚楚见他问起白艾泽，以为他又想找白艾泽要钱，于是眉心紧蹙，警惕地问："你问这个干吗？"

"随便问问，随便问问……"尚利军说，"你、你见没见过他家人？"

尚楚放下碗筷，定定地看着尚利军，冷冷道："别再提他。"

尚利军见儿子这个反应，不禁心头一沉——

看来下午那个叫小秦的孩子说得没错，白艾泽的父母看不上他们这种家庭，只觉得尚楚一定是有图谋，才和白艾泽玩在一起。

尚利军浑身都疼，吃了几口饭就呕，蜷缩着躺在床上，闭着眼想都是自己拖累了儿子，都是自己这个废物害的。

第二天,上次考试的成绩正式发布,尚楚超出第二名18分,稳居第一名。

白艾泽由于缺考一门,总分排在第十七位,创下他个人史上最低成绩。

宋尧和戚昭看到排名很开心,意味着尚楚总算不用被处分了。尚楚说:"是啊,还能继续读书,挺好的。"

首警有个传统,排名除了在网上发布,还会弄个大红榜贴出来,挺有仪式感的。宋尧拉着尚楚去看,有几个人见了尚楚就恭喜他,说他运气好,恰好碰上白艾泽少考一门,不然得第一名恐怕还是有难度。

宋尧被气个半死,要不是尚楚拦着,当场就要冲过去和他们打一架。

"什么人啊!吃不到葡萄就说葡萄酸呗!"

"没,"尚楚平静地说,"他们也没说错。"

"你瞎说什么呢!"宋尧往他背上拍了一巴掌,"这是尚楚说的话吗?你不是一直觉得自己天下第一牛吗?"

尚楚笑笑没说话。

下午自习课,白艾泽的手机突然"嗡嗡"响起,他看了一眼没有接。

尚楚小声问:"谁啊?"

白艾泽:"秦思年。"

紧接着手机又响了一声,这回是一条短信,白艾泽打开扫了一眼,突然脸色一变。

"怎么了?"尚楚问。

"我出去一趟。"白艾泽说,"你好好上课,晚上多吃点,拍照给我看。"

尚楚见他神色凝重,于是没有多问,点了点头。

白艾泽连包都没拿就走了。

白艾泽离开不到五分钟,尚楚也接到了医院打来的电话,他到走廊上接了,那头传来吵嚷声,护士说:"你爸偷喝了一瓶白酒,现在正在闹事,赶紧来!"

尚楚闭了闭眼,呼出一口气,说:"你们看着办,我这边走不开。"

"他在 VIP 病房闹!砸了好几台仪器!"护士听声音都要哭了,"你知不知道要赔多少钱!起码六位数!"

尚楚手腕一抖。

尚楚打车赶到医院,等电梯的地方人挤人,他从楼梯间跑到七楼肝胆科,跑出了一脑门的汗。护士叫他赶快去十三层,这事闹大了不得了!

他跟着上到了十三层，这边是 VIP 区域，比起楼下住院部要清净得多。他刚出电梯就听见尚利军的吼声，说什么："我儿子……怎么就不、不好了！"

"也不知道你爸想干吗！"护士急吼吼地说，"都得了这个病还喝酒，不要命了啊！"

尚楚已经麻木了，他只关心那些被砸坏的仪器怎么样了。至于尚利军，这二十来年这种情况他见得多了，真的麻木了。

他沿着走廊往里走，在墙边看见了一个白酒瓶，最角落那间病房门口围着一大群人。

他又往前走了几步，突然听到了一个熟悉的声音——

"叔叔您先冷静一下，"白艾泽说，"没事，你们先撤了，这里我负责。"

尚楚脚步一顿，太阳穴像被人敲进了一根钉子，撕裂般地疼。

乔汝南惊魂未定地喘着气，秦思年在一边陪着安抚她。

病房里乱七八糟，液晶电视也砸了，尚利军没有穿病号服，不知道从哪里弄来了一身蹩脚的西装，浑身散发着恶臭，一摊烂泥似的醉倒在墙角，双眼猩红，吊着眼皮，面容狰狞得像是来索命的恶鬼："我儿、儿子以后是警察！有大出息！你们懂个屁——嗝！"

他一个酒嗝打完，吐出一摊又黄又红的东西。

"叔叔，我扶你起来。"白艾泽蹲在尚利军身边。

"艾泽！"乔汝南厉声喊道，"离这个疯子远点！"

"阿姨，您别生气……"秦思年轻拍她的背，"别生气。"

"报警！"乔汝南尖声说，"你们医院就是这么看护 VIP 的？这种疯子都能随便进来？报警！立刻！"

"不用报警。"白艾泽打断，"我认识他，我来解决。"

"白艾泽！"乔汝南气极了，胸口剧烈起伏，"这种人你是怎么和他扯上干系的！"

白艾泽架起尚利军的手臂："我扶你起来……"

"我来吧。"尚楚说。

白艾泽闻声背脊一僵，回头看见了站在门边的尚楚，皱眉道："阿楚？"

尚楚面色平静："我来。你让一下，挺脏的。"

"你怎么来了？"白艾泽把他挡在身后。

尚楚推开白艾泽，对乔汝南笑笑："对不起啊，乔阿姨，我爸他喝多了，吓着您了。"

乔汝南看他的眼神就像看一只臭水沟里的蟑螂。

尚利军看到尚楚来了,撑着他的肩膀,跟跄着站了起来,对尚楚语无伦次地说:"你别、别怕哈,我和他们说你很厉害,没、没人看不起你,真的,真的……"

"嗯。"尚楚点头说,"行,知道了,回去吧。"

尚利军哆哆嗦嗦地站直了,捋了捋西装袖子,对一众人说:"这就是我儿子,以后他要当警察!你们要敢搞我儿子,我死了变成鬼,也要来掐死你们!敢搞、搞我儿子……"

"回去吧。"尚楚眼眶发涩,加重了声音说。

"我帮你。"白艾泽扶着尚利军的另一条胳膊。

"不用!"尚楚道,很快地做了个深呼吸,放缓了语气,让自己看着体面一点,笑着说,"你留下来照顾阿姨,我能行。哦,对了,要赔多少钱麻烦你们算好了直接告诉我,辛苦了哈。"

"我不走!"尚利军甩开尚楚,"你们给我说、说清楚,我儿子怎么样……嗝!"

乔汝南多看他一眼都嫌脏,在秦思年的搀扶下站到了窗边。

尚楚垂下眼睫毛,指尖忍不住颤抖。

尚利军又呕出一摊东西,然后双腿一颤,尿了。

腥臊味在病房里散开,秦思年捂着嘴,反胃地干呕起来。

尚利军不合时宜的尿失禁让尚楚脑子里紧绷的那根弦终于断裂了,他身体里烧起来一团火:"我说走!听不听得见!"

尚利军红着眼睛,似乎不知道儿子为什么发火。

尚楚像是崩溃了,哑着嗓子吼道:"你为什么不去死!为什么不死得干净点!"

"尚楚!"白艾泽神色一凝,"冷静点。"

尚利军嘴唇一抖,也不知道是不是听明白了,双腿一软跌坐在地,正坐在那摊呕吐物和尿液上。

"冷静?我不够冷静吗?"

尚楚感觉无数双眼睛在注视着他,鄙夷、嫌恶、恶心的视线投射在他背上。他知道别人怎么说他的,说他破坏规则混进警校,说他有个酒鬼老爹,说他依靠白艾泽才没被赶出学校,说他就是一条臭虫、一只臭老鼠,说他就该活在又脏又黑的下水沟里不该出来丢人现眼，更不该出现在这些有钱人面前！

他一直苦苦支撑的那堵墙终于轰然倒塌，他一脚把地上那台液晶电视踩烂，又把倒在地上的呼吸机踹散架："我还要怎么冷静！"

乔汝南吓得浑身一抖，门外几个围观的人尖叫起来，保安冲上来要制住尚楚，白艾泽厉声对他们喊道："出去！"

他把尚楚按在墙上，看着尚楚的眼睛说："阿楚，你听我说，别怕，冷静一下，好吗？"

"怎么冷静？"尚楚一把推开他，声嘶力竭地冲他吼，"你爸当这么多人的面尿了，你也能冷静？"

尚楚的嗓子像被撕裂了一样沙哑，喘着粗气瞪着白艾泽，像是一头受了伤的野兽，眼神又凶残又无助："你离我远点，离我远点！"

乔汝南也喊白艾泽躲远点，喊警卫把尚楚抓走，但白艾泽还是一步步地靠近尚楚，像安抚受了刺激的猫，低声说："别怕，阿楚，别害怕……"

尚楚靠着墙闭上眼，接着用手掌捂住脸，指缝里渗出晶莹的液体。

接着，白艾泽听见尚楚用破碎的、颤抖的声音说：

"小白，不用管我了，就当没有我这个朋友。"

第7章 · 第一志愿

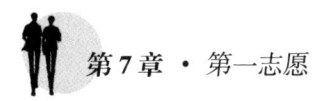

"你说什么?"

沉默了几分钟,白艾泽才问。

尚楚放下捂着脸的手掌,睫毛湿漉漉的,像刚被一场雨洗刷过。

他安静地靠着墙,眼神空洞,像是注视着空气中某一个点,又像是什么都没有看。

他对白艾泽笑了笑,又摇了摇头,推开白艾泽的双手,架起倒在地上的尚利军,一步一步地向外走。

白艾泽无所适从地站在原地,愣了很久才反应过来,转身往门外冲。乔汝南在身后大喊"拦住他",守在门外的几个保安蜂拥而上,把他团团围住。

尚楚的背影就要消失在走廊拐角,白艾泽喉咙像裂开一样疼,用尽全身力气喊了一声:"尚楚!"

尚楚脚步一顿。

白艾泽定定地看着他,胸膛剧烈起伏,张着嘴却说不出一个字。

"阿楚,我不追你,"沉默片刻后,他发出了干哑的、微颤的声音,"你慢点走,不要摔倒,你……你冷静冷静,好不好?"

尚楚脖子上架着尚利军的一条胳膊,他费劲地扭过头,没有去看白艾泽。

在他和尚利军身后,在洁白的大理石地面上,一路蔓延过来两排脏污的脚印。

回到楼下病房,尚楚把尚利军的衣服脱了,拧了条毛巾给他擦干净身体。他醉得睡死过去,呼噜声响彻整个病房。

"吵死个人,"邻床的老太太不满地翻了个身,"让不让人休息了!"

"妈!"她儿子在一边尴尬地说,"小点声!"

"小什么声!他那么吵还不让人说不成!你就是孬!"老太太尖声嚷嚷,

指桑骂槐道，"我都是眉毛入土的人了，我怕什么！你这个不孝子啊你，别人吵着你老母亲了，你连个屁都不敢放！"

"行行行，我错了错了。"她儿子连声讨饶，"你这有什么可气的啊，你说你这老太太真是……"

尚楚合紧床帘，戴上橡胶手套，把尚利军换下来的脏衣服弄去厕所清洗。

底裤脏得不能要了，他本来想直接扔进垃圾桶，踩开桶盖又愣了愣，里头雪白的纸团就要冒出来了，该换垃圾袋了。

他对着一个满满当当的脏桶愣了将近五分钟，俯身把里头的袋子取出来，袋口扎紧，扔到了楼道的大垃圾桶里，然后换上了一个新袋子，再把尚利军脏臭的西装擦干净。

老太太又嚷嚷说21床这个人怎么满身酒气臭得要死，整个房间都给他弄臭了，和这种人住到一起真是造孽哦造孽，一天到晚没个清静，屋里被他搞得脏得要死，连老家猪圈都不如。

尚楚于是又打湿了拖把出去拖地，把老太太那边也拖了。她儿子挺不好意思的，拦着他说："我来我来，哪能麻烦小哥你啊！多不好意思！"

"没事，你让我干吧。"尚楚垂头看着地上的水痕说。

老太太的儿子被尚楚干涩的声音吓了一跳："小哥你注意多喝水啊，这大热天的多燥，看你嗓子都哑了。"

"没事，"尚楚用力搓着床脚的一个黑印，"你让我干。"

老太太的儿子怎么看怎么觉得不对劲，哪有人像他这样抢着干活的。老太太靠在床上吃腰果，哼了一声说："他爱干就让他干！你瞎凑合什么你！"

"谢谢啊。"尚楚突然说。

老太太手腕一抖，半粒腰果掉在了床单上，她捡起来吹了吹，重新丢进嘴里嚼，嘟囔道："有病吧？"

尚楚拖完地去洗拖把，对着哗哗淌水的水龙头又愣了五分钟，想还有什么能干的，想好之后他把病房里的电视柜和衣柜从里到外擦了一遍，擦完了又去拖了一遍地。

"小哥你别拖了，"老太太的儿子从他手里拿过拖把，"刚刚已经拖了一遍了！"

拖把没了，尚楚双手一空，他怔了两秒，突然觉得心脏猛地一跳，好像里头也空下来了似的。

"拖过了？"他讷讷地问。

"是啊！"老太太的儿子眼神古怪地盯着他，"你是不是发烧了？要不去看看？"

"哦，拖过了，那没事。"尚楚神情呆滞，转身走了。

尚楚到厕所转了一圈，又在走廊上站了会儿，真的没事能干了。

他不能让自己停下来，一停下来就难受，先是太阳穴一跳一跳地痛，接着扩散到两只眼球，再牵动脖颈、肩膀、手臂、后背的肌肉，只要他一停下，他就全身都痛。

尚楚到楼下花园转了几圈，又回到七楼病房，又把病床边的床头灯开了又关、关了又开，接一壶开水又立即倒空，在楼梯间来来回回地上下走。

只要他不停下来就能好过一点，他觉得自己总要做点什么，做点什么就不会那么空空落落的，就没那么痛。

下午尚利军被推去做检查，尚楚把晾干的西装收了下来。他从来没见过这身衣服，不知道尚利军从哪儿弄来的。

他里里外外摸了一遍，在内袋摸到一张硬卡片，掏出来一看，是张名片，上头写着"麦斯服装租赁"。他顺着地址找过去，就在医院附近的一条小巷里，一家又小又乱的杂货店门口立着个牌子，写着"正装、丧服出租请入内"。

尚楚还了西装，老板记得上午来租这身衣服的人，问尚楚："那人是你的谁啊？"尚楚说："我爸。"

老板点点头，里外检查了一遍衣服，把本子上的租借记录画掉，说："你爸说他今儿要去见儿子同学的家长，租套漂亮衣服穿体面点。他还说别人是有钱人，担心人家瞧不上他，走前还从我这儿带了一瓶酒，说是喝两口能壮壮胆！"

尚楚闻言一愣，目光从老板背后的货架上扫过，然后指着其中一瓶白酒说："来瓶这个。"

"哟！你们爷俩口味怪像的！"老板取下酒给他，"十八块。"

尚楚结了账就走，拎着酒瓶在巷子里找了个没人的拐角，咬开瓶盖，往嘴里猛灌了一口。

烈酒顺着口腔流进胃里，喉管瞬间像被灼烧了一样，尚楚一口下去还不够，又自虐般一口气灌下去小半瓶。吞得太急被呛了一下，他弓着腰猛烈地咳嗽起来，紧接着整个胃像搅拌机般翻滚起来。他扶着墙开始呕，涌上来的酸水像要把他整个腐蚀。有东西从他的鼻子里流出来，鼻腔像是塞了一团浸了水的棉花，他连呼吸一下都觉得痛。

胃里的东西很快就吐完了，尚楚整张脸都是湿的，呕出来的酒精酸水混着鼻涕和眼泪，他不用看也知道自己现在多狼狈。

　　有两个小孩踩着滑板车从巷子里跑过，尚楚下意识地转过身对着墙，抬起手背去擦脸，但怎么擦都擦不干净。他拼命地用力去擦，摩擦间皮肤传来火烧似的疼，几乎要蹭掉一层皮，但就是擦不干净。

　　怎么就是擦不干净！

　　他胸膛里烧着一团火，他想大吼，但张开嘴只能呼出灼热的酒气。他捶了捶自己的脖子，尝试着想发出声音，那团火蹿到他喉咙里越烧越烈，他只能发出几声徒劳的"哈"。

　　尚楚的眼眶又开始钝痛，他不能停下来，他得做点什么，他一停下来就痛。

　　面前的墙面上贴着乱七八糟的传单，办证的、重金求子的、治白癜风的等。尚楚盯着看了会儿，抬手去揭那些小广告，他没有指甲撕不下边缘，就用指尖反复磨，一张求子广告上的头像被他磨得差不多了，他又换了一张继续磨。

　　玩滑板车的小孩又回到巷子里，女孩问这个哥哥在干吗，男孩说他喝醉了撒酒疯，咱们躲远点。女孩又说哥哥可能迷路了，老师说要乐于助人，咱们应该帮助他，告诉老师就可以拿小红花。男孩说他才不管，让她自己帮助。女孩说她不敢，她害怕，咱们一起去帮助哥哥吧，一起拿小红花。

　　接着，两个孩子看到那位哥哥的肩膀一顿，整个人像被抽掉了一根骨头，缓缓地蹲着身，两只手抱着头，很痛苦的样子。

　　女孩悄悄说："他是不是在哭啊？"

　　男孩拉着女孩的裙摆："他好奇怪，我们还是快走吧，小红花以后再拿。"

　　女孩点点头，听到那个哥哥似乎在嘟囔着什么。踩着滑板车离开巷子后，她问小男孩："你认识那个哥哥吗？我刚听见他叫你了……"

　　尚楚出来的时候没带手机，回了病房，查房的护士说他手机起先一直响，她怕打扰邻床的老太太休息，就把手机调成静音了。

　　他打开手机一看，宋尧给他打了三个电话，又连着给他发了十多条微信消息。他点开扫了一眼，都是问他人在哪儿的，还说西城分局下文件了，通知下周开始选拔，细则也公布了，要尚楚赶紧准备起来；学委在专业群里通知说明晚挨个去宿舍取实习志愿填报表，让他们晚上八点到九点确保本人在宿舍，不能由室友代交，必须亲自上交，收到请回复。

　　尚楚手指往下划拉，被满屏的"收到"两个字晃了眼。他一个头像一个头像、一条消息一条消息地看下去,也不知道在看什么。几十个"收到"看下来,他跟着也回了一条,还在后边加了个挺俏皮的波浪号,别人一看就能注意到不一样,一看就能知道是他发的。

他的消息刚发出去不到十秒,底下立即多出来一条回复。

【收到。】

他打了个波浪号,那个人打了个句号。

尚楚指尖一顿,愣愣地看着那个人的头像,是那只叫小七的蠢狗。他给它洗过澡,还撸过它的毛,它开心了就会躺倒露出粉红肚皮,喜欢趴在人大腿上讨吃的。

他把那个人的回复来来回回看了半晌,接着手指点在那个句号上,勾出一个细细的弧度。

尚楚在画一个圆。

小圆圈的缺口在他指尖下慢慢收拢,最后一丝空隙被填满的一刹那,尚楚心头忽然重重一沉,觉得有什么东西也跟着这个句号一道终止了。

什么都没了。

脑袋越来越重,眼皮越来越沉,尚楚踢掉鞋子爬上了病床,合眼睡了过去。

他接连七八天没睡过一个好觉,在酒精作用下的这一觉睡得很沉。他趴着一动不动,邻床家属险些以为他死了,其间有一次踮着脚过来探了探他的鼻息。

傍晚六点多,尚利军做完腹水穿刺,手上插着输液管,三个护士将他推了回来,这才把尚楚叫醒。

尚楚翻身下床,鞋也没穿,把尚利军搬回到床上。他的病号服扣子没扣好,尚楚帮他拉好衣服,再盖上被子,护士在一边叮嘱说千万不能再喝酒了。

尚利军一直闭着眼,尚楚知道他没睡,眼皮动得那么厉害,估计是疼得熬不住。

尚楚看了看时间,去楼下食堂打了一碗粥上来,摊开床上的小桌板:"吃饭。"

尚利军手腕动了动,没睁眼。

尚楚看他手指肿得厉害,于是用塑料勺舀了一口粥送到他嘴边:"张嘴。"

尚利军张开嘴,尚楚把冒着白气的粥送进去。粥很烫,加上勺子粗糙的边缘在嘴角刮了一下,尚利军两片嘴唇哆嗦个不停,不住地往外哈着热气。

尚楚也没去理会,自顾自夹了一筷子青菜塞进尚利军嘴里。尚利军就机械地闭着眼咀嚼起来,一口饭菜还没咽下去,尚楚就像被设置好间隔时间的机器人那样,紧接着又塞进来第二口。

邻床老太太的儿子也正给老太太喂饭,像哄小孩似的哄着,老太太嫌弃肉太油,儿子就拿开水涮一涮;老太太又嫌弃过了水的肉没味道,她儿子就倒了一碟酱油来蘸。

尚楚听着那对母子的对话,眼里没有丝毫波澜。22床的温情和21床无关,他们中间隔着一层床帘,就像划开了两个世界。

尚利军吃下去小半碗粥就不行了,他喉咙里传来一阵混浊的声音,接着"呕"了一声,吐了出来。

尚楚立即拿起盛粥的塑料碗去接,尚利军吐得很厉害,呕吐物从小碗里溢出来,顺着尚楚的手滴滴答答往下流。酸水溅在他衣裤上、打在他鞋面上,那股又酸又臭的气味很快就弥漫开来。老太太在旁边骂"恶心死个人了",她儿子说"要不下去楼下小花园吃",老太太哼了一声,嚷嚷"走什么走,要走也是他们走"……

尚楚对斥骂声充耳不闻,又取过塑料袋在尚利军嘴边接着。塑料袋很快也满了,尚利军也吐得脱了力,嘴里断断续续地呕出来小摊小摊的、清水一样的东西混着发黑的血。

尚楚抽了几张纸巾给他,把袋口扎紧,尚利军拿纸巾捂着嘴,趴在床边一动不动。

"还吃吗?"尚楚声音很平静,"还吃我下去买。"

尚利军摇头,抬眼看见尚楚满手都是污秽,身上也沾满了脏东西,下摆甚至还挂着一片他吐出来的菜叶。

"不吃算了。"

尚楚把塑料袋扔进垃圾桶,起身就看见尚利军伏在床边盯着他看,眼神直愣愣的。

"坐好。"尚楚说,"针头歪了。"

尚利军嗫嚅了几句什么,紧接着又顿了顿,然后从刚被胃酸腐蚀过的喉咙里挤出几个干哑的字:"你去、去洗洗,别管……别管我。"

尚楚垂下眼睫毛,拿纸巾把手指一根根擦干净:"知道。"

晚上,尚楚躺在地上一直睡不着,合上眼就开始头疼。他拿出手机,宋尧给他发了一个文件,是西城分局发在官网上的选拔规则。他仔细地一条条看了,要考的都是挺常规的项目,也没有什么特别的。

尚楚把这份文件保存了。文件首页是西城分局大门的手绘图，大门正中警徽高挂，端正威严。

他在黑夜里盯着这个封面看了很久很久，他从来没有去过西城分局，却觉得对这个地方很熟悉。

西城分局的丰功伟绩他倒背如流，前年破获了一起人口贩卖大案，引起全国轰动；去年和境外团队合作，破获了一起跨国卖淫案，解救了境内外五十多人；就在上个月，捣毁了一个传销组织，顶着巨大压力揪出了藏在背后的保护伞……

尚楚私下找师傅借了卷宗，一遍遍地看，每一次他都把自己代入一线刑警的角色，想象如果他在现场会怎么做，想象他和白艾泽的照片一起出现在光荣榜上。他要做一座灯塔，他要后来的师弟以他为榜样，循着他的光往前走。

西城分局刑侦队长管齐平多年前说过"警察是人民的利剑"，这句话尚楚一记就是数年，没有人知道——就连白艾泽也不知道。他把这句话悄悄写在了每个笔记本的第一页。

这句话在他心里埋下了一颗种子，他一直觉得他尚楚就是最锋利的宝剑，西城分局就是最适合他的剑鞘，别的地方都配不上他。

他看着封面的手绘图，第一次觉得如此遥不可及，他清晰地感觉到自己生锈了，他的剑锋变钝了，他看不见剑尖所指的方向。

也许他还是可以通过选拔进入西城分局，也许他会有机会进入一线队伍，也许他还可能让自己的头像和白艾泽一起出现在光荣榜上，但人们只会说他是被白艾泽照亮的。他多幸运啊，他有幸站在白艾泽身边，他有幸被白艾泽的羽翼罩护。

别人都说白艾泽是警界难得一遇的天才，是天上的启明星，他不过是借了星星的光。

他越离不开白艾泽、越依赖白艾泽，他就越黯淡。

他想要白艾泽照亮他，又怕白艾泽照亮他，更怕连白艾泽也照不亮他。

尚楚关了文件，点开白艾泽的微信头像，对话框弹出来，最后一条消息停留在前天，是他发的，好像是关于买冰棍啥的。

手机屏幕渐渐暗了下去，最后一点亮光也从眼前消失，尚楚双手平放在胸前，睁着干涩的眼，定定看着天花板，感到头痛欲裂。

不知道从哪一天、哪个时刻开始，他变得不再是他，他不再是尚楚了。

半夜，尚利军下床起夜，尚楚一直没有睡着，听见动静起来扶他。到了厕所门口，尚利军推开尚楚，说他要自己来，尚楚没有说话，合上门在门口等他。

过了足足五分钟，厕所里一点动静都没有，连马桶盖掀开的声音都没听见。

尚楚皱起眉头，屈指叩了叩门，里头忽然传来一阵欲盖弥彰的冲水声，接着是慌乱的水流声，有人手忙脚乱地打开了淋浴喷头。

为了安全起见，医院里的厕所是没法反锁的。尚楚拉开门一看，尚利军正拿着喷头对着自己下腹冲水，外裤都没脱，湿漉漉地贴在身上。

厕所里充斥着一股古怪的腥臊气，尚利军脚边还有没来得及冲掉的液体。由于吃药，他排出来的东西是一种气味浓郁的橙黄液体，尚楚一看就知道是怎么回事。

他眉头也没皱一下，上前拿过淋浴喷头，把水温调高，平静地说："裤子脱了。"

"你先出去。"尚利军嘴唇颤抖得很厉害，他双手捂着裤裆，像一只虾米似的弓着腰，背对着尚楚，焦虑地跺着脚，反复说，"你出去、出去，你先出去下……"

厕所里地滑，他一个趔趄险些摔倒。

尚楚闭了闭眼，仰头呼出一口浊气，自顾自蹲下身，一手扒着尚利军的裤头往下拉。

尚利军像受了天大的刺激似的，突然喊叫着跳了起来，后脚跟踢到了尚楚的下巴。尚楚没有防备，脚下一滑，整个人向后坐在了湿漉漉的地上，喷头砸到地上，喷出来的水流一股股地向上打在尚楚的脸上。

"要死啊！发疯啊！"老太太被吵醒了，不知道往地上砸了个什么东西，尖声嚷嚷道，"几点了知不知道！号丧啊！"

尚利军紧紧拽着裤头，像是要在儿子面前维护自己最后一点可怜的自尊。他双手颤抖得很厉害，把裤带勒得死紧死紧，在他隆起的肚子上勒出一道极深的凹陷。

他缓慢地转过身，看见尚楚跌坐在地，双手撑着地，而洁白的瓷砖地面上还残留着令他难堪的混浊液体。

"你先……"尚利军松垮的面部肌肉哆嗦着，伸出一根手指指了指门，"你出去、出去……"

尚楚抿了抿唇，从地上爬了起来，捡起喷头对着手掌冲了一阵。

他把喷头关了，转身要走，身后突然传来尚利军颤抖的声音："对不起，我不是人,我不是人……爸对不起你……"

尚楚一愣,从里面关上了门,把老太太的骂声隔绝在外。

"我不是人……"尚利军说道,"爸害了你,爸不该去找,不该去,我不是人……"

尚楚听出来尚利军说的是什么事情了。

他面对尚利军站着,脸上没有丝毫表情。

他对尚利军每次酒后的忏悔已经麻木了,尚利军的崩溃无法在他心里激起任何波澜,但这次似乎有一些不一样,他看着被病痛折磨得不成人形的尚利军,清楚地感觉到了从胸腔里传来的刺痛。

尚利军反反复复、颠来倒去说的就是这几个字,尚楚就安静地看着他,直到他双腿瑟瑟打战,一股橙黄色液体再次顺着他的腿往下淌。

尚利军身体一僵,极其缓慢地低下头,看着那摊液体从他裤管里流出来,顺着瓷砖缝隙流到尚楚脚边。

"有酒吗?"尚利军突然抬起头,紧盯着尚楚,神志不清地说,"给老子搞瓶酒!"

尚楚沉默地看着他。

他嘴唇不断开合,两排牙齿碰撞出清脆的声响,眼神涣散地看了看周遭的环境,最后目光重新定在了尚楚身上。

"清醒了?"尚楚双手插兜,下巴一抬,冷冷道,"自己洗。"

他再次转身想要离开,身后传来了一声——

"扑通!"

尚楚心头猛地一跳,那根针重重地戳进了他的心里。

尚利军跪在地上,眼泪从他乌青的眼眶往下掉,滑过他满是褶皱的脸。

"不治了,不治了……"尚利军说,"爸求你了,不治了,求求你了……"

尚楚对着厕所那扇老旧的木门,张开嘴却说不出话,只有胸腔在剧烈地起伏,发出徒劳的喘息。

"不治了?"交费处的员工问。

"嗯。"尚楚点头,"还有多少钱?全退了。"

"三千两百八十二块,"那人说,"干吗不接着看啊?你爸这病挺严重的。"

"没钱。"尚楚言简意赅地回答,又问,"上回他砸的那批医疗器材怎么算?"

"啊?"那人翻了翻单子,"没看到报账上来啊,要么就是没砸坏,要么就是有人帮你赔了。"

尚楚喉结一滚,像是早就料到了这个答案。

没砸坏?怎么可能没砸坏。

就光是他踹烂的电视和呼吸机,已经不知道要多少钱了。

"要不我帮你去问问?"

"行,麻烦了。"尚楚给他留了个电话,"辛苦你问下多少钱,把金额告诉我一下。"

他们办完出院手续就离开了,尚利军难得精神不错,要尚楚帮他买一张回老家的车票。

"你去那里干吗?"尚楚问。

爷爷早几年就去世了,尚利军还有一个大姐在新阳,但他们两家一直不来往,尚利军以前喝了酒常去他大姐那里闹事,姐弟关系很僵。

尚利军没有说话,坚持要尚楚给他买票,好像要回新阳做什么了不起的大事。

"知道了。"

把尚利军送回城中村,尚楚坐公交车回了首警。

这学期没剩两天,所有人都忙着准备参加选拔,学校老师也知道这个情况,对考勤查得也松。

他直接回了宿舍,到了房门口时脚步一顿。

那里放着两个保温桶。

他这段时间一直吃不下多少饭,白艾泽就去买了个小锅,又弄了个变压器,在宿舍给他煲汤喝。

他两天没有出现,白艾泽两天没有给他打一个电话、发一条消息,但是在他门口放了两个保温桶。

尚楚慢慢蹲下身,拎起两个小桶,沉甸甸的,也不知道凉了没有。

他把两个保温桶提进宿舍,旋开盖子,刚要打开又合上。

尚楚一整天没有出去一步,到了晚上八点出头,学委来敲门收表,尚楚把表格递过去。

这次实习很重要,学院再三交代一定要本人亲自交表,收上来之前还需要当面确认一次。

学委接过尚楚的表,看也不看就问:"西城分局是吧?确认了就不能改了啊。"

"不是。"尚楚说。

"不是?"

学委大吃一惊,这才低头一看,第一志愿那栏原本写着几个字被涂掉,后面补了另一行小字,第二、三志愿的位置是空的。

他嘴张得能吞下一个鸵鸟蛋,不可置信地指着表格问:"你确定啊?是这个啊?"

"确定。"尚楚说。

"不是,"学委咽了咽口水,又说,"这交上去可就定死了,再不能改动了啊!"

"知道。"

尚楚"啪"地关上了门。

又过了没多久,急促的敲门声再次响起,尚楚烦躁地翻身下床,打开门说:"我确定报的是——"

"你搞什么鬼!"门外来的人是宋尧,眉头紧蹙,"你这两天到底干吗去了!让你准备选拔你不当一回事是不是!"

尚楚呼了一口气,闭了闭眼说:"没。"

宋尧站在门外定定地看着他。

两人谁也没说话,过了约莫五六分钟,尚楚手扶上门框,低声说:"阿尧,我累了,想先睡了。"

宋尧单手撑着门不让尚楚合上,看着尚楚的眼睛说:"我要不是看你现在一脸鬼样,我现在就给你一拳。"

"随便。"尚楚说。

"你和白艾泽到底怎么了?"宋尧说,"一个两个都要死不活的,大老爷们儿吵架就吵架,大不了打一架行不行?"

"阿尧,"尚楚突然笑了笑,"你后来给我的那十万,是他的钱吧?"

宋尧脸上的表情一僵:"你知道?"

"一开始就知道。"尚楚说,"你别和他说,以后我会还的。"

"你这话什么意思?"宋尧在他肩上推了一把。

尚楚被宋尧推得后退一步,又说:"先睡吧,有什么下次再说。"

宋尧盯了尚楚半晌,见尚楚确实精神不济,于是叹了口气:"他让我给你带句话。"

尚楚一怔:"什么?"

"他让你慢点走,不要摔着。"

第8章 · 生锈

表格交上去的第二天,学校那边找过尚楚一次,问他怎么填了这么个地方,到底想没想好。

尚楚说想好了。校领导又问尚楚是怎么想的,尚楚眼皮也不抬,就开始一通胡扯,说他本身就是新阳人,离开新阳这么多年也没回去,始终感觉愧对故乡,现在好不容易有这个机会,他想借机回报父老乡亲。

他昂首挺胸义正词严,一上来就把立意拔得挺高,好像谁要是反对就是品格不高尚、思想不到位似的。

几个领导面面相觑,心说这孩子转性了还是怎么着,当初心气那么高,现在就甘心放弃首都,到一个南方沿海的三线小城去发展?

再说了,就算他不留在首都,也有大把条件优渥的一线城市能填报,再怎么样也不至于填个"新阳市"啊。

副校长给教导主任使了个眼色,示意他再劝劝。

教导主任喝了口水,装模作样地清了清嗓子,露出一个和蔼的笑容:"尚楚啊,校荐名额没给到你是学校讨论决定的,我们也相信凭你的实力,考进一线警局不难,甚至说考进西城分局,我们都对你很有信心。这次实习很重要,和你的前途挂钩,你千万不要因为心里有气,故意……"

"老师,大城市固然好,但小城市更需要建设。"尚楚双手平放在身体两侧,又端正又乖巧,"去新阳是我经过深思熟虑做的决定,没有赌气的成分,我无条件理解并赞同学校的一切决定。"

教导主任脸都绿了,赶紧喝了口水。

当初没把免试名额给尚楚就是怕浪费,一是当时还不确定尚楚是否会被处分,二是不确定西城分局是否能接受。但不可否认的是,尚楚是这一届极其出色的学生,学校仍然希望他能去个名声大的、在业内有威望的局子,他干得漂亮也是为学校增光添彩,哪知道尚楚最后填了这么个地方。

几个领导见他态度坚决，也不好再多劝什么，就让他回去再想想。教导主任说他要是周末改变想法了，随时告诉辅导员，原本志愿卡得很严，一旦填了就不让改，但学校愿意为了他开个后门。

教导主任说这话时双手搭着桌面，下巴微仰，好像给他"开个后门"是个多么了不得的奖赏似的。

尚楚说了句"知道了"，转身就走，合上门还能听见里头传来教导主任气急败坏的声音，嚷嚷着："你们看这小子，这是什么态度……"

回宿舍的路上，尚楚特意绕路去了趟公示栏，想看看上回考试的成绩。这是他上大学后的第一个第一名，也许也是唯一一个，虽说其中掺了点水分，但怎么也得拍个照留念一下。

公示栏底下露出来两双腿，有两个人站在后头聊天，尚楚走近了，听见他们在聊实习志愿的事情，其中一个说他报了天港市局，已经通知下周三开始选拔，他订了下周二的机票飞天港。另一个问他怎么不留首都，虽说天港也是准一线，经济不弱，但论资源和首都还是没法比。那个人叹了口气，说报首都也太冒险了，多少警校大神都对首都各个警局虎视眈眈，加上首都这边名额少、要求高，实在是没信心……

接着两人开始盘点除了首都还有哪些地方值得去，盘点来盘点去无非是那几个大城市，又说他们首警出来的，去二三线小城市都算憋屈了。

尚楚听得有些恍神，上警校的谁没有个大英雄梦，他自然也梦过，像电视剧里头演的那样，带枪追捕逃窜的歹徒，解救身陷困境的人质，防弹衣底下是滚烫的热血……曾经的尚楚光是想到这些就热血沸腾。

但现在他热不起来了，他也想问是哪里不对，他怎么变得这么凉。

他捏了捏眉心，抬头去看成绩榜，目光瞥见最顶端的名字时却猛地一颤，第一行被人用马克笔涂黑了，这张成绩单上没有他的名字，只能依稀看见"楚"字最后一笔伸出来的那一撇。

尚楚有些茫然地看着那一团黑墨，片刻后才反应过来是怎么回事。

可能有人觉得他这个第一名来得不光彩吧。

也对，毕竟是有人让他的。

上面没有他了，没有他挺好的。

意料之外，尚楚不仅没有丝毫愤怒的感觉，反而非常平静，甚至隐隐中松了一口气。

现在的他比任何时候都想要第一名,又比任何时候都更害怕拿到第一名。

尚楚沉默地看着那张成绩单,从第二名一直看到第十六名,眼神即将触及第十七名时,公示栏背后其中一人说:"哎,白艾泽那事你听说没?"

这个名字猝不及防地撞进耳朵里,尚楚心头猛地一跳,喉头又涌起了那股熟悉的酸涩感。他才发现他根本不是害怕看到那个第一名,他是害怕听到、看到和"白艾泽"这三个字有关的一切。

尚楚转身想走,又听见另一个人问:"白艾泽?他不是免试推荐去西城分局了吗?还能有什么事儿?"他脚步不自觉一顿,垂头看着脚尖,大脑告诉他要赶紧走,身体却不受控制一般停在了原地。

"我室友前天去办公室找辅导员,刚好遇见白艾泽在里头,他就猫在窗户底下偷听了几句。你知道白公子说什么吗?他说他不想要西城分局的推荐名额!"

"不是吧,这放出来都要抢破头的东西,他说不要就不要了?怎么想的这是?"

"谁知道呢,也许像他这种天才,就喜欢自己考,这样才有成就感……"

"也许他是想把这名额让出来呢,反正他自己去选拔也稳进,不如给其他人多个机会。"

"让出来能给谁啊?难不成给尚楚啊?让出去一个第一名还不够?你当白艾泽是慈善家吧你……"

两个人嘻嘻哈哈地往外走,尚楚立即侧身闪避到一边的柏树后,直到他们走远才出来。

即使他早知道别人都是这么看他的,但他还是难受。

他的第一名是白艾泽让出来的,即使他拿到了推荐名额,也是白艾泽让出来的。

因为白艾泽太亮了,所以在他身边就一定会变得黯然无光。

尚楚有多依赖白艾泽、多离不开白艾泽,就有多害怕别人把他的名字和白艾泽的放在一起。

他在这样的矛盾中感到了一阵窒息般的绞痛。

尚楚抿了抿唇,弯腰捡起一颗小石子,把成绩单上"楚"那个字漏出来的最后一撇也划掉。

进了宿舍楼,尚楚在楼梯上遇见了从四楼下来的白艾泽。两个人一上一下都愣了一下，这是他们自那天在医院后第一次见面。

很快，尚楚就仰头，对白艾泽露出了一个有些僵硬的笑容。白艾泽抬手想和尚楚打招呼，尚楚状似不经意地让到一边。

白艾泽伸出的手掌僵在了空气中，尚楚十指绞得很紧，拇指重重按着虎口，笑笑说："我上楼。"

白艾泽定定地看着尚楚，似乎想说点什么，尚楚和他擦肩而过，他突然喊："阿楚！"

尚楚身形一顿。

白艾泽看着尚楚的背影，他是真的瘦了，T恤套在身上空空落落的，肩胛骨显出一处明显的突兀，右手食指上胡乱包了个创可贴，也不知道是怎么伤着了……

白艾泽有很多话想说，他一手扶着楼梯扶手，五指收紧，最后只是小心翼翼地问："下周一就开始选拔了，周末我们一起训练，好不好？"

尚楚的指尖止不住地抖，他把双手插进裤兜，努力挺直后背，张嘴吸了一口气，努力让自己的声音听起来平稳一些："嗨呀，不用，没什么可练的。"

接着就陷入了长久的沉默。

这才几天，他怎么把自己弄成这个样子？

白艾泽喉头一紧："你……"

尚楚却打断他的话，快速说："你等一下。"

尚楚跨步上了四楼，在宿舍门口发现地上放着一个新的保温桶。他进屋把另外两个保温桶也一并拿出来，抱着放到白艾泽手里。

"以后别弄了，"他对白艾泽笑了笑，"私用电器违规，收了吧。"

三个保温桶都是沉甸甸的，里面的东西一点没少，白艾泽缓慢地抬起头，盯着他微微转动的眼珠："什么意思？"

"没，"尚楚视线下垂，又迅速把双手插进口袋，低声说，"别麻烦了。"

说完后，他转身就跑，一步跨上三个台阶，就像是害怕面对什么所以落荒而逃似的。

进了宿舍，尚楚"砰"一声合上房门，胸口传来阵阵刺痛，好像有人拿了一把铁钩子，一下一下地剜他的肉。

他背靠着门，仰起头，张着嘴深吸了几口气，接着嘴里漫开一股血腥气。他抬手一抹，流鼻血了。

流血了，流血了……

尚楚舔了舔嘴唇，强迫自己把全部的注意力都放在流鼻血上，流血了应该怎么办？

对，止血，先止血。

他双手胡乱在身上摸索着，眼神一凝，看见了食指上包着的那个创可贴。他昨天晚上在小树林里被树枝划了一下，回来路上去小卖铺买的创可贴，五毛一个，他就买了一个。

创可贴可以止血啊！

尚楚这么想着，把手上的创可贴揭了下来想贴在鼻子上，但二次使用的胶面早就没了黏性，他怎么也没办法把创可贴固定住，只能慌乱地任由鼻血一直淌。

算了，不管了。

他蹲在地上用手掌捂着冒血的鼻孔，失神地看着桌上放着的保温杯。

就在这时，敲门声传来。

尚楚背脊一僵，听见门外响起白艾泽的声音："尚楚，我送出去的东西，从来就没有收回的道理。"

他安静地蹲着，蹲到两条腿都麻了，才撑着膝盖站起来，一步一步地挪到门边，打开门，三个保温小桶齐齐整整地摆在他门前。

尚楚重重闭上眼睛。

周一上午，尚楚坐上了从首都开往抚城的火车。

首都到新阳没有直达车，要先坐火车到抚城再转车。他给尚利军买了一张软卧票，自己在硬座车厢。

没过多久，辅导员在年级群里发布了所有人的志愿申报信息，几乎是同一时刻，白艾泽的电话打了进来。

尚楚看着不停响动的手机，没有接，也舍不得挂断，就任由它一直响着。

宋尧也打了几个电话进来，发消息问他人在哪儿，说自己和白艾泽找他已经找疯了。

手机接连不停地响了十多次，身边的人被吵得受不了，对尚楚说："小兄弟，你这是接还是不接啊？不接就按了吧，响得怪闹心的！"

"不好意思啊。"

尚楚回过神来，对他抱歉地笑笑，把手机的响动模式关了，只是愣愣地看着屏幕上闪烁的来电显示。

接着，火车开进了一片浓密的山林，幽暗之中，尚楚按下接听键，把手机放到耳边。

"是我。"他说。

"尚楚，"白艾泽的声音焦急万分，他像是刚剧烈运动过，喘着粗气问，"你在哪儿？"

"车上。"

"你要去哪里？"白艾泽问。

尚楚说："小白，我报了新阳的实习，后天就报到了，我在去那里的火车上。"

他听见电话那头白艾泽明显的喘息声，许久后，白艾泽才说："你骗我。"

尚楚闭了闭眼。

"尚楚，你答应过我的。"白艾泽的声音变得嘶哑，一字一顿地说，"你骗我。"

尚楚突然觉得喘不上气，俯身趴在小桌板上，一只手臂遮着眼睛。

"回来，"白艾泽说，"立刻。"

尚楚喉头一哽："小白，我回不去了。"

"尚楚，回来，立刻。"白艾泽语气生硬地命令道。

旋即尚楚听见了那边传来的哽咽声，白艾泽停了很久才再次开口，有些小心翼翼地恳求道："阿楚，回来。"

"就当没有认识过我吧，真的。"

火车驶离山林，车厢里再次亮了起来。

听筒里只能听见电话那头白艾泽的喘息声。

良久之后，白艾泽说："尚楚，我不同意，你现在立即……回来。"

"我回不去的，"尚楚听见自己沙哑得吓人的声音，"小白，我已经……不知道该怎么面对你了。"

——不知道该怎么站在你们身边了。

"尚楚，"白艾泽的嗓音也在抖，"你听我说……"

"我不是尚楚了，"尚楚心口传来剧烈的疼痛感，他趴在桌面上，背脊都在战栗，自顾自地低声道，"我已经不是尚楚了，我不锋利，也不热，我生锈了。生锈你明白吗？我很坏，很糟糕，我变了，小白，我不……"

他断断续续的话消失在细碎的哽咽里。

"尚楚，你别太自以为是了。"白艾泽重重捶了一下什么，听筒里传来巨大的"砰"一声，"你生锈了就只想到逃跑，你以为你有多高明？你以为你有多了不起？"

尚楚说不出话。

紧接着，白艾泽的嗓子像是撕裂了一般，沙哑着说："阿楚，回来，你生锈了我也要管你到底。"

宋尧从班长那儿要到了尚楚家的地址，在金座广场前前后后绕了十来圈，问了路边拉货的大爷才知道，和商场隔着一条小街的巷子里还有个城中村。

他刚进巷口，导航就彻底失灵了，电子地图上那个显示终点位置的红点一直在闪，走几步就提示说"您已偏离路线，已为您重新规划路线"，规划来规划去就规划出了个"鬼打墙"——宋尧看看面前这个泔水桶，又看了看旁边翻垃圾堆的流浪猫，觉得自己已经是第四次绕回了这地儿。

宋尧自认方向感不差，但这破地儿愣是走来走去也走不出个门道，门牌号排得乱七八糟毫无规律可循，想找个住户问个路吧，又一个人影都没见着，真是见了鬼不成？

他叹了口气，认命地蹲下身子，问那只流浪猫："哎，你知道尚楚住哪儿不？"

小猫刚从垃圾堆里叼出半个发霉的馒头，以为面前这个"两脚兽"要和它抢食，支着尾巴跃上墙头，轻飘飘地跑远了。

宋尧见这猫对这一带很是熟悉的样子，感慨道："小屁股扭得还挺高贵。"

他刚才给尚楚打电话，尚楚没接；给白艾泽打电话，白艾泽也没接；实在没招了才给辅导员打了个电话，问尚楚的志愿怎么回事儿，是不是学校私自给尚楚篡改的。他怎么也不敢相信尚楚会主动请缨到新阳去，辅导员说人家尚楚是自己想回老家发展，说要报答家乡。

宋尧一听就知道这话纯属放屁，说好的要一起做西城分局三剑客，尚楚却拍拍屁股走人，自个儿报答家乡去了，他想想就来气。

宋尧决定再找找碰碰运气，拐了个弯发现前头墙根下蹲着两人，剃着板寸，甩着大花胳膊，看着就挺像住这里的人。

没等宋尧上去问路，那两人倒是先朝他走来，矮点的不知道是不是面部肌肉抽筋了，歪着嘴角笑："哥们儿，路过啊？咱这儿的规矩懂吧？过路呢就得交点……"

"劫道是吧？"宋尧一听就明白了，哥俩好地搭着那人的肩膀，"明白明白，你认不认识尚楚，知道他家在哪儿吗？"

他脸上笑嘻嘻的,手指稍稍一施力,那人脸色骤变,"哎哟哟"地痛叫出声,转头对另一个高个儿哀号:"龙哥,救救救救救命啊……"

龙哥目光阴沉,不知道今儿个皇历上是不是写了不宜拦路要钱,否则怎么接连遇上两个硬茬,他转头吐了口唾沫,说道:"怎么你也找那小子?"

宋尧一愣:"刚才有人也来找他?"

大约两个小时前,城中村的巷子里闯进来一个英俊的男生,穿得非常体面,一身的牌子货,明显不是这里的人。男生似乎方向感不太好,无头苍蝇似的在交错的小巷里奔跑,他神色焦急、脚步匆匆,上衣被汗水浸透,乌黑的发梢上挂着水滴,看起来已经这么跑了很久,似乎在急着找什么人。

阿龙阿虎兄弟俩就喜欢挑这种人下手,一看就知道是个有钱的小菜鸟,但不知道为什么,总觉得这个小菜鸟看着很是眼熟,和以前在哪儿见过似的。

"哥们儿,路过啊?"按照老一套,阿虎先上去拦人,"咱这儿有个规矩,你过路就得……"

白艾泽立刻认出了这两个人,当年他和尚楚第一次见面,就是因为被这两人劫了道。他依稀记得听尚楚说过,两兄弟是张奶奶的孙子,就住在尚楚家楼上。

他一把抓过阿虎的胳膊,沉声道:"带我去尚楚家。"

"就得先交过路费。"阿虎把剩下半句话说完,觉得自己被个小菜鸟抓着手臂怪丢人的,恶狠狠地哼了一声,"找人是吧?另外加钱钱钱钱钱……龙哥救命啊!"

白艾泽反手在阿虎手腕上一拧,阿虎痛呼出声。一边的阿龙见状骂了句脏话,挥拳砸过来,被白艾泽一脚踢中胸口,当即摔出了五米外,爬都爬不起来。

"带我去尚楚家,"白艾泽鹰隼般犀利的眼神紧盯着阿虎,手上的力道又加大了几分,"立刻。"

"去去去马上就去,哥们儿你先松手,"阿虎欲哭无泪,讨饶道,"他家就在前面!"

"喏。"阿虎冲着黑漆漆的楼道扬了扬下巴,"就这儿,三楼。"

宋尧看着逼仄狭窄的楼梯、长满青苔的地面和斑驳的墙皮,不敢相信这种房子竟然还能住人。他刚踏上台阶一步,森冷的凉气就像藤蔓似的,立即从地底蹿上来,把他整个人紧紧包裹着,他忍不住打了个寒噤。

分明是炽热的盛夏,这里头却像被分出的另一个世界似的,阳光被到处都是的老化电线切割成碎片,晒不干长年累月积攒起来的湿气。

阿楚就住在这种地方?

怎么可能?阿楚怎么可能住在这种地方?

宋尧难以置信地皱起眉,他今天穿的是双新跑鞋,限量版的,怕鞋面被溽夏的青苔弄脏,于是开着手机电筒,小心翼翼地踮着脚往上走,手掌想搭一把栏杆,放上去立刻摸了一手湿滑。他立即收手一看,满手都被染上了红褐色,潮湿的铁锈味道扑鼻而来,他忍不住一声干呕。他转眼又看见二楼的墙根边窝着一团什么东西,走近一看,竟然是一只死老鼠!

几只肥硕的蟑螂趴着不动,老鼠尸体上爬着无数苍蝇和蚂蚁,热热闹闹的,像是正在享受一顿不得了的大餐。

宋尧第一回亲眼见到这么震撼的场景,一阵酸意从胃里翻涌起来,他捂着嘴险些没吐出来,也顾不上鞋子脏不脏了,拔腿就往三楼跑。三两步跨上了楼梯,没来得及大喘口气,宋尧脚步忽地一顿——

三楼的楼道里坐着一个人。

那个人一条腿平伸,另一条腿屈着膝,深深垂着头,整个人隐没在黑暗里。

听见脚步声,他猛地抬起头:"阿楚?"

宋尧一怔:"老白?"

白艾泽见到宋尧,脸上表情一僵,接着嘴唇渐渐成为一条平直的线,缓慢地垂下眼帘,后颈再次弯出一个颓然的弧度。

"你怎么坐在这儿?"宋尧赶紧走过去,"阿楚呢?"

"火车上。"白艾泽说。

"火车?"宋尧讷讷地重复一遍,立即摇头说,"不可能,他就躲在家里头呢,他故意骗你的,说好了要一起去西城,说好谁不去谁就是狗东西的!"

他说着站起身,边捶门边喊:"尚楚!你给老子死出来!赶紧的!"

这扇门白艾泽不知道敲了多少次,里边始终安安静静的,一点动静都没有。

破旧的木门禁不住这么折腾,金属门锁"咯噔"一声,宋尧拿手拽了几下,破锁整个一歪,已经是摇摇欲坠,用力一拔就能拽下来。

"直接踹了吧。"宋尧抬脚就要踹门。

"别。"白艾泽突然说。

"进去里边看看啊。"宋尧急得脑门冒汗,他拿手掌扇着风,焦躁地说。

白艾泽抬手撑着额头,后脑靠着墙面,低声说:"不用了。"

等了这么久,他确定里面已经没有人了。

"先起来,别坐着,多脏。"宋尧把门锁摆正,上前把白艾泽从地上拉起来。他抓着白艾泽的手臂,眉头一皱,惊呼道,"怎么这么烫?发烧了?"

"没事。"白艾泽说,"阿尧,有水吗?"

宋尧从背包里拿出一瓶矿泉水,白艾泽拧开瓶盖,接着仰起头,瓶口对着脸径直浇下去,冰凉的水淋到脸上总算觉得好受了点。

一瓶水浇完,他掀起上衣下摆抹了把脸:"阿楚和你联系了吗?"

"没。"宋尧叹息着说,"过段时间吧,他也难受,给他点时间。"

白艾泽沉默地闭了闭眼。

"老白,"宋尧拍了拍他的肩膀,故作轻松地说,"我也气,但他不会跑的,他还欠咱们那么多钱,能跑哪儿去,大不了上法庭告他,强制押他回来还债……"

"走吧。"白艾泽突然说。

宋尧点头:"我送你去医院。"

"不用,"白艾泽说,"去金座广场就行。"

白艾泽烧得很厉害,浑身烫得像个火炉似的,加上知道他不识路,宋尧不放心他一个人,把他送到了金座广场一家叫"特别"的店里。

离开之前,宋尧对白艾泽笑了笑:"老白,他铁定会回来的。"

白艾泽不知道有没有听到他的话,抬手对他摇了摇。

白御听说白艾泽到店里了,好像还生着病,立即进休息室找他。

窗帘紧紧拉着,白艾泽连鞋都没脱,躺在沙发上,一只手臂遮着眼睛,胸口剧烈地起伏着。

白艾泽一贯板正得像是从模板上扣下来的,白御第一次见到弟弟这个样子,感觉好像被抽掉了全身的力气。

他上去探了探白艾泽的额头,接着脸色一沉,拉着白艾泽的手臂说:"上医院。"

"我睡会儿。"白艾泽从干裂的嘴唇中挤出几个字。

到新阳已经是下午,尚楚对这里没什么特别的记忆,他离开那年才十岁出头,记不得这些事情。

妈妈死了没多久,尚利军有天醉醺醺地回来,突然要尚楚收拾东西,说要离开新阳。尚楚不知道为什么,也不敢问为什么,把几件衣服塞进小背包里,又翻箱倒柜地找,然而找遍整个屋子都找不出妈妈的一张照片。

后来他趴在床底下翻,希望能找点儿妈妈的东西带走,哪怕是一根头发也行。尚利军等得不耐烦了,进来踢了他一脚,他脑袋磕到床沿,磕出一个包。

他顶着那个包上了火车,尚利军只买了一张硬座票,他坐在地上。尚利军很快就睡着了,满身酒气,打着呼噜,周围的人投来厌恶的眼光,他抱着他的小背包不敢抬头。

火车一边跑一边震,震得他脑袋很痛,他不敢叫醒尚利军,就偷偷低着头抹眼泪,哭得背包都湿了。

——这是尚楚关于新阳这座城市的最后记忆。那年他蜷缩着坐在地上,闻见大人们脚上传来的气味,小桌板上散落着瓜子壳,不知道谁的果汁打翻了,橙黄色液体滴滴答答地溅在他脸上,黏糊糊的。他哭累了,饿惨了,偷偷伸出舌头舔了一口,甜甜的。

尚利军状态还可以,在车上吃了两次止痛药,中间吐了一次,精神不错。

他下了车显得很兴奋,走在路上一直念叨哪个地方怎么变了,尚楚表现得很漠然,冷眼旁观这座陌生的城市。

比起满是楼房、灰扑扑的首都,这座南方小城显得生机勃勃,到处都是叫不上名字的树,绿油油的。

但同样,比起首都的秩序井然,这里显得无序且混乱,开黑车的司机光明正大地聚在出站口拉客;街边到处可以看见口香糖和空瓶;摊煎饼的老头儿擤了把鼻涕,在屁股上蹭蹭,又接着捏下一个面饼……

"哎!"尚利军抬手拦下一辆小三轮,用不太熟练的方言说,"去鸿福路几个钱?"

"八块走。"

"八块?五块算了!"

…………

鸿福路?

尚楚脑子里依稀浮现出一个地名,他甩了甩头,还是想不起来鸿福路是哪里。

"走走走,"尚利军拉着他上车,"五块五块。"

"去哪儿?"尚楚问。

尚利军笑着接过他的包:"回家啊!"

尚楚一僵,他想起来了,鸿福路是他们曾经在新阳住过的地方,那间廉价的出租屋。

他曾经在那里翻了好几遍，关于妈妈的东西都被尚利军清空了，连根发丝都没留下。

兴许还有些东西留下了，墙壁上、门板上的抓痕不知道还在不在，头砸上桌角时磕出来的血印不知道还有没有。

"那房子没人租，还留着，"尚利军说，"回家去。"

尚楚没有上小三轮，他从尚利军手里拿过包背上："你自己去，我去市局，派宿舍了。"

尚利军吸了吸鼻子，伸手想拉尚楚："住什么宿舍，回家住……"

"你自己去，"尚楚侧身避开他的手，冷冷道，"我不去。"

尚利军快速眨了眨眼，看了眼踩三轮的师傅，讷讷地说："那行，那也行，那你住宿舍是吧，你……"

尚楚没等他说完，转身就走。

揽客的黑车司机一窝蜂拥上来，说去哪儿啊二十块钱跑遍市区啊之类的话，他们说话时口音很重，尚楚眨了眨眼，看着道路两旁栽满了树，突然觉得有些迷茫。

第9章 · 空荡

白艾泽烧到将近39℃,白御担心他烧傻了,把他架到医院去打了一针退烧针,再把他弄回自己家。

白艾泽整个人昏昏沉沉的,吃完药立即就睡了,梦里也不安稳似的,嘴唇紧紧抿着,拳头攥得死紧,就好像攥着一根紧绷的皮筋。白艾泽一直把这根皮筋收得很紧,直到今天,皮筋那头的人突然松手了,他被反弹回的巨大力道猛地打中,疼得站都站不起来。

白御轻轻叹了一口气,拉上窗帘,悄声退了出去。

两个小时后,叶粟结束了一个彩妆品牌的站台活动,回到家瞧见车库里停着白御的车,心里嘀咕说这兽医今儿怎么回来这么早,推开房门一看——他不上班竟然在这儿偷偷睡懒觉?

小蜜桃嘿嘿两声,对着床上躺着的人大吼一声"亲爱的",接着飞身跃到被子上——

白艾泽被活活砸醒了。

他睁开眼就对上了一张五彩斑斓的脸,叶粟妆都没卸,眼皮上抹着深紫色眼影,搭配眼尾的金色亮片,脖子上挂着一条骷髅项链,在昏暗的环境里确实有点惊悚。

叶粟扯下被子,看见躺着的是白艾泽,惊吓道:"哪里来的妖怪?"

发着高烧全身无力的白艾泽被她压得气都喘不上来,虚弱地动了动嘴唇:"起开。"

"……打扰了?"房门口,白御端着一个玻璃杯。

叶粟三两下从床上爬下来,飞跑到白御身后,抢过水杯喝了两大口压惊,心有余悸地说:"好险好险,你的小蜜桃险些被流氓玷污了!哎,你泡的这是什么饮料,酸酸甜甜还挺可口,我和我经纪人说声,拉个代言来。"

她咂巴两下嘴,把杯子里剩下的半杯液体也喝了。

"你把他的药喝了,"白御看着手里的空杯,"他喝什么?"

"呃呃呃!你就不能及时制止我吗?"叶粟打了个嗝儿,转眼才反应过来,问白艾泽,"弟弟你病啦?你什么病啊?"

白艾泽沉默地翻了个身,拉起被子遮住了头。

"你可以出去吗?"白艾泽靠在床头说。

叶粟四仰八叉地倒在小沙发上摆弄手机,小七趴在地毯上,毛茸茸的狗头枕着她的大腿。

"别啊,你哥让我开导开导你。"叶粟说,"聊聊呗。"

白艾泽偏开头,看着窗口摆着的一盆兰花。

过了一会儿,叶粟把手机往床上一抛:"好了。"

白艾泽皱了皱眉:"什么?"

叶粟下巴一抬:"去新阳的机票啊,给你买好了,你这么担心就过去找呗。"

白艾泽双手放在身侧,手指微微动了动。

他垂下眼睫毛,安静地看着被子上躺着的手机,舔了舔嘴唇,深呼出一口气。

"明天是你去西城分局报到的日子吧?"叶粟的声音轻飘飘的,"没事儿,让你爸说一声,把名额给你留着。你先去新阳找人,把人带回来,两人一起进西城多好啊!你把小尚也弄进去,他这下不就更感激你了吗?"

"这不合规矩。"一直沉默的白艾泽终于开口说话了,仰头靠着墙,眼睛看着天花板上的水晶吊灯,再次重复了一遍,"再说他也不是这种人。"

"他不是这种人,"叶粟轻轻笑了笑,"那他是哪种人?"

"他……"

白艾泽嘴唇动了动,接着又紧紧抿成了一条直线。

他是哪种人?

尚楚究竟是一个怎样的人,白艾泽可以用很多形容词去描述他,但都觉得不那么准确。他恣意、张扬、鲜活,却又把自己紧紧包裹成一团,害怕有人敲破他的保护壳;他倔强、要强、执拗,然而又小心翼翼地藏起来一些东西,露出一点马脚都不知所措;他从小到大都没有受到过什么爱护,不知道哪里来的满腔热忱和诚挚,全都毫无保留地释放出来;他其实什么道理都明白,但就是有时故意要做错事,像个想要吸引大人注意力的淘气小孩;他挑食,睡觉踢被子,用牙膏很浪费,不爱打热水洗脸……

白艾泽一度以为自己很了解尚楚,然而并不是。他在城中村那扇木门上砸了一拳又一拳，他亲手砸破了自己的幻想。

也许真正的尚楚就藏在那扇摇摇欲坠的木门背后，只是他离开了，他没有勇气让白艾泽剖开他。

这些念头在白艾泽脑子里混乱地交织在一起，他想理出一个头绪，哪怕能抓住一条模糊的线索。他想重新解那道题，也许他可以找到不同的答案，但他越努力就越抓不住，关于尚楚的一切记忆都变成了粗糙的沙粒，在他身体里反复游走，摩擦着他的每一根筋脉、每一个细胞，在上面刻下印记，但他就是抓不住这些沙，明明那些痕迹那么清晰、那么深刻，但他什么也抓不住。

"他生锈了。"白艾泽出神地看着虚空某一处，轻声说，"他说他生锈了。"

"既然生锈了，就让他自己把锈痕磨掉。"叶粟说，"你帮不了他。"

白艾泽茫然地眨了眨眼，偏头看向叶粟："那我呢？我能做什么？"

"你只要做你自己，"叶粟坐直身体，笑着说，"继续做他信任的那个你，做到最好，他会看见的。"

白艾泽抿了抿唇。

叶粟在小七头上摸了一把，大狗兴奋地凑上去撒娇。

"艾泽啊，交朋友可不是养宠物，"叶粟冲小七吹了声口哨，"你总想着把最好的东西给出去，总想着单方面照顾他，怎么晓得人家想不想要呢。世界上从来就没有十全十美的朋友，小尚不是，你也不是。"

白艾泽一愣，双手攥紧被角。

"去吧，"叶粟在小七屁股上拍了一下，"去陪陪你小叔叔，他要是哭了你就给他号两声。"

小七得了令，屁颠屁颠地跳上了床，卧倒在白艾泽身边。

白艾泽摸了摸大狗的背，深吸了一口气，对叶粟说："有烟吗？"

"烟什么烟！让我儿子吸二手烟，看我抽不死你！"叶粟翻了个白眼，从床上捡起手机，没好气地往外走，"机票退了啊，退票费记得转我。"

小七"嗷呜"了一声，把脑袋往白艾泽怀里顶。

白艾泽慢慢低下头，抱着它的脖子小声说："谢谢你来陪我。"

"大冰啊，你陪小尚先去宿舍。"

尚楚直接叫了个黑摩的去了新阳市警局，行政人员估计也没想到今年的实习生来得这么早，局里一点准备也没有，局长外出办公了，副局长去省里开会，加上还没到正式报到的日子，核实了尚楚的身份之后就让他先去宿舍歇着，找了个叫张冰的文员招呼他。

虽然尚楚也没幻想过被隆重迎接的场面，但这也实在过于冷清随意了。

张冰是个挺热情的人，一路上都在和尚楚搭话："你和我在一间宿舍，你被分到哪个岗位上啦？是档案室啊还是后勤啊？我就是管档案的，你要是来我这儿我还能带带你……"

宿舍在离市局两条街的一个老式公寓楼里，尚楚打量着街上的环境，随口应道："应该是刑侦。"

"哦哦哦，刑侦啊——"张冰反应过来，立即瞪着眼睛说，"你就是首警那个传奇学生？"

尚楚挑眉："我成传奇了？"

张冰拉着尚楚的手，恨不能立即挤出两行眼泪："可不是嘛！你是我们所有人崇拜的对象，太励志啦！我还在论坛上发帖支持过你呢！"

尚楚笑了笑，他已经太久太久没有听过类似的话，像这样的一点点鼓励都能让他激动不已。

"谢谢。"

"哎呀，眼下领导有事不在，其实大家听说首警有个学生报了我们这里后都可激动啦。你就是天之骄子啊，等正式报到的时候，肯定会好好欢迎你的！"张冰领着尚楚进了B栋楼，拉开铁门时声控灯就亮了，"我们住在五楼，502。没有电梯的，你的包重吗？我帮你拎一个吧？"

尚楚除了身上的一个背包，还提着一个硕大的手提包。张冰热络地伸手想要接过尚楚的包，尚楚却非常敏感地避开："没事，不麻烦，我自己来。"

张冰挠了挠头，估计里面装着什么重要的东西："好呀好呀，那你看着点路，三楼的灯有点坏了，有时亮有时不亮的，好气人哪！"

尚楚听张冰说话就想笑，张冰是土生土长的新阳人，说话总要带上个语气词，"呀""哪""啦"之类的，怪有趣的。

502是个两室一厅的小公寓，卧室大概就十平方米出头，一张床、一个布衣柜就把空间占满了。尚楚对环境挺满意，至少卫生比首都的城中村好上不少。

"先前这间屋子空着，我就把鞋子放进去了，"张冰有些不好意思地说，"没想到你来这么早，我马上就把我的东西拿出来哈……"

"没事儿，我衣服少。"

尚楚放下背包，环视了一眼他的房间，被褥都是新换上的，床单干干净净，床头还开了一瓶空气清新剂，柠檬味的。

张冰蹲在衣柜边收鞋子，见尚楚把身上背着的那个包随便扔在了地上，却把手提包小心地放在床上。

他好奇地张望，想瞧瞧里头装着什么好东西，没想到尚楚先是从里面拿出了一件衬衣，接着取出一只小熊玩偶，穿着一条开裆裤，还蛮可爱的。他把小熊摆在床头，然后从包里拿出第二只、第三只……

张冰看得目瞪口呆，眼见着尚楚变魔术似的从包里掏出了十几二十只小号玩偶，又拿出了一个大号的，让大熊躺在枕头上，最后拿出一条手帕给它当被子盖上，摸了摸它的头。

张冰傻眼了，看了看尚楚，再看了看一床的玩偶熊，没想到他是个这么富有少女情怀的人，这怎么看怎么不像啊！

他刚想打趣调侃两句，又看见尚楚正出神地看着那只大熊，眼睛里有光似的，嘴边挂着一点笑。张冰一愣，抿了抿唇说："那个……要不我晚上下班回来收拾吧？"

尚楚迅速眨了眨眼，对张冰笑了笑："没事，你鞋放着就行，我总共就实习两个月，真没多少东西。"

张冰有些疑惑地皱了皱眉，尚楚和他说话的时候虽然也在笑，但他总觉得不太一样，要说到底哪里不同吧，倒是也说不上来，就好像……眼里没光了。

一个大活人，对着一堆熊娃娃笑得神采飞扬？

不太可能吧？

张冰脑子里自动代入那些有恋物癖的连环变态杀手，不禁打了个寒噤，估摸着是这阵子局里清档，他加班加多了，精神都有点不正常了，于是抱着几个鞋盒出了门："那你先休息，钥匙我还没有配，就一把，你先拿着吧，现在都五点多了，我加班，估计到八点才能回来呢。"

"行，你去吧。"尚楚说。

张冰把鞋盒放在客厅角落，刚换了鞋要出门，就听见尚楚在身后叫他："冰哥。"

"啊？"张冰回头，"叫我大冰就好啦，我也才毕业一年多呢。什么事情呀？"

"有个事，"尚楚抿了抿唇，片刻后才说，"我想找你打听打听。"

"嗯嗯，你说。"

"你刚说你是档案室的？"尚楚问。

张冰点头："是的呀。"

"那你知不知道……"尚楚插在口袋里的手攥成拳，缓缓道，"二十年前，新阳是不是发生过人口贩卖的案子？"

张冰一愣，仔细回想后皱着眉说："二十年前好像没有呀，我记得七年前有过一起的，那个人贩子前几天才出的狱呢。"

七年前？

七年前妈妈早就去世了，尚楚也跟着尚利军去了首都，时间出入太大，拐卖妈妈的怎么也不会是这个人。

于是他摇了摇头："没事，我随便问问。"

张冰说："二十年前太久啦，我也记得不是很清楚，我等会儿帮你调出来查查，看看有没有类似的案件吧。"

"行。"尚楚靠在门边说，"辛苦了，等你闲下来了，我请你吃饭。"

"那好啊。"张冰拍了拍手，"我叫上我在彩粤村派出所的几个朋友，他们都可崇拜你啦！"

"没问题。"

等张冰走了，尚楚面对着空出来的屋子，一时间有些手足无措。

来新阳不在他的计划之内，更何况妈妈的案子已经过去了那么多年，当年没有人报案，没能够立案侦查，二十年后他再询问这些又有什么意义。

尚楚知道不可能有答案的，他想起当年偷偷看见的那一幕，那个右耳后下方有一块圆形黑色胎记的男人。

后来尚楚问过尚利军那个男人是谁，尚利军含糊其词地说他也不晓得，只是曾经一起喝酒的酒友，离开新阳后就再也没联系了。

尚楚咬了咬嘴唇，重重闭了闭眼。

这么多年他总是忍不住想，如果那一年他不是那么胆怯，如果他鼓起勇气报警，但凡他能够做得多一点点……

但人生从来就没有什么如果。

等到思绪沉淀了，尚楚才睁开双眼，空气里的浮尘落在他鼻尖，他轻轻吹了口气。

太安静了，安静得让人心慌，他不知道能干什么。

进了卧室，他呆呆地坐在床沿，失神地看着一床的玩偶。

光屁股的是一岁尚楚，包着尿片的是两岁尚楚，穿开裆裤的是三岁尚楚……还有戴小黄帽的尚楚、穿牛仔衣的尚楚、系红领巾的尚楚、披小风衣的尚楚，那么多尚楚小熊团团围着他，和当初在"特别"的休息室里一模一样，好像一点都没有变。

那是什么变了?

当晚,尚楚给宋尧打了个电话,听着宋尧在电话那头气急败坏地把他臭骂一通,连声应和道"是是是,我错了""我不是人""嗯嗯,我就是个大傻瓜"……

宋尧"扑哧"一声笑出声来。尚楚听他笑了,终于如释重负地松了一口气:"阿尧,对不住啊,没和你说声就走了。"

"你是挺对不住我们的,"宋尧说,"说好了要一块去西城分局做三剑客,你倒好,背着哥们儿自己溜号了……"

宋尧在电话那头絮絮叨叨,尚楚走到窗边往外看,公寓楼背后就是一条特色小吃街,到了夜晚尤其热闹,什么火锅、冰激凌、土耳其烤肉、印度飞饼……噱头足得很,路上摆满了矮桌和塑料板凳,熙熙攘攘的全是人,空酒瓶和烧烤竹签扔了一地,很真实的烟火气。

"你那儿怎么样啊?"宋尧问,"我长这么大还没去过南边呢,和首都差别大不大啊?"

"这边很热闹。"尚楚拉开插销推开窗,外头夹杂着油烟的热气扑面而来,他被呛个正着,边咳嗽了两声边说,"街上挺乱的,路不怎么宽,人也多,不过好在有人气。"

宋尧"哧"了一声:"你这话说得,就和咱大首都没人气似的。"

尚楚说:"那不一样。"

"得了吧你个叛徒!"宋尧说,"还说什么要回报家乡的父老乡亲,我听了这话差点没吐出三里地!"

"滚蛋!"尚楚笑着骂他一句,"我就是品格高尚、胸怀大志、出淤泥而不染,你这种道德水准低下的压根儿理解不了,无知得很。"

宋尧气得跳脚,又是一通叽里咕噜乱骂怼上来。

两个人闲聊了小半个钟头,大概人都是需要陪伴的,尚楚呼吸着窗外飘进来的烤肉香气,觉得心里疏朗了不少。

"宋尧。"他突然喊了一声。

冷不防被叫了全名,宋尧全身鸡皮疙瘩都起来了,警惕地问:"干吗?"

"那什么,"尚楚摸了摸鼻尖,"谢谢啊。"

宋尧先是一愣,随即拔高音量嚷嚷道:"你是尚楚吧?是本人吧?没被盗号吧?"

"滚滚滚！"尚楚笑道。

虽然谢谢这种话在朋友间没什么必要，但尚楚心里明白，这段时间下来宋尧也被折腾得够呛，从他隐瞒的病情被揭穿、险些被学校处理、遭受非议和诽谤、尚利军生病急需用钱，再到最后和白艾泽闹翻……总之发生了这么多事，宋尧一直都陪在他和白艾泽身边，小心翼翼地平衡他们的关系，尚楚是真心感激。

"阿楚，有件事我思前想后，还是得和你说声。"宋尧的声音突然正经起来。

小吃街上有一对情侣在互相喂对方吃花生米，尚楚一手搭着窗框，他们吃一粒，他的手指就在窗台上敲一下，心不在焉地回道："什么？"

"老白他病了。"宋尧叹了口气，轻声说，"他上午到处找你，疯了似的，后来到你家里去，在你家门口不知道等了多久，回去就发高烧了。"

尚楚敲打窗框的手指一顿，片刻后低低地"嗯"了一声。

"你……"宋尧小心地斟酌措辞，"以后打算怎么办？"

"就这样吧。"尚楚合上窗户，插上插销，"阿尧，我和他，我们本来就不是一路人。"

"不是！"宋尧有些急了，"为什么啊？老白他对你那么好！"

尚楚随手捞起一只玩偶，逗弄着小熊的下巴，笑着说："就是太好了。"

宋尧沉默片刻，才诚实地说："阿楚，我不知道你是怎么想的，首都有最好的医院给你爸爸看病，有全国最一流的警局等你来实习，你、我、老白三个人也不用分开，我还是想不通你为什么要走。"

宋尧想不通，谁都想不通。

最好的医院，最一流的警局，最默契与珍贵的朋友。

就好像最好的、最光鲜的一切都唾手可得，他甚至不需要付出什么代价，只要继续留在首都就够了。

尚楚垂下眼睫毛，拨弄着小熊身上的连体牛仔裤，不知道如何才能和宋尧说明白。

他的每一个抉择都是踩在刀刃上做的，无论向左走还是向右走，抑或是停在原地不动，刀尖都要把他脚心割破，旁人看不见他脚底踩着一地鲜血，反而问他为什么不走快点。

挂了电话，尚楚坐在床边发了会儿愣，觉得屋子里安静得可怕，那种空空荡荡不知道该落在哪里的飘忽感让他心慌，于是他又打开窗子，外头的叫卖声一股脑冲进房里，意识到这个地方并不是只有他一个人，这才总算心安了些。

尚楚站在窗边往外看了一圈，没找到刚才那对吃花生米的情侣，兴许是离开了。

他抽了根烟，出去刷了个牙，在燥热和嘈杂中睡了。

第二天上午，尚楚先去配了把钥匙，又把尚利军叫出来去了一趟市医院。医生一看他们从首都带过来的病历单和彩超就摇了摇头，含蓄地表示这程度就没必要住院了，开些辅助药物回去吃，保持好心情，有什么想做的事就去做。

尚楚早就有了心理准备，尚利军更是心里明白得很，两个人听了医生的话都没什么太大反应，说了谢谢就走了。

尚楚去取药处排队，尚利军在等候区等着。尚楚拿完药转过身，发现尚利军坐在凳子上，两条腿不停地抖动，眼珠子左右乱瞟，看起来很焦虑的样子。尚楚朝尚利军走过去，尚利军看见尚楚来了，抖腿的动作立即停了，瞟了眼尚楚手里拎着的药袋子，小声问："这么多？花了多少钱啊？"

"不用管。"尚楚把药扔给他，"按说明吃。"

尚利军像揣金子似的，赶紧把一兜药揣进怀里，又扯了扯尚楚的衣袖："这次吃完就不吃了，不花那个冤枉钱，你自己攒着，你多攒点钱，你自己多攒点啊，攒多点……"

他病了之后消瘦得很厉害，说话也颠三倒四。尚楚从他手里抽回手，不自在地皱了皱眉头。尚利军敏感地察觉到儿子的不耐烦，立即改口说："不说了，爸不说了，你忙你的去，忙你的，去去去！"

尚楚闭了闭眼，耐着性子说："出去给你打个车。"

"不打车，用不着花那个钱，"尚利军连忙摆手，"打什么车，不打，我走回去，早上我就自己走来的，再走回去就行，不打车。"

尚利军早上是走路过来的，尚楚在医院大门口等了他将近四十分钟才看见人。他穿了一件发黄的白色短袖，胸口印着"蜂蜜味精"四个字，黑色长裤松松垮垮，裤子没有皮带，弄了条小姑娘跳绳用的皮筋绑着，脚上是一双人字拖，脚指甲里藏污纳垢。

尚楚对尚利军一向耐性很差，大夏天的等了这么久本来就烦躁，看到他这副邋遢肮脏的样子就更是冒火。他四肢细得像火柴棒，肚子却很大，怪异得像《聊斋志异》故事里才会出现的生物。他身边一个抱孩子的妇女行色匆匆，推搡中不小心踩了他一脚，他立即一口浓痰吐过去，凶神恶煞地骂人家是不长眼的畜生。

121

那妇女应该是急着带孩子看病，连声和尚利军说对不起，抱着孩子往医院里跑。无奈人实在太多，没跑几步，她脚下一绊，向前一个趔趄，险些扑倒在地。

尚楚及时上去扶了她一把："小心。"

"谢谢谢谢。"妇女起身，把怀里的孩子抱紧，心有余悸地说，"多谢你了帅哥，不然我孩子就摔了。"

尚利军也在人群中看见了尚楚，加快脚步走到他身边，搓了搓手问："来啦？等得久不久？我走路来的，以前来这边有条近路，谁知道现在没了，唉，这就耽误了时间，那条路也不知道什么时候没了……"

他一身都是汗臭，那件"蜂蜜味精"短袖很薄，肩膀的位置破了一个洞，领口一圈黑。

医院门口来来往往的人很多，尚楚低头看着自己脚尖，总感觉周围的人都在用嫌恶的眼光看他们、用恶毒的言语议论他们，他在浪潮般的人流中感觉到了窒息。

尚利军咳了几声，担心尚楚被人群挤着，于是紧紧挨着儿子站着。那股酸臭的汗味猛地冲进鼻腔，尚楚条件反射般地退开一步，拉开与尚利军的距离后，那股压抑的窒息感总算消退了一些。

尚利军一愣，手足无措地抿了抿嘴唇，接着把上衣下摆往下扯了扯，试图盖住腰间那条红白相间的可笑皮筋，小声对尚楚说："进去吧，外头多热，里面有空调。"

从早晨见面开始，尚利军一直与尚楚保持着一定距离。尚楚猜他觉得自己嫌弃他丢人了，但也没有主动靠近尚利军。

坦白地说，他确实觉得尚利军可笑、荒唐、邋遢、无理，他确实不想离尚利军太近，他确实不想别人用看尚利军的目光看他，他害怕。

走出医院已经接近中午，日头正盛，尚楚在手机地图上搜了，从医院到鸿福路有整整五公里多，走路要一个多小时。

这种天气在室外站一会儿都要出一身汗，更不用说要走这么远的路。尚楚看了看尚利军深深凹陷的脸颊，又想到他刚刚上完厕所回来，捂着下腹痛苦难忍的样子，于是抬手拦了一辆出租车："坐车。"

"我走走就行了，"尚利军不愿意，"我走走，我要去逛逛，我就喜欢走路……"

尚楚先他一步坐上后座："我也去。"

尚利军一愣，立即喜笑颜开地说："那打车，咱坐车，坐车好，不热。"

他跟着上了后座，关上车门，让司机把空调再打低点。

司机搭话问："这是你儿子啊？长得真俊哪。"尚楚看着窗外没说话，尚利军在一边拼命点头。

到了鸿福路路口，车费十八块，尚楚掏出手机想扫码结账，尚利军翻出裤兜，从里面摸出一把零钱："我来，爸有钱，爸来。"

他那一沓零钞够碎的，都是五毛一块的纸票，他嘴里念着"十八是吧"，在那沓零票里一张张地点。几枚五角硬币掉了出来，叮叮当当地滚到了车座底下，他赶紧俯身去捡，但他腹水严重，实在弯不下腰，只好伸长了手臂往下够。

尚楚敏锐地察觉到司机往后视镜里瞟了他们一眼，眼神有些古怪和防备。他再次打开手机："扫微信。"

"好嘞，"司机把二维码递给他，"要票吗？"

"不用。"尚楚说。

"不扫不扫，"尚利军赶紧说，"我有钱，那个我、我付钱……"

尚楚扫了码结了账，打开车门说："付了，下车。"

尚利军张了张嘴，手里捏着一枚刚捡回来的五毛硬币："还没捡完……"

尚楚敲了敲车门："下车，赶紧。"

"哦，"尚利军讷讷地点头，"哦，好，下车下车，赶快下车。"

尚楚站在路口，看着尚利军往里走，脚步蹒跚，背影看上去很笨拙。

他这才发现，尚利军的脚后跟肿了，红了一大片，像一个发面馒头那样胀起，怪不得要穿拖鞋。

尚楚喉头一酸，炙热的阳光晒得他有些恍惚，他在想自己是不是太坏了，对待尚利军那么差。白艾泽说得没错，他对谁都脾气不错，怎么唯独对尚利军这么坏？

尚利军走了几步就累了，扶着墙弯下腰大喘气。尚楚想要上去搀他一把，脚尖往前挪了半步又僵住。

再往前就是他们以前住过的出租屋了。

关于那里的记忆无时无刻不在提醒尚楚，尚利军是个虐待狂，他杀死了尚楚的小猫，他无数次踢打尚楚的妈妈。

搀他干吗？可怜他干吗？他都是活该。

尚楚再度抬眼看着尚利军的身影，病痛让他受尽折磨，他连腰都直不起来了。尚楚从他的惨状中获得了一种隐秘的、近乎自虐般的快感，他对尚利军的冷漠、不耐烦、暴躁都是在报复尚利军，也是在报复年少时那个怯懦的自己。

尚利军拐了个弯消失了,尚楚才缓慢地垂下眼睫毛。他脚边有个空易拉罐,他想踹一脚,动了动脚踝又觉得累,于是转身离开。

第二天尚楚去了市局报到,来新阳实习的统共就十多个人,没什么竞争,也用不着选拔。

领导知道尚楚是首警来的学生,很是骄傲地领着他转悠了一圈。

同事们都知道首警有个传奇学生,纷纷对尚楚表示了热烈欢迎,这让尚楚的虚荣心小小满足了一番。

紧接着,尚楚就开始了坐在工位上无所事事的生活。

他原以为只有第一天是这样,谁知道接下来的两天、三天、四天都是一个样。新阳是个挺太平的地方,刑侦这边压根儿没什么事。

晚上回了宿舍,宋尧打电话兴奋地和他说西城分局今天又给他们上什么培训课了,讲课的是多么多么有名的警官,上的课多么多么生动,还说下周就给每人都派一个导师一对一负责,有机会还要让他们上一线瞧瞧;还说白艾泽表现得多么好,刑侦队长都知道他,他来的第一天就被找去单独谈话了,是把他当苗子来重点培养的。

尚楚仰躺在床上,看着雪白的天花板,"嗯嗯啊啊"地应和着。

每晚挂了电话他就难受,整晚整晚地睡不着,他能感觉到自己的身体状况不太好了,白天的空白让他心慌,夜晚就更是空荡。

第10章· 黑色胎记

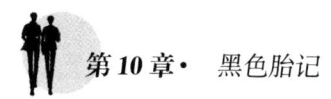

"我真服了！抢个鸡腿比我抢鞋还难！"

西城分局食堂小，每天中午来吃饭的人又多，宋尧为了打个卤鸡腿排了二十多分钟的队，到他这儿刚好没了，限量版大鸡腿售罄了。

白艾泽坐他对面，挑了挑眉毛问："很难吗？"

"怎么不难，我每次听完上午的培训就飞跑来排队，就没一次搞到——你哪儿弄来的？"

宋尧瞥见白艾泽碗里躺着一个油光滑亮、香味浓郁、肥美鲜嫩的硕大鸡腿，忍不住咽了口唾沫，羡慕得眼冒绿光。

不过刚才也没见白艾泽挤着排队啊，他从哪儿搞来这么个好东西？

"打来的。"白艾泽说。

"不对啊！"宋尧咂咂嘴，"你从哪个窗口打来的？"

白艾泽抬了抬下巴："3号。"

宋尧顺着白艾泽指的方向看过去，3号窗是打冷菜的，白艾泽口味清淡，基本顿顿都会去那儿要个凉拌木耳或者焯水秋葵。打菜的姑娘见他们朝这边看过来，脸颊一烫，立即羞赧地挪开目光。

"原来如此啊！"宋尧咂巴出了一点不寻常的味道，意味深长地说，"那姑娘看上你了？什么时候的事儿？可以啊你白艾泽，咱才来这儿几天啊，一星期没到你就俘获了人家芳心，能让人家特地给你留了个鸡腿，还这么大个。我也要去后勤那边勾搭个小情人！"

"支持。"白艾泽点点头。

"凭我的风流倜傥，我迟早搞到比你这个还大的鸡腿！"宋尧正自我陶醉，转眼见白艾泽还朝着3号窗口的方向看。他一扭头，那姑娘果然也正看着他们这边，冷不防撞见宋尧的眼神，手里铁勺一抖，一勺子笋干抖出去一大半。

宋尧心说难不成老白这千年铁树开花了？真和这姑娘看对眼了？大庭广众

125

之下就搁这儿眉来眼去暗送秋波?

"哎,我问你,"宋尧决定迂回地打探一下,"你觉得人家怎么样?"

白艾泽脸上挂着一点不太明显的笑意,看向宋尧戏谑道:"不错,你说呢?"

"我说什么我说!"宋尧放下筷子,正色道,"老白,我和你说,这事儿可是很严肃的啊……"

白艾泽嘴角一僵,把鸡腿夹到宋尧碗里,打断说:"给你的。"

宋尧眨了眨眼,小声说:"人家送你的,你就这么给我不好吧?"

白艾泽说:"不是送我的。"

"啊?不是送你的?"宋尧张着嘴问。

"她让我转交送给你。"白艾泽朝他笑了笑,"她说看你在1号窗连排四天队了,一次也没排到,特地从厨房给你留了一个。"

"给我啊?"宋尧看着碗里那个肥硕香嫩的鸡腿,突然觉得心情很复杂。他扭头又看了那姑娘一眼,人家勺子里的菜又抖掉半勺。

白艾泽失笑,敲了敲桌子说:"别看了,再看她手都要抖没了。"

"不看了,不看了。"宋尧转回脑袋,想了想还是觉得不自在,凑近白艾泽低声问,"你说她怎么想的啊?"

"不知道。"白艾泽耸耸肩膀,"对了,她让我和你说一声,也要多吃蔬菜。"

宋尧一噎。

白艾泽夹了一筷子木耳送进嘴里,微笑着说:"味道不错,晚餐你可以试试。"

嘴上耍流氓一级顺溜,实际上一次恋爱也没谈过的宋尧同学哀愁地叹了一口气,心说怎么会这样,自己的魅力怎么会这么大,这世间怕是又要多一个为他神伤的悲情少女了。

宋尧和白艾泽边吃饭边聊天,最开始一起上了几天培训课后他们就分开了,白艾泽跟着刑侦走,宋尧则是去了物证那边,虽然在一处工作,两人见面的机会却不多。

两个端着餐盘的同事在他们隔壁桌坐下,宋尧耳朵尖,恰好听见他们在议论这一届实习生。

听对话,那两人应该是分管档案的,说今年来了个首警的神人,叫白什么的,第一名保送上来的。刑侦队的管队长跟得了宝贝似的在群里炫耀,还说这小子他定下了,毕业后直接过来西城分局,他亲自栽培。

他们不知道白艾泽就坐在身边,接着八卦了几句这位白姓神人的家世,又聊到首警好像还有另一个尖子生,也有争第一的实力,不知道怎么的没过来,也不知道派去哪儿了。

"说的是阿楚吧?"宋尧瞥了白艾泽一眼,状似不经意地带出尚楚的名字。

这么多天了,他一次也不敢在白艾泽面前提到尚楚。

那场高烧之后,白艾泽好像完全恢复了,他一如既往的强大、自信、自律克己、处变不惊,就好像他从来没去过那个昏暗肮脏的楼道,没敲响那扇摇摇欲坠的木门,更没有红着双眼一遍又一遍地拨出那个不会有人接听的电话。

他表现得越是冷静,宋尧就越觉得反常。

"可能。"白艾泽淡淡应了一声,从清炖冬瓜里挑出一片葱花。

宋尧在心里叹了一口气,低声问:"你还生他的气呢?"

白艾泽没有回答,专注地挑着菜里的葱花。

就在宋尧以为白艾泽要一直沉默下去的时候,白艾泽突然说:"阿尧,我没有办法不生气。"

宋尧没想到白艾泽会这么坦诚,闻言反而一愣。

白艾泽抬眼看着他,淡淡道:"抱歉,但暂时可以不要提到他吗?"

"老白,我也气,"宋尧抿了抿唇,"但他这么做一定有他的难处,你——"

"要谅解,"白艾泽接过他的话,再次垂眸看着自己面前的餐盘,"我明白,但我目前还做不到。"

难处难处,每个人都在说尚楚有自己的难处;苦衷苦衷,每个人都要他理解尚楚的苦衷。

他把尚楚视作知己,他怎么会不知道尚楚有难处和苦衷,没有人比他更明白尚楚的处境,没有人比他更想要把尚楚从悬崖边拽上来,他不明白尚楚为什么要走。明明只要他留下来,他们三个就可以一起来西城分局,他们说好的要一直在一起,是尚楚背弃了对朋友的承诺。

叶粟说交朋友不是养宠物,白艾泽想了很多天还是没有想明白。

"吃饭吃饭,"宋尧捡起筷子,拍了拍白艾泽的手臂,"不说这些,赶紧吃饭,都凉了!"

吃完午饭回到座位,隔壁的实习生说老管让他去一趟,白艾泽点头说了声谢谢。那个实习生眼神有些古怪地看了他一眼,问道:"咱们这拨人一起来这么久了,老管就只单独找过你,这都第三回了,他这么器重你呢?"

白艾泽敲门进了刑侦队长办公室,管齐平正在看一份刚递上来的尸检报告,示意白艾泽在一边坐会儿,要喝茶自己倒。

白艾泽点头,没出声打扰他,站到了书柜边,看着玻璃橱窗里放着的奖状和勋章。

"艾泽,过来坐。"

管齐平快速扫了一遍报告,又给法医那边打电话问了几个问题,这才腾出空来招呼白艾泽。

"管队,您找我?"白艾泽问。

"这几天感觉怎么样?"管齐平点了一根电子烟,"不介意吧?"

白艾泽摇头示意不介意,想了想回答说:"学到了很多新东西,队里的前辈们经验都很丰富,也很照顾我们。"

"嗨!"管齐平摆摆手,"要我说啊就不该太照顾你们这群黄毛小子!我早说了实习生拉来就是要做牛做马的,费那么大劲儿选上来摆在空调房里听课有什么出息?美其名曰培训培训、学习学习,咱们干一线的成天照着PPT能学到什么,去现场比什么都强。就那群坐办公室的不让,说你们啊太年轻了,万一有个三长两短不好交代!"

白艾泽倒没想到这位队长风格这么粗犷,一时间拿不准他是什么态度,于是没有说话。

"今儿找你就是说这事,有个外派任务,我想着让你跟你风哥走一趟,出去锻炼锻炼。"管齐平说。

"外派?"

白艾泽有些惊讶,他只是个毫无资历的实习生,管齐平能把这个机会给他,估计也是顶了些压力的。

"别慌啊,不是啥要紧事,也没危险。"管齐平笑了笑,翻了几下手边的一摞档案,"最近上头要完善失踪人口档案库,咱们这边就负责近十年被拐卖人口这块。这不前些年我们和南边联手破获了一起大案,有些重要资料在他们那儿保存着,这回就是过去办个交接。"

失踪案每年都要报上来不少,也是最让警察头疼的一类案件,很多由于实在缺乏线索,很难推进下去。

拐卖案查起来更不容易,往往耗时耗力后结果仍不尽如人意,因此相应的研究体系缺失,课本上讲的也只是寥寥数语,这次外派的确是一个深入了解这方面的好机会。

"好。"白艾泽点头说,"我去。"

"行。"管齐平早就料到他会答应，把手边的资料递给他。

白艾泽接过那摞材料，管齐平翻阅过后没把这些档案按页数摆好，第一页不是封皮，而是一个犯罪嫌疑人的个人资料。他粗粗扫了一眼，这是个男人的侧面照，隐约能看到他耳朵后有一块黑色的东西，不知道是不是伤疤。

"你这几天先看着，下周末出发去新阳。"管齐平说。

新阳？

白艾泽指尖一顿："要交接的材料在新阳？"

"对，在他们市局。"管齐平以为他觉得新阳太远，安慰说，"他们大队长叫谢军，是我好哥们儿，也是首警出来的一把好手。我和他打声招呼先，你过去了让他照顾着点。"

白艾泽垂眸看着手里那摞纸，一时间思绪混乱，不知该如何回答。

"对了，我听说你们学校这届也有个去新阳实习的是吧？"管齐平乐呵呵地说，"你说这小子怎么想的，和谢军一个样儿，首警出来的谁不想留在首都大展身手？这千山万水的，跑那么远个地方去，到底为的啥呢？我呀到现在都没弄明白……"

谢军泡了一壶茶，端在手里从茶水间往回走，在办公室门口又遇着了那小子。

"谢队，"尚楚逮着他就直接问，"我什么时候能出任务？"

谢军用脚顶开门，尚楚跟着进去，又焦急地问了一遍："什么时候给我派任务？"

谢军倒出一杯热茶："那什么守则……"

"背好了，"尚楚从口袋里摸出一个小本，翻开了甩在他面前，"全学完了，笔记都在这儿，您随便抽背，哪条都行。"

谢军看了眼那个写着满满当当字迹的小本，眼底目光微闪，有些讶异地想这小子还真认真学了。

这批实习生来这儿一周多，第三天起不少人来找他要任务，他打发了一句说先把那些个条令纪律学了再说，想着先磨磨这些小屁孩的锐气，不然还真以为局里这活儿上来就能干。

谢军本来就不赞同让这群学生这么早就过来，按照往届派来的实习生质量看，很多人以为自己学了点理论知识就牛上天了，让他们跟着出个外务就现原形，别指望他们帮什么忙了，不拖后腿都难。

果然，从第四天开始，来烦他的人渐渐少了，第六天起他办公室门口彻底没人了，除了这个首警来的尚楚。

"所以我什么时候能有事做？"尚楚又急切地问了一遍。

他来这儿将近十天了，实习时间过去了六分之一，愣是没出过市局一步，隔壁的实习生已经闲到开始偷偷玩扫雷游戏了。他越等越心慌，尤其是每晚听宋尧说西城又让他们做了什么有意思的实验、办了什么挺真实的模拟练习，他就越发焦灼。

这种焦灼感像烈火似的烤着他，他生怕自己就这么熬废了。这么下去，等到两个月后回学校，他还能赶得上其他同学的进度吗？

他本来就不如白艾泽，万一……万一彻底被甩在后面了怎么办？

离开首都之后，尚楚总觉得自己脚下空空落落，踩不到实处，好像哪里都是虚的，好像没有人再需要他、重视他。他迫切地希望抓到一个机会去证明自己还有价值，去让自己感受到他是真实的，还存在着。

"你想做什么事？"谢军放下水杯问。

尚楚双手撑着木桌，目光灼灼地说："我想跟队出案子，我想去一线，我想破案。"

谢军淡淡一笑，这种答案他听得太多了，哪个新手不是雄心勃勃地说要破大案要案，像尚楚这样一腔热血的孩子，每年警校能出来大几千个，然而真正的重案一年能遇上几起？

"小尚，"他屈指敲了敲桌子，直截了当地说，"你想过没有，论经验、论能力，你现在凭什么到一线去出案子？"

尚楚十指扣着桌面，沉声说："我是经验不足能力不够，但我可以学，我会好好学。谢队，你给我机会，我可以。"

谢军定定地看着尚楚，这孩子抿着嘴唇，驴脾气，够倔的。

他似乎从尚楚的眼睛里看见了一些不同于其他人的东西，沉思片刻后摆了摆手："知道了，你出去吧。"

"那我什么时候……"

"我会考虑。"谢军说。

尚楚渐渐笑开，说了声"谢谢谢队"就跑了。

谢谢谢队？

听着就像绕口令似的，什么玩意儿！

谢军摇了摇头，从文件夹里翻出这届实习生的资料，找出尚楚那一页仔细看了起来。

谢队长说他会考虑，当天下午就让尚楚跟着出了个任务。

尚楚一路上心跳得很快，又是激动又是期待，到了现场一看，就是个偷共享单车的小贼，被当场逮着了。

带尚楚去现场的是局里一个叫徐龙的，估计是得了谢军的指示，出示了证件后就让尚楚上去处理。

尚楚还没反应过来就被拱上架了，硬着头皮问："你为什么偷车？"

"我没偷啊！"那人一看就是个小混混，嚼着口香糖狡辩，"警官，你看见我偷了吗？"

"监控拍到了，现场也有目击证人。"尚楚说。

"我怎么就成偷了？"小混混压根儿不拿正眼看尚楚，"这不是共享的吗？共享不就是人人都能用？"

"那你为什么不扫码？"尚楚说，"撬锁做什么？"

"我扫不出来啊。"小混混哼了一声，又用流里流气的眼神扫了尚楚一眼，"小警官，你看着够小的啊，多大了？你这长相，做什么警察啊……"

尚楚不悦地拧紧眉毛，厉声问："你知不知道偷车是违法的？"

"不知道啊！"小混混耸耸肩，"我小学没毕业，哪知道这些。对了，小警官，我看你挺合眼缘，留个微信号呗，咱交个朋友。"

他东拉西扯的，尚楚耐心正式告罄，冷下脸说："你的行为已经违法了。"

小混混偏头吐了口痰，手搭上来："小警官，来加个微信呗，以后哥哥罩你，你说你累死累活的拿点死工资，不如跟着我干……"

"你……"尚楚额角一跳，屈膝狠狠顶在他小腹，攥着他的手腕反手一掰，冷冷地说，"找死。"

"警察打人了！"小混混一边叫痛，一边嚷嚷，"警察打人啦！赶快拍下来发网上啊！这有个警察要杀人了啊！"

尚楚听他大喊，一时有些心急，往他膝弯踹了一脚："闭嘴！"

"松手！"徐龙见状赶紧上去拉住尚楚，在他耳边低声说，"赶紧的！"

小混混用挑衅的眼神看着尚楚，尚楚五指收紧。小混混嚷得更大声，街上渐渐有人朝这边看过来，徐龙又说："小尚，赶紧松开！"

尚楚知道轻重，冷哼一声后松开了偷车的混混。徐龙一挥手，一边等着的两个民警跟上，押着他上了警车。

"你再怎么样，"徐龙松了一口气，训斥尚楚说，"也不能对他动手。"

尚楚还是有几分不服气："他是嫌疑人。"

"首警没有教你吗？使用武力要控制在必要的程度之内。"徐龙把"必要"两个字加了重音，"刚刚是必要的情况吗？"

尚楚抿着唇不说话。

这和他想象中的差距太大了，不过是一个偷单车被当场抓获的小毛贼，何必要他们亲自出来解决？

这不是他要办的案子，不是他想上的一线，他想面对的不是一个只会油嘴滑舌的小偷，不是众目睽睽下做一个动作都要小心翼翼的场面。

这种案子办再多又怎么样，能有什么价值？

两个月后回到首警做汇报他要说什么？说他抓了个当街撬共享单车的小偷？还差点因为殴打嫌疑人被群众拍视频发网上？然后呢？然后别人会说还以为尚楚跑新阳去真要做什么大事呢，原来就净干这了，不愧是抱负远大，怪不得那么牛哄哄。

连他自己都觉得是个天大的笑话。

"不服气是吧？"徐龙见他一直沉默着，知道他心里不爽了，板着脸说，"是不是不服气？"

尚楚面无表情地回答："是。"

"你倒挺直接。"徐龙笑了一声，又问，"有什么不服气，说。"

"我……"

尚楚嘴唇嗫嚅，刚发出一个音节又卡住。

他能怎么说？

说觉得自己来这种现场是大材小用？

这怎么说得出口！

尚楚用力闭了闭眼，紧接着深吸了一口气。

他知道是他自己出了问题，是他心态不好，他明白自己急需调整，但他没有时间，他心急如焚，他迫切地需要证明自己。

白艾泽太亮了，他不能接受在白艾泽身边暗淡的、毫无神采的自己，所以远离白艾泽后他努力地发光，他要把铁锈全部磨掉，他要让别人都看到他有多锋利，他还是那把光芒万丈的利剑。

他太想要找回那个自己了。

"说不出来是吧？"徐龙看着尚楚，叹了一口气说，"说不出来就给我回去写检讨！两千字！"

尚楚没说话。

"听到没？"徐龙吼了一声。

"听到了。"尚楚应道。

回市局的路上，徐龙接了个电话，挂断后让警车停在路边，对尚楚说："局里接到报案，上龙街三巷，有个老人家的猫上了树下不来了，你去。"

"猫下不来树？"尚楚就像听了个什么笑话似的，"这也要去？"

"怎么，一个人搞不定是吧？是不是还要调个武装队伍给你啊？"徐龙说。

"不是，这种为什么……"

尚楚刚想辩驳几句，徐龙拉下脸问："这是命令，去不去？不去我就另外调人。"

除了抓偷共享单车的小贼，汇报里又可以多一项救猫了。

尚楚自嘲地想着，拉开车门跳了下去："我去。"

"赶紧！"徐龙坐在车里对他说，"一小时内回来，超时扣分。"

尚楚皱眉："这又是哪里来的规定……"

"计时开始。"徐龙看了眼手机，"已经过去了八秒。"

尚楚低骂了一句，转过身拔腿就跑。

"小兔崽子！"

徐龙对着他的背影笑了笑，才说："开车。"

"哥，"前座随车的警员小李说，"人家可是首警的高才生，我看过他档案，成绩一流，以后是要奔大案子去的，你就派他干这个？怪不得人家孩子不服气呢，我都替他不值了。"

"你懂屁。"徐龙往椅背上踹了一脚，"这孩子吧，戾气太重，不磨不行。"

"戾气？"小李疑惑道，"我没看出来啊，这不挺有冲劲的吗？"

徐龙摸了一根烟在嘴里叼着，一边点火一边说："不一样，看他眼神就知道，谢队也是这意思，丢出去挫一挫他身上那股子煞劲，才能看出内里究竟是什么材料，是好是坏都不一定。"

小李没明白："怎么可能是坏的呢？这是首警出来的优等生啊！再说了，有谢队和你带着，他还能变坏不成？"

"看他自己了。"徐龙吹出一口白烟，"苗子是好苗子，往天上长还是往地里钻，全看他自个儿。"

小李还是没明白，挠了挠脑袋又说："对了，首都那边下周就来人办交接了,要不把这活儿给小尚试试?"

徐龙想了想,好像是有这么个事,西城分局说要来交接七八年前那个人口拐卖的案子,这么个小事让尚楚去对接也不是不可以。

对了,当年那个嫌疑人好像交代过他不是第一次犯事,二十年前就干过贩卖人口的勾当,不过时间太久,细节他早就忘了,只说是卖给一个姓尚的人。

姓尚?尚楚也姓尚,也是新阳人,就这么巧?

干刑警多年锻炼出来的敏锐度让徐龙心念一动,问小李:"尚楚他爸叫什么?"

"啊?"小李嘀咕说,"这我哪知道啊,谁会去记实习生他爹叫什么……"

"那他妈叫什么?"徐龙又问。

"哥你别为难我了!"小李讨饶道,"不过我记得他妈好像早去世了,都过了很多年了。"

徐龙沉思片刻,觉得估计是自己多心了,哪能有这么巧的事情。

"行了行了,我眯会儿,到地儿叫我。"他冲小李摆摆手。

警车驶过鸿福路路口时差点撞上一个闯红灯的男人,尚利军骂骂咧咧地朝车屁股吐了一口痰,趿拉着拖鞋一步一步地往巷子里走。

他摸了摸裤兜,确认那张写着地址的字条还在。他刚才出去打听了一些事,问到了一个住址。他紧紧按着口袋,生怕那张字条掉出来,像捂着什么了不得的宝藏似的。

他知道自己快死了,他得趁着死前这最后一点时间为儿子做点事。

尚利军蹒跚地走进出租屋,扶着栏杆费劲地爬上台阶,上了楼梯发现家门口站着个人,楼道里没灯,看不见脸。

他以为是尚楚来了,喜笑颜开地说:"来了也不说一声,我都不知道你来了,赶紧进屋去,快进去……"

"军哥,还真是你啊!"

一个男人的声音传来,尚利军一愣:"你是谁?"

"我听人说这屋子有人住了,我想着是谁呢,想不到还真是你!"那个人缓缓下了两级台阶。

尚利军抬头看上去,从他这个角度,恰好能看见男人耳下的一块黑色胎记。

尚利军的脑子像一台生了锈的机器,缓慢运转了很久才想起来这个男人是谁。他僵硬地扭了扭脖子:"怎么是你?"

"可不就是我嘛！"男人下了几级台阶，站到尚利军身边，热络地拍了拍他的肩膀，玩笑般说道，"军哥，咱们有七八年没见了啊，我进去这么些年，也没见你来看过我。老哥不是我说，你这可就不厚道了！"

尚利军僵直着后背，脸上的表情像是凝固了。

男人瞟了他一眼，自顾自说道："还是有回猴子来探我监，和我说你搬走了，不在新阳了。我说嘛！咱兄弟这么深的情谊，你要是人还在，哪能不来看你小弟我呢。你说对吧，军哥？"

尚利军嘴唇嗫嚅了两下。

"军哥？"他又问。

"对，对对，对。"尚利军点了一下头，讪笑着说，"出来了就好，出来就好，好……"

"不一起喝两杯去？"男人对他抬了抬下巴，亲热地说，"我本来判了九年多，在里头表现不错，给减了两年，要不你今儿还看不着我呢。军哥你说咱俩这是什么缘分，我刚出来没几天，就遇着你回了，咱这个就叫天生要做好兄弟的命！"

"戒了，我戒了，不喝了。"尚利军始终不敢转头看男人，紧盯着前方昏暗的楼道，显得有些紧张和防备，"我回了啊，我先回。"

尚利军说完抬脚就往上走，人字拖发出急促的"啪嗒"声。那男人也不拦着他，就么直挺挺地站在楼梯上，似笑非笑地看着尚利军的背影。

尚利军走到门口，从裤兜里拿出一把钥匙，对着锁孔插了几下都没插进去——他的手在抖。

"军哥，你这样真让我这小老弟伤心啊！"男人发出一声轻笑。

尚利军眼皮一跳，手里的钥匙"叮"一声掉在了地上，顺着楼梯往下滚。

男人抬脚踩住那把钥匙，笑着回忆道："当年在局子里，几个警察轮番上阵来审我，审了我好几天！"

尚利军的手还搭在锁眼上，缓慢地扭过头："钥匙给我一下。"

"那群警察就这么折腾我，我都没把你供出来，"男人面色有些阴沉，俯身捡起那把钥匙，放在掌心里抛了两下，"老弟我对你算是仁至义尽了啊！我这几年吧，在里头多少也学了点儿法。据说收买被拐卖女人的也有罪，也得坐牢……"

尚利军脸色一变："当年明明是……"

"噗——"男人突然笑了出来，摆手说，"吓着你了？老弟和你开个玩笑，还真把你吓着了？就咱俩这么铁的关系，我哪能把军哥你供出去啊，没可能的事！"

尚利军垂着眼皮，右眼皮跳得很厉害。

"怎么说？喝点小酒去？"男人把钥匙塞进自己的裤袋，"军哥，你不会这点面子都不给吧？我这人你也知道，就是闲不住啊！你不陪我喝酒，我闲着也是闲着，倒不如去找警察谈谈心……"

他说着作势转身要下楼。

"田旺，"尚利军出声叫住他，"你别太过分了。"

"田旺？这人是谁啊？耳朵后头那是什么？疤啊？"宋尧做了一下午指纹鉴定，这会儿头晕眼花的，本打算跑茶水间偷个懒，没想到遇着白艾泽也在。他扫了眼白艾泽正在看的一页纸，是一份复印件，随口问，"犯罪记录啊？"

"嗯。"白艾泽说，"七年前一起人口贩卖案的嫌疑人，前不久才出狱。"

"我说你真够可以的。"宋尧挑了包看起来挺贵的速溶咖啡，边烧水边小声嘀咕，"没见过你这么勤奋的，别人到这儿都是偷懒摸鱼，就你还带个材料过来看……"

"不是，"白艾泽没听清他在嘟囔些什么，抬手捏了捏眉心，"我总觉得有些不对。"

"啊？怎么说？"宋尧问。

白艾泽拧眉，抿了口刚冲好的咖啡。

他也说不上来哪里不太对，档案记录说这个叫田旺的原是缅甸籍，五岁左右被一个跨境犯罪团伙拐到境内，跟着辗转到了新阳，长大后也开始干起买卖人口的勾当，七年前落网。

这个田旺是个老手，专门诱拐妇女，在他们圈子里得了个诨名叫"田鸡"。

七年前那场联合行动中，警方做了大量走访和排查，挖出来田旺至少参与过四次贩卖活动。即使大家都心知肚明真实数目远不止这些，但田旺只认下这四起案子。据他自己说，他第一次作案大概是二十二年前，然而时间久远，买主是谁他早已记不得了。

二十二年，七年。

白艾泽垂眸，手指轻敲马克杯壁。

二十二年前，田旺作案，尚楚的母亲被人贩子拐卖到新阳；七年前，田旺被捕，尚楚离开新阳来到首都。

两个时间点看上去似乎毫无关联，但白艾泽直觉其中有些蹊跷。

还是说因为案发地点是新阳，而尚楚又恰巧正在新阳，所以他过分敏感了？

宋尧拿过那页档案看了几眼，管齐平不可能把完整档案交到一个实习生手里，给白艾泽的是简易版的复印件，上面就只有两张照片和短短几行字。

"有什么问题？就这能看出什么特别的？"宋尧问。

"没什么。"白艾泽说，"我多想了。"

水烧开了，宋尧冲好咖啡，端起杯子喝了一口，被烫得哆嗦。

他手一抖，杯子里的黑褐色咖啡液体顺着杯口洒出来一些，正好洒在那页资料上。

宋尧急急忙忙抽了两张纸巾把咖啡液吸干，还好没把上头的字弄没了，就是搞糊了其中一张侧面照，和那块显眼的黑色伤疤糊作一团："这没关系吧？"

"没事。"

白艾泽看了一眼，上头信息还是全的，正面照也很清楚，加上他手头有完整的电子版材料，因此没有对那团咖啡渍太过在意。

"那就好。"宋尧松了一口气，小心翼翼地喝速溶咖啡。

白艾泽五指摩挲着杯壁，仍然觉得有些异样。

宋尧又看了眼那页材料，突然心念一动，问道："你觉得此人不对，不会是因为这事儿发生在新阳吧？"

白艾泽指尖一顿，没有说话。

宋尧叹了一口气，拍了拍他的肩膀："你说你何必呢，甭瞎操这个心，这种小喽啰哪里都有，你啊就是太挂心太敏感了。"

"你帮我问问他，"白艾泽说，"知不知道这个人？"

"谁啊？"宋尧没反应过来。

白艾泽放下马克杯，走到窗边说："尚楚。"

宋尧一愣，皱眉道："阿楚？他怎么可能认识这个人？这人在牢里蹲了七年，这几年阿楚都在首都上学，再说了，七年前阿楚才几岁啊！"

"问问吧。"白艾泽抱起双臂。

"行。"宋尧抿了抿唇，"今儿周四，下周五你就去新阳了吧？要不我和他说声……"

"不用。"白艾泽出声打断他，随即又发现自己的反应是不是过于激烈了，又画蛇添足地补充了一句，"没必要。"

"真没必要？"宋尧挑眉。

窗户上趴着一只小飞虫，身体在阳光下呈现出漂亮的淡绿色。白艾泽轻轻吹了一口气，小飞虫受了惊吓，立刻扇动翅膀飞走了。

如果尚楚不知道他要去新阳，他兴许可以找机会远远地看一看尚楚；尚楚要是知道了，只会想方设法地躲着他、避开他，编造一些牵强的借口告假。

事情怎么会变成这样，他连见尚楚一面都需要小心翼翼。

窗玻璃上，小飞虫趴过的地方留下一块潮湿的印记。白艾泽定定看了片刻，抬手揩掉那块沾着湿气的印子，接着拿起杯子，抬脚出了茶水间。

"没有这个必要。"

"没有。"尚楚把手机夹在一边肩膀和耳朵中间，怀里抱着一只白猫，"什么田汪田喵的，我才到这儿几天，一个刚出狱的混混我怎么会认识，你神经了吧！"

宋尧在电话那头说："哎你别着急啊，我和你多说点信息，指不定你真知道这人呢！你听着啊，这人是个皮条客，专祸害妇女，说是个缅甸人，二十多年前到的新阳……"

怀里的猫咪很是躁动，喵喵叫个不停，一爪子拍在尚楚手背上，尚楚被挠出一条血印子，猛地倒吸一口凉气："你个没良心的！"

"你骂谁呢！"宋尧说。

"没说你！"尚楚不耐烦地说，"不认识不认识，不和你说了，我这儿正忙着呢，挂了啊！"

"别啊！"宋尧嚷嚷起来，"是老白叫我和你……"

尚楚听到白艾泽的名字，心头猛地一颤，手腕忍不住一抖。

猫咪扭得厉害，趁着他手劲松了些，想要挣脱，前爪在树枝上一勾，蹭掉了一撮白毛。

"囡囡啊！"在树下急得团团转的老太太见状一声哀号，"你把我囡囡搞伤了，我要和你拼命的！"

"挂了。"尚楚心烦意乱，径直挂了电话，敏捷地跳下树，把猫交还到老太太手里。

"哎哟，我的囡囡哟！"老太太满眼泪花，抱着猫咪往脸上一通蹭，"我的囡囡啊！"

尚楚掏出本子递过去："奶奶，麻烦您在这上头签个字。"

老太太还沉浸在囡囡失而复得的喜悦中，压根儿没听见尚楚说什么。

尚楚看了眼时间，徐龙让他一小时内回去，现在已经过去半小时了。他站到老太太身前，半蹲下身子："奶奶，您签个字就能领囡囡回家了。"

"什么领回家！"老太太立刻抱紧白猫，防备地瞪了尚楚一眼，"囡囡本来就是我家的！什么叫签完字才能领回家！"

"我不是这意思。"尚楚头都大了，他从没和老人家相处过，也不知道怎么处理这种事儿，硬着头皮解释，"这个是出警记录，您签字就说明我们派人来过……"

"你们干吗不早点来！"老太太愤愤地说，"让我囡囡在上头受苦哟，我老太婆吓都吓死喽，我要是吓出心脏病来了，我要告你的，我和你说！"

尚楚双手叉腰，仰头呼了一口气，耐着性子安抚道："是是是，下次我们就近给您安排人过来，您自己也要多注意，最好把家里的窗户都封上，出入小心把门关紧，别让猫咪再往外跑了……"

"你还怪我了是吧？"老太太跺了一下脚，瞪着眼吼道，"你什么态度啊你！"

…………

费这么大劲儿救了一只猫，结果这猫挠了他一爪子，猫主人连句"谢谢"都没有，反而上来就是一通乱骂，这都是什么事儿被他遇上了！

尚楚在心里骂了一声，手背那个伤口火辣辣地疼。他胸口就像堵了一块大石头似的，偏偏委屈气愤又没处发泄，生怕自己再待下去忍不住就要对一个老人家说脏字儿了，于是把本子塞回裤兜，轻笑一声说："没事儿，不签就不签，您回吧。"

他说完转身就走，到路口扫了一辆共享单车，出发前看了眼电子导航，从这儿去市局有小道能绕，骑快点儿还赶得及。

尚楚把踏板踩得飞起，他浑身都是汗，上衣湿漉漉地贴在背上，迎面扑来的风带着热气，吹得他心里更加烦闷。

如果他没有走，如果他留在首都，如果他也在西城分局，如果……

他脑海里不受控制地浮现出种种假设，每一个"如果"都沉甸甸地压着他的胸口，一直压抑的不甘在这一刻突然喷发，尚楚眼眶一酸，有一瞬间差点就要哭出来。

凭什么他尚楚要被一个偷车贼羞辱？

凭什么他要干上树捉猫这种随便一个能喘气的人就能干的活？

凭什么就打发他出来做这些浪费时间、无意义到了极点的事情？

他张嘴想大喊出声，热风灌进嘴里，刀片一样刮着他喉咙，他右脚发狠一蹬——

"啪！"

小黄车的脚踏板断了。

车头猛地失去平衡，尚楚险些摔个狗吃屎，他紧按着刹车跳下地，看着眼前这辆半死不活的自行车，抬脚刚想踹上去，最后关头还是收回脚，万一踹坏了还要赔。

他捡起掉在路边的脚踏板，把车推到后头一条小巷子里，想着能不能自己把踏板安上。

这条巷子还挺热闹，虽然窄，却开了不少小店。尚楚瞥见前头好像有个修电动车的铺子，打算把自行车弄过去修理，估计比自己瞎折腾要快。

他推着车往前走，经过一家卤味店时闻见了香味，歪头随意瞥了一眼，紧接着身形一顿——

尚利军怎么在里面？

他对面还坐着一个人，脚边散着几个空酒瓶。

——他还敢喝酒？

——自己求了多少人借了多少钱给他治病买药，他就拿来喝酒？

尚楚心里蹿起一团火，所有的躁郁、烦闷、怒火好像找到了一个发泄口，他看着尚利军仰头喝下一杯黄酒，气得双手都在发抖。

"你是谁啊？"老板见他堵在门口，问道，"站那儿我们怎么做生意啊？"

尚利军闻声转头一看，手里的酒杯"啪"地掉在地上，玻璃碎了一地。

尚楚大跨步走上去，扫了眼桌上摆着的几道小菜，沉声问："你在干吗？"

尚利军还没有太醉，红着脸支吾道："你怎么、怎么来了？"

"我问……"尚楚抬脚踹开脚下的一个啤酒瓶，"你在干吗？"

"你走！"尚利军瞥了眼坐在对面的男人，想到了什么似的，突然一个激灵，推着尚楚的手臂，"走走走，别管我，赶紧走！"

尚楚一把攥住他的手腕："起来！"

尚利军站起身，木头长椅翻倒在地。对面那个男人也跟着站了起来，见了尚楚眼睛一亮，咧嘴问道："你是军哥的儿子吧？我是你爸爸的老朋友，你小的时候我还抱过你，还有印象没有？"

尚楚连个眼神也没分给他，拖着尚利军就往外走。

"军哥，"男人吹了声口哨，"我当年和你怎么说来着，你儿子从小长得就俊，现在长大了果然真是一表人才啊！"

尚利军脚下一个踉跄，要不是尚楚死死拽着他，差点就摔倒在地。

"你赶紧走！"他推开尚楚，涨红着脸说，"叫你别管、管老子的事，给我走，赶紧走！"

尚楚死死盯着他："你不要命了是吧？"

尚利军打了个酒嗝，突然扶着墙开始咳嗽，用力得像要把内脏都咳出来似的。

尚楚抬手使劲搓了搓脸，食指掐着虎口，用尽全力让自己保持平静："你要喝酒是吧？行，我不拦你了，你回去喝行不行？回去我陪你喝，你在外面这么游荡出事了怎么办？谁能管你？我问你，你死在外头指望谁来管你？"

"不是你谁啊你！"老板听他一口一个"死"的，寻思着这人是来闹事的，走过去拉着尚楚衣领，"搞什么啊你！"

尚楚从衣兜里掏出证件，一把拍在柜面上，看也不看他："警察。"

虽然那是张实习证，但从外表看不出什么区别，拿出来唬人是够了。老板一看证上有个警徽就怂了，瞥了眼那上头的名字，也不敢多说什么，默默地退到一边。

"好孩子，有出息！"那个男人拿起尚楚的证件，放在手里把玩着，意味深长地说，"还当上警察了？军哥，你这儿子生得好啊！有这么个儿子，给多少钱也不换啊！"

尚利军捂着嘴呕了一下，吐出一大摊酸臭的黄水来。他剧烈地喘息着，突然发狠地抢过尚楚的证件，用力塞到尚楚手里，在尚楚背上一推："走！叫你走就走！"

尚楚死死盯着他不说话，然后操起柜面上的一瓶酒，用牙咬开瓶盖，仰头灌下一大口，一字一顿地说："你要喝是吧？你还要喝是吧？行，我陪你喝行不行？"

"来来来，坐下来，"那男人乐呵呵地朝尚楚招手，"咱们一起喝点儿，叔叔买单啊……"

"你闭嘴！"

尚楚把酒瓶往地上狠狠一砸，"砰"的一声，玻璃四溅。

老板吓得一个瑟缩，躲到后厨拨了110。

"军哥，你儿子脾气够辣的啊，不过倒是也有人就好这口。"男人说。

尚利军背脊一僵，梗着脖子对尚楚喊："叫你滚你就滚！"

"我滚什么?"尚楚突然笑出了声,"这才哪儿到哪儿啊,你喝你的,喝啊,刚好我在这儿,你喝死了我好给你料理后事,你继续,去啊!"

尚利军突然扬起手,一个巴掌甩在尚楚脸上:"赶紧走!"

"啪——"

尚楚耳朵里"嗡"一声响,瞬间觉得天旋地转,太阳穴突突直跳。他紧紧咬着下唇,靠着疼痛勉力让自己站直身体。眩晕感过去,他看见尚利军错愕地看着自己,眼神里有自责、愧疚、震惊。

尚楚勾唇一笑,抬手在鼻子上抹了一把,抹下来一手的血。

尚利军低着头不敢看他,嘴里反复念着一个"走"字。

尚楚转身出了卤味店,推着那辆半死不活的共享单车离开了。

"看不出来你挺能耐啊!"

尚楚靠墙站着,徐龙站在他面前。

"借着这身份去人家店里闹事,"徐龙板着脸训斥道,"你嚣张什么嚣张!"

谢军坐在办公桌后,皱眉看着尚楚。

"让你上树抓个猫,你去干什么了?一身的血怎么弄的?这么点事情都办不好是不是!"

尚楚双手背在身后,一个字也不说。

"签字呢?"徐龙甩了甩那页空荡荡的记录本,"没有签字怎么证明出了警?怎么证明你做了这件事?这些基本的东西都不懂吗?首警怎么教你的?没有签字就不能算你做了这个任务!"

"没必要。"尚楚说。

"你说什么?"徐龙问。

"没必要,"尚楚看着他,"捉一只猫算什么任务,不算就不算。"

谢军看到他眼睛里有股子狠劲儿,不动声色地说:"不管任何时候,作为一名人民警察,都不能在群众面前逞威风。"

"听到没有!"徐龙吼了一声,"拿着本证去耍派头,你就那么了不起?你就那么牛?这是一名警察该做的吗?"

"那该做什么?"尚楚深吸了一口气,挺着脊背说,"背几百条规章守则?一整天坐着发呆?对着电脑玩扫雷?被猥琐小流氓羞辱也要忍着,被无理取闹的老人骂也得哄着,除了这些还要做什么?"

"你!"徐龙一噎。

"行了，证件交上来。"谢军叩了叩桌面，沉声说，"今晚回去写检讨，什么时候写好了，什么时候来换你的证。"

尚楚二话不说，掏出证件丢在桌上，转身就出了办公室。

"气死老子了！"徐龙关上门，"谢队，这小子可够犟的啊！"

谢军摇了摇头，看了看空白的出警记录："你帮他补上，拿来我盖章。"

徐龙闻言眉梢一挑："那这任务就算他完成了？"

"算给他。"谢军说。

"你对这小子还挺宽容。"徐龙撇嘴，"我还是新人的时候也没见你这么照顾我啊……"

谢军笑了笑。

"这玩意儿，"徐龙抛了抛尚楚的证件，"他要不来换怎么办？"

"他会来。"谢军拿起手边的一沓文件开始翻。

"你这么肯定？"徐龙问，"万一他不来怎么办？"

谢军抿了口茶，懒洋洋地说："他不仅会来，而且明天一大早就会来。"

第11章 · 生日

尚楚从楼下小吃街打包了碗酸辣粉回宿舍，先去冲了个凉，回房间草草扒了两口就实在吃不下了。

他从床上拎来一只小熊放在大腿上，就当监督自己好好吃饭，接着打开窗户，底下飘进来一股带着孜然香气的烧烤味儿。他闻着闻着又觉得有点饿，食欲上来了一些，端起酸辣粉继续往嘴里扒拉。

一碗粉吃了将近一小时，最后塑料碗底干干净净，连点香菜末也没剩下。尚楚觉得自己这回一点没浪费食物，应该讨点什么奖赏，于是牵着小熊的手晃了晃，接着把它端端正正地放在桌面上，像小学生记流水账那样汇报说："这几天感觉有点上火，舌头长了一个水泡，中午吃饭的时候没留心咬着了，可疼，眼泪都差点流出来，不过我也没和别人说。刚回来还看见楼下有个烤奥尔良鸡腿的，感觉挺好吃，还嗞嗞往下滴油来着，虽然你说这些地摊小吃都不健康吧，但我也吃了这么久了，对细菌病毒什么的早都有抗体了，明天打算买两个回来啃啃，行不行啊？"

他对着小熊看了几秒钟，又兀自笑了笑。

"那就这么说定了啊，"尚楚弹了弹熊耳朵，"我再买两个梨下下火，多健康。"

"你和谁说话呀？"外头大门开了，张冰加班回来听见声音，往尚楚房里探头说，见他穿着短袖短裤趴在桌子上，问道，"又和熊娃娃说话呢？"

"我吃饱撑的，闲着没事干。"尚楚笑笑说。

"好喔。"张冰穿上围裙，"我下碗鸡蛋面，你要不要呀？"

"不了，我刚吃饱，谢谢啊。"

关上房门，尚楚坐在床沿，听着外头小厨房传来咕嘟咕嘟的烧水声，他呆呆地坐了半晌，一直听到煤气灶"啪"一声熄火了才回过神来，看看时间，不过才晚上九点出头。

他不知道该干吗了。

入夜之后就挺难熬的,时间总是过得很慢,窗户外头总是热热闹闹的,划拳、劝酒、嬉笑的声音交织着传来,衬得屋子里更加安静。

尚楚怀疑自己脑子里是不是被安上了一个时钟,天一旦黑下来,开关就自己启动,每一秒都被拉得很长很缓慢。他想把指针拨快一些都不行,只能在心里跟着嘀嗒声读秒,挨到太阳出来,他该起床上班了,时钟的开关才被允许关上。

尚楚仰躺在床上,默数到2862秒却还是没有睡意。都说喝牛奶助眠,于是他翻身下床拿了一瓶酸奶,插上吸管喝了一口。

这个酸奶商标叫"君君宝",尚楚以前从来没见过,他问过局里的同事,原来是新阳当地的牌子,本地人才知道,他们从小喝到大。

尚楚觉得指不定自己小时候也喝过,就是时间太久忘记了。对首都人来说,"君君宝"应该算是个新奇玩意儿,尚楚掏出手机,对着酸奶瓶子拍了张照,发到朋友圈,最后再设置为仅自己可见,就当分享出去了。

"君君宝,"他抱起身边的一只小熊,对玩偶晃了晃奶瓶,"你见过没?这是新阳特产,北方可没有,你想喝也喝不着。这可比外头的酸奶好喝多了,不那么稠,酸酸甜甜的,我买的是蓝莓味,还特解腻。你就只能看着我喝,气不气?"

他笑嘻嘻地嘬了一大口,又故意咂巴咂巴嘴,发出一声满足的喟叹。

怀里的玩偶熊不会动也不会说话,黑漆漆的眼睛无辜地看着他,像是什么也不懂。

尚楚的笑容渐渐僵硬在脸上,片刻后,他抿了抿唇,把还剩下半瓶的"君君宝"扔进垃圾桶。

"其实也没那么好喝,"尚楚把小熊放回床边,又说,"就是普普通通的酸奶,好在价钱挺便宜的,一箱二十四瓶,只要三十块出头,划算。"

他重新躺回床上,睁眼看着天花板。

没过多久,尚楚再次从床上坐了起来,从背包里摸出纸和笔。

第二天一早,谢军到了办公室,一推门发现门缝里飘下来几张纸。他接过一看,是一份检讨书,写了满满当当三大张。字数是够了,就是这个字迹实在有点欠佳,说好听点是龙飞凤舞,说不好听那就是乱七八糟,一看就知道出自谁的手。

谢军眯着眼看了半天才勉强看下来两行,上来就是三个大字——我错了。

开门见山直入主题，这小子还挺直接。

他笑了笑，刚抬脚要进门，眼角余光瞥见走廊拐角那儿有道影子，于是说："出来吧。"

尚楚挠了挠脖子，从墙角蹭出来，伸手说："我的证件，还我。"

"我还没看完呢，"谢军掸了掸手上那几张纸，"看完再说。"

"那我在这儿等您看完。"尚楚跟着他进了办公室。

"不急，"谢军扬了扬下巴，"替我泡壶茶去。"

尚楚急着要回自己的证，抱起茶壶就跑，去茶水间接了壶热水，随便往里头丢了把茶叶又跑回来，发现谢军竟然在慢悠悠地拿鸡毛掸子扫桌子。

"您看了吗？"尚楚催他。

"急什么，"谢军瞥了他一眼，"你这字儿狗啃似的，我老眼昏花，看也看不清楚，要不这样，你自个儿念出来，也省得我费眼睛。"

"……念出来？"

"怎么？"谢军问，"自个儿写的东西还不好意思念啊？"

尚楚咬了咬牙，硬着头皮拿过那几页检讨："念就念。"

他瞄了谢军一眼，大队长端坐在椅子里，老神在在地看着他，手掌一抬，示意他可以开始了。

尚楚闭了闭眼，心说豁出去了，丢人就丢人吧，拿回证最重要，于是清了清嗓子，开口念道："我错了——"

"哪儿错了？"谢军突然打断他。

尚楚一愣，接着说："还没念到，下面有。"

"我懒得听废话，"谢军摆摆手，"你就说哪儿错了，脱稿。"

尚楚呼了一口气，耐着性子说："错在不该当街殴打嫌疑人。"

"还有呢？"谢军晃了晃茶壶。

"错在出了警却不按规定记录。"尚楚皱着眉，样子有些不耐烦。

"嗯，继续。"谢军一颔首。

尚楚把那几页纸揉成一团塞进裤兜："错在不该借警察身份办私事儿。"

谢军挑眉："还有没？"

"没了。"尚楚说。

谢军又问："你知道错了？"

尚楚脚尖点了点地，肩膀松垮着，摊手说："知道。证还我。"

"我不给你灌什么心灵鸡汤，你这么大了，能想明白。"谢军笑了笑，往茶杯里倒了一杯热茶，"你进了警校，来了警局，你代表的就不是你自己。"

他从抽屉里拿出尚楚的证件，点了点上面的警徽。

"你说做警察到底有什么了不起的，活儿累工资低，我混到这个位置了，买包中华烟都要掂量老半天，住的还是那老家属楼，"谢军端起茶杯摇了摇，"你说为的是什么？"

尚楚目光一凝，动了动嘴唇刚要说话，谢军抬手止住他。

"我知道你们思政课那一套，我也是首警学出来的，背书也背过，"谢军说，"为人民，为社会，为国家，为法治正义，是这么说的吧？"

尚楚不明白他想说什么。

"要我说啊，为的就是个心安。"谢军看着尚楚说，"你被选出来，说明你有这个能力，什么样的人就该做什么样的事，要是没做好、搞砸了，这心就安不了。"

"心安？"尚楚低声问。

"大道理我就不说了，就说个最直接的。"谢军抿了一口热茶，"昨天要是真有人把你打偷车贼的场面拍下来发网上了怎么办？你不填出警记录，那丢猫的老太太万一后续出了什么事，说咱们根本没派人过去怎么办？酒馆老板告你个知法犯法以公谋私你怎么说？"

"我能解决。"尚楚拧眉，立即回答道。

"你不能。"谢军摇了摇头，"因为你带着这张证走出去，你就不只是你自己。到时候整个队伍，甚至整个市局都要给你擦屁股，你安心不安心？"

尚楚喉结上下滚动，双手背到了身后。

"你知道错了没？"谢军又问。

尚楚垂眸看着自己的脚尖，久久没有说话。

谢军也不急着催他，慢悠悠地喝完一杯茶，打电话让法医那边把一份报告拿过来，又发了封邮件给档案室，问他们下周要交接给首都的材料整理出来了没。

"对不起，"沉默良久，尚楚终于低声说，"我错了。"

谢军笑了笑，抬手把证件抛给他："接着。"

尚楚接过那本绿皮警官证，妥帖地放进口袋里，对谢军敬了个礼："谢谢谢队！"

"滚蛋！"谢军呸出一口茶叶渣子，"下回泡茶前把前一晚的叶子先倒干净了！"

尚楚回到工位，从内网里调出学习资料开始看。隔壁的实习生在电脑上玩斗地主，嘀咕说："没意思，太没意思了，我以为出来实习就能和电视里似的，去那些个命案现场多刺激啊，结果成天让我们自学自学的，还不如在家躺着……"

话没说完，徐龙就匆匆走了过来，说道："接到报案，出外勤，谁想去？"

徐龙手底下加上尚楚统共就两个实习生，隔壁那个听说能去外勤，异常兴奋地跳了起来："龙哥，我我我！我去！"

徐龙扫了尚楚一眼，点头说："上龙街三巷，有个老人家的猫上了树下不来了，赶紧去。"

上龙街三巷？

尚楚眨了眨眼，不就是他昨儿刚去过那地方吗？

那老太太家的猫又上树了？

"啊……"旁边的另一个实习生听说是这么件鸡毛蒜皮的小事儿，立即扫兴地坐了下来，"那什么，龙哥，我感觉我还得多学学理论知识，经验不足，就不急着出外勤了吧。"

徐龙摇了摇头，转头问尚楚："你去不去？"

徐龙见他面露犹豫，点头说："行，我另外派人。"

"等等。"尚楚叹了口气，站起身说，"我去。"

昨天的活儿他不算办好了，他还没心安。

徐龙眉梢一挑，眼里挂上一丝不甚明显的笑意："可以。"

尚楚揣上证件就要出发，徐龙叫住了他。

"你这回有两个任务。"

"啊？"尚楚问，"两个？"

"一是救猫。"徐龙把一张空白的出警记录表拍到他怀里，"二是按规定把这表填完整喽，一处都不许落下。"

尚楚笑了笑："行，明白了。"

"问了，他说不认识。"宋尧端着餐盘在白艾泽对面坐下。

"嗯。"白艾泽点点头，听宋尧这么说总算安心了几分，但还是再次确认了一遍，"你问清楚了吗？"

"废话嘛不是！"宋尧揶揄道，"要我说你就是关心则乱，用脚指头想也知道阿楚怎么可能知道他，你也别太挂心了……"

白艾泽还是觉得不放心，抿了抿嘴唇："你怎么问的？"

宋尧翻了个白眼，一五一十地重复道："就说这人叫田旺，缅甸来的，皮条客，还拐卖妇女，问他知不知道。他说什么田汪田喵的，听都没听过，还说我是不是发神经了，我就说这是老白叫我打听的——"

他说到这儿故意话音一顿，掀起眼皮等着看白艾泽的反应，果然白艾泽手指头一滑，两根筷子"啪"地撞到了一起。

宋尧掩嘴干咳了两声，白艾泽放下碗筷，故作平静地问："然后呢？"

"然后他说——"宋尧故弄玄虚地拉长尾音。

白艾泽自己也没有意识到，他上半身微微前倾，嘴角绷紧，身势语和微表情课上讲过，这代表着紧张和期待。

"他说挂了，"宋尧耸耸肩，"然后没了，就挂了。"

白艾泽愣了半秒，淡淡应了一声"嗯"。

宋尧无奈地摇了摇头："你说你们这又是何必呢？"

"食不言。"白艾泽说，"吃饭，别说话。"

宋尧撇嘴，嚼了半颗肉丸子，软趴趴的不好吃，眼神从白艾泽碗里的卤鸡腿上瞟过，清了清嗓子，小声说："凉菜窗口打的？"

自从知道3号窗口那姑娘暗恋自己之后，宋尧心理压力陡增，每回来食堂打菜都缩着脖子，不敢朝那个方向看一眼，说是不能给人家任何希望。还说这虽然很残忍，但长痛不如短痛，要在萌芽阶段就及时掐断这株小苗苗。

"这个？"白艾泽夹起碗里的卤鸡腿，点头道，"3号窗口打的。"

"我就知道是3号窗特地给我留的，"宋尧皱着眉，一边想吃卤鸡腿，一边又觉得不好意思，心中感慨这真是个甜蜜的负担，于是有些苦恼地说，"要不你下回和她说说，别再为我费心了，怪愁人的。"

白艾泽眉梢一挑："怎么说？"

宋尧扭头一看，果然3号窗口那位打菜的姑娘正痴痴地看着他们这边，对上宋尧的眼神之后冲他微微一笑。

宋尧一个瑟缩，急忙转回头："老白你发现没，她变主动了啊！以前她都不敢看我！说明什么？说明这是情根深种，越来越爱，越陷越深了啊……"

"是吗？"白艾泽表示很惊讶。

"可不是嘛！"

宋尧赶紧喝了一口凉白开压压惊，冷不丁听见白艾泽说："今天的鸡腿是给我的。"

宋尧被呛了个正着，捂着嘴咳了几声，难以置信地问："什么？"

"你总不上她那边打菜，"白艾泽笑笑说，"估计她心灰意冷，转移目标了吧。"

宋尧没想到自己这么快就被移除了暗恋名单，心头不禁泛起一阵淡淡的失落感。

白艾泽咬了一口鸡腿肉，在一边火上浇油："味道可以。"

宋尧脸上一阵青一阵红，坐直身子，严肃地说："我认为她是要用鸡腿勾引你。"

"嗯，我认为也是。"白艾泽表示赞同。

"你别吃了！"宋尧抢过他碗里的鸡腿，义正词严地开口，"咱们人民警察不能收群众一针一线。"

白艾泽哑然失笑。

就在这时，桌上手机响了一声，白艾泽指尖一顿，立即转头看了一眼，发现是条垃圾短信，又若无其事地点了删除。

宋尧一直都看在眼里，白艾泽的手机从来都是静音，也就是这段时间才开着声音，吃个饭也要放在手边，接杯热水都要带在身上，就好像无时无刻不在等着某人的消息，生怕错过每一通电话、每一条信息。

宋尧在心里叹了口气，忍不住问："后来你给他打过电话，发过消息没？"

"没有。"白艾泽低着头挑葱末，声音里听不出什么情绪。

"搞不懂你们怎么想的。"宋尧拨弄着碗里的炸肉丸，"你就不能给他发个消息？多简单的事儿啊，总好过现在这么僵着。"

白艾泽说："我不。"

"什么？"

宋尧有些惊诧，不敢相信这么一个任性又孩子气的答案会从白艾泽的嘴里说出来。

"老白，"宋尧顿了顿，低声说，"都是哥们儿，你别和他赌气了，我看着都难受。"

白艾泽喉结滚动，他不是和尚楚赌气，他是在和自己较劲。他已经把所有能给出去的都给了，他现在什么也没了，只剩这么一口气还犟着。

"吃饭吧。"他对宋尧低声说。

"吃饭呢，"尚利军在电话里说，"我在吃饭，吃午饭呢。"

"你早上没去拿药。"尚楚声音很冷。

医院那边约的专家号在周六上午,每周去做一次检查,今天就是周六,本来尚楚应该陪着尚利军去,但市局临时有个活儿要跑,尚楚腾不出手,尚利军就说他自己去。

局里忙完了,尚楚立刻问了医院那边,得知尚利军早上没有过去。

尚利军顿了顿,含糊道:"我好了,差不多好了,不吃药,以后不吃药了。"

"钱呢?"尚楚问,"我昨天存进去三千八百块,这周看病加拿药用,医院说你取走了,钱呢?"

"钱……我、我就是……我……"尚利军嗫嚅了半天也说不出个所以然。

专家号不好挂,尚楚费了九牛二虎之力才搞到,就每周六上午那么半小时坐诊时间,尚利军竟然没去,还把他预留的钱全部取走了?

尚楚太阳穴嗡嗡直响,烦躁地一拳砸在墙上。

"喝酒了?"他冷冷问道,"三千多,全喝了?喝的什么好酒?请了几个人啊?"

其实尚楚能从声音听出来尚利军没有喝酒,但他心里那股火实在压不下去。

"没喝,爸没喝,"尚利军着急地解释,"真没喝,我、我真没有喝,不喝了,保证不喝了……"

尚楚没耐心听他反复说废话,径直打断问:"你人在哪儿?"

"在家,"尚利军笑了笑,"在家吃饭,正在家里。"

"在家?"尚楚冷哼一声,抬脚踹在门上,"我就在门口,怎么不来开门?"

电话那头传来"砰"的一声,尚利军忍不住一个哆嗦,支支吾吾地说:"你、你怎么回来了?你不提前说一声,你先回你宿舍去,我办点事,有点事要办……"

尚楚仰头吁了一口气,压着火气说:"钱转给我,立刻。"

"我有点事,你先回去,"尚利军言辞闪烁,"我有事要办……"

"你没听清是吧?"尚楚冷笑了一声,"我说把钱还我,现在就转过来。"

尚利军又咕哝着说了几句什么,尚楚听不清楚。几秒后,那边突然传来了嘈杂的声音,尚楚眉头一皱,隐约听见女人的哭声,好像在喊着什么"你不是人!你有什么脸来找我要钱"之类的话。

"什么声音?"尚楚立即问,"你到底在哪儿?"

尚利军什么也没说,匆匆忙忙挂了电话。

尚楚再打过去,只听到了忙音。他骂了一句,双手叉腰,在楼道里烦躁地踱了几圈。

151

"小帅哥，"对面的防盗门开了条缝，一个年轻男人探头出来问，"你是这家的是吧？"

尚楚点头。

"哎哟，那能不能麻烦你和这家那个男的说一下哟，"男人忙不迭地抱怨，"楼道卫生要注意的啦，不要到处吐痰。有一次我看见你家门口有血哦，好重的味道，也不知道是不是在家杀鸡了。哎呀，虽然我们也管不着，但这个公共区域能不能稍微搞好一点……"

血？

尚楚一愣，尚利军又呕血了？他怎么没和自己说？

对门的男人还在不休地埋怨："每次和他说他就要打人，还骂脏话呢，好难听哟。我们家里还有老人小孩的，哪能听这种话哟……"

尚楚用力闭了闭眼，打断道："好，我和他说声，对不住啊。"

男人见他态度不错，撇了撇嘴没再说什么。

"对了，"尚楚抱着试试看的态度问，"你知道他去哪儿了吗？"

"那我怎么知道。"男人摇头，想了想又说，"不过他前段时间到处找人打听。"

"打听什么？"尚楚问。

"好像要找什么人吧，不太知道。"男人说，"后来我有次回来刚好在楼梯下面遇见他，他一直在自言自语，说什么冲平路的。"

冲平路？

尚楚对这个地方完全没有印象，接着问："你听见他说具体地点了吗？"

"那没有。"男人努嘴，"他坏得要死哟，我看他一眼他都要打我，吓死个人了！小帅哥，我问一句你别介意啊，他是不是精神不太好啊？疯疯癫癫的，看见谁都像仇人似的……"

尚楚在附近找了家奶茶店坐着，打开电子地图，在搜索栏输入"冲平路"，显示出来整个街区挺大的，有商区有学校，房价应该也不低。

尚利军打听冲平路做什么？难不成尚利军有什么认识的人住那儿？

范围这么大，他就这么找过去也不是办法，干脆嗫着奶茶到巷口等着。

尚利军一直不接电话，到最后索性直接关了机，尚楚越等越心焦，想到对门男人说在尚利军家门口看见过血，不禁心头一沉。

过了将近两小时，尚利军总算回来了。

他连脚背都肿了，走路一瘸一拐，一只手撑着墙面，从巷子那边一点一点地挪过来。

尚楚远远看见他这个样子，没忍住喉头一酸，刚想上去扶他一把，望见有辆自行车从巷子里驶过，经过尚利军身边的时候，车把手只是轻轻蹭了他一下，他一口痰冲着人家吐上去，张嘴就是连声的脏话。

尚楚脚步一顿，见那辆自行车朝这边驶过来，下意识地收回脚步，侧身躲在拐角的阴影里，生怕别人发现他和尚利军有丝毫关系。

自行车离开了，巷子里除了尚利军没有别人，尚楚这才从拐角出来。

尚利军被人字拖勒得难受，他弯腰脱了鞋，把拖鞋拎在手里，就光着脚走，脚指甲里都是黑色污垢。他又朝前走了一段才发现尚楚，愣了足足有十来秒才反应过来，脚指头局促地勾着，接着讷讷地笑了笑，重新俯身穿上拖鞋，加快步子走过去："你怎么来了？也不打个电话，家里都没收拾，挺乱的，有点乱……"

明明前一秒还在心急，真等见到他人，尚楚反而神情冷淡，伸手说："钱。"

"先回家，"尚利军小心地扯了扯他的衣袖，"先回家再说。你多久没回来过了，先回。"

"我不去，"尚楚甩开他的手，再次问，"钱呢？"

"不去啊……"尚利军失落地低头呢喃，接着解开腰间绑着的皮筋，从里头掏出一个内袋，拿出一沓百元钞票，"钱在这儿，都在这儿。没喝酒，爸没去喝酒，你放心。"

尚楚接过那沓钞票，拽着尚利军的手就走，尚利军被拉得一个趔趄："去哪儿啊？"

"医院，拿药。"尚楚说。

"不去了，不吃药了。"尚利军不愿意走，"不花那个冤枉钱啊，我挺好的，就这样挺好，你找同学借的钱吧？赶快还给人家，别欠着，赶紧还了，我不吃药。"

他说话颠三倒四，尚楚懒得和他扯，拖着他的手就走。尚利军跟不上尚楚的步子，没走出几米就摔了，额头"咚"一下磕在墙上。

尚楚一愣，手足无措地看着尚利军，不知道他怎么这么不中用了。

以前他对家人拳打脚踢的时候不是很有劲儿吗？木门都能被他捶出一个坑，现在怎么就这么不中用了？

尚利军趴在墙边喘着气，尚楚微微弯下腰，伸手想去拉他。尚利军双手撑

153

着上半身,先是跪在了地上,接着才费劲地从地上爬了起来。

他额头上磕出了一道伤,正在往外渗血。尚楚舔了舔嘴唇,双手攥成拳:"我不是……"

"没事啊,没事。"尚利军乐呵呵地摆摆手,"拿药是吧?那去,不拿那么贵的,多搞点止痛片就行,别的不用……"

"嗯。"尚楚应了一声,不敢看尚利军似的,垂头走在前面。

去医院取了药,尚楚打车送尚利军到了路口,沉默地看着他的背影。

刚过下午一点,日头正盛,晒得尚楚浑身汗涔涔的。不知道为什么,他突然有种被闷得喘不上气的感觉,额角传来阵阵刺痛。

尚利军提着塑料袋,沿着那条逼仄的巷子往里走。拐过一个弯,他才回头看了一眼,确定再也看不见尚楚了,于是颤颤巍巍地弯下腰,脱下人字拖拎在手里,光着脚往回走。路上用毛票买了五个馒头,一个五毛,一共花了两块半。

回到出租屋,他解开裤头,从另一个内袋里又翻出一沓钞票,一共十张,一千块钱,是他刚刚去冲平路要的。衬衣口袋里还有三百块钱,是尚楚刚刚给他做这个星期生活费的钱。

他舔了舔手指头,把十三张百元钞票来回点了几遍,接着趴在床底,从里面掏出一个小铁盒打开。铁盒里已经放了一些钱,他这些天每天都去一趟冲平路,死皮赖脸要来了不少。

尚利军把十三张钞票卷了卷放进去,盖上铁盒塞回床底。

做完这些,他烧了壶水,倒了一碗开水,又往里倒了点酱油和醋,就着馒头吃了两口,吃到第三口就实在吃不下了。

就在这时候,老式手机里恰好进了一条短信——

【军哥,钱弄到没?你把钱弄来,我二话不说,立马买票滚蛋。】

尚利军拿起手机,眯着眼睛在屏幕上写字,用的是手写输入。

【就快了。】

过了几分钟,田旺给他回消息——

【我可听说下星期首都要派警察过来视察工作,你儿子刚好在嘛不是?到时候我把你这事儿搁110上一捅,你猜你儿子以后在局子里好不好做人?】

尚利军嘴唇止不住哆嗦着,馒头"啪"地掉在那碗汤里,水溅到他眼睛里,他抬手抹了一把,露出一双凶光毕露的眼睛。

他马上都要死了,他不能连累尚楚。

尚利军从碗里捞出那个浸满汁水的馒头，脑子里只有一个念头。

他都是要死的人了，他不能害了儿子，不能害了儿子……

"你害得我一个周末都睡不好觉。"

周一上班，尚楚顶着两个黑眼圈抱怨了一句。

自从第二次救了老太太的猫之后，徐龙就拿尚楚当牲口使唤，什么事儿都让他出去跑。周日上午把他拉去听了个建筑工程讲座，下午又让他去新阳科技大学听一个地质学论坛，回来还得写学习感悟。

光听三小时的课能学到什么东西，尚楚又花了一晚上上网自学，好不容易学了一些皮毛，写了一份东西交上去。徐龙跷着脚扫了几眼，说写的什么玩意儿，狗屁不通。

尚楚趴在桌上想补个觉，徐龙拿了几本书往他后脑勺一砸："看书，赶紧的，上午看两章，写感想！"

"疼啊！"

尚楚倒吸一口凉气，抬头接过书本一看，《高层建筑消防常识》和《城市道路规划入门》。

"你小子别想偷懒啊，"徐龙伸手指着他，"我随时过来视察！"

尚楚知道徐龙这是为他好，摆了摆手说："知道知道。"

周一周二都没什么事儿，他就待在工位上看书；周三又去科技大听了两门讲座，被两个女生搭讪；周四徐龙打发他去交管那边盯监控，让他对着屏幕记录某个路口一天出现了几次违章事故；周五上午他被关在小黑屋里背地图，不把新阳每条街每个地标记下来就不能出来吃午饭。

尚楚一直弄到了下午两点才出来，他饿得头晕眼花，好在张冰知道他这几天吃饭不规律，特地给他从食堂打了盒饭回来，他才填了填肚子。

下午三点半，市医院打电话来确认他明早是不是挂了肝胆科张主任的专家号，他说是，那边让他选个时间段过去，尚楚想了想，说那就上午九点半。

挂了电话，他往医院的账户里又转过去三千块，看了眼手里的余钱，已经不剩多少了。

他到外头的空地上发了会儿呆。

接下来怎么办？继续找宋尧借钱？

尚楚眼眶一胀，立即抬手捏了捏眉心。

算了，不能想那么多，越想只能越难受。

裤兜里的手机突然响动一下，尚楚拿出来一看，他之前加了医生的微信，医生给他发了一份电子病历过来。

上头那些影像和专业术语他也看不懂，随便点开扫了一眼，瞥见左上角一行数字，目光忽然一顿。

病人信息栏，名字是尚利军，出生日期填的是19700708。

尚楚不知道原来七月八号是尚利军的生日，他抿了抿唇，想到今天就是七月七号。

那不就是明天？

他愣了愣，这种事情不知道反而无所谓，一旦知道了，就好像有块小石头在心里吊着，硬是要装作没看见吧，总觉得有点难受。

尚楚蹲在地上，打开一个外卖软件，找了几家做蛋糕的店看了看，定做生日蛋糕最便宜的也要两百块，太贵，没必要，算了。

他摸了摸鼻尖，给那个158开头的号码编辑了一条短信。

"你生日有什么愿望"一行字打完，他看了看又觉得有点别扭，显得自己很关心尚利军似的，于是删掉了"生日"两个字，删完后又看了一眼，觉得还是不好，又修改了一次。

【你有没有什么想要的？】

点下发送键，心里那块小石头总算落地了，尚楚把手机塞回裤兜，心说他爱回复不回复，反正自己是问了。

抽完两根烟回去，徐龙站在大门口等着。徐龙下巴一抬："叫你背地图，背好了吗？躲去哪儿偷懒了？"

"你刚去哪儿了？"陈风在登机口等了一会儿，白艾泽拎着袋子匆匆赶来。

他们买的下午两点二十分的机票飞新阳，走前白艾泽说去买个东西，直接和他在机场见。

"去了趟首警。"白艾泽说。

"回学校干吗？"陈风问，"落东西了？"

"不是，"白艾泽笑了笑，"去买点东西。"

陈风看见他手里提着的那个袋子，往袋口里一张望，竟然装着几个车轮饼。

"想不到啊，艾泽，"陈风揶揄道，"你还喜欢吃这个？这玩意儿哪儿都有，至于特地跑首警去买吗？"

"不一样，"白艾泽系紧袋口，淡淡道，"尤其喜欢这家的。"

"在飞机上吃？"陈风问。

"不是，带去新阳。"白艾泽说。

陈风说："那还能吃吗？早都塌了！"

白艾泽笑笑没说话。

上了飞机，乘务员一一提醒他们系好安全带，收起小桌板，把手机关机或调至飞行模式。

关机之前，白艾泽看了一眼时间，下午一点五十分。

"大概下午四点半到。"陈风说。

白艾泽长按下电源键，在长长的一声"叮"之后，手机屏幕陷入了黑暗。

下午五点二十八分，新阳市局接到了一起报案，一个拾荒老头在一座烂尾楼里看见了血点，新鲜的血，又听到楼顶传来吵架声。他吓得不行，那地方偏僻，平日一个人也没有，怕不是有鬼，于是赶紧找了个地方藏着，随后报了警。

徐龙以为又是谁在斗殴，点了几个人一起去，转头问尚楚："你跟不跟？"

尚楚本来想晚上早点下班，去街上逛逛，打算给尚利车买个保温杯，但这回算是头一次正儿八经跟队出警，明天再去买保温杯也不碍事，于是点头说："去。"

"行。"徐龙给他扔了一件警用马甲，"一般都是小打小闹，你别上去，跟后头就行，别给我逞能。"

"知道。"尚楚迅速套上马甲，扣紧肩带，跟着队伍上了警车。

那老头把地址说得不清不楚，他们足足耽误了将近半小时才到现场。

那是一栋六层高的毛坯房，刚一进去，楼梯上就能看见一摊摊的血，一直顺着楼梯往楼上走。

"这不像刀口出的血啊，"徐龙经验老到，皱眉说，"倒像吐出来的。"

尚楚突然眉心一跳。

徐龙没让尚楚跟着上楼，让他和另一个警员在外头等着接应，自己带了三个人上去。尚楚知道自己硬要跟上去也只能拖后腿，还得辛苦他们分出精力照顾他一个实习生，于是没说什么，服从安排，到楼外的警车边等着。

大约过了两分钟，身边那警员的对讲机响了，徐龙在那头说："打电话叫救护车，赶快！"

"收到！"警员和尚楚对视一眼，尚楚立即掏出手机拨了120。

郊区风大，耳边只能听见呼呼的风声，加上楼离得又远又高，他们完全不晓得上面发生了什么。

"没事哈,"警员见尚楚面色凝重,以为他害怕,安慰道,"小事情,否则龙哥肯定就叫咱们找增援了,应该搞得定。"

尚楚点点头,不知道为什么,眼皮跳得很厉害。

"住手——"

才刚说完话,上头突然传来徐龙的一声怒吼,尚楚目光一凛,仰头看向楼顶,只见护栏边缘趴着一个男人,满脸都是血,胸口插着一把刀,嘴巴一开一合,似乎想要说点什么。

警员低呼:"出人命了!这月治安评定要完蛋!"

尚楚第一次见到真实发生在眼前的命案,他十指忍不住攥在一起,膝盖都是软的。

"你先过来!"徐龙接着喊道,"放下武器!现在还来得及!"

"上头还有个人,"警员给尚楚分析局势,"被捅的这个现在成了人质,你看他胸口刀插的那个位置,肺都要扎穿了,别看现在他还吊着一口气,多半救不回来……"

尚楚眼皮跳得越来越快,他深吸了一口气,背过身说:"哥,我进车里等。"

"去吧,头回都这样。"警员拍了拍他的肩膀,"喝点水——啊!"

身后忽然传来空气被撕裂的声音,尚楚背脊一僵,缓慢地扭过头。

"砰!"

有个人从楼顶掉了下来。

那个人穿着一件白色T恤,背后有"蜜蜂味精"四个字,夹脚人字拖只剩下一只,脚踝肿胀得像是发面馒头,现在弯折成了一个诡异的角度。

尚楚忽然喘不上来气,脸色"唰"地变得纸一样惨白,小口小口地往喉咙里吸气,胸膛胀得越来越厉害,仿佛有一团浸了水的棉花堵在他喉咙口,他怎么都呼不出气,接着身体开始小幅度地颤抖——

尚楚往前走了半步,尚利军趴在地上,就像那天摔倒了趴在墙根一样。

他怎么这么不中用了?

尚楚指望着尚利军能像那天一样自己站起来,他微微弯下腰,大张着嘴拼命吸气。

尚利军就像一团烂肉,脸颊朝这边侧着,眼睛睁得很大。他好像还有一丝知觉,觉得自己死前出现了幻觉,才在这地方看见了自己儿子,穿着警察的制服,真俊。

都说人死前会走马观花似的在脑子里重复一遍这一生的经历，尚利军手指用力张开。

他知道自己是个畜生，他不是人，他没什么可回忆的，也没什么能留给儿子。

只有几件事，他还没告诉尚楚。

二十多年前，田旺带来一个女人，喝醉了和他们说这是个哑巴，卖不出去。他们老大说再不出手就弄去山里埋了，埋了她之前先弄来让兄弟们乐和乐和，一次五块，问谁先来。哑巴蹲在墙角哭，尚利军不知怎么心念一动，说卖给他算了，后来两百块钱就成交了。

七年前，哑巴死了，田旺来出租屋找他，说你儿子长得那么漂亮，估计能出个好价钱，到时候咱俩做一笔大的，指不定就发了啊！尚利军气得发抖，操起菜刀把田旺赶出了家门。

同样是七年前，田旺入狱，尚利军担心他把自己买哑巴的事供出去。如果他被抓了，尚楚还那么小，一个人怎么活？于是当晚他立即收拾行李，带着尚楚离开了新阳。

昨天，他收到了尚楚的短信，问他想要什么，其实他最想要尚楚喊他一声"爸"。尚楚已经十几年没叫过他了，但他不好意思说，所以就没回复。

他这一生就这么一个遗憾。

尚利军眼睛看着尚楚，嘴唇动了动，手指无力地垂下。

尚楚发出一声嘶哑的气声，他颤抖得很厉害，喉咙里传来沙沙声。

那团海绵膨胀得越来越大，把他整个嗓子眼儿紧紧堵住了。

尚楚大张着嘴，急促地往里吸气，但就是喘不出来，怎么都喘不出来！

他突然把手伸进嘴里，手指抠着自己的喉咙，想把那团酸涩濡湿的海绵抠出来，胃酸涌起，灼烧着食道，紧接着是越来越强烈的疼痛感，全身的重量仿佛都在往下坠——

"咣！"

像是有人重重往太阳穴上砸了一拳，尚楚脑子里泛起一片白光，两行血顺着鼻孔往下流。

他终于吐出了一口气，胸膛猛地一收缩，身体自动开启了防御机制，他像是一根笔直的旗杆，直挺挺地倒了下去。

"阿楚！"

意识消失前的最后一秒，尚楚似乎看见了白艾泽朝他跑来。

第12章 · 月亮

尚楚睁开眼，先看见了雪白的天花板，医院独有的消毒水气味儿往鼻腔里钻，他愣了片刻，缓慢而疲惫地眨了眨眼睛。

"小尚，你醒啦。你可吓死大伙了！"陪他来医院的是先前那位警员小葛，见他总算睁眼了，这才松了一口气，"感觉怎么样？还晕不晕？"

"我……"尚楚张嘴才发现嗓子干得难受，他用力地吞咽了一下，发出粗哑的声音，"我晕倒了？"

"是啊，就那么直愣愣地，'砰'一声栽倒了。"小葛心有余悸地说，"万一你要有个什么好歹，我们这些把你带出来的人都要受处分。"

"对不住啊，"尚楚从床上坐起来，"给大家添麻烦了。"

"不不不，"小葛连忙摆手，忙不迭解释，"我不是这个意思，处分倒是小事，主要还是担心你。哎，我也是真不会说话，你心里知道就行……"

"我知道。"尚楚对他笑笑，又舔了舔干裂的嘴唇，"葛哥，能辛苦你给我接杯水吗，有点儿渴了。"

"哦哦哦，对！"小葛一拍脑门，立即站起身，"你看我这笨脑子，我这也是头回照顾人，笨得什么也不知道，我马上去接水，马上去啊！"

"给我弄杯凉的行吗？"尚楚轻轻转了转手腕，身上没什么力气，"我醒醒脑子。"

"行行行，凉水是吧？你等着啊，哥这就去给你弄。"小葛转身就跑。

尚楚手背上贴着张医用胶条，应该是刚刚输过液了。急诊观察区人来人往，病床间就隔着窄窄的一条走道，左边床上是个正在输液的小女孩，扎着牛角辫，哭声惊天动地。

"不哭不哭，你睡一觉我们就回家了。"孩子的爸爸把她抱在腿上哄着，"你看旁边那个哥哥，刚刚睡觉的时候挂的瓶，醒来就挂完了，一点都不痛，是不是？"

小女孩扭头看向尚楚，鼻子里吹出来一个鼻涕泡，奶声奶气地问："真的？"

那位爸爸轻轻拍了拍小女孩的屁股："没礼貌，要叫哥哥。"

尚楚笑了笑，对小女孩点头说："真的，哥哥睡了一觉，醒来就好了，一点都不感觉疼。"

"那好吧……"小女孩一边啜泣，一边把头埋进爸爸的怀里，小拳头紧紧攥着，宣誓似的大声说，"那我睡了！"

温柔的爸爸对尚楚投来无奈的一眼，哄道："睡吧睡吧。"

小女孩闭上眼睛，湿漉漉的睫毛止不住地颤抖，没安静几秒钟又"哇"一声哭出来："我已经睡了一觉了！但还是好痛！爸爸骗人，呜呜呜呜……"

"爸爸没骗你呀，要不然你问问哥哥怎么办的，好不好？"

小女孩抽了抽鼻子，扭头瞟了尚楚一眼又立即挪开目光，有些不好意思似的，缩在爸爸怀里扭了扭身子："哥哥是大人，不怕痛。"

女孩的爸爸轻拍她的背："大人也怕痛啊，因为哥哥比较坚强，你也坚强一点好不好？我们向哥哥学习。"

小女孩又咕哝了几句，声音里带着哭腔，怪可怜的。

尚楚安静地靠在床头，看见面前穿白大褂的护士推着护理小车来来回回，金属小碟子里堆满了玻璃药瓶；对床的老大爷过了观察期可以出院了，拉着医生的手连声说谢谢；再远一点的墙上挂着一个宽屏电视，在播一档唱歌类的综艺，竞演歌手深深鞠躬，热泪盈眶地说"我爱这个舞台"；目光放得更远一些，走廊上有个中年男人慌慌张张地跑过，嘴里喊着"医生！医生！救救我老婆吧"……

别人的忙碌，别人的感动，别人的悲，别人的喜，都是别人的，和他丝毫不相关。

"我有什么呢？"

尚楚脑海里突然浮现出这个问题，接着他想起隔壁小女孩的爸爸刚才说哥哥很坚强，那就对了，"坚强"是他的。

连个陌生人都知道他很坚强，他一定要坚强。

尚楚双手平放在身侧，目光沉静，眼睛里没有丝毫波澜，甚至连眨眼的频率都尤其慢。

他脑袋里是空的，整个人像是被一点一点放干的蓄水池，枯竭到连动一动手指都费力。

小葛没过多久就回来了，手里捧着一个塑料水杯，还拎着一个小纸袋。

"水来了，喝水。"

尚楚眼睫毛动了动，缓慢地勾起嘴角："谢谢葛哥。"

他接过纸杯，双手碰到杯壁时一顿，怎么是热水？

"啊，那个……"小葛眼珠不自然地转了转，有些支吾，"那什么，喝凉水对身体不好，那谁……呃，就是刚遇上一个医生吧，他说你现在得喝口热的。"

"行。"尚楚抿了一口，水温刚好。

走廊拐角站着一个穿白衬衣的挺拔少年，目光一瞬不离地看着尚楚喝完一杯温水。

小葛又摊开手掌，掌心里躺着一粒薄荷糖："那什么，你吃颗糖，也能醒脑子，用不着喝凉水。"

尚楚看着那颗小小的糖果，目光一滞。

白艾泽也常买这个牌子的糖。

尚楚隐约有些模糊的印象，在烂尾楼前栽倒时似乎听见了白艾泽在喊他。他的瞳孔骤然一缩，一直毫无波动的眼睛里终于掀起了波澜，下意识地抬眼往走廊那边看过去，拐角那个穿白色衬衣的身影立即侧身隐进墙边。

尚楚看见来来回回的人影，那么多人，没有一个是他。

白艾泽怎么可能会来？

尚楚轻轻笑了笑，立即垂下眼眸，有些匆忙地拆开糖纸，把淡绿色的糖果送进嘴里。是他熟悉的口味，不是很冲，清凉的味道在口腔里蔓延开，像一阵冷风吹过，混沌的意识总算清楚了一些。

"饿了没？"小葛确实不是个会照顾人的，好像得了什么人嘱咐似的，见尚楚吃了糖，又接着按部就班地关心问道，"要不要吃点东西？"

"没事儿，不饿。"尚楚含着薄荷糖，"我能出院了吧？"

"能能能，医生说没什么大问题，就是受到了强烈刺激。"小葛说，"醒了就能走了，自己多注意休息就行。"

"成。"

尚楚说着就要下床穿鞋，小葛不知所措地挠了挠头，往走廊的方向瞟了一眼，又把拎着的纸袋塞进尚楚手里："那什么，我刚在楼下买了点吃的，你带着吃，就是有点凉了，你回去加加热啊。"

"葛哥，谢谢你。"尚楚怕他担心，于是也没有推拒，接过那个封了口的纸袋，没去看里面装着什么，"没事儿你回吧，周五晚上还害得你不能休息，挺不好意思的。"

"哪里的话!"小葛拍拍他的肩膀,"你到我们这里来实习,大家看你就和看孩子似的,你没事我们就都放心。"

尚楚俯身系好鞋带,小葛担忧地看着他,又说:"要不然我送你回去吧?或者打个电话让大冰来接你?"

"我没事儿,"尚楚跺了两下脚,笑着说,"你看我这不挺好的,我自己回就行。"

"那……那也成。那你打个车,回去洗个热水澡就早点儿睡。"小葛说到这里顿了顿,"别的就什么也别想了啊!"

"成,听你的,不想。"尚楚点点头。

小葛舒了一口气,先前队里传出消息说跳楼的那个是尚楚的爸爸,他忐忑得要命,生怕尚楚醒过来后要崩溃。他们最怕这种场面,抓歹徒斗凶犯都好说,最怕的就是安抚死者家属,更何况这个家属还是他们的同事。

好在尚楚正常得不能再正常了,就像什么事儿都不知道似的。小葛心说估计他没看清那人的脸,没来得及认清人就被吓晕了,不知道死的是他爸,还是等明儿让徐龙亲自和他说。

"那你路上注意安全哈,"小葛说,"到家了发个微信说声。"

"好。"尚楚拎起纸袋,又说,"尸体我明天再去局里认,需要做什么笔录我也配合。辛苦你帮我和龙哥说声,今儿被他关在会议室背了好几小时地图,弄得头晕眼花,我就先回去睡了。"

小葛闻言一愣,原来他全都知道?

尚楚神情平静得出奇,和小葛说了声"明儿见"就离开了。

小葛一时间没反应过来,愣愣地看着尚楚的背影,看到他两手紧握成拳,食指指甲深深掐进虎口皮肤。

"哎,病人怎么走了?"护士拿着一张检验单匆匆赶来,"这报告才刚出呢,你……"

"给我吧。"白艾泽走了过来。

"给你?"护士先是看了眼小葛,又问白艾泽,"你是病人的谁啊?"

"哦哦哦,给他吧,一样的。"小葛解释说,"这也是我们同事,今天刚从首都……"

"我是他哥。"白艾泽从护士手里接过那张检验单。

护士责备地看了白艾泽一眼:"你是他哥你还不知道他身体什么情况啊?

喏，单子在这儿，你自己看吧……"

白艾泽看着检验单上一行行标红的数值，眉头紧紧皱到了一起。

小葛看白艾泽神色凝重，安慰道："小尚他没事的，我刚才看他挺平静的，他应该很坚强，你也别太担心了。"

白艾泽没有说话，只是沉默地摇了摇头。

尚楚就是这么一个混账东西，他口是心非，从来不说实话。

他真正痛的时候是不说痛的。

尚楚出了医院没回宿舍，他去了趟商场，进了一家饰品店说要买个保温杯。店主问他买给谁的，他说给长辈的生日礼物。店主给他推荐了个灰色带外罩的杯子，说这种保温效果好，隔热也好，老人家拿在手里不怕烫手，过了48小时里头的水都还是热的。

尚楚拿在手里掂了掂，也觉得不错。杯子一百二十八块，他结了账，去商场里的公共水房接了杯滚烫的热水，又坐电梯到了四层一间甜品店。

他说买个生日蛋糕，店员问他什么时候要，他说现在就要。

店员抱歉地笑笑："帅哥，不好意思，生日蛋糕的话，我们这边都是要至少提前48小时预订呢！"

尚楚指着玻璃橱窗里的一个水果蛋糕："就这个吧。"

"这个吗？"店员有些惊诧，"这个是我们的样品，不是现做的……"

"还能吃吗？没变质吧？"尚楚问。

"那倒是没有。我们放在冰柜里，不容易坏的，"店员有些为难地说，"但很少有人买样品的，要不您现在预订，我们给您做个加急单？"

"没事儿，就这个吧。"尚楚说，"多少钱？"

"那给您打个折吧，"店员说，"原价是398元，收您350元。"

尚楚一愣，怎么这么贵？

哦，对了，这种蛋糕是这个价的。他想起来中午那会儿还上网搜过，都要好几百，他不舍得花这么多钱所以没订。

"先生？"店员见他拿着手机不动，以为他犹豫了，问道，"您还要蛋糕吗？"

尚楚脑子生锈了一样，嘎吱嘎吱地缓慢运转着。

三百多的蛋糕，还要不要买了？

他在"尚利军生日还是给他买个吧"和"这么多钱够做一次CT了，还是别买了"两个选项中来回纠结了片刻，接着脑袋里"吭"的一声，那台机器猛地一卡壳,他恍然想起尚利军已经死了,再也不用留着钱给尚利军做检查和买药了。

"要,不用打折,"尚楚出示了付款码,"原价就行,我有钱。"

"啊?"店员头回见给折扣还不要的怪人,但也没有多说什么,给尚楚包好了蛋糕。

尚楚提着一个保温杯,拎着一个生日蛋糕出了商场,漫无目的地在路上走着,已经是晚上十一点半了,夜风吹在身上总归是有些冷。

他走了没多远就觉得挺累的,估计是体力还没恢复,于是在路边找了个花坛一屁股坐下。他解开蛋糕盒上的红色缎带,打开精致的塑料盒,用刀插了一块奶油,拼命往嘴里塞。

他吃得很凶,生怕浪费了这小四百块钱,一口接着一口,脸颊上、耳朵上、领口上都沾上了白色奶油,嘴里喉咙里塞满了蛋糕,噎得他喘不上气,眼眶里迅速涨起了生理泪水。

尚楚用力眨了眨眼,掏出那个保温杯,旋开杯盖喝了一口水,凉的,一丝热气都没了。

那老板骗人,说什么保温48小时,这才多久水就凉了。

他花了这么多钱,怎么就凉了,怎么就凉得这么快?

尚楚一把扔开保温杯,用力吞咽着喉咙里卡着的食物,食管像要爆炸一样噎得难受,他一手掐着自己脖子,把嘴张到最大,大口大口地呼吸新鲜空气。

蛋糕咽不下去,热水是凉的,尚利军也死了。

就这样?就这样死了?连一件体面点的衣服都没有,甚至人字拖还掉了一只,尚利军就这么草率地死了?

他凭什么就这么死了,明早的专家号多难挂他知不知道,外面欠了多少钱他知不知道,每回的进口药有多贵他知不知道?!他什么也不知道,留下一屁股烂债,就这么一声不吭地死了?

凭什么!

尚楚想喊却只能发出徒劳的嘶声,他双手抱着头,夜风吹得他浑身发冷,额头上止不住地沁出冷汗。

路上没有什么人,有个收摊的老大爷推着板车往回走,尚楚抬头看了一眼,用粗哑的声音问:"卖酒吗?"

大爷看了他一眼,估计是没少见这种深夜街边独自买醉的失意年轻人,弯腰从板车下层拉出一个纸箱:"啤的还是白的?"

尚楚想了想尚利军经常喝的那几个牌子，说道："三立春，有没有？"

三立春是个白酒名字，便宜，度数又高，穷人都爱喝这个。

大爷那儿还剩三瓶，尚楚全要了。他用牙咬开瓶盖，仰头猛灌了一口，酒精下了肚，浑身就像要烧起来似的，他觉得挺舒服，风吹着冷，酒喝着热，恰好中和了。

他吃一口蛋糕就喝一口酒，到最后实在喝不动了想吐，还记着别吐在大马路上给清洁工添乱，捧着蛋糕盒子，"呕"一声全吐在了里面。

接着，他脱力一般，仰面躺在了花坛里。

尚楚知道自己醉了，他看天上挂着三个月亮，其中一个月亮里面出现了妈妈的影子，是个后脑勺，头发长长的，挂在脑后甩来甩去。

"妈，妈妈……"

尚楚喊她，想叫她转过头来，他都忘了她长什么样子了，就不能转头让他看看吗？

妈妈的头发又粗又长，厚厚的一大把。她抬了抬下巴，刚要转过头来，那个月亮闪烁了几下，消失了。

尚楚的眼泪一下就顺着眼角滑了出来。

接着，月亮里又出现了另一个人。

"小白？"尚楚喃喃，小心翼翼地抬起手，不敢触碰似的，指尖颤抖着，"小白？"

白艾泽抓住他的手腕用力一拉，紧紧地护住他。

"小白？"尚楚瞳孔涣散，失神地重复着他的名字，"小白？"

"阿楚，"白艾泽回应，"是我，我来了，别怕……"

"小白？"

尚楚知道自己醉了，知道这都是幻觉，他眼皮很沉，脑袋很重，但他还是舍不得闭眼。

"是我，阿楚，是我……"

"小白。"尚楚突然剧烈地喘了一口气，嘶吼着说，"我没有妈妈了，也没有爸爸了……"

在白艾泽的印象里，他好像从没见过尚楚像现在这样哭泣过。尚楚第一次毫无防备地剖开他自己，露出明晃晃的痛苦。

尚楚靠在白艾泽的肩膀上，胸膛剧烈起伏着，喉咙里发出撕裂般的气声。

白艾泽不知道尚楚怎么会有这么多的眼泪，像是要把这么久以来压抑的悲伤一次性全部发泄出来，那些眼泪浸湿了白艾泽的肩膀。

除了护紧尚楚，白艾泽不知道他还能做什么。

他不能体会尚楚有多难受，他没有办法想象看见亲生父亲坠亡在自己面前是一种什么感觉。他只知道阿楚在哭，他却什么都做不了。

下午四点四十分，飞机落地。在从机场去酒店的出租车里，陈风才把完整资料传给他，让他晚上熟悉熟悉，明天去市局交接的事由他主要负责。

白艾泽第一次拿到齐全的信息，在车上就开始看了起来。陈风揶揄说不用这么勤奋，回了酒店晚上随便扫两眼就行。

他第一时间翻出七年前田旺的刑讯记录，紧接着心头猛地一沉——

"二十来年前吧，我一哥们儿叫三虎，真名不知道，从边境山区拐出来一个女人，让我经手找卖家，不过这人是个哑巴，实在不好出手……"

"最后卖给一个姓尚的，叫什么不知道，我们做这行的没必要知道那么多，拿到钱就行……"

"现在住哪儿我也不晓得啊，卖出去我也就不管了。不过不久前我听说那女人死了，出的车祸好像，不确定啊……"

哑巴，姓尚的，前段时间出车祸死了。

几个信息点终于连成一条完整的线索，白艾泽的眼皮开始疯狂跳动起来。

——田旺就是二十年前拐卖尚楚母亲的人贩子！

田旺刚一出狱，尚利军就带着尚楚回到新阳，时间点踩得如此巧合，这其中有没有一些龌龊的打算，白艾泽光是假想都心惊胆战。

他顾不上许多，任何有关尚楚的事他都不愿耽搁一秒钟，于是立即掏出手机给尚楚打电话，然而打了几次却始终没有人接听。他在半途中下车转道去了新阳市局，局里的人说尚楚跟队出现场了。他顺着地址立即赶过去，已经来不及了。

如果他能早一点发现，如果他能早一点告诉尚楚更加准确的信息，如果他能早一点到新阳……

白艾泽不清楚这么多的"如果"会不会给事情带来转机，但至少能让阿楚不会这么难过。

他不敢想象要是他没有来会怎么样，尚楚要一个人面对亲人的离世，要一个人深夜坐在空寂的街头，一个人喝闷酒，一个人醉倒在花坛边，一个人看月亮，他要一个人哭，一个人伤心，一个人崩溃。

白艾泽后悔了：他和阿楚生什么气呢，他和阿楚犟什么呢？

他此前所有的愤怒、不甘、疑惑、委屈在这个瞬间轰然崩塌，他后悔了。

阿楚有事情瞒着他不重要，阿楚不喜欢留在首都不重要，阿楚不愿意去西城分局不重要，阿楚要来新阳也不重要，阿楚不接他的电话不重要。

那扇敲不开的门不重要，火车上颠簸的噪声不重要，车轮饼是不是塌了不重要，风大夜凉不重要，月光冷寂也不重要。

阿楚过得好不好，才重要。

十多分钟后，尚楚的声音渐渐弱了下来，背脊也抖得不那么剧烈。

他打了个酒嗝，又开始沙哑地叫白艾泽的名字，声音很轻，在风里几乎就要听不见："小白，小白……"

白艾泽听出了他的不确定，心尖一颤，回应道："阿楚，是我，是我来了。"

"小白，小白，"尚楚发出一声轻笑，伸手指着黑黢黢的夜空，"小白，你住在月亮上吗？"

"阿楚，我在这里，"白艾泽喉头一酸，"我就在你身边。"

"你住在月亮上，对吗？"尚楚自顾自对着那一轮皎白的月亮笑，"小白，你来吗，你怎么还不来？"

尚楚伸出三根手指："三个月亮，三个小白。"

"阿楚。"白艾泽说，"你喝醉了。"

尚楚好像没听见，醉醺醺地晃了晃脑袋："我妈妈死在这条街上。"

白艾泽一愣。

"就在斑马线旁边。"尚楚轻声说，声音有些含混不清，"她开家长会，我……我是第一名，有奖状的……别的同学笑她不会说话，我觉得丢人了，不和她走在一起，我离她好远啊……有个人踢我，说我是哑巴和酒鬼生的小孩，我很生气，我打他，他们一直喊一直喊，他们说哑巴的孩子打人了，还说要把哑巴的孩子送去坐牢，我妈妈转头来找我——"

"阿楚，不说了，"白艾泽眼眶胀得厉害，"不想了，好不好？"

"'砰'的一声！"尚楚双手垂下，"她被车撞了。"

"阿楚？"白艾泽抓起他的手，"不想了，我们不想这些……"

"我不敢说，我没和任何人说。"尚楚慢慢抬起头，黝黑的眼睛盯着白艾泽，"小白，我害了她，她住到月亮上了，她不肯让我看她。小白，她为什么不让我看看她？她气我？她是不是气我？"

"阿楚，"白艾泽喉结一滚，紧紧搂着尚楚，"不是你的错，你听话，不是你的错……"

尚楚又吐了一次，他趴在花坛上语无伦次地说他坏，他嫌弃自己的妈妈不会说话，他是全世界最坏的小孩。每次他们一起出门，他从来不牵她的手，不和她走太近。

三年级作文比赛他拿了第一名，题目叫《我的母亲》，老师让他在家长会上朗读，他偷偷把"我的妈妈不会讲话"这一句删掉了。其实他知道妈妈很伤心，以前每次他拿了第一，妈妈都会把他的奖状和作品贴在墙上，但那一次没有。那天回家他看见妈妈在偷偷抹眼泪，他也悄悄躲起来哭了，那是他人生中最不光彩的第一名。

"刘丽丽，"尚楚转过脸，醉眼蒙眬地说，"你知道刘丽丽吗？哦对了，她可能叫许丽丽，你认不认识她？你知道她在哪里吗？"

白艾泽坐在他身边，耐心地回答："不认识。阿楚，她是谁？"

"刘、刘丽丽就是同桌，"尚楚又问，"刘丽丽的妈妈你认识吗，你认不认识啊？"

"我也不认识。"白艾泽说。

"你真笨，"尚楚笑了起来，声音里带着浓重的鼻音，"我给你画，你就认识了。"

他说着伸出一根手指，在花坛的泥地里勾了一笔。

白艾泽折了一根花枝，把上面细密的绒刺抹平，拉过尚楚的手让他握住花枝。

"阿楚，用笔画。"

尚楚用花枝画了几道弯曲的长线，又画了个细长的三角形。

"这是刘丽丽妈妈的头发，"他点了点那几条线，又指着那个歪歪扭扭的长三角，"这是刘丽丽妈妈的裙子，你认识吗？"

"画得很好，"白艾泽摸了摸尚楚的后脑，"阿楚小时候一定是个小画家。"

"你认识她吗？"尚楚不知道为什么对这个答案格外执着，攥着白艾泽的衣衫下摆反复问，"你认识刘丽丽的妈妈吗？"

白艾泽对尚楚一贯有用不完的耐心："阿楚，我不认识她，你给我介绍介绍，好吗？"

"刘丽丽妈妈嘴唇红红的，声音很好听，穿漂亮的裙子，还请我吃棒棒糖，很甜。"尚楚半眯着眼回忆道。

"阿楚很喜欢她，对吗？"白艾泽轻声问。

尚楚有些不好意思地点点头，接着又抿着嘴唇，沉默着趴回地上。

白艾泽轻轻揉捏着他的后颈，风也停了，安静得只能听见呼吸声。

良久，尚楚才重新开口，声音闷闷的："刘丽丽生日了，我们去她家里庆祝生日，她妈妈夸我成绩好。"

"后来呢？"白艾泽问。

"后来……"尚楚想了想，"后来刘丽丽许生日愿望，蛋糕很大，有很多草莓，其实那天也是我的生日，没人知道。"

白艾泽喉头一酸："我知道的。"

尚楚自顾自回忆："我也跟着偷偷许愿了。"

"阿楚许了什么愿望？"白艾泽小声问。

"我许愿，我想、想要……"尚楚哽咽了一下，"我想和刘丽丽交换妈妈……"

白艾泽听到他带着哭腔的嗓音，心头泛起一阵阵酸楚。

尚楚深吸了一口气，忽然用手掌把泥地上那幅潦草的简笔画抹平，重新攥上白艾泽的衣角，缓缓抬起头，又小心翼翼地问："你认识刘丽丽的妈妈吗？你认识吗？你知道刘丽丽吗？"

他眼底满是血丝，眼尾红着，鼻头也是红的。白艾泽握着他的手："阿楚，不是你的错……"

"你认识她，你和她说，"尚楚突然激动起来，指尖止不住地发抖，"我不和她换，我不该用她的生日蛋糕许愿，我错了，我不换，我要我自己的妈妈，我错了我错了，把我的妈妈还回来吧。我错了，我坏，我真的错了，你问她见到我妈妈了没，你问刘丽丽看见没，你去问她……"

他真的醉了，眼神涣散，语无伦次，或许他的生命里真的出现过"刘丽丽"和"刘丽丽的妈妈"，又或许只是他在崩溃之下臆想创造出了这两个人，企图分担他的痛苦。

无论如何，年幼的尚楚一定悄悄幻想过，他的妈妈和"刘丽丽的妈妈"一样，有一头漂亮卷曲的长发，穿优雅时髦的裙子，裙摆宽大，说话和声细语，有体面的职业，会给孩子办一场光鲜的生日宴会。

他曾经有多么想要这样一个"妈妈"，现在就有多少愧疚、悔恨和遗憾。

白艾泽闭上眼，俯身将尚楚扶起来靠在他身上："阿楚，你没错，你没有做错，你是最好的小孩，不是你的错……"

过了十多分钟，尚楚的呼吸渐渐平稳下来，他睡着了。

白艾泽叫了一辆车。

他先前问过尚楚宿舍的地址，下车后把尚楚背上了五楼。

张冰听说了下午的事情，担心得一直没睡，一听见敲门声立刻就开了门，见到白艾泽也没有多惊讶："你是小尚的同学吧？小葛和我说了，他怎么样了？"

"你好，叫我艾泽就可以。"白艾泽说，"他喝醉了。"

"赶紧先进来！我去烧点热水，你自己坐，别客气。"

张冰帮着把尚楚扶进门就去接水了。白艾泽进了房间，看见一床的布偶熊，目光猛地一凝。

满眼的玩偶熊，端端正正地坐在床上，整整占了半张床。

旧公寓的单人床本来就小，又被一窝熊占走了大半，加上他睡相又不好，也不知道他是怎么睡的。

白艾泽把尚楚放在小床上，脱掉他的鞋子，又帮他换上干净的睡衣，拉过薄被搭在他的胸口。

尚楚皱着眉，两只手攥着床单，有些不安的样子。

白艾泽轻轻安抚地拍了拍他。

尚楚像是感受到了，乌黑的眼睫毛动了动，眼皮掀开一条缝隙，看见白艾泽后笑了笑："小白，你来了。"

"我来了。"

"小白，"尚楚眼神蒙眬，笑着说，"小白，我说和你绝交，我那么坏，我以为你真的不会理我了。"

"不是的，阿楚，不是这样。"白艾泽摸了摸他的额头。

原来他没有清醒，原来他以为是在梦里。

"小白，我听你的话，我是最乖的。"尚楚的笑容有些疲惫，"我不想和你绝交，你每天都来看我好不好？我不喝凉水，少吃辣，关了灯不玩手机，我都听你的话。"

"是，阿楚，你是最乖的。"

白艾泽胸膛里最软的地方像是戳进去一根尖锐的小刺，一个劲地往他肉里钻，扎得他又酸又疼。

阿楚怎么会这么想？

阿楚怎么会以为他不听话，自己就不管他了？

"小白，"尚楚眨了眨眼，愣愣地看着天花板，"我有时候觉得我是一只小熊，你对我好，那么好，可我只是一只小熊，别人说你怎么对一只小熊那么好呢？又脏，又坏，不好看，明明只是一只小熊，坏了就丢掉了，不听话就不要了……"

"不是的，阿楚，"白艾泽喉结滚动，"你不是什么小熊，你是你。"

尚楚不知道有没有听见，困意袭来，再次闭上双眼，沉沉睡了过去。

白艾泽半跪在床边，额头抵着坚硬的床沿。

他从来就不知道尚楚是这么想的，在他眼里，大多时候的尚楚是明亮的、鲜活的、生动的，只在偶尔，尚楚是阴郁的、不安的、畏缩的。

他自以为他做得够好了，他小心翼翼地保护着大多数时间那个白色的尚楚，帮着把偶尔的黑色尚楚藏起来。他以为只要他永远站在阿楚前面，先一步替阿楚挡下疾风和骤雨，那个黑色尚楚就不会出现，那么尚楚就还能自在、潇洒、恣意。

——艾泽，交朋友不是养宠物。

叶粟的话在耳边响起，白艾泽一直没明白是什么意思。

他的额头在床沿轻轻碰了碰，感受到了钻心的痛楚。

尚楚不是一只小熊，尚楚是金色的太阳。

他真的不知道该怎么办了。

突然响起的敲门声打断了白艾泽混乱的思绪，白艾泽打开房门，张冰端着一杯水站在门口，担忧地往房里探头。

"小尚还好吗？"他用口型问。

"嗯。"白艾泽点头，走出房间，轻轻合上房门，"他睡着了。"

"怎么会出这种事情呀？"张冰轻轻叹了一口气，把水递给白艾泽，"我光是听他们说都受不了，也不知道小尚有多难受。我给他打了好几个电话都没人接，急死我了……"

"谢谢。"白艾泽接过水杯抿了一口。

"还好你来了。"张冰说，"有你陪着他应该会好过一点，你急着回去吗？要不然多陪陪小尚……"

白艾泽捧着温热的水杯，垂眸看着杯子里晃动的水面，低声说："我有一件事想请您帮忙。"

张冰一愣："什么事？"

周六清晨，生物钟让尚楚在五点四十分准时睁开眼，他手脚酸软，宿醉后头疼得厉害。他动了动手指，疼痛感立即顺着神经蔓延到全身。

他对着墙皮脱落的天花板看了十几分钟，迟钝的大脑才缓慢恢复运转。

昨天他干吗去了？头怎么这么疼？浑身上下怎么一点力气都没有？

然后，他眼前跳出一个接一个的画面：在会议室背地图，吃盒饭，打电话给医院确定看诊时间，跟队出现场，烂尾楼，他在警车边等，有个人被捅死了，尚利军坠楼死了，他晕了，在医院醒来，去买保温杯和蛋糕，喝了几瓶三立春，吐了，醉了，没了。

一个个场景像电影似的从他眼前依次放映，他如同一个局外人，麻木地看着发生的一切，眼里没有丝毫波澜。

他怎么回宿舍的？

尚楚想了想，发现实在想不出怎么回事，一想就头疼，干脆放弃了。

他记得今天要去局里，要领尸体，要做笔录，还要处理后事。

尚楚也算是半个公安系统内部人员，对这一系列程序了然于心。只不过他没想到，他第一次参与进这套流程，竟然是以死者家属的身份。

他起身下床，换好衣服去厕所洗漱，刷牙的时候往镜子上扫了一眼，眼睛肿得像兔子似的，脸也肿了，丑得没法看。

尚楚猜自己昨天应该是哭了，他不晓得自己为什么要哭，明明尚利军死了不是件多么值得伤心的事。

他接了捧凉水泼在脸上，再次抬头看着镜子里的自己。

——大人是不怕痛的，尚楚，你是大人，要坚强一点，别再哭了，不然要给人看笑话了。

张冰听见响动也醒了，在厕所外忧心忡忡地皱着眉，担心尚楚在里头想不开出个什么好歹，没忍住敲了敲门："小尚？"

尚楚打开门，侧身说："你用吧，我好了。"

张冰看他除了精神头不太足，神色倒没什么反常的，问道："你还好吧？"

"没事儿。"尚楚擦干手上的水珠，顿了顿又说了一遍，"没事儿，真没事儿。"

张冰观察着他的表情，小心翼翼地问："你爸爸他……"

"死了，"尚楚耸了耸肩，没什么所谓地说，"害得我周末也要跑局里，是不是挺无语的？"

张冰也听说他爸是个酒鬼，据说不怎么管儿子，心里琢磨估计他们父子感情不那么亲厚,所以尚楚看着没太悲痛的感觉,于是暗自松了一口气,拍拍他的肩膀劝慰道:"没事的,日子还是要过嘛,坚强一点。"

"嗯。"尚楚点点头,"谢谢冰哥。"

每个人都要他坚强一点,他是该坚强一点。

"对了,"尚楚问,"我昨晚怎么回来的?我一点都记不起来。"

"哦,就是、就是那什么——"张冰舔了舔嘴唇,"我打电话给你,你喝多了,说话不太清楚,说是在中心商场前头,我打车过去接你的。"

尚楚甩了甩头,确实一点印象都没有:"辛苦冰哥了,大晚上的还出去接我回来。"

"别客气呀。"张冰摆摆手,"你年纪小,来我们这边实习,多多照顾你是应该的。"

尚楚回房间换鞋,张冰给他泡了一杯感冒冲剂端过来,说昨晚风挺大的,在外头喝了那么多酒,小心别着凉了。

尚楚直觉有些不对,张冰大大咧咧的,平时哪有这么细心,但他没有多想,估计是自己出了这个事情,连带着身边人对待他都小心谨慎起来,于是接过冲剂一口喝了:"谢谢。"

"苦不苦?"张冰见他喝完了,往他手里塞了一个硬硬的小东西,"吃个糖。"

尚楚摊开手掌一看,顿时瞳孔一缩——

是那个牌子的薄荷糖。

他合上掌心,抿了抿嘴唇:"好。"

接下来的事情就很简单了,尚楚先去确认尸体是尚利军,又例行程序去抽了个血,用来做DNA鉴定,进一步确认死者身份;接着到审讯室做笔录,谢军也来了,坐在他身边陪着,徐龙看他的眼神格外温和,问话的语气也很轻。

尚楚不太习惯徐龙这样,一五一十地回答徐龙的问题,包括他打听到的尚利军死前常去冲平路,但他也不知道具体情况如何。

做完笔录,徐龙拍了拍他的肩膀,问他要不要休息几天,给他放个假。尚楚说不用,下周一照常来打卡。徐龙说行,本来想让他去和首都那边交接,还是算了,这周末就让他好好调整心情。

谢军帮忙联系了殡葬公司那边的人,尚楚跟着车去了。火葬场边有个等候厅,其他家属在哭,尚楚很平静地坐着,脑子里什么也没想。

等骨灰的过程挺漫长的,过了不知道多久,工作人员捧着一个小瓷罐出来,问他有没有什么遗物要一并存放的,尚楚摇头说没有。

他没钱买墓地,骨灰只好寄放在殡仪馆里。

尚楚跟着进了一个大房间,柜子摆放得很拥挤,每个柜子都有一排排的小格子,外头贴着死者的名字,里面是一个个小瓷罐。

"确定没有一并存放的物品吗?"工作人员在落锁前又问了一遍。

尚楚摇摇头,又说:"等等,能借我纸笔吗?"

工作人员给尚楚撕了一张便笺纸,尚楚低着头,用黑色水笔在黄色便笺纸上写了一个字,一笔一画写得很慢,再把那张纸叠了叠:"这个,一起放进去吧。"

"就这个了?"

"嗯,就这个。"

"好的。"

工作人员刚才好奇瞟了一眼,这个年轻人在纸上写的那个字有八画,撇、点、撇、捺、横折、竖、横、竖弯钩。

一个"爸"字。

从殡仪馆出来已经过了中午,太阳很大,晒得尚楚汗流浃背。

他找了棵树躲着,蹲在树荫里抽烟,抽完几根又垂头蹲了会儿。

等尚楚离开后,另一棵香樟树后走出来一个人。

白艾泽在尚楚刚刚待过的地方点了点烟头,三个。

阿楚抽了三根烟。

一根烟代表有点难过,两根烟代表很难过,三根烟代表还能站起来。

白艾泽垂眸,片刻后轻轻一笑。

是阿楚。

第13章 · 利剑

下午两点多的时候下了场太阳雨,温度总算是降了点,天没那么热了。白艾泽趁中午休息的时候来的殡仪馆,打车赶回市局继续干活。陈风见他衬衣湿了,肩上落了雨,问他:"你刚才去哪儿了?"

"出去逛了逛,"白艾泽抽了张纸巾擦脸,"没想到突然下雨了。"

"我说你小子不对劲啊。"陈风刚吃完饭,叼着根牙签剔牙,八卦地打听道,"自打来了新阳,我怎么觉得你就神秘兮兮的呢?下飞机没多久就和我分开行动了,也不一起住酒店,你昨晚睡哪儿呢?"

白艾泽轻描淡写地说:"去一个朋友家。"

档案室那边送了一批新材料过来,早些年电子数据库不完善,只有书面材料,新阳又不可能让他们把纸质档案带走,他们只好费劲地一一把信息录进内网系统里。新阳市局这边派了三个人来做核实,陈风先审一遍材料,发现什么问题当场提当场解决,审完了再把东西交由白艾泽存档。

这活儿听起来简单,工作量却不小,花了三个多小时才将将核完两个年份的。陈风看口供看得眼睛都花了,伸了个懒腰说歇会儿,晚上接着加班。

白艾泽也觉得有点累,去茶水间泡了一杯咖啡,回来见着徐龙和小葛领着一个中年女人从审讯室出来。那个女人一直喋喋不休地说着什么,眉眼间看着有几分熟悉。

"看什么呢?"陈风走到他身边,手肘搭着他的肩膀。

"那人是谁?"白艾泽扬了扬下巴。

"谁啊?那女的?"陈风顺着白艾泽的视线看过去,只望见一个背影,"我中午吃饭的时候打听了几嘴,好像是昨儿坠楼死的那人他大姐。"

尚利军的姐姐,也就是尚楚的姑姑?

"这事情和她也有关系吗?"白艾泽问。

"那我就不是很清楚了。"陈风说,又撞了撞白艾泽的手臂,"人家局里的事儿咱们也不好打听太多,哎,我怎么觉得你挺关注这事儿啊?"

白艾泽靠着门框,抿了一口咖啡:"没,就是随便问问。"

"死者儿子是你同学吧?"陈风若有所思地摸了摸下巴,"你多问几句也是应该的。你那同学咱们局里都知道,挺有名的,老管还给我看过你和他干架的视频。他那身体还能进首警,成绩还那么好,这是真牛!"

白艾泽垂下眼睫毛,眼里浮现出不易察觉的笑意:"他是很厉害。"

陈风有些惋惜地说:"我还想着他怎么大老远跑新阳来,原来他本来就是新阳人。要是他也来西城,加上你和物证那个姓宋的小子,咱们局今年就包揽了首警前三名,说出去多风光!这么一想,倒是便宜新阳市局了,这么好个苗子被他们拐跑来了……你找个机会劝劝他,毕业一道来考西城分局呗,不是哥瞎吹啊,咱西城别的不说,资源那是一等一的!"

如果是以前,不要说劝劝了,白艾泽恨不能把尚楚绑去,但现在……

白艾泽笑着摇了摇头,晃了晃手里的纸杯:"他喜欢去哪儿就去哪儿。"

陈风没听清他说什么,叹了口气又说:"他身世也挺惨的,妈妈是被人贩子拐卖的,早几年就出车祸去世了;爸爸又是个爱喝酒发疯的,现在又出了这么个事儿。双亲都走了,这么大的打击,也不知道他能不能缓过来,要是就这么一蹶不振了,倒是挺可惜的……"

"不会,"白艾泽声音里有莫名的笃定,"他能站起来。"

"哦?"陈风眉梢一挑,"你对他这么有信心?"

白艾泽笑了笑,平静地说:"不是我对他有信心。"

陈风问:"那是什么?"

白艾泽说:"因为他本来就不是那种会倒下的人。"

陈风先是一愣,紧接着大笑出声,爽朗地说:"你都这么说了,那我就等着看看这小子骨头到底硬不硬。行了,进去干活儿了,还有好几年没整理呢!"

他们一直到晚上九点出头才离开,陈风请新阳市局来帮忙的几个同事去大排档撸串儿,白艾泽说有点事就先走了。

宿舍楼离市局就十多分钟的步程,白艾泽上了五楼,没有敲门,给张冰发了条微信,说自己到门口了。

过了没几秒,张冰轻手轻脚地开了门,指了指尚楚的房门,小声说:"他吃完药睡着了,药单子里有安眠成分的药片,你可以说话的,没关系,一时半会儿小尚醒不过来的。"

白艾泽看着那扇紧闭的房门，点头说："辛苦冰哥了。"

"哎呀，你怎么也这么客气，"张冰把门反锁上，"这点小事算什么呀。你和小尚都叫我一声哥，这点忙我肯定要帮的。"

白艾泽料想尚楚肯定不愿意去医院看病调理，于是昨晚把尚楚的血检报告发给白御，让他大哥连夜去开张药单来，白御只好凌晨两点多去骚扰自己的医生朋友。

白艾泽拿到药方后拜托张冰去药房取药，尚楚是个害怕给别人添麻烦的人，为了不让张冰多操心，他也会按时吃药。

"冰哥，您有他房间的钥匙吗？"白艾泽问。

"那倒是没有，不过小尚一般不锁门，"张冰以为他想进去看看尚楚，"你直接开门进去就行。"

白艾泽目光微动，点了点头，走到尚楚的房门边，一只手搭着门把往下一按，门把发出"咔"的一声，他的动作旋即又顿住。

"我就不进去了，"他收回手，低声说，"麻烦您进去帮他关下窗，我刚才在楼下看到他没关窗。"

楼下就是小吃街，烟气重灰尘多，不卫生又不健康，阿楚怎么连关窗都不知道。

张冰有些诧异地睁大眼，没想到白艾泽竟然这么细心，立即点头说："好的好的，我马上就去。"

他轻手轻脚地打开一条门缝，闪身进了尚楚的房间。白艾泽抿了抿嘴唇，还是控制不住自己往那道缝隙里看。尚楚侧身躺着，背对着他这边，薄被搭在身上。

张冰很快出来了，那道缝隙再次合拢，尚楚的背影收成一道狭长的细线，被合在木门后。

白艾泽指尖微微弯起，收回目光，对张冰说："谢谢冰哥。"

他草草洗了把脸，把买来的粗粮洗好，放进砂锅里煲着。张冰问他："给小尚熬的啊？"

"他胃口不好，"白艾泽说，"熬点粥给他明早喝，还要辛苦您——"

"我拿给他是吧？"张冰笑了笑，"没问题呀，就是我这么抢你功劳，多不好意思。"

白艾泽摇摇头："没有的事。"

张冰打开小厨房的吊顶风扇，又不解地问："你明明这么关心小尚，为什么不让他知道呢？他现在正是需要人陪的时候呀。"

"嗯。"白艾泽把开关拧到大火，设置好程序，"我陪着的。"

"可是小尚又不知道你在陪着他，"张冰皱着眉，"真是搞不懂了喔。"

白艾泽笑笑没说话。

张冰觉得自己果然老了，和他们有代沟了，弄不懂这些小孩是怎么想的。他呼了一口气，又小声说："那个……小尚他爸爸的事情，要不要告诉他呀？"

"什么事情？"白艾泽转头问。

"唉，"张冰长长地叹了口气，瞥了眼尚楚的房门，"今天不是把小尚姑姑找来问话了嘛……"

尚利军有个大姐，照顾家里一直尽心尽力，自己弟弟是个不争气的，三天两头就来找她要钱，她一句怨言也没有。老父亲老母亲生病去世料理后事她一手操办，尚利军没出一分力气，没花一分钱。七年前他离开了新阳，自那之后就没有音信，尚大姐也搬家到了冲平路。谁知道前段时间他竟然又出现了，说当年老父亲死时留下了一个老房子，要找她要卖房的钱。

尚大姐当然不可能同意，当年老父亲得了结肠癌，她不知道操了多少心、花了多少钱，尚利军这个做儿子的连个电话都没打回来过，现在倒是来要钱了，简直连畜生都不如。但她耐不住尚利军三天两头来闹事，要不到钱就躺在她家门口不走，她只好每次都给几百一千的打发他，谁承想他突然就死了。

白艾泽心里顿时一紧，尚利军突然回到新阳找尚楚姑姑要钱，应该就是料到自己活不长了，想为尚楚留下一笔钱。

张冰说着又忍不住叹息："龙哥那边还查到了小尚爸爸和田旺的短信往来，田旺勒索小尚爸爸，找他要五十万，拿不出来就揭发当年小尚爸爸收买人口的事，还要闹得小尚在局里待不下去。估计就是因为这个，小尚爸爸忍不了了，约田旺出来面谈，带了把刀把田旺捅了。谁知道田旺断气前暴起，直接把他从楼顶掀了下去……"

原来是这样。

白艾泽听了这个故事只觉得心酸无奈。他掀开砂锅盖，用汤勺轻轻搅动着里面的食材，几颗白嫩的莲子漂了上来，他再把它们压回去。

他不知道尚楚听到这个故事会是什么心情，自私点说，他更希望把尚利军这个人一笔抹黑,他更希望尚利军是个彻头彻尾的坏人。尚利军知道田旺出狱后重新回到新阳,和田旺盘算着怎么发横财,结果产生了矛盾,争执中两人全都死了。

如果故事是这个版本,尚楚会不会好受一些?

粥放在锅里煨着,白艾泽也准备睡了。

他原本打算睡在客厅沙发上,又怕尚楚发现。好在张冰住的是主卧,房间外有个封闭的阳台,白艾泽在小阳台上打了个地铺。

阳台位置很好,正靠着隔壁尚楚的房间,如果他的窗户开着,还可以看到靠着墙角的书桌;加上阳台上安装的是镀膜玻璃,从外面是看不见里面的。

外面小吃街人声鼎沸,白艾泽望了眼那扇紧闭的玻璃窗,在心里说了声晚安。

半夜传来了"咔嗒"一声,白艾泽睁开眼,隔壁房间那扇窗户的插销打开了,尚楚醒了。

他好像很喜欢开着窗,白艾泽忍不住皱眉,外头油烟味那么大,他开窗做什么?

白艾泽半坐起身,朝那扇窗户看去,看到尚楚穿着他那件衬衣,在窗边站着抽烟,安安静静地看着下面喝酒划拳的人。白艾泽凝视着他沉静的侧脸,想他这时候会想些什么,是不是听着下面的热闹,也不觉得那么孤独了?

一根烟很快就抽完了,尚楚在书桌边站着摆弄着什么。白艾泽发现他瘦了不少,来新阳后似乎又瘦了点,衬衣罩在他身上显得空空荡荡的。他能好好吃饭吗?他身体已经那么不好了,怎么还不好好吃饭呢?

尚楚只站了一会儿就离开了,白艾泽看不见他了,那扇窗户没关,风一吹,窗扇轻轻地摇晃起来。

片刻后,白艾泽听到隔壁传来了尚楚的声音,他在和小熊说话,很小声,很低沉,声音被风一吹,轻飘飘地传过来。

"今天吃药了,大冰哥给开的,一次要吃好几粒药片,还有个冲剂,太苦了,不过我都吃了。"

——嗯,听话。

白艾泽笑笑,在心里说。

"下午喝了一瓶君君宝,你没喝过吧?有机会你也喝喝看,其实喝惯了还挺好喝的，就是挺少的，两口就没了。"

——好，明天就去买。

君君宝？白艾泽默念了一遍这个名字。

"晚上和大冰哥出去吃了一碗鸡蛋面，我没放辣椒，也没放蒜头和醋，清清淡淡的，一点味道都没有，不是很喜欢。"

——吃清淡些好，你那么容易上火，少吃酸辣。

"不过我记得要少吃酸辣，那回上火我长了颗大痘痘，还是小白给我涂的药膏，还说我不帅了。"

——没有，还是很帅，那是骗你的。

白艾泽低头轻笑。

"晚上吃了药就犯困，睡到现在醒了，大半夜的，也不知道能干吗。"

——打会儿游戏？还是算了，打着打着更睡不着了，还是看会儿书吧，助眠。

"下午和阿尧打电话，他好像不知道说什么，生怕我伤心，弄得我也不好意思说什么了。其实大家可以不用那么关心我，我睡一觉就好了，真的。其实我没有那么脆弱。"

——知道的，你不是那么脆弱。

"我只是有点……有点钝了，我不知道怎么说，我不想让他们看到我这样，太不酷了，其实我不是这样的。"

白艾泽目光闪动，看着空气中的浮尘被月光照出虚浮的光点。

"小白，我又想睡了，可能我会好的，是不是？"

"会的，"白艾泽用几不可闻的声音说，"你会好的。"

"晚安哦，"尚楚用带着笑意的声音轻快地说，"晚安，我最好的兄弟。"

"晚安，阿楚。"

白艾泽躺回草席上，右手轻轻搭在左心口上。

阿楚不是宠物，不是布偶熊，而是一柄本该锋利无比的宝剑。

他说过就算尚楚生锈了也没关系，但那天晚上在花坛边，他突然发现了这个事实对阿楚来说有多残忍。

尚楚无法容忍生锈的自己站在他身边。

宋尧问他，小葛问他，张冰也问他，问他为什么不陪着尚楚，他怎么不想陪着阿楚？他只是害怕，害怕阿楚在他面前合上剑鞘，小心翼翼地把自己身上的斑斑锈迹藏起来。

可是不行啊，锈痕是不能藏的，在不见光的地方只会越积越多。

只有尚楚自己能治愈那些沉疴，能去掉那块锈，他帮不上忙，任何人都帮不上忙。

尚楚没有那么脆弱，他知道的。

他一直都知道尚楚是山林里凶猛的野兽，是不能活在温室的庇护中的。

——艾泽，交朋友不是养宠物。

阿楚可以吹风，可以淋雨，可以受伤，可以失败，他只要陪着就好了。

就像现在这样，至少让他看见就可以。

尚楚是一柄利剑，注定会光芒万丈。

尚楚整个周日都没挪步，除了饭点和张冰一起下楼吃碗小排面，几乎连房门都没出过，晚上吃过药早早就睡了。

白艾泽忙好交接的事情，从市局下班已经将近晚上十点半了。张冰和白艾泽说尚楚状态挺好的，晚上吃饭还说起最近上映了一部什么纯爱电影，下周末要没事儿打算抽个时间去影城看，还说下周上班要在局里宣传宣传，让大家都去看这部片子。

"想不到小尚还追星呢。"张冰有些讶异，小声问，"那片子叫什么《爱在候鸟归来时》，一听就是那种缠缠绵绵黏黏糊糊的苦情电影，感觉小尚这性格的对这种题材的电影应该不感兴趣呀？"

白艾泽想了想，好像最近是在朋友圈里刷到叶粟发宣传海报来着，说是自己的新片马上要上院线了，于是笑了笑："对，他追星。"

"谁呀谁呀？"张冰对这话题还挺感兴趣的，眼珠子一转，恍然大悟道，"哦，我知道了！哎呀，我之前怎么没想到呢，肯定是樊纲蒙呀，他是这片子的男二号，是公认的全娱乐圈最刚猛的男人呢！"

"不是，"白艾泽说，"他喜欢的明星是叶粟。"

白艾泽拿出手机，点进叶粟的朋友圈扫了几眼。小蜜桃为了给新片做宣传真是无所不用其极，下午发了一张樊纲蒙的海报，配文说只要看了电影的拿票根私信她就能换取纲蒙哥亲笔签名照一张。

他指腹往下一滑，在一水的评论里一眼就看到了那个小熊玩偶头像，尚楚评论了两个字"支持"。好歹算是有动态了，好事。

张冰端着泡面碗出来，一边吹着热气，一边问白艾泽："那你明天就回首都了呀？"

"嗯。"白艾泽收起手机，点头说，"明早五点半的飞机。"

"真的要走呀！"张冰低呼一声，瞄了眼尚楚紧闭的房门，"你不多陪小尚两天呀？我怕他状态不稳定呢，明天上班了在局里我也不好时时过去盯着他，万一……"

"没事的，冰哥，这段时间已经很谢谢您了，"白艾泽拍了拍张冰的肩膀，"他已经不是孩子了，他知道什么最重要。"

张冰闻言不由得愣了愣，没想到能从白艾泽嘴里听到这种话。

任谁看都会觉得白艾泽才是最把尚楚当"孩子"的那个人，夜里睡在不透风的小阳台上也要守着他，妥帖到一日三餐都要掐着点关心，远远地陪着却又不露面，好像尚楚是一个精致且易碎的瓷器，稍有一点差错就会裂成碎片。

张冰还是很不放心，愁眉苦脸地说："要不然你还是多待几天吧，我实在是担心，如果……"

"冰哥，"白艾泽声音沉静，"我也有我要做的事情。"

他也有他应该承担的责任，应当完成的任务。

白艾泽想了很久很久，在他一直被所谓的"精英阶层"所绑架的生命里，参加那个青训营是他第一次做出叛逆的决定，而尚楚的出现更是一个纯粹的意外。尚楚和他见过的所有人都不同，尚楚是鲜活的、生动的、坚韧的、顽强的，从某种层面上来说，尚楚是他想要成为的那种人。他太怕尚楚被摧折了，所以他擅自搭建了一个玻璃罩，企图把尚楚隔绝在温暖明亮的罩子里，成为一株永远不会长大的树。

然而在他认识尚楚之前，尚楚已经是尚楚。

同样，在他认识尚楚之前，白艾泽就已经是白艾泽。

他的生命里还有要完成的学业、要追求的事业，人人都称赞他是天才，师长前辈对他悉心教导、耐心栽培，把更沉重也更大的期待放在他肩膀上，他要做的还有很多很多，他现在的程度还远远不够，他有自己的路要走，尚楚也有。

尚楚只是在路上暂时摔了一跤，白艾泽知道阿楚会追上来的，他不用刻意放慢脚步去等，因为尚楚一定会来的。

他只要做好自己该做的就够了，阿楚会看到的，会看到他在成长，在变得更加优秀。

白艾泽不打算继续在阳台借宿，起飞时间早，宿舍又离机场太远，过去实在不怎么方便，于是陈风在机场边订了个快捷酒店，眯两三个小时直接就出发。

白艾泽买了点粗粮和水果送过来，没多久约的出租车就到楼下了。

张冰问："你不进去看看小尚？"

白艾泽凝视着那扇紧闭的木门，笑笑说："不了。"然后背着来时的黑色双肩包离开了。

张冰搞不懂现在的小孩儿究竟是怎么想的，把小沙发上堆着的大包小包扛到厨房，打算把水果洗了放进冰箱。

"咔嚓！"

张冰听见开门声，往外探头，尚楚打开房门，呆呆地站在房门边，看着宿舍大门的方向。

他心下一惊，想着不会是白艾泽来过的事情被小尚发现了吧，于是问："睡醒啦？"

尚楚三天没洗的头发乱作一团，他打了个哈欠："嗯，醒了。"

张冰看他一副迷迷糊糊还没清醒的样子，松了口气说："你呀真是的，明天还要早起呢，现在醒来晚上睡不着了吧？明天赖床我可不叫你哟！"

尚楚抬手揉了揉眼睛，声音有点沙哑："闻见泡面味儿了，我也泡一碗吃。"

"好呀好呀！"张冰很开心，这几天小尚都没什么胃口，难得听他主动说要吃东西，"就在茶几上呢，你自己拿哈，开水我倒壶里了，刚刚才烧开的，直接泡就行啦！"

"好。"

尚楚点点头，拆了一碗泡面，进厨房接水。等他走近了，张冰才发现他眼睛红了，睫毛也有点儿湿，问他："怎么了呀？你这眼睛通红通红的，和兔子似的，没睡好呀？"

"刚抽了根烟，烟灰跑眼里了。"尚楚用力眨了眨眼。

"哎呀，我就说你要少抽烟的呀，对身体多不好呀。你知不知道每年有多少人因为抽烟得了肺癌呀？什么时候我带你去法医那边参观参观，让你看看里头的标本，老烟民的肺呀简直黑得不能看了喔！"张冰忍不住蹙眉，"你可一定要少抽烟，想抽烟了就吃饭，这个叫什么替代疗法的，刚好你吃得少，一举两得了呀……"

尚楚坐在餐桌边刺溜刺溜地吃泡面，耳边听着张冰絮絮叨叨个没完，眼前

184

是面汤袅袅升起的热气，心里突然有了一种温暖的感觉。

"冰哥，你真像我哥。"尚楚突然说。

"啊？"张冰站在冰箱前码水果，闻言扭头说，"我本来就是你哥哥呀，我比你大好几岁呢！"

"不是，我是说亲哥。"尚楚笑了笑，"如果我有个亲哥，估计就是你这样的。"

"那我才不给你做哥哥呢！"张冰笑着说，"你可太让人操心了，我要被你烦死的！"

尚楚喝了一口汤，发出了一声满足的喟叹。

张冰关上冰箱门，过去生疏地摸了摸尚楚的脑袋："不过有你这么个弟弟也很好呀，多让人骄傲呀！你本来身体就不好，还能考进警校，将来还要走上一线去惩黑除恶，这是很了不起的，是大大了不起的一件事。"

尚楚一愣，不自觉地抿了抿唇，有点不敢相信地喃喃："真的吗？"

"真的呀。"张冰看到他茫然的表情有些心酸，"是不是有一些人不相信你呀？你不用理他们的，因为你做到了，这是你做到的事情，已经成为过去了，我们只要往前看就可以了。你已经很了不起了，你还可以更加了不起。"

"可以吗？"尚楚缓慢地眨了眨眼。

"当然呀！"张冰大声说，"哥哥说的话你还不信吗？"

"信的。"尚楚低下头，晃了晃泡面碗，混浊的面汤里映出自己邋遢又颓废的脸，他深吸了一口气，小声说，"我信的。"

周一上午到了局里，尚楚发现每个人都要多看他几眼，眼神里掺杂着同情、可怜、惋惜、遗憾等情绪，又没人敢上来说安慰他的话，生怕戳中他的伤心事似的，连喘口气都怕惊着他。

尚楚自己倒是觉得挺想笑的，他明白大家没坏心，都是出于关心才这么谨小慎微，他也不明白该怎么说才好。其实他真的没那么脆弱，在小房间里憋了两天已经够了。他今年二十岁，是个成年人，他知道日子还得往前走。

他才刚在位置上坐下没多久，谢军揣着个陶瓷茶杯慢腾腾地踱过来，在他后头转悠了几圈，也不说什么事儿。坐在尚楚身边的实习生被谢军弄得战战兢兢，队里一把手亲自下来视察工作，他吓得大气儿不敢出，最后是尚楚实在忍不住了，扭过脖子问："领导，有什么吩咐啊？"

谢军抿了口茶，又吐出点茶叶渣，目光徐徐在尚楚脸上上下打量了几轮，说："给你放几天假？"

尚楚无奈地说："不用。"

"不扣你工资，"谢军很是体贴，"你什么时候休息好了什么时候来。"

尚楚这周末在宿舍里除了睡觉也没干什么别的事儿了，吃了药、吃了饭倒头就睡，养猪都不带这么养的，这会儿精神头足得很："我已经休息够了。"

谢军见他状态还行，揣着茶杯慢悠悠地又走回去了。

谢军才走没多会儿，徐龙风风火火地来了，嘴里叼着个路上没吃完的韭菜馅儿包子，在尚楚身后溜达来溜达去。坐旁边的实习生才松下去的一口气又给吊起来了，一把手刚走没一个屁的工夫，二把手怎么也来了！

尚楚被韭菜味儿熏得受不了，扭过脖子说："领导，我休息够了，带薪休假也不用，我现在感觉很好，有用不完的体力，可以正常工作。"

徐龙点点头，咽下嘴里正在嚼的一口包子，吸了吸鼻子，定定地看着尚楚。

尚楚和他四目相对，大眼瞪着小眼瞪了半晌，又问："领导，有什么吩咐啊？"

徐龙说："给你放几天假？"

尚楚扶额："不用，我挺好的。"

"你也不用逞能，"徐龙是个大老粗，不怎么知道安慰人，用他刚刚拿过包子的油腻腻的手拍了拍尚楚的肩膀，"有什么难处你就说！"

尚楚瞥了眼落在肩上的油花，平静地说："我没逞能，如果你愿意给我一个机会，现在的我可以把你干趴下。"

"你小子能耐啊！"

徐龙"扑哧"笑了出来，韭菜味儿的唾沫星子喷在尚楚脸上。尚楚默默抬手擦了把脸，心里默念"殴打"领导是不行的，是铁定要写检讨的，不能打不能打，千万不能打，对徐龙展露出一个如沐春风的笑容，目送韭菜味道的领导走远。

由于局里气氛实在古怪，只要尚楚在的地方，以他为圆心、半径两米内的人都会露出一副沉重的表情。尚楚经过自我调节已经做好心理建设了，但看到这些人的表情，他又无时无刻不想起"你爸死了，你成父母双亡的孤儿了"这个现实，于是干脆就找机会往外跑，凡是接到报警电话，甭管多鸡毛蒜皮的事儿他都抢着去。

外头天气炎热，加上这些案子的确琐碎，尚楚在外头跑了一天不免有些心烦，不过总好过待在局里让身边的人都觉得压抑。

整整一个星期，尚楚处理了夫妻矛盾、楼上业主和楼下业主的矛盾、师生矛盾、小区养狗户主和恨狗户主的矛盾……他感觉自己的思想境界得到了大大的提升，衷心许愿世界和平，并衷心希望人与人之间充满爱。宋尧打电话问尚楚什么感想，尚楚说他立志将来与人为善，不说一个脏字，不打一次架，为天下太平尽微薄之力。

有回一个女人哭唧唧地打电话说她被家暴了。尚楚对家庭暴力极度反感，当即打车赶了过去。结果这对夫妻就在这短短二十分钟不到的时间里和好如初，难舍难分地抱在一起。那个女人说："哎呀，警官，误会误会，都是误会呀，我老公打游戏不理我，我生气了才报警的。"尚楚气得冒烟，严肃警告她报假案违法。

还有回一个小卖铺老板娘说被人偷了一条中华香烟，尚楚过去后，她也不说话，扯着尚楚的衣袖一个劲儿地哭，最后整个身子都往尚楚身上黏，说："小警官你好俊啊。"尚楚推开她，义正词严地问："你被偷什么了？"她捧着心口说："这里头的小心脏被偷走了呀。"尚楚当即一张脸沉得比锅底还黑，耐着性子问："店门口的监控调出来看了没，是谁顺走的烟？"老板娘掏出手机给尚楚"咔嚓"拍了一张照，指着手机屏幕忸怩地说："喏，这就是那个贼喽。"尚楚太阳穴一疼，差点儿给气出鼻血来。

更绝的是周五下午有个八岁小男孩来哭诉说自己要死了，求警察叔叔保护他。涉及未成年人，又是人命关天的，局里人都不敢疏忽，赶紧询问小男孩情况。但这小男孩哭得就要一头晕过去，家长赶来警局也不知道怎么回事。尚楚实在没法子了，蹲在小男孩面前表演了个学猫叫、狗叫、鸡叫、牛叫，总算把他哄住了。他抽噎着说是他的语文老师要杀了他。于是，一群人赶紧调查，语文老师是个五十岁的职业女性，教了二十多年书，气质文雅又不失严厉。小男孩见了老师就和见了鬼似的，又嗷嗷大哭起来，语文老师也是一头雾水。最后询问了一个多钟头才闹明白，语文老师说小男孩上课总和同桌讲话，要给他俩调座位。小男孩和同桌关系好，早就立下了重誓，谁要把他俩分开就等于要了他俩的命。

…………

尚楚这些日子写案件记录本都要写蒙了，宋尧听了这些奇葩事儿笑哭过好几回，揶揄说："你在新阳这经历够丰富的啊。"

何止是丰富啊，尚楚苦笑着摇了摇头，这些天见识过的奇葩事儿都够写好几本书了!

  尚楚时常会衡量他做这些事到底有没有意义,以前他总觉得他要做最牛的刑警,破最大的案子,现在他奔波在平凡人的生活里,处理着平凡人会遇到的平凡问题。他躺在床上也会想,他做的这些事真的有价值吗?

  每回还没等他思考出答案,疲惫了一天,困意袭来,他就忍不住沉入梦境之中。

  至少对于现在的尚楚来说,平凡人生的意义在于,能让他睡个好觉。

  安安心心,什么也不去想,睡一个好觉。

  尚楚最近深刻地感觉到时间果然是相对的,一旦有了这种"既来之则安之"的念头,日子就和安上了车轱辘似的,走得格外快。他的执勤小本记录了小半本,黑色水笔换了支笔芯。宋尧说自己现在采指纹时手越来越稳了,还说白艾泽参加了首都东西南北四个区联合举办的刑侦新人技术大赛,他是唯一一个破格参赛的实习生,和几十个精英警员一起比拼,最后一举拿下了二等奖,因为年纪轻表现又突出,主办方还额外为他颁了个"最具潜力新星奖"……

  宋尧说起这件事的时候已经是八月初,实习生活过去了一个月,尚楚站在窗前,看着小吃街上喝酒划拳的男人女人,轻轻勾唇一笑,心里浮起一阵强烈的自豪感。他早知道白艾泽是最强的,他甚至不用闭眼,眼前就能浮现白艾泽作为最年轻的参赛者,站在领奖台上时挺拔的身姿。与此同时,他舌根泛起了一丝苦涩,他一直把羡慕和失落的情绪压在心底,但还是有忍不住的时候,忍不住会想如果他也参赛了呢?他又会有怎么样的表现呢?

  电话打到最后,宋尧照例问一句"你最近怎么样啊",尚楚掸了掸烟灰,淡淡地说:"就那样吧。"

  挂断电话,尚楚看着楼下拥挤的烧烤摊,有刚从补习班下课来吃夜宵的少年,有加班后来喝酒减压的青年,有散步遛弯顺便来喝几杯的中年人,有穿T恤的人,有穿热裤的人,有穿短裙的人,有穿汉服的人,有扎马尾的人,有光头的人,有秃顶的人,有染黄头发的人……每个都是平凡得不能再平凡的人,日复一日地重复着同样的行走路线,上学放学,上班下班。时钟上的指针在往前走,但大家的脚步却好像变慢了,让人一眼就能看到生命的全部轨迹。

  尚楚掐灭烟屁股,双掌在脸上重重一抹,深深吸了一口气。

  他好像也要掉进这样平凡的生活里了,他似乎就要慢慢习惯这种平凡的人生了，可他不得不承认，他还是很害怕，他畏惧平凡，他怕白艾泽站在花团锦簇的奖台之上，而他就此湮没在平凡的人群中。

怎么办怎么办怎么办……

大脑好像自动把这个问题划进了雷区，尚楚一想就头疼，如同脑子里有根绷紧的弦被强行拨弄着，正反也得不出什么答案，再怎么钻牛角尖也只能陷入更深的自我折磨。他现在已经锻炼出了很强韧的自我排解能力，想不通就先搁置着，于是合上窗户，吃过药就睡了。

第二天下午，接线员小房接了个电话，对方才刚一开口，小房连信息也没问，站起身就冲尚楚喊："小尚，你的案子！"

"……怎么又来？"尚楚放下手里的文件，抬手按了按额角。

小房说的这案子就是上龙街三巷那个丢猫老太太。自打尚楚一个月前第一次去之后，几乎每个星期这老太太都要来报两三回案，说家里猫又丢了。大伙儿想着反正尚楚已经去过了，熟门熟路的，干脆就又让他去。

这么几次三番下来，老太太现在打电话都直接点名要尚楚来找猫，局里人都调侃说小尚在外头揽私活儿了。尚楚自己也很无奈，哪有人丢猫频率这么高的，三四天就丢一回猫，估摸着这老太太自个儿也对自家猫不上心。但要真的不管吧，尚楚又觉得心里堵得慌，总有几分过意不去，最后总是硬着头皮上了。

"又来！这周都第二回了吧？"隔壁实习生凑过来幸灾乐祸，"我看那老太婆是不是讹上你了呀？"

"谁知道呢，看我长得帅吧。"尚楚苦笑。

他把证件揣上，收拾收拾东西刚要出发，恰好徐龙脚步匆匆地走过来，招呼他和另一个实习生："赶紧的，圆桌大厅听课去，柳市来的专家办讲座，内部名额只有十来个，老谢特地打了申请让你俩去旁听！"

"可是……"尚楚指了指小房，"我现在得出去一趟……"

"现在？"徐龙一下就反应过来，"又是上龙街那个丢猫老太太是吧？小房，你另外派个执勤的过去，人我领走了啊！"

"好嘞，龙哥。"小房点头，旋即对电话那头说，"奶奶，小尚警官有事情忙呢，我们这边给您另……"

尚楚心中有些犹豫，徐龙见他愣着不动，在他肩上推了一把，催促道："你傻愣着干吗呢？走啊！哎呀，不就是个猫咪上了树吗？谁去都一样！再说了，你原先不还嫌派你去干这活儿大材小用吗?"

见小房那边挂了电话,估计是派别人去了,尚楚抿了抿唇,这才带上笔记本跟着徐龙走了。

"走了走了。"另一个实习生抱着笔记本电脑跟过来,边小跑边低声对尚楚兴奋地说,"我前几天就看见公邮里发讲座公告了,来的可是柳市公安的'大神',现在专心搞犯罪侧写了。我本来还想报名来着,不过名额实在少,咱们实习生没权限参加,有这机会真是要多谢谢队……"

徐龙在前边领路,转头问了一声:"怎么,对侧写感兴趣?"

"那当然!"实习生重重一点头,说得头头是道,"以前刑侦技术不行,不晓得有多少案子没能侦破,现在科技发达了,上头开始重视起未结案件,这种几年十几年没破的悬案,侧写能帮大忙的!以后的趋势一定是传统刑侦手段和犯罪侧写结合得越来越紧密!柳市来的这位马主任就是这个领域的大神,这名字如雷贯耳啊!国内犯罪心理学派的领军人物,发表了十来篇一级论文……"

"书背得不错,"徐龙打断他,又冲尚楚抬了抬下巴,"你有兴趣没?"

尚楚心里记挂着刚才那通电话,有点儿恍神:"什么?"

"问你对侧写感不感兴趣。"实习生提醒他,"怎么心不在焉的……"

"不太了解。"尚楚如实回答。

首警把侧写在内的心理学相关课程都排在了高年级,大三下学期才能选修相关课程。说到底,侧写的根儿在于"通过罪犯的外部行为推测内部心理",破解外部行为对应的是传统刑侦技术,底层技术没学扎实,再怎么钻研内部心理也是纸上谈兵。首警从不给学生搭空中楼阁,低年级就老老实实打基础,因此尚楚也确实不了解。

"你倒是挺诚实。"徐龙笑了笑,"就你自个儿,对这领域、这专家,有什么想法没有?"

三人走到了圆桌会议室门口,尚楚停下脚步,皱了皱眉说:"电影里演得挺玄乎的,这专家我在大一理论课上听过名字,不清楚他到底做了什么研究,没想法。"

"行,那你听完再来找我聊聊想法。"徐龙缓缓推开会议室大门。

一场讲座进行了接近四个小时。这位马主任果然是领域里首屈一指的人物,尚楚虽然对他提出的方法听得一知半解,但也不由得在心里感慨确实厉害。过程中马主任提了几个问题,看名簿上竟然有两个实习生,于是点名让他俩来回答,另一个实习生兴许是美剧看多了,侃侃而谈那些稀奇古怪的离奇案子;尚楚毕竟年纪小经验浅,实在答不出什么有深度的东西,就自己知道的皮毛说了几句。马主任反倒对他的答案格外感兴趣,夸赞他看问题的角度刁钻,于是又顺着他刚才说的那点"皮毛"往深了带,牵出一个新的行为研究框架。

讲座结束后都快傍晚六点了,尚楚合上笔记本匆匆出了会议室,不知道为什么,他心里总惦记着那个老太太,也不知道丢猫这事儿到底解决了没有。虽然说这么个屁大点事情谁去都一样,但他就是安不下心来。

他迅速小跑到前厅,问小房:"上龙街那边派人去了吗?"

"没啊。"小房忙着整理访客记录,头也不抬地说,"我刚说给她另外派个人过去,没过几分钟她又打电话来说不用了,说猫已经找着了,不用过去了。"

尚楚皱眉:"找着了?就几分钟的工夫,怎么可能就找着了?"

"老太太就这么说的。"小房耸耸肩,"哎呀,你也别管那么多,人家失主都说不用,那就是不用了!"

"可是……"

尚楚刚要说些什么,谢军和徐龙从楼梯上下来:"小子,你过来。"

"谢队,"尚楚走过去,"有事儿?"

谢军拍了拍他的肩膀,笑着说:"带你去和老马聊聊。"

"马主任?"尚楚抬眉,"和我聊聊?"

一个业内大神和他这个屁都不懂的实习生有什么好聊的?

徐龙见他愣头愣脑的样子,恨铁不成钢地说:"你小子平时脑子挺活泛的,这会儿怎么就少根筋呢!谢队这意思是要给你引荐引荐,明白过来没?"

他这么一说,尚楚立即就反应过来了,意外且惊喜地问:"真的?"

"废话!"徐龙笑话他,"开心傻了吧,你小子!"

尚楚紧张地抿了抿唇,倒不是说要去攀个关系之类的,就马主任这个地位的专家,能和他多聊几句都算是学到新东西了。要是运气好,保不准能要来封推荐信,这样他将来无论是要继续深造钻研学术还是想去哪个局发展,都会方便不少。

"老马对你也挺感兴趣的。"谢军笑了笑,把尚楚衣服领口的褶皱抹了抹,"走吧。"

尚楚点点头,跟着上了楼,才走出几级台阶,脚步忽地一顿。

"怎么?"谢军问。

尚楚闭了闭眼:"要多久?"

"你急什么?"徐龙翻了个白眼,"赶着饭点儿吃饭是吧?谢队和马主任约了个饭局,带你一起去。"

饭局?也就是说没个几小时结束不了……

谢军见他神色有几分犹豫,问道:"你有事儿?约人了?"

"没,"尚楚甩了甩头,"没事。"

上了三楼,穿过走廊的时候,尚楚转头望了眼窗外,夏天天黑得晚,夕阳投下灿金色的光线,香樟树上知了叫个不停,院子里一只野猫悠闲地踱来踱去。

他目光微闪,再次停下脚步:"谢队,龙哥,我就不去了。"

谢军回身,问他:"理由?"

"我……"尚楚咬了咬牙,"我猫还没救。"

"不是吧?"徐龙音量陡然拔高,难以置信地说,"小房不都说不用管了吗?"

谢军看着尚楚,沉声问:"一只猫和一位德高望重的专家,你掂量清楚了?"

憋着的话一说出来,心里一直堵着的那块小石头终于挪开了,尚楚释然地呼了一口气,站直身子道:"我想清楚了。"

"我记得你原来很反感这种事情,还说出这种任务就是浪费时间,"谢军缓缓地说,"现在改主意了?"

尚楚一愣,垂头看着自己的脚背,回答道:"我也不知道,我就是……"

"就是什么?"谢军问。

"我记得您说过,做警察图的就是个心安,"尚楚抬头看着他,眉心紧蹙,"我心不定。"

"今天不去见马主任,"谢军的声音里听不出是赞同还是不赞同,"以后也许就没这么好的机会了。"

"我知道。"尚楚笑了笑。

谢军定定地看着尚楚,几秒之后扬了扬手:"去吧,出警记录别忘了写。"

"是!"尚楚敬了个礼,转身就跑。

"就这么让这小子去了?为了只猫?"徐龙挑眉问。

落地窗下,尚楚跑出院子的身影轻快且敏捷,像一只出了笼子的小豹子。

谢军笑着摇了摇头:"他要去就让他去。"

"那马主任那儿怎么说?刚才马主任不是和您说这小子有意思,让您带过去见见。"

"还能怎么说,"谢军双手背到身后,"就说他去救猫了呗!"

尚楚熟门熟路地到了上龙街三巷,看见老太太在树下一张长椅上坐着,看着远处路口嬉闹的孩子,也不知道在想什么。

"奶奶,囡囡呢?我听同事说您找着了?"尚楚远远瞧见她的背影,扬声问。

老太听见他的声音,混浊的眼珠一动,颤颤巍巍地站起身。

"囡囡呢?"尚楚跑到她身边,小口小口地喘着气,朝四周张望了几眼,"您抱回家了?"

"没呢!"老太说着往他胳膊上拍了一下,"这不在树上吗?你还不快上去救囡囡!"

"疼——"尚楚捂着胳膊,瞥了眼树上窝着的那只白猫,嘀咕道,"你不是打电话到局里说找着了吗?"

"你还废话还废话!"老太太瞪着眼睛,伸手在尚楚手背上拧了一把,"来得这么迟!要是我囡囡冻着了,我要和你——"

"拼命是吧?"尚楚都学会抢答了,从裤兜里掏出麻布手套戴上,三两下爬上树,一把将那只猫薅在怀里。

老太太在底下张着双手说:"轻点轻点!把我囡囡挤坏了,我要和你拼命的!"

白猫在尚楚怀里剧烈挣扎,尚楚也不知道一只家猫成天想着往外跑是怎么回事,下了树后把猫咪递给老太太:"喏,都和您说了多少回了,家里门窗要关好。您这猫就不是只安分守己的猫,您在家就得管好!"

"你什么意思啊你!"老太太跺脚,"你这还怪我了你!就是你来晚了,要不是你来这么迟,我老太婆至于在这儿受这个罪吗!"

"成成成,怪我怪我。"尚楚拿她没办法,掏出记录本和签字笔,"还是老样子,您在确认栏签个字儿就行。"

老太太签了字,尚楚刚要走就被拉住了:"怎么了?"

"我囡囡伤着了!"老太太指着白猫左前腿上一道树枝刮出来的小口子,理直气壮地说,"就都怪你!"

尚楚指着自己鼻子:"怎么就怪我了?"

"刚才你自己说怪你呢,"老太撇嘴,"年轻人可不能说翻脸就翻脸哟,坏得很！"

尚楚无奈地叹了口气，耷拉着肩膀说："那我赔钱行吧，您囡囡看这伤多少钱？两百块够不够？"

"我不要你的臭钱！"老太太骂骂咧咧地说，"我老太婆不要你的钱！"

"那我就走了？"尚楚说。

"不行！"老太太揪着他不放，"你赔我囡囡！"

反正现在也下班了，尚楚也不赶时间，去就近的一家宠物店买了药粉和医用绑带，回来给猫咪把伤口包扎了。

老太太坐在他旁边，一张嘴就没个歇下来的时候，一会儿说囡囡真可怜哟，一会儿责骂尚楚来得这么迟，害得囡囡受伤。

尚楚听得烦了，随口问了句："奶奶，您家里人不觉得您话多吗？"

老太太一愣，话音戛然而止。

"怎么了？"尚楚听她突然不说话了，抬头问道。

老太太转开眼睛，望着远处那群跑来跑去的小孩，顿了几秒又大喊："包好了吗？我囡囡要是有什么三长两短，我要和你拼命的！"

给小白猫处理完伤口，尚楚就离开了，他走出去没多远，转回头看了一眼，老太太坐在那张长凳上，怀里抱着那只白猫，安安静静地坐着，一点也看不出聒噪的样子。

尚楚不知怎么心念一动，到附近小卖铺要了一包烟，装作不经意地问老板："那老太太您认识吗？就那边树底下那个，成天一个人在那儿坐着，挺奇怪的。"

"她啊！"老板探头一看，"不就是对面小区那老太婆吗？这一片都认识她。"

尚楚点了根烟："她家里人呢？怎么没见着？"

老板脸色一变，压低声音说："她老伴早死了，儿子一家三口前些年出了车祸，当场死亡，他们家就留下她一个了，挺可怜的。"

尚楚一顿，没想到会听到这个答案。

"她孙子去的时候就你这么大吧，哎，你别说，你这么一问啊，我还觉得你和她孙子长得有点像。"老板说着说着又觉得不对，赶紧说，"你别生气啊，我不是说你像死人，我的意思就是……"

"我知道，"尚楚喉头一酸，笑了笑，"没事儿。"

"她孙子好像是读警察学校的吧，挺有出息的，可惜了……"老板叹了口气，又说，"这老太太成天到处溜达，见了谁都要和人说几句话，估摸着是家里也没个活物，太寂寞了。不过我们也不爱搭理她，大家都忙，哪有时间成天陪个老太太讲话啊！"

"没个活物？"尚楚拧眉，"她不是养了只白猫吗？"

"啊？"老板又探头瞧了瞧，"那白猫啊？不是啊，那就是只流浪猫，脾气刁得很，爬树的功夫那叫一个绝，上蹿下跳的……"

原来是只流浪猫。

尚楚看着老太太的背影，她稀疏的头发花白，松松扎在脑后，耳朵后边夹了两个黑发卡。

也不知道多少年了，她就这么枯坐着，望着路口的方向，好像望着望着就能等到盼望的人回家来。

尚楚叹了一口气，把烟掐了，又要了个口香糖，嚼了几口吐掉。

"奶奶，以后别打报警电话了。"

老太太身后传来年轻人熟悉的声音，她回头一看，尚楚站在椅背后。

"这是我的手机号码，"尚楚递给她一张口香糖纸，背后写了一串数字，"您想见我了打这个号就行。"

老太太先是一愣，又说道："谁想见你了！你说什么呢你！"

"我以后要是不加班，傍晚就过来看看您，陪您聊天，行不行？"尚楚笑着说。

"你……"老太太愣愣地看着他，嘴硬道，"我是囡囡丢了才报的警！"

"是是是，那我就经常过来帮您找囡囡，总行了吧？"尚楚伸手挠了挠白猫的下巴。

老太太没说话，抬手抹了抹眼角。

尚楚踩着共享单车回宿舍，天色已经渐渐暗了，他踩着昼夜轮换的那条线，把踏板踩得飞快。

远处是那轮即将沉入地平线的太阳，橙红色的，像一颗流油的咸蛋黄。

尚楚朝着太阳的方向骑过去，他觉得自己身体里有一团火焰在澎湃跳动着。

他第一次如此真真切切地感受到，他是被需要的。

救下一只猫是他的职责，陪伴一个不幸失去家人的老奶奶不是，但有人需要他。

他踩脚踏板的速度越来越快，斜阳在他身后拉出长长的影子。

他的执勤本上写下了很多微不足道的小事：一个有异装癖的男生因为被孤立而出现了厌学情绪，一声不吭地离家出走了，家人来报了失踪；一位年轻的女士在酒吧被一个男人骚扰，男人声称她穿得这么少来酒吧就是为了引人注目，两人越闹越厉害，大半夜一直闹到了警局；一个盲人少年牵着导盲犬上了地铁，狗狗只是甩了甩脑袋，惊到了一个老人，老人身边的几个家属把导盲犬活活打死，少年报了警后，抱着狗狗的尸体在地铁站哭了很久很久……

找到厌学的男孩是他的职责，但告诉男孩"你的喜好只是比较独特，一点都不古怪"不是；警告酒吧里的男人"只要对方不同意就是性骚扰"是他的职责，但借给那位女士一件长外套让她安全回家不是；惩处几名对导盲犬施暴的凶徒是他的责任，但牵着少年去机构做导盲犬申请不是……

到了后来，尚楚才知道，这些琐碎的案件本不该由市局来接，一切都是谢军为了磨砺他，才特地安排给了他。

尚楚一直觉得他什么也没做，原来他已经做了这么多，因为有人正在需要他。

如果说还有什么让他觉得这样平凡的生活有一点点的意义，那就是他真真实实地被需要着。

他是一名警察，是一柄利剑，只要有人还需要他，不管在多远的地方，不管是多微末的事情，他都会去的。

最后一道金色光线消失的时候，尚楚单脚撑着地，停在了小路中间。

太阳完全沉入了地平线，尚楚却分明感觉到，他胸膛里有一轮太阳，缓慢地升了起来。

第14章 · 台风

八月下旬的时候，新阳刮起了台风，新闻里说是五十年一遇的最强台风。

人们给这台风起的名字倒挺唯美的，叫"赫莲娜"。台风劲儿也是真的大，加上新阳是临海城市，一个浪头掀起来就有十多米。

政府早几天就下了通知，社区挨家挨户上门让市民做好防灾准备，住港口的渔民早早撤离，公司企业昨天下午就停工、停业了，超市里纯净水和泡面、饼干一类的也被抢购一空。上午还是晴空万里，下午一点半左右风雨突然袭来，厚重的黑云迅速层层堆叠起来，院子里香樟叶落了一地，摇曳的树枝在地上拉扯出破碎的影子。

"黑云压城城欲摧。"徐龙端着一碗刚泡好的红烧牛肉面，看着窗外黑黢黢的天空感慨道。

尚楚在心里嘀咕说他倒是挺有文化，还会背诵古诗呢，转眼就听见徐龙问他："下一句是什么来着？路上行人欲断魂？"

尚楚象征性地拍了两下掌："好诗。"

"你怎么有肠？"徐龙看见尚楚的泡面里头放了根火腿肠，"分你哥一点！"

他一叉子把整根香肠给插走了，尚楚心痛地"嘶"了一声，说道："不是说'一点'吗！"

"一根肠还不够我塞牙缝的，可不就是一点吗？"徐龙嬉皮笑脸地耍赖，边吃面边吩咐道，"一会儿去后门检查检查门缝堵上没。"

"知道了。"尚楚嘬了口面汤。

"在首都没见过这阵仗吧？"徐龙跷着脚，"北边应该不刮台风。"

尚楚看着窗玻璃上噼里啪啦砸下来的雨点，外头的香樟树似乎要撑不住了，并不那么粗壮的树干剧烈晃动着，远处的云层后有长鞭一般的闪电翻滚着。

"嗯，那边不刮。"

尚楚掏出手机对着窗户外拍了几张照。

"发朋友圈啊?"徐龙随口问了一句,"给你那些北方朋友开开眼。"

尚楚收起手机:"没,自己留着当纪念。"

徐龙吃完一碗泡面还没饱,起身说要再去泡一碗,又让尚楚吃完了趴桌上眯会儿,夜里还得起来值班。

各行各业都停工了,但他们不能停,文件下了一份又一份,再三强调要保卫好人民群众的生命和财产安全。

街道对面一块广告牌从三楼"砰"一声砸了下来,尚楚肩膀一紧,莫名觉得有几分紧张。

徐龙怕他吓着了,笑笑说:"没事儿,台风年年有,大家都躲在家里,一般出不了什么事,放心。再说了,真有点什么,还有我们这群前辈在你前头顶着呢,放松点,吃完就去睡会儿。"

尚楚点点头:"哥,以前我怎么没觉得你这么可靠呢?"

"滚你的!"徐龙作势要揍他,"要不是你龙哥现在还饿着,保管揍得你找不着北。"

"你还欠我一根肠,"尚楚撇嘴,"我记着呢。"

"小气鬼!"徐龙翻了个白眼,骂骂咧咧地走了。

尚楚吃完泡面,趴在桌子上眯了会儿。晚上七点多的时候,宋尧给他打了通电话,不过手机信号不太好,没能说上两句就断了。

外头声音实在太嘈杂,风声尖锐得像是某种动物在嘶嚎,隔壁桌位的实习生被婆娑的树影吓坏了,凑到尚楚身边,战战兢兢地问:"你听没听到脚步声呀?"

"脚步声?"尚楚迷迷瞪瞪地抬起头,"没啊。"

"好吓人啊!"实习生打了个寒噤,"我一直听见嗒嗒嗒的脚步声,就窗户边上,感觉有人在外头走来走去的⋯⋯"

尚楚说:"你别自己吓自己。市局灯火通明的,前后左右都是人,刑侦队就在隔壁办公区,个个都是五大三粗的大老爷们儿,有什么好怕的?"

"不是啊!"外头突然打了个闷雷,实习生浑身一抖,抱着尚楚的腰,"窗户那儿真有脚步声啊!我天不怕地不怕就是怕鬼,你说这都是个什么事儿啊⋯⋯"

什么鬼不鬼的,尚楚倒不觉得吓人,被个男人这么抱着确实是挺瘆人的,他推开实习生:"我去窗边看一眼。"

他到窗户边一看,原来是雨水顺着窗框渗进来了,滴滴答答地打在地上,听着就和有人在踱步似的。

"是雨珠子，"尚楚拿了条干毛巾铺在地上，"这下没了。"

实习生呼出一口长气，心有余悸地瘫软在靠椅上："吓死我了——"

尚楚站起身，顺道往窗外望了一眼，电闪雷鸣的，还真有点演鬼片的氛围。雨大得都不能用"倾盆"来形容，像是有人在天上一浴缸一浴缸地往下泼水。街道上水慢慢积起来了，目测能有人小腿肚那么高。

在首都确实见不着这种场面，白艾泽是土生土长的北方人，他铁定没见识过……

尚楚看着外头的雨景有些出神，突然听见走廊上有人在喊："西三街要被淹了，大王你那边带几个人赶紧出队！"

西三街？

曾经被强制要求背下的地图在他脑子里自动展开，西三街是整个新阳地势最低的地方。

前厅乱作一锅粥，求助电话不断地打进来，尚楚看见二队的王哥领着十多个人，迅速换上雨衣雨鞋出了院子，顶着风雨每一步都走得不容易。

"不会有事吧？"另一名实习生忧心忡忡地问，"西三街不该淹的啊，前两年都没出过事。"

"可能是低洼面积太大，"尚楚也觉得有些奇怪，皱眉说，"加上这回台风实在太大吧。"

"希望没什么大事，"实习生披上外套，"不然把咱们也给叫去怎么办……"

尚楚看着漂在积水面上的广告牌、花盆、树枝和各种垃圾，有些无奈地叹了口气。

"现在知道害怕了，早几天巡查的时候你们不报！"徐龙朝着手机一通吼，大步流星地走过来，指挥道，"全体换装，随时待命！"

"龙哥，我俩也要去吗？"另一名实习生小心翼翼地问。

徐龙铁青着脸，扫了他俩一眼："你们不用，安心待着。"

"好的好的，"实习生立即点头，"我们在局里接应……"

"我去。"尚楚迅速套上雨衣，"我可以去。"

徐龙问："你真要去？西三街淹成个渔场了，到那边可没人顾得上你。"

"我能帮上忙，不会拖后腿。"尚楚说。

徐龙定定地盯了他几秒钟，突然轻轻一笑，指了指他的领口，正色道："搭扣系紧！"

"是!"尚楚敬了个礼。

西三街虽然地势低,但这几年政府很重视水灾防患,挖渠引流都做得不错,已经两三年没被台风所害了。今年夏天那边一片棚户区拆迁,拆迁队为求方便,把建筑废料全往下水道里塞了,已经造成了一定程度的堵塞,前几天派出所下去巡查,拆迁队瞒报了实情。当前降水量达到了一百多毫米,大量积水排不出去,整条街的房子被淹了半层楼,关键是那里还有不少一两层楼的平房。

车是没法开了,只能靠两条腿在水里硬蹚。尚楚跟着大部队,眼睛被雨水刷得几乎睁不开。徐龙在他后边护着,问他:"能不能行——"

"什么——"

尚楚只听见呼呼的风声,别的根本听不清。徐龙抬手重重捏了捏尚楚的肩膀,尚楚抬手冲他比了个大拇指。

西三街被淹得几乎没法落脚了,一层几乎被淹了个干净,锅碗瓢盆漂得到处都是,二楼的窗户里有人挥舞着红色衣服求救。尚楚站在坡上,坡底下就是西三街,消防那边弄来了皮划艇,一趟趟地从房子里往外接人。一批警察在坡上打配合,腰上绑着绳子下到坡底拉人。

徐龙张嘴刚想说话,风从嘴里灌进去,什么声音也发不出来,他于是对尚楚打手势,示意尚楚留在坡上帮忙,他下去接人。尚楚点了点头示意他放心,徐龙点了队里的几个人跟着下去了。

天已经全黑了,雨越来越大,每打一声雷尚楚的头皮就要麻一下。下面传来此起彼伏的哭喊声和求救声,混浊的水流顺着斜坡源源不断地往下奔腾,下头的人逆着瀑布般的黄水往上爬。尚楚在坡上把他们一个一个往上拉,有几次他觉得手臂就快要不是自己的了,小臂火辣辣地疼,但拉上来一个之后,还是咬着牙再次伸出手。

他完全没有想那么多,什么崇高的使命啊、神圣的责任感啊、人民的救星啊之类的,都没有,他只是在做他应该做的事情,他是一名警察,仅此而已。

尚楚拉上来一个小姑娘,打手势让她走到前面有光的地方,医疗队和救援队在那边接应。小姑娘却突然紧紧抱住他的腰,张嘴说了句什么,神色里满满都是哀求。

情况太过危急,尚楚没时间安慰她,再次示意她跟着队伍去不远处安全的平地上。

小姑娘拼了命地摇头,攥着尚楚的雨衣袖口不放,嘴巴一张一合,水珠不断地从她脸上滚下去,不知道是雨还是泪。

尚楚冷着脸把她往平地那边推,她脚底一滑,险些顺着水流滚下去。尚楚心头猛地一跳,立刻紧紧抓住她的胳膊,努力辨别她究竟说了些什么,隐隐约约听见她在喊"奶奶"。

原来是她的奶奶还在下面。

尚楚在心里叹了口气,担心再出什么意外,也不敢再去推她,伸手指了指坡下,又比了一个大拇指,示意"我们一定会把你奶奶平安无事地带上来"。小姑娘心慌意乱,似乎没看懂他的意思,只是一个劲儿地摇头,牢牢抓着尚楚的袖口,像抓着一根救命稻草。

她单薄得像张纸一样,浑身被雨淋得湿透,在风里站都站不稳,却还死死抓着尚楚不放。尚楚不禁喉头一酸,他不知道这小姑娘家是个什么情况,但奶奶应该是她很重要,甚至可能是唯一的亲人。

小姑娘痛哭出声,说什么都不肯离开,尚楚只好用力把她揽着,强行把她往救援队那边带。小姑娘一直回头往坡下看,下面黑黢黢的一片,除了水面上交织的手电筒的光,其余什么也看不见。

水已经没到大腿的高度,一个人走尚且不容易,何况尚楚身上又压着另一个人的重量。他上齿紧紧咬着下唇,一步一步踩实了才敢往前迈步,飓风像刀子似的割在脸上,时不时还卷来些塑料袋、易拉罐。

就在这时候,不远处有棵树"轰"地倒下,拍溅起巨大的水花。尚楚立即侧过脸,眼角余光却扫到有个什么东西被拍起,正朝他们这边砸过来——

当下那个间隙,他看清了那是一根大腿粗的木头,但再想躲开已经来不及了,他下意识地旋身护着那个小姑娘,本能地抬手去挡,紧接着"砰"一声,重物砸在身上的闷响声在脑袋里猛地响起,尚楚吃痛,膝盖一软,当即半跪了下去,积水迅速没到了胸口,而他另一只手还死死扣着小姑娘的腰,以免她被水流冲跑。

小臂传来剧烈的疼痛感,尚楚用力闭了闭眼,顶着暴雨摇摇晃晃地站起身,一路揽着小姑娘到了救援队所在的地方。

此时已经是深夜一点多,受灾群众转移得差不多了,安置点挤满了人。小姑娘像是被吓坏了,一边发抖,一边喃喃着说谢谢。尚楚嘴唇煞白,领了一条浴巾给她披上,让她自己去后面的物资点拿点儿干粮吃。

然后,尚楚摘下兜帽,用力甩了甩头,蹒跚着去了医疗队那边:"那什么,我的手好像断了。"

尚楚有点儿轻微骨裂，不算太严重。徐龙在邻床，他爬三楼救人的时候大臂被裸露的钢丝划出了一道大口子，送医院的时候伤口都被泡得发白了。光荣负伤也不能让他消停点儿，尚楚在医院住了两天，听他骂了两天拆迁队，看他这架势，恨不能把人家爷爷从祖坟里刨出来一道批斗。

第三天风停雨歇，天气晴朗，尚楚和徐龙一道出院，一个打着石膏，一个缠着绷带，难兄难弟似的进了局子，受到了热烈欢迎。

"干吗干吗！"徐龙很不习惯这种待遇，别别扭扭地吼道，"我俩又不是上刑场回来了，至于吗至于吗？"

尚楚也有点儿脸颊发烫，他桌上堆了好几面锦旗，夸他是少年英雄什么的，还有一面更夸张，红底金字写着"水中巨人"。尚楚心说这都是什么形容，赶紧把那面锦旗卷了卷塞进抽屉里。

"小尚了不起啊！"一个同事朝他比了个大拇指，"你那天晚上拉上来多少人你知道吗？"

尚楚一愣，接着摇了摇头，他还真没数。

"少说两百个！"那同事放声说，"我都惊了，老王那边的人说你差不多和他们一起站到最后了，牛啊！"

"牛，小尚牛！"

"人家是首警高才生，能不厉害吗！"

"哎哟我去，人家小尚还是个实习生，你们这群人不感到羞愧吗？"

"羞愧羞愧。"

……

尚楚听得面红耳赤，他有些恍惚，甚至记不得有多久没听别人这么夸奖他了。这些声音像潮水一样不断涌入他的耳朵里，和从前那些谩骂、诋毁、贬低混杂在一起，甚至有种恍如隔世的不真实感。

"怎么着，小英雄，说两句？"徐龙撞了撞他的肩膀，揶揄道。

尚楚抿抿唇，说道："没，我就是拉拉人。"

"那可不是这么简单，"徐龙笑着说，"你救了很多人。"

"我？"尚楚眨了眨眼，问道，"救人？"

他只是机械性地不断重复伸手、回拉的动作而已，他憋着一口气不敢松懈，胸前的口袋里放着那本警员证，不断提醒他，他是一个警察，他做的事情简单得不能再简单，普通得不能再普通，他只是做了他应该去做的事情。

"那不然呢？"徐龙朝他桌上那堆锦旗扬了扬下巴，"你已经合格了。"

尚楚心跳得很厉害。

"那包大白兔奶糖，"对桌的前辈指了指他桌上放的一包糖，"昨天一个小女孩送过来的，就是你送她去救灾点的那小姑娘，她说要给那个手受伤了的哥哥。"

"嗯，"尚楚心头一热，"给我的。"

"她父母都去外地打工了，家里就一个奶奶。"前辈说，"她说那晚要不是你拽着她，她可能就被水冲走了。"

"没那么夸张，"尚楚笑着摇了摇头，"她奶奶还好吗？"

"她奶奶比她先被救上来的，不过当时太混乱，她不知道，以为她奶奶被冲走了没人去救。"

"那就好。"尚楚呼了一口气，庆幸还好当晚自己拼了命地把她护好了。

"你猜怎么着？"前辈倾身说，"拉她奶奶上来的人也是你。"

尚楚拿着那袋大白兔奶糖，愣住了。

"这祖孙俩要是丢了一个，这家就散了。"前辈继续说，"你说你这算不算救人？"

尚楚单手拆了一颗糖放进嘴里，突然觉得眼眶发热。

与此同时，白艾泽在首都出了一趟外勤，西城分局接到一个报警电话，一个爸爸说自己孩子丢了，交管那边调出监控一查，这位爸爸在自动贩卖机前买冰饮，婴儿车放在一边，一个男人趁他不注意把孩子抱走了。

警方根据监控迅速定位到嫌疑人的位置，白艾泽跟队开展抓捕工作，在一个公交站点发现了抱着孩子的嫌疑人，迅速展开追捕。

白艾泽身手敏捷、反应极快，不费什么力气就抓住了落荒而逃的嫌疑人。嫌疑人在最后关头扔下孩子不管，恰好一辆小三轮迎面开来，白艾泽把孩子护在怀里，后背被三轮车的把手划出了一道长长的口子。

那位爸爸赶来抱住孩子，热泪盈眶地对白艾泽连声道谢。穿着明黄色连体衣的小娃娃睡着了，白艾泽摸了摸他的脸："宝宝很可爱。"

"实在太谢谢你了，不然我真不知道怎么办了。"那位爸爸吸了吸鼻子，"谢谢，真的太谢谢了……"

"应该的。"白艾泽笑了笑。

当晚，尚楚在宿舍楼下那条小吃街找了个烧烤摊坐了会儿。

来新阳快两个月了，他第一次真的坐到这条街上，而不是站在那个逼仄的窗口，居高临下地用自以为犀利的眼光俯视下面。

小吃街还是很热闹，一切都是老样子：有刚从补习班下课来吃夜宵的少年，有加班后来喝酒减压的青年，有散步遛弯顺便来喝几杯的中年人，有穿T恤的人，有穿热裤的人，有穿短裙的人，有穿汉服的人，有扎马尾的人，有光头的人，有秃顶的人，有染黄头发的人……

长久以来，他一直在质疑这样平凡的生活究竟有什么意义，直到他终于愿意把自己放置在平凡的人群中，他听到少年在争论高考到底该不该废除英语，他听到青年打电话说"妈，我这个项目做完拿到奖金就给你换一台助听器"，他听到中年人说儿子就要上大学了心里空空落落的，他听到穿短裙的人说"出国留学的钱已经攒了一多半了，下个月努努力能凑齐"，染黄头发的嚷嚷着谁敢动他兄弟他和谁搏命，穿汉服的小姑娘细声细语谈论着最快年底就能建起汉服社……

他们就是很平凡、很平凡的人，他们过着很平凡、很平凡的生活。

他要捍卫的就是这样平凡的人，这样平凡的生活。

这就是他心之所向。

尚楚环视一圈，轻轻勾起嘴角。

宋尧照旧问他最近怎么样，尚楚回答说很好。

"阿尧，我最近开始接受我是一个平凡人的事实了。

"我一直觉得我无路可走，但其实路的尽头还是路，是一条新的路、平凡的路。

"我想继续走下去，做一些对其他人来说也许不平凡的事情，我收到了一些锦旗和一包糖，对我来说就已经够了。"

宋尧在医院里开着免提，白艾泽刚刚包扎完伤口。

"阿楚他……"宋尧挂断电话，轻轻舔了舔嘴唇，接着呼出一口气，有些不确定地说，"他好像痊愈了。"

"嗯。"白艾泽低头淡淡一笑。

"要不你给他打个电话吧？"宋尧说，"既然他都好起来了。"

"我不。"白艾泽眨了眨眼。

"为什么？"宋尧不解地问，"你还和他生气呢？"

白艾泽笑着闭上双眼。

周一上午，电视台说下午来市局做现场直播，采访一线抗灾民警。谢军把尚楚也报上了受访名单，顺便让他提前准备准备怎么回答，说是给广大警校生树立个好榜样，就算是个实习生也能在一线做出重要贡献。

毕竟人生第一次要上电视，说一点不紧张那是不太可能。周日晚上加班回来，张冰帮着尚楚备稿，大概问题差不离就是那么几个："得知要上抗洪一线是什么心情""抗灾现场情况危急，你是如何坚持下来的""作为一名在校实习生，也是这次队伍里年纪最小的成员，你有什么想对你的同龄人说的"……张冰列出了十三个问题，尚楚上网找了篇前几年的抗洪救灾典型采访稿，对着里面的好词好句摘抄，想着明儿就照着上面的说就成。

第二天一大早，尚楚起来收拾打扮自己，换上一件刚买的蓝色衬衣，还从张冰那儿借了条领带揣在兜里，想着打扮得精神点儿，指不定宋尧、叶粟、白御他们看电视就看到了呢，也指不定……指不定白艾泽也看到了呢？

他帅气地到了局里，门口张大爷见了他就啧啧道"好俊的小伙子"。院子里的野猫围着他打转，徐龙揶揄说："什么时候新阳办个'警花'评选，尚楚保准夺魁。"

尚楚被夸得上了天，喜洋洋、美滋滋地吃了两大个鸡蛋灌饼，闻见徐龙身上韭菜包子的味道都觉得怪香的。

偏偏中午吃饭的点儿，市中心出了起交通事故，一辆送泔水的电动三轮撞上了路边的灯柱，两大桶泔水全打翻在马路上，加上又是三十几度的高温天，大太阳一晒，那味道堪比生化武器，有洁癖的估计能臭晕过去。

开三轮的老头愣是说自己腿被撞坏了起不来，非要政府赔他五万块钱。闹市区人流、车流大，往来的行人、车辆谁也不想从泔水上蹚过去，又引起了严重的交通堵塞，交管那边实在搞不定，一通电话打过来紧急求助。

尚楚吃完午饭正恹恹地犯困，小房间谁有空出趟警。大热天的没人乐意往外跑，尚楚这时候恰巧伸了个懒腰，小房眼睛一亮："小尚去呗，刚才你不是举手了嘛！"

"我？"尚楚伸出去的两只手臂还没收回来，他摘下耳塞，"什么事儿啊？我刚犯困没听见。"

"小尚去小尚去。"队里的王哥乐呵呵地把尚楚往外推，"你们年轻人多跑跑锻炼锻炼，咱们这些老人家身体素质不行了，中午不睡觉下午就睁不开眼。"

尚楚哭笑不得地问："什么案子啊？"

"交通事故啊！"王哥摇了摇头，语气沉重，"开三轮的老人翻车了，老人家多可怜哪！这世道，穷人难啊！"

他哀哀戚戚地叹了一口气，尚楚条件反射地想到穷苦老人辛苦求生，突遭意外出了车祸却无人帮助的凄凉场景，立即皱起眉头，捞上证件和执勤本儿拔腿就走："把地址发我，我马上过去。"

徐龙看着这孩子小猎豹似的背影，嗤道："就这么诓一小屁孩，你也好意思！"

王哥嘿嘿一笑："龙哥，那要不你去呗？"

徐龙点了根烟："让他多锻炼锻炼也好。"

尚楚到了现场才晓得为什么没人愿意来，他远远就闻见味道了——硬要形容，大概是一百条臭鳜鱼加五十斤酸笋放盐水和醋里泡七七四十九天，大约能臭出这么个效果。除了嗅觉攻击，视觉冲击也一点不逊色，红黄白绿的食物残渣铺了一地，阳光照在油花上还显出了些彩虹色。

周围挤着不少捂着鼻子的路人，尚楚不禁感叹，看热闹果然是人的天性。

他挤进人群，一个六十多岁的老头坐在一地泔水里"哎哎"地惨叫，抱着一条腿说警察欺负他一个没依没靠的老百姓，他腿都摔断了还要罚他的钱，简直是没天理。

几个交警拿他实在没办法，见了尚楚就和见了救星似的："同志，你看这人自个儿喝了酒开机动车辆上路，本来就违规了，还撞了灯柱，肯定是要罚款的，现在还赖上我们了！"

尚楚憋着不用鼻子呼吸，闷声闷气地说："腿断了？左腿还是右腿啊？"

老头抱着右腿："左边啊！膝盖都碎了！"

尚楚被气笑了："你知不知道你这是妨碍公务？我现在把你抓起来也没话说。"

老头突然往前一扑，一副无所畏惧的样子，抱着尚楚的腿大喊："哎哟，你抓吧！我老头子无儿无女，现在腿又断了，你要抓就抓，管我一口饭就行！"

他这么一扑腾，一块烂菜叶"啪"地溅到了尚楚手背上，尚楚赶紧甩手，这么一来又忘了憋气，加上刚吃过午饭不久，差点儿没呕出来。

"我知道我老头子让你恶心了，"那老头继续撒泼，"你吐吧，吐我身上，只要能让你大警官消气就行，吐我一身算啥，我腿都断了也没啥！"

尚楚实在忍不住了,一边搀扶他起来,一边严肃地说:"碰瓷儿碰到警察头上了是吧?"

尚楚朝一旁的交警伸出手掌,交警把事故调查本和印泥递到他手里,尚楚接着说:"行了,罚款三百块,不交钱就没收你这车,清洁费另算。"

老头气得差点儿晕过去。

尚楚回局里洗了十分钟的手,皮都要搓烂一层,还是觉得身上臭,只好把警服外套里头那件衬衣换了,这下子领带也用不上了。

下午三点半电视台的人来了,尚楚和徐龙在院子里接受采访,徐龙在镜头前侃侃而谈使命啊责任啊之类,他听着听着觉得不对,怎么和他准备好的回答一模一样?他心里一掂量,暗想这下糟了,徐龙和他背的是同一篇稿子!

"这位是首警在新阳市局的实习生尚楚同学,"主持人把话筒伸向他,"在这次西三街道抗灾中表现突出,帮助转移了数百名受灾群众,还因此光荣负伤,不知道尚楚同学现在伤势如何呢?"

"哦,没事儿。"尚楚面对镜头笑得有点僵硬,"轻伤,已经好得差不多了。"

"作为一名实习生,尚楚同学今年才二十岁左右,就已经具有非凡的集体意识和贡献意识,"主持人继续问,"那么尚楚同学当时在抗灾现场是什么样的心情呢?"

尚楚顿了顿,言简意赅地回答道:"紧张,也怕。"

"呵呵……看来尚楚同学是比较害羞的性格呢。"主持人微笑着问,"我们知道,这次洪灾过去之后,有很多接受了你帮助的群众对你表示了感谢,你对他们有什么想说的吗?"

尚楚对着黑黢黢的摄像机镜头:"……不用谢。"

徐龙在背后掐了他一把。

就在这时候,院子外头走进来一老头,嚷嚷着说要投诉。门卫赶紧拦住他:"您往侧门进,这儿正直播呢。"老头踮着脚一张望,恰好看见了里头站着的尚楚,于是一头冲进院子,骂骂咧咧地说:"就这小子!我投诉这小子那什么……暴、暴力执法!对!暴力执法!"

主持人:"……赶紧把摄像头关了!"

当晚,尚楚遭到了宋尧的无情嘲笑。

"我投诉这小子暴力执法!"宋尧模仿那老头嚷嚷,"我投诉!投诉!"

207

尚楚眼皮一跳："……闭嘴！"

"这下全国人民都知道你暴力执法了啊。"宋尧嬉皮笑脸地说，"能耐啊尚楚！"

尚楚叹了口气："我今儿个出门就没看皇历！"

"和你开玩笑呢。"宋尧大笑，"后来新闻说了，是那老头子自己妨碍公务。不过你也真够背的啊，怎么就偏偏那时候被那老头子撞见。"

尚楚也"扑哧"一声笑了出来，问道："我电视上看着怎么样？帅不帅？"

"还行吧，"宋尧说，"我守着点看的。"

尚楚舔了舔嘴唇，假装不经意地问："那什么……你一个人看的啊？"

"啊？"宋尧装傻，"不然我和谁一起看啊？"

"你就说你是不是一个人看的？"尚楚抬手摸了摸鼻尖。

"我忘了啊，"宋尧说，"你给我点儿提示呗！"

"你！"尚楚骂了一句，烦躁地扒了两下头发，"没没没，滚吧！"

"你这么一说我想起来了！我就是和那谁一起看的呗，"宋尧说，"和艾——"

尚楚一口气提到了嗓子眼儿。

"哎，我钱包怎么不见了？"宋尧惊呼，"哎哎，怎么回事儿啊？哎哎哎……"

"别'哎'了，"尚楚笑了笑，"你和谁逗乐子呢？"

宋尧也笑了："我和老白一起看的，他看见你了，在电视上。阿楚，我们都看见你了，很了不起。"

"嗯。"尚楚鼻头一热，靠在窗边低声说，"挺好的。"

这好像是他一直想要的，他想要堂堂正正地站在所有人都能看到的位置，他想要赞美、鲜花、掌声和荣誉，他想要别人把他看作灯塔或明星，他想要做第一名，他渴望被承认，他不是偷来了白艾泽的光才能亮，他不是躲在白艾泽身后的影子。

但是直到这一刻，他突然觉得那些都不那么重要了。赞誉不重要，问心无愧才重要；别人怎么看他不重要，他如何看待自己才重要；能不能被所有人看见不重要，他在乎的朋友们看到他才重要，才最重要。

"阿楚，你想开了，我很高兴，"宋尧在电话那头对他说，"其实第一名没有那么重要。"

"不是的。"尚楚看着窗下熙熙攘攘的人群,笑着说,"很重要。"

第一名还是很重要。

他要第一名,不是为了占据榜首,不是为了旁人如何评价他,为的是一包大白兔奶糖。

他不用偷白艾泽的光,他胸膛里揣着一轮太阳,他就是光源。

▶ 启程篇

第1章 · 接机

九月三号，尚楚办好手续，去找谢军签实习证明。

谢队长正在泡茶，让尚楚自己坐着等会儿。尚楚在办公室里转悠了几圈，停步在书柜前，抬头看着玻璃橱柜里摆放的勋章和奖状，心里一阵感慨。

在新阳市局两个月，他进进出出这间办公室无数次，每次都是匆匆地进来又匆匆地出去。起初那十来天是来讨任务，接下来十多天是来抗议给他的任务都太傻了，最近这段时间是进来做汇报，今天是他头回慢下来，头回看清楚这间屋子究竟是什么样的，然而他马上就要走了。

"看什么呢？"谢军见他对着柜子看得入神，问他，"看出门道了吗？"

"没，这么多奖看不明白，就知道挺厉害的。"尚楚转过身。

"等你干到我这年纪也会有的，"谢军抬手示意他坐下，给他泡了一杯茶，"平日喝茶吗？"

尚楚摇头，两手捧起茶杯抿了一口，挺苦的，他忍不住皱了皱眉。

"现在的年轻人都不喝茶，就爱喝饮料，"谢军靠着宽大的椅背，"什么可乐啊、雪碧啊那些，我闺女也一样。"

"您女儿？"

尚楚有几分诧异，从没听谢军提过自己还有个女儿，局里其他同事也从没提到过这件事。

"怎么，这么惊讶？"谢军眉梢一挑，"我都这年纪了，有个孩子不是很正常吗？"

"没有，"尚楚放下茶杯，"就是从没听人说过。"

"他们估计不敢说。"谢军笑笑，"怕我伤心吧。"

"不敢说？"尚楚没明白，"这又是为什么？"

谢军把尚楚的茶杯满上，用木勺撇掉浮上来的茶叶末。

"五年前吧，我带队捣了一个制毒窝点，两个毒贩子得到情报，趁乱逃了。

他们知道自己逃不出新阳,绑了个小学生做人质,就是我家的。"

尚楚心头一跳,上半身微微前倾:"然后呢?"

"在高速路口对峙了三小时,人是救下来了。"

尚楚才松了一口气,又听谢军接着说:"一条腿没了。"

"腿……没了?"尚楚愣了愣。

"嗯。"谢军淡淡道,"那两个毒贩子干的,裤子全被血染红了,送到医院已经来不及了,截了肢。"

尚楚张了张嘴,却不知道能说什么。

"我那会儿连枪都拿不稳,我多想求求他们把我孩子放了,我不拦他们,只要放了我孩子。"谢军合上双眼,须臾后再次睁开,"但我又不能那么做。"

尚楚喉头一酸,说道:"您不必自责,会那么想也是人之常情。"

"不提那些,都过去了。"谢军笑着摇了摇头,"我早些年也爱抽烟爱喝酒,这几年慢慢戒了,不喝酒只喝茶,虽然苦吧,但对身体好。"

"是挺苦的。"

"没办法啊,我得活得久点儿,"谢军喝完一杯茶又续上一杯,"我死了,谁照顾我闺女。"

尚楚从谢军轻松的语气里听出了浓重的苦涩和无奈,他晃了晃手中的茶杯,茶是挺苦的,但更苦的东西在这世界上比比皆是。

"咱们干警察的吧,是挺矛盾的,"谢军笑笑,"谁不想破大案重案,谁不想风风光光拿头功?我在你这个年纪的时候,做梦都是去抓连环杀手。"

尚楚若有所思地垂下眼睫毛。

"等真的遇到这么一起案子,心里又挺难过,背后不知道有多少无辜的人枉死,不知道有多少清白的人遇害。"谢军瞥了尚楚一眼,转头望着窗外,"你说这重案大案,是遇上好呢,还是永远遇不上好呢?"

尚楚十指微微收紧,按在陶瓷杯壁上,指尖泛起淡淡的白色。

"我不知道,"片刻后,尚楚低声说,"我想不明白。"

"说实话,我也没想明白。"谢军扭过头,看着尚楚说,"你已经很优秀了,我在你这个年纪,远远比不上你。"

尚楚缓缓抬眼:"谢队……"

印象中,谢军从来没有这么直白地夸过他,每回他交上来的报告总要被批评一番,这里做得不好,那里做得不到位,但他一直忽略了,局里这么多实习生,只有他的报告每回都是谢军亲自批阅的。

"回去好好念书,要学的还多着呢。"谢军在实习证明上签了字,站起身拍了拍尚楚的肩膀,"好好干,别飘了。"

尚楚重重地点了点头。

走前,谢军从抽屉里取出两张纸递给尚楚。

"这是?"

尚楚接过一看,两份推荐信:一封谢军写的,另一封是马主任写的。

"我和老马推的人,甭管是谁见了都要给点面子。"谢军说。

尚楚把那两封推荐信郑重地放进背包,说道:"谢谢谢队。"

"走吧,"谢军挥挥手,"我就不送了。徐龙被我派到乡下去开讲座了,你自个儿走吧。"

"嗯。"尚楚笑了笑。

其实他们已经陪他走得够远了,在新阳的这一段路,甚至可以说是他人生中最重要的一段路。

两个多月前初到新阳,面对陌生的街道和陌生的景色,面对病重的父亲和窘迫的生活,面对分离的友人和看似已经遥不可及的梦想,仿佛所有的灯都灭了,尚楚沉没在深深的黑暗中,每迈出一步都要小心翼翼地伸出脚尖试探,生怕前面就是万丈悬崖。

再回想那段日子,尚楚只觉得万分感慨。

他在这里出生,在这里经历了并不那么快乐的童年,在这里失去了挚爱的母亲,在这里把自己完全打碎,又在这里一点一点拼凑起一个全新的尚楚。

这段路上有太多人在支撑着他,往后他就要自己走了。

"毕业后去西城分局吧。"离开办公室之前,尚楚听见谢军在他身后说,"虽然我一直不承认,不过去管齐平那儿,更能一展拳脚。"

尚楚脚步一顿,片刻后轻声说:"我会好好考虑的。"

离开新阳的前一天,尚楚去了鸿福路的出租屋。

尚利军出事后屋子就空了,他没留下什么遗物,只有几件破破烂烂的衣服,桌子上留了几个早就发霉的馒头。

隔了这么多年再回来,尚楚只觉得又熟悉又陌生,他一直不能面对在这间出租屋里的那几年,不能面对躲在被窝里瑟瑟发抖的那个自己。如今墙皮脱落了，墙上那些抓痕和血迹也跟着没了。尚楚一手抚过墙面，深深呼出了一口气，在那一瞬间突然就释然了。

以前那个尚楚好像也跟着脱落的墙皮一起掉落了。

尚楚在床底下找到了一个小铁盒，里面有一沓钞票，一共五千三百块钱。

他没有带走这个铁盒和这些钱，还是把它们原原本本地塞进了床底。

他知道这些钱是哪里来的，但平心而论，他还没能够原谅尚利军。

"我不要你的钱，"尚楚半跪在床边，伸手把铁盒往里塞了塞，"你死皮赖脸讨来的钱，我不要。"

就把这些钱留在这里，也可以提醒他偶尔回来看看，不是为了悼念谁，就是看看。

离开了鸿福路，尚楚又去了趟上龙街三巷。白猫窝在树杈上晒太阳，老太太坐在长椅上，呆呆地看着路口的方向。

尚楚给老太太手机里安装了微信，教她怎么和自己发语音，怎么和自己视频聊天。老太太掐尚楚的胳膊说她一把年纪了学不来，尚楚一边躲一边笑着说："奶奶，我明儿就走了，回首都了。"

老太太一愣，旋即扭过头去："要走就走！赶紧走！成天来气我！"

"您看这老太太，"尚楚在她面前蹲下，仰起头看着她，"成天气这气那气天气地的，也不怕气坏了身子。"

老太太盯着他看了一会儿，混浊的眼珠笨拙地转了转，抬手轻轻拍了拍他的后脑勺。

尚楚握着她的手："我会常给您打电话的，往后天冷了，您坐着多穿点。"

老太太抬手抹了抹眼睛。

尚楚走前，老太太给了他一块手帕，是那种老式的帕子，泛黄的布面上绣着玫红色的八角梅。尚楚摊开帕子一看，里头包着一块方方正正的猪油糖。

"奶奶，我走了。"尚楚眼眶发胀，用力眨了眨眼。

"走吧走吧，"老太太坐在长椅上晃了晃腿，"首都远啊，多远啊……"

"不远的。"尚楚说，"坐火车八九个小时就到了。坐飞机更快，只要三个小时。"

"飞机？"

"您没坐过吧？"尚楚笑着说，"赶明儿我接您去首都玩，咱坐飞机去。"

"谁要你接！"老太太也笑了，一巴掌拍在他胳膊上，"我老太婆这么大年纪了什么没见识过，用得着你接！"

"是是是，您不用接。"尚楚无奈地摇摇头，"是我非要接行不行？"

"你为什么非要我来接？"首都机场T1航站楼，白艾泽双手插兜，站在接机口的人群里一脸不耐烦，皱着眉说。

宋尧站在他身边，踮着脚朝里头张望，头也不回地说："我什么时候非要你来接了？不是你自己跟来的？"

白艾泽眉尾一挑，脸上没有丝毫被揭穿的不自然表情："是你非要我来的。"

"成成成，是我拿枪顶着你脑袋逼你来的行不行？"宋尧白了他一眼，又朝外头努努嘴，"那你现在回去呗，我不拦你，去吧。"

白艾泽站在原地纹丝不动。

"去啊！"宋尧斜着眼睛看他，揶揄道，"既然这么不愿意来，那你赶紧走呗！"

白艾泽转身就走，宋尧不动声色地看着他，果然没走出两步他又回来了，平静地说："太热。"

宋尧忍不住"哧"了一声："你说你这人有病没病，人家在新阳的时候，你成天想往那边跑，现在人家回来了，你倒摆起架子了，什么毛病！"

白艾泽撇了撇嘴，没说话。

宋尧看了看表，抱怨说："飞机都落地二十分钟了怎么还没出来，慢得要死。"

"发微信问问。"白艾泽说。

"你自己怎么不问？"宋尧说，"你是没他微信，还是没他手机号啊？"

"因为是你非要我也来接的，所以你问。"

"可以啊你白艾泽，你也开始说歪理了？学坏了啊！"

"出来了。"白艾泽突然说。

宋尧一时没反应过来："什么？"

白艾泽看向出机口拥挤的人流，一眼就看见了那个穿黑色T恤的挺拔身影。

宋尧踮起脚一看，也看见了手里拎着大包小包的尚楚，他跳着挥了挥手："阿楚！这里这里！"

尚楚看见宋尧，笑着加快脚步朝他走过去，走了没两步就看见了宋尧身后的那个人，身材高大，穿着干干净净的白色衬衣，在人群里格外瞩目。

他脚步不由得顿了顿。

时隔两个多月，再次见到了白艾泽。

尚楚深呼了一口气，扬起嘴角奔过去。宋尧一把搂住他，嘴里骂个不停："你个没良心的，说走就走啊，你牛啊你，还知道回来啊你！"

"停停停！"尚楚推开他，"我喘不过气儿了。"

白艾泽安静地站在一边，尚楚抿了抿嘴唇，欲盖弥彰地和宋尧打着哈哈，悄悄地用眼角余光瞥白艾泽，做贼似的。

"你俩不用我介绍吧？"宋尧见他们两个人谁也不和谁打招呼，打趣道，"行行行，我给你们介绍介绍好吧？ Hello ChuChu, this is Old Bai.Hello Old Bai, this is ChuChu。"

白艾泽面无表情，尚楚讪讪地"哦"了一声。

"按步骤你俩要握手说'Nice to meet you'了，英语课本里就是这样的。握个手，赶紧的。"宋尧在一边添油加火。

"那个……"尚楚咽了口唾沫，做足了心理建设后才开口，"你也来接我啊？"

"宋尧一定要我来的。"白艾泽淡淡道。

"哦。"尚楚压了压上扬的嘴角，清了清嗓子说，"那辛苦你了。"

白艾泽说："确实。"

尚楚眨眨眼，从背包侧兜拿出一瓶喝过的可乐："那我请你喝饮料。"

白艾泽扫了一眼："谢谢，不用了。"

宋尧受不了这两人打太极，推着他们去打车的地方排队，前头还有几十号人在等车。尚楚趁着这个时间把手里的东西分出去："这是新阳特产，蜜汁鸡翅，味道不错，我带了几盒回来，阿尧，这给你。"

宋尧接过鸡翅，一盒里头有三十只中翅。他看了看尚楚手里还提着好几盒，故意问："我就一盒啊？那剩下的给谁啊？"

尚楚越过宋尧，给白艾泽递了一个盒子："辛苦你帮我转交给白叔叔。"

白艾泽接过了。

尚楚又给他递了一盒："这个给白大哥。"

白艾泽又接过了。

尚楚手里只剩下最后一个盒子，白艾泽一手提着两盒鸡翅，另一只手插在裤兜里，轻飘飘地扫了眼最后那一盒。

"这个……"尚楚把剩下那个鸡翅礼盒递过去。

白艾泽伸手接过:"谢谢。"

尚楚眼里藏着笑:"这是给叶粟姐的。"

白艾泽脸色一僵,很快又假装若无其事地挪开眼睛。

尚楚两手已经空了,宋尧用肩膀撞了撞他的胳膊,瞟着白艾泽,故意问:"是不是带少了啊?"

"没少啊,"尚楚很无辜地耸了耸肩,"我算好了的。"

白艾泽眉梢一挑。

排队的时候经过一台自动贩卖机,白艾泽把手里的三个礼盒放在地上,去机器那儿投币买了一瓶水。回来的时候恰好轮到他们上车,他拧上瓶盖就走,三个盒子被落下了,尚楚赶紧提起来追上去:"你没拿鸡翅啊……"

白艾泽已经坐上了副驾,淡淡瞥了一眼尚楚:"不好意思,因为这不是我的,所以我忘了。"

尚楚在心里嗤笑白艾泽幼稚,多大的人了还玩这种把戏。他见宋尧正在后备箱那边帮他放行李,于是飞快地俯下身,在白艾泽耳边迅速说:"我给你带了更好的。"

白艾泽抬头看过去,尚楚站在车门外冲他笑,眼睛亮亮的,小声说:"你就别生气了。"

白艾泽面无表情地摇上车窗。

"上车吧,傻站着干吗?"宋尧钻上后座喊他。

"来了。"尚楚跟着上了车。

三人打车直接回了首警,一路上宋尧和尚楚两人坐在后座话就没停过。宋尧长这么大还没去过南边,一个劲儿地问南方吃菜是不是都用巴掌大的小碟子盛啊,南方的男人是不是都很温和啊,南方姑娘是不是说话娇滴滴啊,南方人会说普通话吗,石头那么大的蟑螂满天飞是不是真的啊……

尚楚被烦得脑袋都要大三圈,耐着性子解释说:"不是,你这些都是偏见,少看网上那些地域黑瞎扯。"

宋尧恍然大悟地点点头,没两秒又笑嘻嘻地凑过来问:"道理是这个道理,那南方吃菜到底是不是用小碟子啊?南方男人真就一米七啊?南……"

"闭嘴!"尚楚额角一跳,一巴掌轻拍在他脸上,"傻子!"

宋尧乐得前仰后合，尚楚没忍住，也跟着笑了出来。

白艾泽安安静静地坐在尚楚前面，任后头两个人怎么打闹，他一点回应也不给，一路上愣是连哼都没哼一声，只露出个冷酷的后脑勺，不情不愿的样子倒真挺像是被宋尧硬逼着过来接机的。

尚楚偷偷摸摸地从后视镜里打量白艾泽，白艾泽的头发比之前剃得短了，一个暑假过去也晒黑了不少，整个人的气质比原先多了几分硬朗；他的刘海完全撩了起来，露出高挺的眉骨，他的眼窝本就比一般人深一些，这么一来更衬得眉目深邃；他下巴尖往里一些的位置有个指甲盖大小的伤疤，不知道是不是前段时间跑外勤时受的；衬衣最上头那颗扣子也扣上了，他还是老样子，板正得像风纪委员似的，这么热的天也不嫌憋得慌；袖口倒是挽到了手肘，小臂肌肉紧实流畅，比原先更多了点儿力量感。尚楚从见他第一面就觉得白艾泽的肌肉是健身房里练出来的那种，华而不实，就是看起来漂亮，现在却完全不一样了，他身上的每一根青筋、每一寸皮肤都表明他已经长成了一个成熟的男人……

白艾泽好像哪里不一样了，又好像哪里都一样。

尚楚幻想过很多次和白艾泽再次重逢的场景，他原以为自己会万分激动，甚至可能会忍不住泪洒当场，但当这一刻真正来临的时候，他实际上还是挺平静的。他平静得就好像本该如此，他本来就该和白艾泽并肩站在一起。

尚楚好像也有哪里不一样了，又好像哪里都一样。

就在这时候，白艾泽似乎察觉到了来自后座的那道视线，淡淡往后视镜瞥了一眼。尚楚猝不及防就对上了他冷淡的目光，偷偷窥视被当场撞破，尚楚心里"咯噔"一下，立即慌里慌张地挪开眼睛，没多会儿又反应过来，他有什么可躲的？

尚楚清了清嗓子，坐直身子又往后视镜那边看了过去——

白艾泽把背包竖了起来靠在窗边，从尚楚这个角度看过去，恰好遮住了那面后视镜。

尚楚一愣，悻悻地摸了摸鼻尖，若无其事地靠回椅背。

出租车转过一个弯，司机师傅对白艾泽说："小伙子，你那包往下放放，我都看不清后头有车没车了。"

"不好意思。"白艾泽把背包平放在腿上。

不远就是首警大门口，尚楚解开安全带准备下车，十字路口另一头突然蹿出来一辆电动车，司机师傅一个急刹车，尚楚身体猛地前倾，脑袋"咣"一下磕在前座椅背上。

"怎么骑的车啊你这是！"师傅摇下车窗，对骑电动车的那人一通教训，"不懂得看路啊！"

"没事儿，就在这儿下吧。"宋尧说。

"啪嗒"一声，白艾泽解下安全带搭扣。尚楚不知怎么心念一动，一手捂着脑门儿，眼珠子往上瞟着白艾泽，嘴里喊道："啊！痛死我了！痛得都走不动道了！"

白艾泽连个眼神也没分给他，利索地下了车，"砰"一声关上车门。

身边的宋尧用一种看傻子的眼神看着他："你在新阳这两个月偷摸报了个表演班吧？你在演什么情景剧呢？"

尚楚皮笑肉不笑地提了提嘴角。

白艾泽彻底把尚楚同学看作空气一般。

尚楚从新阳回首都三天了，除了被宋尧"逼迫"着去接机那回，白艾泽一次也没主动找过尚楚。晨跑的时候两人倒是能遇见，尚楚和他招手说"嗨"，他就淡淡点个头，也不和尚楚说话，跑完十五圈转身就走，屁都不放一个。

尚楚倒是一点也不着急，优哉游哉地该干什么就干什么，和好这事儿急也急不来，反正白艾泽也跑不了，他有的是时间慢慢磨。加上尚楚这段时间也确实忙得脚不沾地，刚开学事情多得要命，要打扫宿舍；学校还组织他们去社区做志愿者，他还有实习材料要整理上报……尚楚是异地实习的，比别人要多跑两道证明手续，跑前跑后好不容易盖好公章交齐材料了，转头又得忙着准备下周的实习答辩会。他没有笔记本电脑做PPT，在机房里一待就待一整天。

第四天晚上，眼皮才合上没多久，尚楚翻了个身，看着黑黢黢的天花板，觉得心里那块石头怎么还悬着，横竖也是睡不着，他长吁了一口气，重新拧亮台灯，坐回书桌前。

他心里清楚得很，白艾泽就是在和他赌气。不过他一点也不急，他愿意白艾泽和他闹别扭，他有用不完的耐心。

当初是他不辞而别，宋尧说白艾泽找他就要找疯了，说他走后白艾泽大病一场，说白艾泽的手机再也没有静过音，每一条垃圾短信他都要打开确认……尚楚喉头一酸，在前往新阳的火车上，一张硬座票坐了将近九个小时，窗户外面闪过原野、高山和林地，由北向南景致逐渐变化，车厢里一对恋人兴奋地靠着窗户自拍，别人都在赏景谈天，只有他在痛，他好像被扔在了铁轨上，被来往的列车碾得粉碎。

其实他明明知道白艾泽有多么担心他。

现在想想，尚楚觉得自己挺荒唐的。

好在他只是有一段时间迷路了，暂时把他的朋友弄丢了，现在他找到路了，灯也亮了，他要把朋友找回来了。

第 2 章 · 答辩

天气预报说第一波冷空气就要来了,尚楚早晨穿着单衣出门,冷不防被风吹了一个激灵,赶紧跑回宿舍加了件外套。

一路紧赶慢赶到了校门口,好不容易踩着集合时间上了大巴,尚楚一钻进里头又是一个哆嗦,车上还开着冷气,温度够低的。

"阿楚,这儿这儿!"宋尧朝他招手。

白艾泽和宋尧来得早,给他占了个三人座儿靠窗的位置,宋尧坐中间,白艾泽靠过道。

尚楚背着包走过去,瞄了白艾泽一眼,说:"你俩往里挪挪,我坐边上呗。"

"别啊!"宋尧很不识趣地拍了拍坐垫,"你昨儿不是说你坐大车晕车吗,特地给你留了个靠窗的。"

尚楚一哽,差点儿没翻出个白眼。他昨天故意说他晕大巴是为了要白艾泽坐他旁边照顾他,哪晓得宋尧这缺根筋的还能会错意。

带队教官靠在车门边点了点人头,对师傅说:"这车的人都来了,关门吧。"

尚楚还想挣扎两下:"没事儿,我坐边上吧,其实我也没那么晕——"

"尚楚,你还站着干吗呢?要一路站到靶场是吧!"教官见尚楚还不坐下,出声催促道。

"知道了知道了!"

全车人都扭头朝这边看过来,尚楚摇了摇手,应声回答。

白艾泽垂着头摆弄手机,从头到尾一点儿反应都没有,好像压根儿不关心尚楚要坐哪儿。

尚楚估计自己那点小心思他铁定看得透透的,这会儿没准正在心里偷摸取笑自个儿,于是悻悻地皱了皱鼻尖,侧身往靠窗的位置挤进去坐下了。

"够冷的。"

冷气口就在尚楚头上,他抬手把出风口关到最小,冷风还是透过缝隙嗖嗖地往下吹,好在他穿得多受得住,宋尧就穿了件薄薄的T恤,坐他旁边一个劲儿地擤鼻涕。

"啊啊啊——"

尚楚以为宋尧要叫他,转头问:"你结巴了?干吗?"

"阿——阿嚏!"

尚楚被喷了一脸,抬手用袖子抹了把脸:"你倒是提前通知一声啊!"

"我哪忍得住啊!"宋尧哆嗦一下,扯过他的衣袖,"借我擦擦鼻涕哈。"

"滚!"尚楚一把抢回自己的袖子,"用你自个儿的衣服擦!"

"那不行。"宋尧拍了拍胸前那个硕大的潮牌商标,炫耀道,"看见没,限量版,我家老头送我的开学礼物,睁大您的眼睛好好欣赏欣赏!"

"成,活该你冻死。"尚楚"哧"了一声,"等会儿去靶场乌烟瘴气的,你穿限量版给谁看呢,傻子。"

宋尧兴奋地搓了搓手:"就是去靶场才特地穿上的,一会儿我拿上枪你给我拍张照,贼溜帅!"

"不拍,别烦我。"尚楚懒得理他,扭过头看风景去了。

宋尧踹了他一脚,转头又找白艾泽:"老白,他不拍你给我拍,咱不带他玩!就咱俩这两个多月朝夕相对、生死与共、铁铁的交情,是吧?"

尚楚竖起耳朵听白艾泽怎么说。

"嗯。"白艾泽漫不经心地应了一声,又说,"但是我没记错的话,持枪拍照是违规的。"

尚楚"扑哧"一声笑了出来,宋尧低头瞧了一眼胸口的商标,瞬间蔫儿了。

今天是他们第一次去靶场实弹射击,虽说早就上过枪械训练课,但用的都是塑料模型,仿真是仿真,但到底不是真枪,这回有机会摸到真家伙,几车人个个都兴奋得不行,就宋尧一人在发愁。

到了场地下车一看,宋尧简直愁上加愁。

靶场在离城区将近一百公里的一座荒山上,黄土、红砖、林地,远远看过去够原生态的。他们在基地卸了包、交了电子设备,背着行军包和水壶又徒步走了几公里才到目的地,气都没来得及喘匀,教官先要他们跑了五千米,紧接着又让他们演练卧倒匍匐找靶标。

"不是吧?"宋尧看了眼朴实的黄土地,"怎么还要卧倒啊?"

"少废话，要我亲自教你怎么趴下是吧！"教官吼了一声。

尚楚和白艾泽抿着嘴唇偷笑。

宋尧敢怒不敢言，心疼地摸了摸自己身上的潮牌限量版衣服，不情不愿地卧倒了。

没过多久突然就下雨了，几个带队老师看了看天色，觉得问题不大，让他们拿模型练习单手持枪。没想到这雨越下越大，起初只是天边出现了一条黑线，没过多久乌云就海潮般地压过来了。基地那边派人通知说让赶紧撤离，怕遇见突发泥石流。教官赶紧让他们列队，小跑着原路返回。

他们一行人弄得灰头土脸，折腾了这么一遭，从头到脚都是混浊的黄泥。尚楚多少有几分失落，不仅枪没见着，还落了一身狼狈，但眼见着雨珠子从针尖细变成了黄豆粒大小，也只好不甘地跟着队伍折回去。

回了车上，每人领了条干毛巾擦身子，冷气关是关了，但温度还是低。尚楚把脸擦干净，见宋尧喷嚏打个不停，问他："你不是真冻着了吧？小宋妹妹，你这身子骨这么不禁寒呢，宋黛玉啊这是！"

"滚滚滚！"

宋尧鼻音很重，头发全湿了也顾不上擦，拿毛巾清理身上那件限量版衣服。尚楚无奈地摇了摇头，把自己的毛巾递过去："先弄干。"

同一时刻，白艾泽也把自己的毛巾递到了宋尧面前："擦脸。"

宋尧看着左右两边同时送过来的干毛巾，一脸蒙地说："你们觉不觉得这场面有点儿熟悉？"

"熟悉你大爷！"尚楚没好气地把毛巾扔他脸上，"爱擦不擦，我再管你就是傻子！"

"想起来了！"宋尧一拍掌，激动地喊道，"偶像剧不都这么演的吗？我就是那主角，你俩都爱我，为了我争个死去活来，抢着关心我照顾我。我晕了，这也太幸福了！"

尚楚和白艾泽对视一眼。

宋尧同时接过他俩的毛巾，脸上洋溢着快乐的笑容，胸前硕大的商标闪闪发光。由于天气不好，车子开得很慢，加上冷气关了，车里不通风，宋尧晃着晃着突然觉得昏沉沉的，把头往尚楚肩上一歪："我靠下，脑袋重。"

尚楚以为他是装的，耸了耸肩说："别靠我，靠另一头去。"

"不。"宋尧眼皮都撑不住了，擤了一把鼻涕。

尚楚哼了一声,察觉到宋尧的鼻息烫得吓人:"阿尧?没事儿吧?"

白艾泽闻声摸了摸宋尧的后颈,皱眉说:"发烧了。"

"真发烧了?"尚楚叹了口气,低声说,"让你穿限量版,活该。"

宋尧靠在尚楚身上,无精打采地耷拉着眼皮。白艾泽看了他们一眼,不动声色地揽过宋尧,让他靠到自己身上。

尚楚太瘦了,肩膀硌得人难受,白艾泽就结实多了,宋尧舒舒服服地靠在白艾泽身上,一只手还抱着白艾泽的胳膊,像抱抱枕似的。

车程远,路况又不好,起码还得再开个一小时,尚楚担心宋尧又受凉,脱下外套想给宋尧披上,抬眼一看,宋尧身上已经套了件黑色防风夹克,是白艾泽的。

回了学校,两个人把宋尧拎到医务室开了药。回寝后,尚楚也觉得有点儿不太舒服,估摸着多少被宋尧传染了点感冒病毒,但他没太放在心上,明早就是答辩会,他得再捋捋材料。

入夜,雨还没停,雨水噼里啪啦地砸在窗子上,吵得尚楚心烦,他翻了个身,突然觉得胳膊有点酸痛,在新阳受的伤没好彻底就开始训练了,落下了些小毛病,遇上阴雨天小臂骨头就酸。

这么折腾了一晚上,第二天早晨起来,尚楚觉得脑袋上像挂了个千斤坠似的,太阳穴发胀发沉。他咕噜咕噜喝了杯凉白开,立刻就清醒了不少,估计也没什么事儿,检查了一遍材料就出门了。

到二楼恰好碰见白艾泽他们,宋尧倒是精神得很,这家伙体质倒是好,昨儿高烧今儿就活蹦乱跳了。尚楚甩了甩有几分晕乎的脑袋,心说自己要能有宋尧这体格,来十个白艾泽他也能给打趴下。

全专业的学生都在大会议室集中,按电脑抽签顺序进行报告,每人只有十分钟时间,超时即停。

白艾泽抽到了38号,尚楚恰好在他后面,39号。

大伙儿的报告内容都挺常规的,说说干了什么活儿,参与了什么项目,不是每个警局都像西城分局那样资源丰富还愿意给实习生机会,大多数人都是在办公室坐了两个月,出出黑板报、收收杂志、打印打印文件之类的。尚楚听得昏昏欲睡,轮到宋尧的时候才总算有了点意思。

他在西城分局物证厅学了不少东西,对现场取指纹很有一套,又着重分享了几项国内在取证调查上的前沿技术。答辩评委很感兴趣,连着问了宋尧数个问题，还要宋尧明天去他办公室多聊一聊。

宋尧关了PPT，冲尚楚和白艾泽抛了个媚眼。尚楚喊了声"好"，用力给宋尧鼓掌，眼角瞥见白艾泽没动，于是凑过去对他说："鼓掌啊！"

"好。"白艾泽说。

接下来又是无聊的一个多小时，尚楚脑袋还蒙着，趴在桌上就要睡着了，突然听见台上喊"白艾泽"的名字，他一个激灵坐了起来。

白艾泽起身往台上走，尚楚用口型和他说了两声"加油"。

白艾泽的材料不多，展示页就一页，投屏一出现，会议室里立刻响起一片惊叹声。

他一共参加了四次比赛，都是有一定规格和名气的大赛，竞争的都是有工作经验的干警。他作为在校生不仅破格参赛，还都有奖项收入囊中。此外，他还获得了两次西城分局的特殊表彰，参与破获了一起特大入室抢劫案，可以说收获颇丰。

周围人都在感叹白艾泽简直神了，说天才就是天才，不愧是稳坐首警第一名的大神，这资历以后毕业了拿出去想去哪儿还不是随便进……

白艾泽在掌声雷动中走下台，尚楚站起身，抚了抚衣摆，错身经过白艾泽时，他眨了眨眼，白艾泽面无表情地走过。

"各位好，我是刑侦一班尚楚，实习地点是，"尚楚点开投屏，吸了一口气说，"新阳市公安局。"

关于尚楚为什么去新阳说法不一，有人说他之前打那药伤了身体，跑去新阳偷偷治病；有人说他死了的那个妈不是他亲妈，他这次是借机回新阳寻亲；还有人猜他爸在新阳结了仇家，这回是去新阳了事的……总之谁也不相信他真是去新阳实习的。但大屏幕一放出来，底下几十号人全目瞪口呆愣住了。

尚楚不但真实习去了，干的活儿还不少。

什么处理离婚纠纷、揪偷车贼、解决碰瓷老大爷……尽是些拿不出手的细活儿，光是上树救猫就上了好几次。

短暂的沉默过后，哄笑声此起彼伏，大热天的去做这种事情还不如老实待在办公室复印复印文件上上网课，好歹能学点儿东西。

"这可是尚楚哎，那个牛得要死的尚楚哎，就干这个？"

"谁知道他怎么想的，我还以为他跑新阳去干什么大事儿了，结果……噗——"

"这对比也太强烈了吧,人家白艾泽干的什么,他干的什么?不是一个档次啊!"

…………

嘈杂的声音从四面八方涌来,尚楚站得笔挺,闭了闭双眼,强行把那些杂音摒除在外。

几个答辩评委看了他交上来的材料,会心一笑,问道:"你还参与了抗洪救灾工作?"

"对,我只是在安全的地方帮助疏散受灾群众。"尚楚说。

另外几个评委又照着材料问了些常规的问题,尚楚一一回答了。犯罪学的一名老教授合上档案,问他:"我看你在那边办的都是一些小案子,你就不想办大案?"

尚楚笑了笑:"以前很想,做梦都想,现在不想了。"

几名评委神色一变,场下顿时嘘声一片,就连白艾泽也神色一凝,上身微微前倾。

"我们首警的学生不应该没有这个志向啊。"老教授意味深长地敲了敲桌子,"谢军都是怎么带你的?"

尚楚非常平静:"我在新阳干的都是些鸡毛蒜皮的琐碎事情,也没少端茶送水泡咖啡,谢队不怎么管我,他只教了我一件事。"

"哦?什么事?"

尚楚垂眸顿了顿,片刻后缓慢却掷地有声地说:"做警察,图个心安。"

"心安?"老教授摸了摸发白的胡子。

白艾泽一愣,目光一瞬不移地停留在尚楚脸上。

"百姓安居,人民乐业,小孩平安,老人健康,就是心安。"尚楚想到谢军被茶水热气氤氲得有些朦胧的脸,觉得心头一阵阵发烫,"让平凡人能过平凡的生活,为了平凡的生活甘愿办平凡的案子,我很心安。有不平凡的大案就意味着很不平安,如果有那一天,我也不会躲。"

老教授听完他的回答,突然放声笑了出来:"果然是那小子带出来的!有点谢军当年的意思了!"

"您是谢队的老师?"尚楚惊讶地问。

老教授笑而不答。

老教授看着尚楚,苍老的眼睛里流露出几分毫不掩饰的欣赏,随即又问:"我知道你成绩好,平日性子也张狂,底下坐着的这帮人,好像不是很服你啊,你就没什么想对你这些同窗说的？"

尚楚垂眸，乌黑的睫毛轻轻颤动。

会议室里又是一片骚动，所有人都以为尚楚又要嘲弄他们一番，毕竟他当初可是在全校人面前扬言"我就是比你们这群人都牛"，就连一直注视着尚楚的白艾泽也以为他的回答会是"没有，我和他们没什么好说的"。

就在这时，尚楚突然将话筒递到嘴边说："有。"

紧接着，他弯下腰，对在场所有人鞠了一个躬。

"阿楚！"宋尧惊呼。

白艾泽眉头紧皱，不自觉握紧了拳头。

"对不起。"尚楚环视台下所有人，认真地说，"我为我当时在晨会发言时的傲慢和自负向各位道歉，我并没有任何看不起各位的意思，我也从来不觉得我天生就比任何人更强。"

白艾泽喉结滚动，不明白尚楚要说什么。

"但是——"尚楚话锋一转，沉声说，"同样，我也不认为在座有谁生来就比我更强。我的成绩是真真实实练出来的，不需要任何药物刺激，更不需要任何人让我。"

白艾泽目光微微闪动，紧抿的嘴角终于逐渐放松下来。

"如果有谁看我的名字不顺眼，欢迎挑战我、超越我、打败我。否则，'尚楚'两个字只靠涂是涂不黑的，因为它就在那里，只要抬头就能看见。"

尚楚关闭投屏，在闪烁的光幕中放下话筒："以上，感谢各位。"

宋尧愣了几秒才记起要鼓掌，他扯了扯白艾泽的手臂说："赶紧鼓掌啊！"

白艾泽纹丝不动，宋尧转过头，才发现白艾泽不知道什么时候站起了身，双手插在口袋里，笑着迎接从台上走回来的尚楚。

"表现可以吧？"尚楚歪了歪头问。

"不错。"白艾泽低声说。

尚楚在他的眼睛里看见了自己的脸，笑得挺傻的，眼睛都没了。

脑袋还是昏昏沉沉的，不知道究竟是因为病了，还是因为太开心了。

第3章 • 赌约

"这什么鬼天气!"

雨下了一天一夜,雨势不但没减弱,反而越来越大了,撑伞也不顶用。

宋尧浑身湿透,烦躁地甩了甩头,把水漉漉的折叠伞扔到门边,拎着两个饭盒进了宿舍。

其他几个室友去年计算机考级没过,趁没课去机房上机操练了,宿舍里只有白艾泽坐在桌边看书,听见声响头也不抬地问:"有炖萝卜吗?"

"有有有,咱们二公子点的菜,怎么也得给弄来啊!"宋尧没好气地把一个饭盒甩到白艾泽面前,"喏,你的。"

塑料盒子上沾了点儿雨水,水珠子溅得一桌面都是,白艾泽用食指敲了敲桌面:"擦干。"

"白少爷,白二公子,"宋尧边脱上衣,边冲他翻白眼,"咱的赌注就只有打饭啊,可没说你可以随意使唤我吧?"

白艾泽合上手里的书:"前天晚上你发烧,抓着我的手一整晚不放。"

宋尧有点心虚,他发烧那晚难受得厉害,老白照顾了他一夜,都没怎么睡觉,确确实实辛苦了。但士可杀不可辱,他绝不能帮另一个男人擦桌子,于是他挺着胸膛说:"总之这不算在赌注里!"

白艾泽耸了耸肩:"抵消一天。"

"来喽!"宋尧立刻抽了几张纸巾,殷勤地擦起桌子来,"大爷还有什么吩咐尽管说给小的听!"

昨天答辩会结束都快傍晚了,因为下着雨晚训也停了,尚楚想着恰好他们都有空,就提出请他俩吃顿饭。他从新阳回来到现在也没能找个时间好好坐下来叙叙旧,于是三个人在学校附近找了家吃牛肉火锅的店。

吃到一半,尚楚拎着水壶去添热水,宋尧趁机瞄了眼收费单,整整消费了三百二十多元。宋尧知道尚楚现在手头不宽裕，百十块钱也是个不小的负担，所以小声问白艾泽要不要趁阿楚不在先结账，白艾泽说不用，等会儿尚楚会来找他借钱的。

宋尧心说这怎么可能，据他观察老白和阿楚的关系还是挺僵的，再加上阿楚又是个那么好面子的人，找谁借钱也不可能找老白借啊！当初尚利军出了那么大的事，尚楚都没能和白艾泽开口，更何况是一顿饭钱呢？于是他摆摆手说："开什么玩笑，阿楚要借也是找我啊，你当我是死的？"

宋尧这语气过于理所当然了，白艾泽眉毛一挑，自然而然也联想到尚楚找宋尧帮忙却不愿意找他的事情，这事儿可一直堵在他心里记到现在。于是他抿了一口热茶，不冷不热地瞥了宋尧一眼："打个赌？"

"赌就赌！"宋尧一拍桌子，得意扬扬地晃着脑袋，"赌什么？你可输定了！"

"输的人帮赢的人打三天饭。"白艾泽淡淡道。

"三天？太少了吧？"宋尧志在必得地打了个手势，"十天！"

白艾泽撇了撇嘴："同意。"

"行。"宋尧跷着二郎腿，又补充道，"咱可先说好，除非阿楚找你借钱才算你赢，他自个儿付了钱或者我付了钱，你可都算输啊。"

白艾泽"嗯"了一声，没有任何异议。

在自助区接水的尚楚突然收到了白艾泽发来的微信，让他帮着一道逗逗宋尧。尚楚琢磨了一会儿，回了条消息过去。

【帮你可以，你得和我和好。】

【再说。】

尚楚撇嘴，再说就再说。他收起手机，抱着水壶，乐呵呵地回到小包间。

吃完饭要结账了，宋尧主动掏出手机要扫码，尚楚赶紧拦下他："说好了我请客，别闹啊！"

"行行行，你来你来。"宋尧怕伤着他的自尊心，所以没和他抢。

尚楚伸手进口袋拿钱包，宋尧冲白艾泽使了个眼色，意思是你输定了。

白艾泽丝毫不慌，拿纸巾擦了擦嘴角。

"我钱包呢！"尚楚在口袋里胡乱摸了摸空气，接着一拍脑门，很是懊悔地说，"我出门着急没带钱，上年纪了就是不记事儿，果然二十岁就是个坎儿……"

宋尧愣了愣，再次拿出手机："我来我来，我卡里有钱。"

"别啊！"尚楚一把抢过他的手机，"昨儿你那限量版的毁了，知道你心疼，今天哪能让你出钱。"

宋尧皱着脸："没事真没事，我来吧……"

"不行！"尚楚很坚定，"万万不行，真的行不通！"

宋尧伸长了胳膊抢手机："行得通行得通，我有钱，我真的有钱，万贯家财放手里不花难受啊！"

"使不得使不得，有钱你拿去干什么消遣不好啊。"尚楚义正词严地拦下他的手，"阿尧，使不得。"

"你傻了吧？"宋尧喝了几杯本来就有点晕，被他这么一通说辞绕得更晕了，"我也不会其他花钱的消遣啊！"

"不会你可以学啊！"尚楚用一种老父亲看傻儿子的眼神看着宋尧，恨铁不成钢地说，"怎么没点儿上进心呢？"

宋尧挠了挠脑袋："不是，你在说什么玩意儿……"

"我来吧。"他俩在桌子一侧争执不下，另一头的白艾泽从钱包里取出几张百元钞票，按铃叫来了老板，"结账。"

"算我借的啊，"尚楚嬉皮笑脸地说，"记账上，回去就还你。"

"不急。"白艾泽把找回的零钱塞进钱包夹层。

"你，就这么……"宋尧难以置信地指了指尚楚，又转向白艾泽，"找他借钱了？"

"不行吗？"尚楚表现得很坦荡，一点也不忸怩，"都是自家兄弟，有借有还嘛！"

宋尧想起刚才大言不惭地把赌注加到十天，两行热泪差点儿没滚下来，憋屈地问："你怎么不找我借啊？"

"你虽然家财万贯，"尚楚拍了拍他的肩膀，"但你的钱要花在该花的地方，花在你的爱好上。"

尚楚很不真诚地咂咂嘴："我的意思是叫你把钱拿去买你那什么限量版！"

宋尧彻底傻了，转头问白艾泽："他是这意思吗？"

"不清楚。"白艾泽收好钱包，笑了笑说，"十天。"

"十天就十天，算我倒霉！"

宋尧低低骂了一声，眼角瞥见尚楚贼兮兮地冲白艾泽比了个"OK"的手势，总觉得这两人合起来摆了他一道，于是皱眉问："你冲他比这个是什么意思？"

"这你都不懂？你个小傻瓜，"尚楚晃了晃三根手指头，"这是几？"

宋尧较真劲儿上来了，语气有点冲："三啊！"

"对啊！三啊！三加一个圈儿，意思就是'3Q'啊！"尚楚接道，"'Thank you'明白吧？就你这样儿，怪不得过不了六级，我这是谢谢他借我钱结账。"

"不用谢。"白艾泽彬彬有礼地一颔首。

"回来路上看见公示栏那边有人在贴东西，"宋尧边啃排骨边说，"不过雨太大，我也没仔细看。"

白艾泽把炖萝卜里的葱花一点一点地挑出来："应该是出排名了。"

"实习答辩的？这么快？"宋尧从裤兜里摸出手机，打开教务处网页，"这破天气贴出来谁去看啊，上网看电子版不得了……"

"未必。"白艾泽转头往窗外望了一眼，雨蒙蒙的，什么也看不清楚。

宋尧找到最新一则通知，点开附件的 Excel 表单，喜出望外地喊："咱们三人排前三哎！我是第三名，你是……"

"啪！"

窗户那边忽然传来一声响，宋尧吓了一跳，嘀咕道："不会下冰雹了吧？"

白艾泽也没太在意，挑完葱末专心致志地挑姜末。

接着又是一声更响亮的"砰"。

宋尧听出来了："哪个傻子在下头砸窗户！"

他猛地推开窗一看，被雨水泼了一脸，连"呸"三声后发现是尚楚站在楼下，撑着把伞冲他说些什么。

宋尧只看见尚楚嘴唇一开一合，但是听不清。

"阿楚？你在底下干吗？"宋尧问。

白艾泽放下筷子，起身走到窗边。尚楚看见白艾泽双眼一亮，仰起头冲他喊："下——看——"

"他说什么？"宋尧问。

白艾泽摇头，雨太大了，根本听不清楚。

雨水从上扬的伞沿打在尚楚脸上，沿着他精致的下颌线滑到下巴，再顺着脖颈线条没入锁骨的位置。

尚楚抬手抹了把脸，把伞夹在一边耳朵和肩膀中间，两手收拢到嘴边："来——看名——"

"什么玩意儿？"宋尧摸不着头脑。

"他让我下去。"白艾泽轻轻一笑。

宋尧问:"你这都能听见——"

他话还没说完,白艾泽已经跑出了宿舍。

宋尧眨了眨眼,窗下的尚楚冲他挥了挥手,他也摇了摇手掌,缓慢地合上了窗户。

两扇窗完全合拢之前,他透过铁栅栏的缝隙看见阿楚在楼下转着伞,雨水像花瓣似的一层一层飞溅开来,好像很快活的样子。

他闩上窗户插销,坐回桌边往嘴里塞了一大口米饭,又从白艾泽碗里夹了块最大的白萝卜,心说老白扔下他去找阿楚玩了,他就偷老白一块萝卜。

宋尧想了想觉得这么着挺不错,又从白艾泽碗里夹走一个红烧狮子头。

"有事?我的红烧狮子头就要凉了。"白艾泽问。

"放榜了。"尚楚踩了脚小水坑,指了指对面楼的公示栏,"一起去看呗!"

他下面穿了条五分运动裤和双塑料拖鞋,两只脚湿透了。白艾泽看着他露在雨里的小腿,眉头微微一蹙:"网上就可以……"

"走啊!"尚楚伸手拉了他一把。

白艾泽看他兴奋的样子,被雨淋了也不怕,一双眼睛清凌凌的,要说的话不知怎么就转了个弯:"嗯——走吧。"

尚楚踩着拖鞋走在雨里,一路掀起噼里啪啦的响声。

白艾泽一边想阿楚怎么穿这么少,一边操心阿楚回去后知不知道要把脚擦干,最好再打盆热水泡个脚。冷不防一个人钻到了他的伞下,冰凉的胳膊紧贴着他的手臂。

"你不是有伞吗?"白艾泽问。

"坏了啊。"尚楚睁着眼睛说瞎话,"走路上突然坏了,你分我一点遮遮,不介意吧?"

白艾泽摇了摇头,无奈地说:"我要是说介意呢?"

"那辛苦你忍一忍,"尚楚笑得没心没肺,"这不就快到了嘛!"

白艾泽在心里叹了口气,不动声色地把伞往尚楚那边歪了歪。

进了教学楼,再走几步就是被搬进大厅避雨的公示栏,尚楚突然拉住他:"你猜谁是第一名?"

白艾泽收起雨伞,反问他:"你猜是谁?"

"我猜——"尚楚笑而不答,反而说,"打个赌,敢不敢?"

白艾泽饶有兴致地抬起眼皮:"什么赌?"

"就赌谁是第一名,我猜是我。"尚楚盯着他的双眼。

"赌注呢?"白艾泽问。

"如果我赢了,你就要答应我一件事。"尚楚笑着说。

白艾泽笑而不语。

尚楚走到公示栏前,抬头看最新张贴出的那张榜单,视线缓缓靠近顶端的那个名字时,心跳陡然加剧——

第八名,吴英诚;第七名,古北……第四名,江雪城;第三名,宋尧。

尚楚闭了闭双眼再睁开。

"第一名——"他顿了顿,轻声把那个名字念了出来,"尚楚。"

白艾泽的表情没有丝毫意外,静静地看着尚楚的背影。

尚楚如释重负般地呼了一口气,转头对白艾泽笑了笑:"我赢了。"

白艾泽微微眯起双眼,双手环抱胸前,倚在墙边说:"恭喜。"

尚楚眼里藏着几分狡黠:"我赢了,你要答应我一件事情。"

白艾泽目光闪动,拇指轻轻摩挲着食指指腹:"什么事?"

尚楚说:"跟我和好!"

白艾泽眉梢一挑:"不答应。"

尚楚皱眉:"你耍赖!"

白艾泽轻笑着说:"我没答应你要打赌。"

尚楚"哧"了一声,挥手说:"没意思。"

前些天本来就有点儿着凉,今儿又任性地淋了雨,尚楚回到宿舍就有些不太舒服,身子一阵阵地哆嗦。

他从衣柜里又搬了床被子出来,搓了搓发热的鼻头,都是他自个儿"作"的,真感冒了也赖不着别人。

他自个儿倒是觉得情况还行,除了鼻塞没什么别的症状,也没觉得多难受。

最近下雨没法出去训练,他闲下来就浑身难受,一觉睡醒还在宿舍里做了两百个俯卧撑,精神头也挺好的。

但现在情况特殊,尚楚是不可能放过任何一个在白艾泽面前装可怜的机会,眼瞅着就是吃晚饭的点儿了,他给白艾泽发了条语音消息。

【我好像生病了,头很疼很疼,眼睛都睁不开,浑身一丁点力气都没有,没法下床,唉。】

白艾泽太知道尚楚是个什么东西了,一听这话就知道他头不疼、眼睛能睁开、精力充沛,指不定刚还在房里锻炼完,但这浓重的鼻音确实装不出来,加上他又淋了雨,白艾泽本来就放不下心,从药箱里翻出电子温度计上了楼。

尚楚已经在被窝里躺好了,耷拉着眼皮,很是柔弱的样子,听见敲门声丝毫不意外,说了声:"进来。"

白艾泽开门进了宿舍,时隔这么久再次造访尚楚这间单人宿舍,他一瞬间有一丝恍惚。

"你怎么来了?"尚楚表现出很是意外的样子,费劲地从床上坐了起来,"唉,你不用特地来看我,我挺好的,挺坚强的,不就是生病嘛,没事儿,我也不想打扰你,你说你还特地跑一趟干吗……"

白艾泽站在床边,憋着笑看他装模作样,问道:"头疼不疼?"

"不疼。"

尚楚嘴上这么说着,抬手按了按额角,就差把"我这头怎么回事怎么这么疼啊"写在脸上了。

白艾泽摇了摇头,转眼看见垃圾桶里满满都是纸巾,又看尚楚鼻头被揉得通红,皱眉问:"流鼻涕了?"

"啊?"尚楚顿了顿,立即否认说,"没啊,没没没,真没有。"

白艾泽有些心疼又有些生气,尚楚还是老样子,耍赖卖乖是一把好手,真有点儿什么事情却从来不肯告诉他。

"我……"尚楚抿了抿嘴唇,又说,"是有点流鼻涕,鼻子都塞了,气儿都喘不上来。"

白艾泽目光微动,从口袋里拿出温度计:"量个体温。"

37.2℃。

还行,这温度不算发烧,注意保暖别再着凉就成。

宋尧去食堂打包了三份晚饭,三个人在尚楚宿舍一块儿吃。宋尧边吃边控诉白艾泽这人有多可恨,这么大的雨,竟然真能狠下心让他去打饭。尚楚开导他说愿赌服输,咱们大男人说到就要做到。

宋尧还是想不起来那天在火锅店自个儿怎么就稀里糊涂输了,问尚楚到底是怎么回事。尚楚和白艾泽交换了个眼神,尚楚神情自若地回答:"就那么回事呗,你喝醉了,说要拿着你爸给的钱肆意挥霍什么的,还好我们拦着你,不然你就误入歧途了你知道吗?"

"真的假的?"宋尧一惊。

"你不信问他。"尚楚用筷头指了指白艾泽。

"老白,真的假的啊?"宋尧一向觉得白艾泽为人正派,肯定不会说谎。

"真的。"白艾泽点头,"以后少喝酒。"

宋尧一头磕在桌子上:"我真是堕落了!"

吃完饭,勘查学教授在班级群里发了条消息,说在东城区那边借了个现场,后天出外勤,有没有要报名的。

这算是他们首警特色了,哪个局要是破获了什么案子,首警会借调案件资料,找地儿还原案发现场,带学生去做现场勘查。

这次地点在山里,加上又是暴雨天气,在群里回复报名的人数寥寥。

教授估摸也觉得太冷清了,特地圈了白艾泽、尚楚和宋尧三人,问他们三人有没有空,想让他们做个表率。

宋尧和白艾泽是去不成了,这周末西城分局让他们过去做优秀实习生汇报,是早就答应下来的行程,只好礼貌地回绝了教授。

"让阿楚也甭去了,"宋尧对白艾泽说,"他的病还没好。"

白艾泽点头:"你和他说。"

三人自己有个小群,宋尧在群里让尚楚也别去了,本来就有点要生病的苗头,这几天还是好好待在宿舍歇着。

尚楚泡了包感冒冲剂,缩在被窝里,他本来也是这么想的,这周原本打算去医院做趟体检,加上白艾泽和宋尧都不去,他也没什么兴致,于是也想找个理由推了。

【尚楚呢?你要是不来咱们这趟可就没人带了。】

教授在群里发了这么一句。

尚楚手指一顿,有些犹豫起来。

【这种暴雨天,又要进山,队伍里带着个有哮喘的,怕是拖进度吧?】

不知道是谁在群里匿名发了一句。

尚楚目光一冷,把对话框里原本编辑好的话删除,重新打字。

【我报名,没人带队怎么行。】

坐在桌边看书的白艾泽偏头看了眼手机屏幕,露出了一个无奈却了然的笑容。

"阿楚怎么回事啊!"宋尧不赞同地"啧"了一声,"非要逞什么能!"

"是有些逞能了。"白艾泽翻了一页书。

"你去劝劝啊,"宋尧推了他一把,"他肯定听你的。"

"不用。"白艾泽说,"他想去,就去。"

宋尧看了眼窗外："可这么大的雨……"

白艾泽轻轻垂下眼睫毛，眼底目光闪动："我答应过，他可以淋雨。"

尚楚早晨起床，手机里的暴雨黄色预警升级为了橙色，就快要七点半了，外头天还是黑的。

他洗漱完回宿舍吃了两片面包，泡了一杯感冒冲剂喝了，觉得状态还行。就是这阴雨天弄得他手臂骨头有点儿疼，于是他出门前把护肘缠上了。

下楼的时候刚好遇见上楼的白艾泽，尚楚一顿，打了声招呼："你不去西城分局做汇报吗？"

"嗯，要出发了。"白艾泽说。

"那你上来干吗？"尚楚挤了挤眼睛，明知故问道，"不是来找我吧？"

白艾泽见他两手空空，皱眉问："伞呢？"

"喏，"尚楚歪了歪身子，那把折叠伞插在背包侧袋，"这儿呢。"

白艾泽抽出那把不知道用了多久的折叠伞，把手里一个短粗的塑料桶递给尚楚。

"什么东西？"尚楚打开桶盖一看，里面是一把新伞，他笑了笑，问白艾泽，"特地给我买的？"

"借你的，钱记在账上了。"白艾泽说。

"看把你抠得！"尚楚撇撇嘴，把伞桶插进背包里，"其实用不着，大巴就在楼下等着，一会儿进了山就穿雨衣了，没机会撑伞。"

"带着。"白艾泽说，"药吃了吗？"

"吃了吃了，今天鼻子也不塞了，倍儿精神。"

两人下到了一楼，雨水积了薄薄一层，宿管在楼梯口铺了厚厚几层报纸，又垫了几块木板做走道。尚楚踩着木板往外走，嘴里滔滔不绝地说："你们这群北方土包子就是没见过世面，这么点小雨就怕了？我在新阳的时候，那可是百年一遇的大台风啊，我一个人顶在前头，那气势简直是一夫当关万夫莫开，什么洪水猛兽见了我都吓跑了……"

白艾泽跟在后头听他吹牛，大巴就停在宿舍楼门口，带队教官见到尚楚就吹了声哨："上车，赶紧，出发了！"

"走了啊。"尚楚回头对白艾泽说。

白艾泽点头："上去吧。"

"你就没什么要嘱咐嘱咐的？"尚楚问。

白艾泽想了想,才说:"没有。"

尚楚已经是大人了,是成熟且优秀的预备警员,他知道尚楚能做好,不用嘱咐什么。

"行。"尚楚似乎听出了他的言外之意,笑着朝他摇了摇手,"那你好好做汇报,我也不嘱咐了。"

"磨磨叽叽干什么!"教官站在车门边大声催促,"赶紧上车!"

"我去了啊!"

白艾泽点了点头,尚楚嘴里喊着"来了来了",朝大巴小跑过去。

雨真是下得很大,从宿舍楼到车里也就几步路没撑伞,尚楚上了车还是一身湿。他找了个靠窗的位置坐下,转头去看楼里的白艾泽,但窗玻璃上淌着水,根本看不清人,只能隐约见到有个挺拔的身影站在木板上,一直到车开走了还站着。

尚楚心头一热,把手掌轻轻贴在窗户上。

教官清点了人数,没收了手机,统一发了雨衣、雨靴、对讲机和卷宗。

这回去的是北边郊区的一座山,地点不算荒僻,开发出了一间农家乐。三个月前山里发现了两具尸体,均是女性,生前遭到过性虐待,窒息死亡。

尸体是农家乐老板发现的,那天山下着雨,有桌客人点了小鸡炖蘑菇,他上山去圈里抓鸡,下山的时候图方便抄近道,被一具尸体绊了一跤,吓得魂飞魄散。

由于天气原因,山里道路泥泞,犯罪现场本来就被破坏得七七八八。那老板手里拎着两只鸡,又带了两条狗,更是把现场搅得一塌糊涂。

上周东城那边刚破了案,抓了嫌疑人,具体情况还没对外公布,卷宗里也没写案件细节,首警私下先把这案子借了过来,还原现场让他们做实地勘验,一切线索都要靠自己找。

尚楚看完手头的材料,心说这案子要是宋尧来就好办了。那小子对物证分析痴迷得很,最适合做这种无序现场的提取物证工作。

车开到了山下停车场就停了,教官让他们自行分组,一批人上山"走现场",一批人留在山下农家乐做调查,每人带一个信号弹,遇到什么紧急情况互相通知用。

来的一共有九个人,有人提议说三个留下六个上山,尚楚没参与他们的讨论,弯腰往脚上套雨靴。

"要不尚楚留下吧?"有个叫曹顺然的说,"你身体不好,这天气这么不好,你就别上去了。"

尚楚蹬了蹬脚上笨重的长靴:"如果是出于团队考虑,我可以留在下面,不是因为别的原因。"

"行。"曹顺然大手一挥,"那你留下吧,我刚看过地形图了,山路不好走,案发地又是没开发的小道,你上山了大家还得分心照顾你。"

尚楚笑笑没作声。

"还有谁想留在下面的?"曹顺然接着问,"没有我直接点了啊!"

"我吧,我留在下面。"

"要不我也不上了,我这两天有点感冒……"

"我审讯课修得好,我留下来问话。"

…………

"这么多人想留下来?"曹顺然愕然,"那怎么弄啊?"

"我上去。"尚楚扣上雨衣扣子。

"你?你行吗?"曹顺然不赞同地看着他,"吃得消吗?"

"尚楚,上山。"教官看着尚楚说。

曹顺然不满地撇了撇嘴,在尚楚的名字后面标了一个"山"字。

出发前每人领一个行军包,里头装了一些勘查设备。尚楚什么也没说,径直拎起看上去最沉的那个包,背在身上系好腰带,顶着瓢泼大雨第一个下了车,走在队伍最前面。

山路泥泞,水靴又重,一脚踩进泥地就陷进去一个深坑,雨跟刀片似的打在脸上,尚楚拄着登山手杖,一步一步踩实了才敢往前走。

他想到新阳的那个台风天,徐龙也是这么走在他前面,替他把路探实了,为他挡掉迎面刮来的风和雨。树叶被吹得七零八落,夹着泥土拍在脸上,现在换他走在队伍最前头,这种感觉还挺奇妙的。

就好像前辈们为他开出了路,再由他带领着后面的人一道向上走。

在新阳的时候还是大家护着的小崽子,一转眼他也能领路了。

尚楚第一次有一种"我好像长大了"的感觉,他不太能描述这到底是种什么心境,总之就是觉得自己站得高了点儿,肩上挑着的担子也重了点儿。

走在后面的曹顺然呼吸逐渐变得粗重,尚楚停下脚步,转头问:"要歇吗?"

曹顺然气喘吁吁地说:"不用!赶快!"

"行吗?"尚楚低声问。

"你要是怕我拖后腿，你自己先走，不用管。"曹顺然胸膛起伏得很厉害。

尚楚叹了口气："拉我包。"

"什么？"曹顺然难以置信地问。

"拉着我的包，赶紧。"尚楚说。

曹顺然咬了咬牙，一只手抓住尚楚的背包带，费力地向上蹬了一步。

"谢谢。"

"谢天谢地，总算结束了！"宋尧抱着电脑从台上下来，松了松衬衣扣子，小声问，"我刚表现怎么样？"

"很好，"白艾泽说，"非常镇定。"

"我差点儿说漏一大段！"宋尧紧张地拍了拍胸口，"你说老张也是的，非得揪着我问那么多问题，吓死我了！"

"你回答得很好。"白艾泽看了看表，又往窗外望了一眼，似乎有些心不在焉。

"不过刚才我听老张说，上头在研究要不要把咱首警和人民警察学院的物证科合并移到新阳警校去，"宋尧思索着说，"这是要做资源倾斜了啊？"

"嗯。"白艾泽点头，"南方这几年在学术上做得很好，尤其是侧写，很出成绩，适当做些倾斜也是好事。"

"也是。"宋尧若有所思，"要是学科转移真成了，那新阳在物证研究这一块儿可就要风光了……"

"嗯。"白艾泽看着窗外，淡淡应了一声。

"你想什么呢！"宋尧推了他一把，"有没有认真听我说话啊！"

白艾泽转回头，突然问："你档案室的账户还在吗？"

"在啊。"宋尧点点头，"我走那会儿老张没给我注销，他让我有什么想看的材料就和他说一声，他给我开权限，挂个VPN上西城分局内网看就成。不过我签了保密协议的，可不能外泄。你说这老张也真是的，我能把局里的材料泄出去吗……"

"你找找，"白艾泽敲了敲他的笔记本电脑，"看有没有'6·28连山抛尸案'。"

宋尧一愣："阿楚今天去的现场就是模拟这个案子吧？"

白艾泽点头。

宋尧找领导开了权限，调出抛尸案细节，和白艾泽两人匆匆扫了一遍。宋尧咂咂嘴："这现场可真够乱的，我看阿楚他们这回是够呛了。"

雨越下越大了，雨珠噼里啪啦地砸在窗户上，黑云沉得仿佛要滴出墨来。

"你不会是想帮阿楚作弊吧？"宋尧见白艾泽望着窗外出神，凑过去小声说，"那可不行啊，万一被发现了，咱三个都得挨处分！这可不是开玩笑的！"

白艾泽看见深色乌云里亮起一道刺眼的白光，沉声说："要打雷了。"

"轰隆隆——"

惊雷骤起，尚楚正蹲在地上检查尸体，冷不防一个激灵，脚底一滑坐到了地上。

"没事儿吧？"曹顺然问。

"没事儿。"尚楚从地上爬起来，皱眉道，"怎么打雷了？"

"大家抓紧点啊！"曹顺然拍了拍掌，"实在不行就下山了，现在打雷了，山里头太危险了！"

"这什么也看不出来啊！"两个采物证的同学沮丧地说，"脚印也没了，指纹也被冲了，能找出什么来啊！"

此时又是"轰"的一声响。

"这鬼天气！"

"要不放信号弹让教官来接吧！"

…………

犯罪现场被破坏得确实厉害，尚楚走了个遍也毫无头绪，两具仿真尸体裸着身子躺在泥地里，像破布似的被人丢弃在这里。即使知道它们不是真人，但尚楚还是觉得心里难受。他抬手揉了揉眉心，雨水从雨衣领口往里灌，浑身上下淋得湿透，太阳穴一阵阵地疼。

"要不下山吧？"曹顺然问尚楚。

"再看看，一定有什么地方忽略了。"尚楚说。

"都这么久了，什么也没发现啊！"

"案子反正都破了，这就是个假现场，回去看报告总结一样的。"

现场是假的，尸体是假的，但这里发生过的事情是真的。

两名受害人被残忍地奸杀，死后衣不蔽体，毫无尊严可言。

"再找。"尚楚沉声说。

"你凭什么指挥……"

"我说了，"尚楚立起手掌，罕见地冷下脸来，声音里有种不动声色的威严，"再找。"

240

其他人见他神情严肃，不敢再当面多说什么。

"你觉不觉得他有点像一个人啊？"

"谁啊？"

"白艾泽啊。刚才我突然觉得尚楚很像白艾泽，就那种感觉你知道吧？"

"还真是！也不知道怎么回事儿，刚才就被他唬住了，奇了怪了……"

宋尧常挂在嘴边的一句话是：现场是会说话的，到了现场就能听见受害者的呼救声，所有线索都在这些声音里。

尚楚不太擅长现场勘验，他拧了拧湿透的衣袖，一定有什么声音被他忽略了。

他踱到其中一位"受害人"旁的山石后，蹲下身扒开杂草，在里面看到了一枚指环。

尚楚目光一凝，立刻取出指环，从大小来看是一枚尾戒。

两位受害者都是已婚的……

"铝粉给我！"尚楚眉心一蹙，起身喊道。

"嫌疑人DNA最后竟然在戒指里被发现，还恰好被石头和草丛挡住了，没被水泡坏，这真是碰运气了。"

宋尧和白艾泽打车回学校，汇报结束后又去听了一场讲座，已经接近傍晚七点钟了。

到了市中心开始堵车，司机看着前边的长队抱怨道："雨要再大点儿，这车都没法上路。"

"这么堵呢？"宋尧皱眉，"我还以为咱们回去得早，我看群里阿楚他们都收队了，估计这会儿都到宿舍了。"

"给他打个电话。"白艾泽说。

"又让我打……"宋尧嘟囔了两句，掏出手机给尚楚拨了通电话过去，"没接。"

白艾泽食指轻轻敲打着膝盖，极其罕见地流露出几分焦急。

"你别急啊，我刚问曹顺然了，说车一小时前就回学校了。他还说刚下山的时候王明滑了一跤脚崴了，还是阿楚把人扶下山的。"宋尧笑着说，"你说这小子还挺有领队样子啊，我听曹顺然那语气好像对他挺服气的。"

"嗯，他是这样。"白艾泽低头笑了笑。

尚楚在外头从来都是有模有样的，也就只会在他跟前胡闹没个正形儿。

"我看你那天不是挺放心让他去的吗？"宋尧问，"怎么这会儿操心起来了？"

"没有不放心。"白艾泽说。

宋尧问："那你这算什么？"

白艾泽垂下眼睫毛，想了想说："不适应。"

他只是还不太适应，不太适应在这样的雨天里不给尚楚打伞，不太适应就这么放任尚楚被雨打湿。

但尚楚好像干得很漂亮，他其实一直都相信，就算他不在，尚楚也可以自己撑起一把伞，尚楚甚至已经成长为能为别人撑伞的大人。

尽管暂时还不太适应，但他在慢慢学着习惯。

回到学校，白艾泽第一时间去了尚楚的宿舍。

尚楚蜷缩在被窝里，眼睛紧紧闭着，像是睡熟了，淋湿的衣裤扔在床下，屋子里全是潮湿的气味。

白艾泽蹲在床边，看见他脸颊泛着不正常的潮红，不禁心头一沉，伸手碰了碰他的额头。

烫得吓人，他在发高烧。

尚楚好像察觉到了白艾泽的触碰，感觉到熟悉的温度，睫毛轻轻动了动，眼睛睁开一条缝，不确定地问："小白？"

"是我，阿楚，是我。"

尚楚隐约觉得这一幕有点熟悉，好像曾经在什么地方出现过，白艾泽小声在他耳边说"阿楚，是我"。

但他实在想不起来了。

"淋雨了吗？"白艾泽轻声问。

"小白，我是第一名。"尚楚舔了舔发干的嘴唇，"我带路了，就像以前龙哥给我带路，我也给大家领路了……"

"你做得很好。"白艾泽笑着说，"阿楚，你做得很好。"

"其实我不怕淋雨，大家都说我怕淋雨，我不怕的。小白，我不像他们说的那么脆弱，我可以淋雨……"

"你可以，阿楚，你可以淋雨。"

第4章 · 如果能早点遇见

尚楚连动动手指的力气都没有，眼皮烫得睁都睁不开，昏昏沉沉中能感觉到有人喂他吃药、喝水、给他擦汗，仔仔细细地掖好被角。

他知道是白艾泽。

其实发一场高烧对尚楚来说从来不是什么大不了的事情，比这更严重的病也不是没生过，他从来都是自己看病、自己拿药、自己照顾自己，没有一次像今天这样娇气。

他的虚弱只有一半是真的，还有一半是装的。

人心就是这样，一旦有了依靠，就情不自禁地柔软起来。

从前没有人管他，他只有病得实在难受了，就从储蓄罐里摸几枚硬币，去城中村的黑诊所弄点儿药；后来他有白艾泽关心他，但他又实在瞻前顾后，他在白艾泽面前熟稔地插科打诨、卖乖耍赖，却不敢显露出一点点的弱点，头疼了不敢说，流鼻血了不敢说，耳鸣了不敢说，摔倒了不敢说，哭了也不敢说。

尚楚才发现原来他面对白艾泽从来都不够坦荡，白艾泽问过他无数次"难不难受"，这是他第一次给了一个诚实的答案。

"难受。"

白艾泽又给他测了一遍体温，将近39℃，该去医院才好，但外面风雨大作，尚楚这情况出去只怕病情又要更严重，只好在网上联系了就近一家药房，辛苦同城快递把药送到首警。

药房老板听了情况后说没事儿，就是淋雨受凉了，今晚先在宿舍吃药观察看看，实在不行等明早雨小些再去医院。

尚楚靠着喝了一杯水，没过多久药送到了，白艾泽下楼取药。

尚楚吃完退烧药感觉身上利索多了，就是越发困了："小白，其实我骗你的，我头没有那么疼，"尚楚挪了挪身子，"但一点头疼是有的。"

"嗯。"

"我想让你知道我头疼了，"尚楚看着白艾泽，"小白，我骗你了，你别生我的气。"

"不生气，阿楚，你难受了愿意告诉我，我很高兴。"

"以前我也骗你了。"尚楚接着说，"小白，你别生我的气了。"

白艾泽笑着说："好。"

尚楚露出一个安心的笑容，慢慢合上眼皮。

白艾泽守了尚楚一夜，凌晨三点多的时候他体温又有些反复，白艾泽给他喂了一次药。他出汗出得很厉害，白艾泽一趟趟地来回跑，不停地拧干毛巾给他擦身体。

第二天一大早，雨终于停了，天气晴朗，空气里是清新的泥土气味。

尚楚睁开眼就觉得神清气爽，就是眼眶还有点酸胀。

白艾泽坐在书桌边，一只手托着脸，安静地合着眼。

尚楚静静凝视他半晌，他的头发凌乱，下巴上冒出了青色胡楂，一点也不板正，但还是很帅气。

"小白？"

尚楚低低喊了一声。

白艾泽睡得轻，听见动静立刻就醒了，第一时间倾身探了探尚楚的额头，嗓音沙哑："渴了吗？头还疼不疼？"

"天亮了，不疼了。"

白艾泽往窗外望了一眼，天光显得很温柔。

"量个体温。"

他取过电子体温计，尚楚乖巧地仰起头。

36.8℃，退烧了。

白艾泽松了一口气："还是要吃药。"

尚楚点点头，身子往里挪了挪，手掌拍拍空出来的一半床位："你上来休息会儿。"

"不用，我下去了。再睡一小时，"白艾泽看了看时间说，"过会儿给你送早饭，吃完再吃药。"

他转身刚要离开，尚楚又叫住了他："小白。"

"嗯？"白艾泽转头。

尚楚抿了抿嘴唇，看着白艾泽的眼睛："你去过新阳吗？"

昨夜的场景他总觉得很熟悉，就好像曾经在哪里发生过一样。

白艾泽眼睫毛一颤,良久后才低声说:"去过。"

尚楚愣住了。

他去过,他真的去过。

白艾泽从来都没有丢下他一个人过。

"睡吧。"

白艾泽笑了笑,走到门边时身后传来了尚楚的声音。

"小白,明天出去玩吧,我好了。"

白艾泽说:"可以,你在宿舍等我。"

"不是宿舍。"尚楚从床上坐了起来,伸手推开窗户,被雨水涤荡后的阳光洒进了小房间,"去我家接我,我在那里等你。"

白艾泽搭着门把的手指一顿。

尚楚盘腿坐在床上,笑得眉眼弯弯:"小白,你什么时候来都好,我都在的。"

白艾泽从来没有丢下过他,是他弄丢了白艾泽。

他在白艾泽心里打上了一个死结,那么就由他一点一点地解开。

他很有耐心,无论要花多少时间,他总要等到那一天。

这是白艾泽第二次到尚楚家。

白艾泽天生方向感欠缺,城中村的巷子又多又绕,他本以为自己记不住尚楚家怎么走,然而再次踏进那个昏暗潮湿的楼道,熟稔得连他自己都觉得诧异。

这好像已经成了他的本能,关于尚楚的事情,他一点一滴都能记住。

不管是想记住的,还是不想记住的,都清清楚楚地刻在心里。

那盏坏了的声控灯、长满苔藓的墙角,抑或是那扇看起来就不怎么结实的木门,提醒他那天有多狼狈、多不堪、多落魄。

白艾泽闭了闭眼,长呼了一口气,想抬手敲门却又下意识地退缩。

他还是害怕,怕这扇门怎么也敲不开。

就在这时,屋里传来一阵巨响,听着像是有什么重物被撞倒了,紧接着传出尚楚的一声痛呼:"真是死沉!"

白艾泽眼睫毛一颤,像是被这个声音从窒息的深海拉回了岸边。

确认了尚楚就在这扇木门背后,白艾泽勾唇轻轻一笑,抬手叩响了木门。

房里传来踢踢踏踏的脚步声,过了没几秒,房门"咔嗒"一声被打开,尚楚探出一个脑袋,见了他就笑:"来啦?"

"嗯。"白艾泽点头。

"我正收拾屋子呢。"尚楚招呼他进门,"你进来呗。"

"不出去?"

尚楚冲他晃了晃左脚,嬉皮笑脸地说:"我走不动了,脚伤了,刚搬东西被砸了,痛死我了,要不你背我也行。"

脚伤了?那刚才那阵欢快得不得了的脚步声是谁发出来的?

白艾泽面无表情地站在门口:"那还是别出去了。"

屋里很乱,破旧的木头茶几翻倒了——估计尚楚刚刚就是没留神踢到了这东西;几口敞开的大纸箱丢在地上,其中一个里面塞了两床棉被。

"我整理东西呢。"尚楚不知道从哪个犄角旮旯找出来两张报纸在地上铺平,自己盘腿坐了上去,"以前不收拾不知道,还挺多。"

白艾泽站在客厅中央,打量周围的环境,原来尚楚就是在这个地方长大的。

没有空调,没有暖气,甚至连张像样的沙发都没有;墙皮掉了漆,地板铺的是粗糙的水泥,灯泡烧得漆黑,餐桌的一只断脚下垫了厚厚的书;窗外是架得密密麻麻的旧电线,屋里几乎没有采光可言,大白天也要开灯;屋子里没有阳台,客厅中间横亘着一根手臂粗的竹竿,零落挂着几个衣架。

白艾泽抿了抿嘴唇,甚至不敢相信尚楚就是在这样的房子里一个人长大。

这里没有光、没有水、没有养分,他是怎么从一株小小的树苗长成今天这样挺拔坚韧的大树的?

尚楚自如地坐在地上,一件件地叠好衣服往一口箱子里放,嘴里哼着不成调的小曲儿。白艾泽凝视他片刻,也学着他的样子,坐到了另一张报纸上。

"怎么突然想到收拾家里?"白艾泽问。

尚楚笑了笑,很自然地说:"人走了,把他的东西清一清。"

白艾泽一顿。

尚楚说的……是尚利军?

他一直不敢提起那件事,他知道尚楚有多难受,所以小心翼翼地不去碰他这个伤口,没想到尚楚竟然自己揭开了这个疤。

见白艾泽沉默不语,尚楚抬头看了他一眼,果然撞破了白艾泽眼里的忧心,于是哭笑不得地问:"干吗不说话?怕我伤心啊?不是,哪本法律规定收拾遗物就得哭丧着脸啊?要不我和你一起号两声?"

"没有,我不是这个意思。"白艾泽吁了一口气,指了指地上的那些杂物,

"这些都是……尚叔叔的？"

"嗯。"尚楚点头，"我打算把一些能穿能用的找地儿捐了，不能用的就扔了。"

白艾泽仔细地斟酌措辞："不留下一些做念想吗？"

"做什么念想？"尚楚笑着摇了摇头，自嘲道，"回想他是怎么虐待我和我妈的？喝了酒是怎么撒酒疯的？这一辈子是怎么把自己弄得人不人鬼不鬼，临了一个朋友都没有的？"

"阿楚！"白艾泽皱着眉打断他，沉声说，"逝者为大，不管怎么样，他是你爸爸。"

尚楚从口袋里取出钥匙扣，对白艾泽晃了晃上面那个破旧的小熊。

"这是我妈留给我的念想，我一直以为念着念着、想着想着就永远不会忘记她，"尚楚拇指轻轻摩挲着小熊毛茸茸的脸蛋，"假的，我根本连她长什么样都想不起来了。念想这东西，用来安慰安慰自己倒是可以，硬要凭它记住点儿什么，反倒成了累赘。"

白艾泽看着尚楚的侧脸，不知该如何回答。

他一直以为他比尚楚要成熟许多，尚楚身上保留着很重的孩子气，挑食、不爱吃蔬菜、喜欢垃圾食品、讨厌开水、钟爱碳酸饮料，偶尔会任性，偶尔会有坏脾气，他一直都想好好珍藏尚楚这份难能可贵的心性，所以他才没有发觉，尚楚好像真的长大了。

"我有时候感觉我挺不是东西的，"片刻后，尚楚突然说，"我觉得他没了，我就真的解脱了，我甚至在想……"

他说到这里顿了顿，白艾泽看着他，轻声说："你在想什么？"

"我在想，我还可以站在你面前，"尚楚五指微微弯曲，"就是因为他死了。"

"不是的，这一切都是因为你够勇敢，所以你值得。"

尚楚抿了抿嘴唇，接着抬头对白艾泽笑了笑："我值得的，我真的很好。"

白艾泽无奈地摇了摇头："怎么这么臭美？"

"小白，"尚楚把最后一件军大衣放进箱子，"我早就想带你见见我的家人，可惜现在我没有家人了。"

白艾泽心尖一疼："今天就算见过了。"

"我家不是很好，很简陋，家具也不像样，也不怎么干净，"尚楚鼻头皱了皱，"你不要嫌弃。"

"不嫌弃。"白艾泽说。

"我没带人来过这里，同学没有，朋友没有，都没有，你是第一个。"尚楚垂下眼睫毛，语速很慢，"我不想让别人发现我家是这样的，我怕他们知道了就瞧不上我了，你知道我这个人要面子，又虚荣又幼稚。"

白艾泽坐在他身边，静静地听着他说。

"我最不想让你来我家，最不想让你知道我爸是什么样的人，最不想在你面前生病，最不想让你觉得我没用。你是我最在意的朋友，我真怕失去你。"尚楚双手撑着地，仰起头长长地呼了一口气，"可是有些事情真的好奇怪，偏偏我最狼狈、最落魄、最无能为力的样子都让你看见了，你说——"

尚楚转头看着他，眼睛在昏暗的房间里显得格外亮。

"小白你说，是不是很奇怪？"

"是。"白艾泽看着他的双眼，"那今天又为什么带我来这里？"

"破罐子破摔了呗。"尚楚努了努嘴，玩笑道，"反正你都知道我是个什么人了，我也不怕你看见我家这副鬼样子。"

白艾泽轻笑出声："就不怕我被吓跑了？"

"不怕啊，反正我就在这儿，不管你下次什么时候再来，我都在的。"尚楚看着他说，嘴角挂着笑意。

白艾泽闻言一怔。

"小白，你现在知道我这个人有多糟糕了，你抓住我的把柄了。"尚楚认真地说，"我跑不了了，无论你什么时候来敲我的门，我都会在的。"

白艾泽心头猛地一跳。

原来他都知道，他什么都知道。

白艾泽心里有一个隐秘的角落，藏着一段昏暗的楼道和一扇怎么也敲不开的木门，他把那个角落用厚重的木板钉上，不去看也不去触碰。那段分开的时间里他无数次梦到那个角落，每次醒来都是锥心地疼。

尚楚就这么轻而易举地找到了那个尘封的小角落，"哐哐"地撬开木板，点着灯照亮了那个楼道，为他打开了那扇门。

城中村的租期下个月就到了，尚楚不打算再续租。

这间屋子对他来说似乎并没有什么太值得留念的地方，他在这里度过了暗淡的好几年，做梦都想逃离。如今真要走了，倒真有点儿不舍。

社区负责捐赠事务的工作人员上门收物资，整整三口大纸箱，尚楚在确认单上签下自己的名字，站在窗边看着他们用推车把东西拉走。

一直到看不见人影了，尚楚才重重闭了闭眼，回头问白艾泽："我抽根烟啊，你不介意吧？"

白艾泽坐在客厅地上，手里正在翻看尚楚初一时候的作文本，头也不抬地说："介意。"

尚楚在口袋里摸烟的手指一顿，撇了撇嘴，还是掏出一根烟点上。

白艾泽闻见烟草味道，抬眼朝他看过来。

尚楚掸了掸烟灰，理直气壮地说："这是我家，我爱抽就抽，你管得着吗你？"

"那你何必多此一举来征求我的意见？"白艾泽说。

"这叫礼貌。"尚楚斜倚着窗，"我就喜欢多此一举，我放屁还脱裤子呢。"

白艾泽眉梢一挑，把作文本倒翻回两页，照着上边的狗爬字朗读道："一项科学研究表明：一只活蹦乱跳的小狗，只要让它抽一口红塔山，它就死了。连生命力顽强的小动物都无法经受一支红塔山的摧残，更何况一天就要抽一整包红塔山的人类呢？我们都知道吸烟有害健康，为什么却不能做到拒绝吸烟呢？虽然红塔山物美价廉，但是吸烟对人体危害……"

尚楚听着听着觉得有点儿耳熟，再一看白艾泽手里那个皱了吧唧的小本子，瞬间臊得满脸通红："你看什么呢！"

"没什么。"白艾泽笑了笑，"鲁迅文集。"

"……你还挺能编的。"尚楚也笑了起来，缓缓吐出一口烟圈，半眯着眼回忆说，"我就讨厌写文章，刚上初中那会儿记叙文写得多，成天题目都是父爱、母爱、亲情的，我没有素材根本写不出来，只好上网抄，被我语文老师在课上批评了一顿。我那时候叛逆得不行，从那之后事事都和她作对，写作业全是胡来。"

"看出来了。"白艾泽揶揄道。

他刚才扫了几篇本子上的大作，全是胡言乱语。题目是"伟岸的身影"，尚楚写的是有回看见一只鸭子，干瘦干瘦的，突然大叫一声冲向一条小狗，狠狠啄起来。鸭子小小的身躯里竟藏着如此巨大的能量，身影瞬间就高大了起来；命题是"一首难忘的歌"，尚楚描绘了有次他路过一个小区，发现门岗老爷爷躺在椅子上补觉，打的鼾声一声高一声低，抑扬顿挫，韵味十足，十分令人难以忘怀，至今还萦绕在他耳边；还有回的命题叫"那件事，我做得真的很棒"，尚楚写他经过勤学苦练、耐心钻研，终于研究出如何用塑料袋一次抓住十只苍蝇，并在结尾感慨万事开头难，熟能生巧，只要肯下苦功，没有什么做不到，很好地升华了主题……

白艾泽忍俊不禁，甚至不用闭上眼，都能想象当年十三四岁的小尚楚是什么样子。

天不怕地不怕，调皮又捣蛋，爱笑，虽然嚣张但不让人讨厌；是班上的孩子王，有很好的人缘，集体活动时一呼百应，体育很好；为了写一篇600字的作文抓破脑袋，却能轻轻松松地解出最后一道数学大题；知道自己长得好看，又臭美又自恋，校徽从来不好好戴，穿校服一定要把裤脚挽着露出脚踝，指甲总是修剪得干干净净；喜欢逗小女生，总爱揪前座女孩儿的马尾辫，喜欢拿尺子戳人家后背，要是有哪个浑小子敢揪人家的辫子，他一定第一个冲上去护着；喜欢给人家讲数学题，一道题不管讲解多少遍都不会没有耐心，虽然有时候会皱眉骂人家笨，骂完了换一种更加浅显的解法接着讲……

还有呢？是不是还有些什么被漏掉了？

白艾泽看向倚靠在窗边的尚楚，窗框生了厚厚的铁锈，他背后是逼仄的巷子，橡胶皮老化的电线缠绕在一起，天空被错落的楼房切割成小小的方块。他夹烟的手指细长，微垂着头，眼睫毛在白皙的脸上投下一片浅影。隔着一层淡淡的烟气，他的侧影看起来显得有些单薄，只有耳垂是圆润的，在光线投射下能看见笼罩在上面的细小绒毛。

还有呢？白艾泽忍不住想，那个意气风发的小少年还有怎样的一面？

他放了学从不和大部队一起走，在校门口就和伙伴挥手告别，一个人回家，熟练地穿梭在纵横交错的小巷里；他在体育课上表现很活跃，谁踩脏了他的布鞋他都笑笑说没关系，回家路上踮着脚，小心翼翼地跳过水沟和污泥，看着鞋子上怎么刷都刷不干净的脏污，愁眉苦脸地叹气；他很少和同学出去玩，有人喊他去看电影、去打电动、去游乐场，他总推脱说不感兴趣，回来后关着门在房间里数储蓄罐里的硬币，暗暗告诉自己那些没什么好玩的，根本就不好玩；他只在偶尔才和朋友们出去一次，大家在路上吃冰激凌、吃串串香、吃臭豆腐，他只买一个大大泡泡糖，把糖纸收好，吐一个巨大的泡泡耍宝，用几毛钱就能换来女孩子们的尖叫。

他是这样的一个尚楚。

面前的小箱子里堆着尚楚初中时代的小玩意儿：他的旧笔袋，他贴着贴纸的圆规，他折断的铅笔，他用小刀切开的橡皮，他褪色的金属校牌，他攒的泡泡糖糖纸，他收过的情书，他的习题本，他的奖状，他的毕业照，他的储蓄罐……白艾泽看着这些零零碎碎的小东西，突然觉得胸膛里有一块地方融化了，温暖得不像样。

白艾泽经常会想，如果他早一些遇见尚楚会怎么样。

他会送尚楚回家，和尚楚一起跳过污水沟；他会告诉尚楚洗完布鞋用纸巾盖着晒会更干净；他会带尚楚去好玩的地方，春天去地铁十号线尽头的樱花公园，夏天去东郊的沼泽森林，秋天去乡下一望无际的原野，冬天去结了冰的北芜河；他会和尚楚一起买大大泡泡糖，比谁吹的泡泡更大，再把自己的糖纸也给尚楚；他会给尚楚过生日，每年都送尚楚一只布偶小熊，给尚楚写漂亮的贺卡……他会让尚楚不管遭遇了什么都不要怕，他会告诉尚楚你将来会是很优秀的大人，会有一个真心待你的好哥们儿。

如果他能早点遇见尚楚就好了。

尚楚抽完一根烟，发现白艾泽直直盯着他看，于是问："你看什么？"

白艾泽瞄了眼箱子里的一沓奖状："你这么写作文，考试还能回回拿第一？"

"我又不傻，这就平时写着玩玩，正经考试我能这么写吗？"尚楚手里把玩着打火机，朝白艾泽吹了声口哨，问他，"我发现你对我初中的事儿很感兴趣啊？"

"嗯，很有趣。"白艾泽屈起一条腿，手臂搭着膝盖，另一只手把作文本翻到扉页，上面写着尚楚的自我介绍，"本人尚楚，英俊潇洒风流倜傥，身材高挑宽肩窄腰，好莱坞八次邀请我参演功夫电影，均被本人拒绝……"

饶是尚楚脸皮再厚，这会儿也听得面红耳赤："赶紧闭嘴！"

白艾泽很认真地问："为什么拒绝好莱坞的邀请？"

尚楚额角一抽："我没钱买机票行了吧！"

白艾泽了然地"哦"了一声，接着又问："下面还写你有次骑单车，结果车胎因为你的帅气爆了，这又是为什……"

"你赶紧闭嘴吧！"

尚楚恼羞成怒，大步冲上去想把本子抢过来，白艾泽立即把作文本护在怀里。

"这箱东西我打算当废品扔了的，你赶紧还来！"尚楚朝他龇牙。

白艾泽耸了耸肩："现在是我的了。"

"去你的吧！我的东西怎么就成你的了？"

"这些都是废品，"白艾泽有理有据地说，"谁看到了就是谁的。"

尚楚辩不过他，半晌只好哼了一声，在箱子上踹了一脚："给你给你都给你,我看你就是有毛病!"

先前叫的出租车就快到了,尚楚自己的东西不多,就塞了一口箱子,算上白艾泽要走的那个,统共也就一大一小。

屋里空空荡荡的,除了几件旧家具也不剩什么,尚楚把箱子踢到楼道口,站在门边背对着这间承载着他整个少年时代的出租屋,双手叉腰,仰面深呼了一口气。

他现在心情很复杂,说不上来喉头那股莫名的酸涩是因为什么,背后传来"啪"的一声,白艾泽熄灭了屋里的灯。

尚楚下意识地转过头,想要再看一眼。

白艾泽低沉的声音响在他耳边:"时间到了,该往前走了,别回头。"

尚楚嘴唇动了动,因为知道白艾泽就站在他背后,还没有出口的叹息转变成了一抹轻而坚定的微笑:"走了。"

出租车开不进巷子,在路口等他们,白艾泽一手抱着那只小箱子,一边走一边装作不经意地问:"搬到哪里?"

尚楚很自然地回答:"你那里啊。"

"我那里?"白艾泽问。

尚楚"嗯"了一声,对白艾泽眨了眨双眼,满脸写着"那不然呢"。

白艾泽挑了挑眉毛:"我并不知道这件事。"

"现在不是告诉你了嘛。"尚楚冲他笑了笑,"你那屋子放着也是放着,反正平时都在学校,也就节假日住一住,咱们好同学,互帮互助,应该的。"

白艾泽哼了一声,一边大步流星地往外走,一边说:"如果我不同意呢?"

"你慢点慢点!我这箱沉!"尚楚小跑着追在他后头,"你要不同意,那我就住叶粟姐那儿去了,她说她能帮忙租到便宜的单间。"

"那你找她吧。"白艾泽说。

尚楚脚下一个趔趄,险些摔个狗吃屎:"白艾泽你这么无情的吗?叶粟姐刚和我说没找着!你不让我住,我流落街头去了啊!"

走在前面的白艾泽轻轻一笑。

昨晚叶粟就把这件事告诉他了。

"我给你房租行不行?二公子?二少爷?小白?艾泽?艾泽哥哥?"尚楚在他身后嚷嚷个不停,"按市价付你钱!先记在你账上,我现在欠你多少来着?四十万是吧?都记账上,以后给你算利息,我还给你做卫生洗衣服,这总行了吧……"

尚楚睡在白艾泽租房的客厅，沙发够大，铺一床被子睡个人绰绰有余。

第二天早上起来，尚楚穿着运动服，手里拿着笔，在一张纸上不知道写些什么。

听见动静，他警惕地一个激灵，立刻把纸揣进怀里，用一种看不速之客的眼神看着白艾泽："你怎么不敲门？"

"我没记错的话，这里是我家。"白艾泽面无表情，"吃饭。"

尚楚把那张纸叠了两叠塞进枕头底下，伸长脖子看了看，一碗南瓜粥、两个煎蛋、一碟炒青菜。

他失望地叹了一口气："就这？就这就这就这？"

"嗯。"白艾泽把房间窗户打开通风，"坐好。"

"少废话！"白艾泽懒得和他贫嘴，"吃饭，吃完喝药。"

"唉——"

尚楚叹这一口气叹得凄凄惨惨戚戚。

"等吃完饭，我想带你去一个地方。"尚楚说。

白艾泽问："什么地方？"

尚楚眨了眨眼，没有回答。

第5章 · 给小白

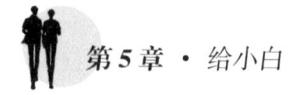

  首都新开了一条地铁线路,叫"田庄线",从南到北贯穿整个首都。
  田庄线沿途会经过一段废弃的铁轨,据说几十年前在修路时,从地底下挖出了几具骸骨,有位风水大师预言这铁路冲撞了先人,这是大不吉的征兆。工程师和施工队不相信这些神神鬼鬼的东西,照旧动工铺路,后来这段路完成了它的使命,逐渐荒废了。但民间传说这里灵异事件不断,闹得人心惶惶,至今各路论坛上还流传着许多有关这里的怪谈。
  "有个人正打瞌睡呢,火车经过一个隧道,他眼前一黑,耳边突然响起了哐啷哐啷的声音。"尚楚压低声音,神秘兮兮地问,"你猜猜,那是什么声音?"
  "火车行驶时和铁轨摩擦发出的噪声。"白艾泽从很科学的角度给出了答案。
  "啧!"好不容易营造出的恐怖氛围就这么被他给毁了,尚楚翻了个白眼,"你这脑袋瓜子长得挺帅,想法怎么这么简单呢!猜错了,再猜。"
  白艾泽很敷衍地回答:"有人走路。"
  "错了错了。"尚楚不依不饶地追问,"好好猜,开动你那精英脑瓜子,你难道就不想知道那是什么声音?"
  白艾泽看了他一眼,生硬地扯了扯嘴角:"不想。"
  "你不想知道,那我就偏要让你知道。"尚楚哼了一声,"不好意思,我叛逆期又到了,你体谅体谅。"
  两人并肩坐在地铁上,田庄线到了偏僻的郊区,地铁车厢里稀稀拉拉的没什么人。恰好这时地铁驶进一段隧道,车厢忽地暗了下来,气氛非常到位,尚楚在白艾泽耳边幽幽道:"哐——哐——哐——"
  白艾泽被他闹得耳朵痒,抬手捏了捏耳垂。
  "怎么样?怕了吧?是不是浑身起鸡皮疙瘩了?"尚楚以为他害怕了,再接再厉地贴着他耳朵配音,"就这个声音,你仔细听,哐——哐——哐——"

地铁驶离隧道，白艾泽松了一口气，尚楚总算消停了。

"听出来没？是什么声音？"尚楚撞了撞他的胳膊，又问。

"听出来了。"白艾泽点头，一本正经地回答，"脑子进水的声音。"

"滚滚滚！"尚楚在他小腿肚上踢了一下，也不管白艾泽压根儿对这故事没兴趣，声情并茂地讲述起来，"那个人也和你一样，一开始还以为是火车噪声，或者是有人路过，但是他马上就觉得不对了，因为一阵寒意从他后背往头皮上爬。那个声音离他越来越近、越来越近，最后近到就像是贴着他的耳朵发出来的，而且听上去非常清脆，非常非常清脆——清脆你懂吧，嘎嘣嘎嘣脆，脆响脆响的……"

白艾泽觉得尚楚讲故事还挺生动，才刚听出了点儿意思，尚楚突然卡壳了。

"然后呢？"白艾泽还以为尚楚是故意停在这儿，不往下说好吊他胃口，于是开口问。

尚楚悻悻地抬手刮了刮鼻梁，手忙脚乱地从兜里找出手机："后面突然有点忘了，你等一会儿，我上论坛看一眼。"

白艾泽忍俊不禁，轻笑出声。

"行了行了，知道了。"尚楚把手机塞回兜里，清了清嗓子继续说，"火车开出隧道，他睁眼一看，哇！一颗人头飘在他脑袋旁边，两颗眼珠子在眼眶里撞来撞去，那声音就是眼珠子发出来的！"

说到这里，尚楚为了增强惊悚效果，还突然"哇"了一声，接着双眼一眨不眨地盯着白艾泽，看白艾泽是不是害怕得瑟瑟发抖了。没料到白艾泽不仅没被吓着，反而还饶有兴致地挑了挑眉毛："然后呢？"

"然后？"

尚楚在心里嘀咕他怎么不害怕，自己昨晚在被窝里看这故事的时候都被吓坏了，半夜上厕所都不敢关门。

"你是不是又忘了？"白艾泽拿出自己的手机递给他，"你把网址给我，我自己上网看。"

尚楚乐了，往椅背上一靠："没然后了，就这么多！"

"我听过这个传闻。"白艾泽正色道，"其实后面还有一段故事。"

"真的？"尚楚立即坐直身体，好奇地追问，"你给我说说。"

白艾泽接着说："那个人吓了一跳，第一反应是怀疑自己看错了，所以他闭上双眼，在心里默数一百下，再睁开眼睛——"

尚楚舔了舔嘴唇："他看见什么了？"

"什么也没有发生，那节车厢里满满都是人，一切都很正常。"白艾泽眉头紧锁，"他身边也没有什么飘着的人头，坐着一个很普通的乘客，就是刚才一直坐在他旁边的那位。"

"不可能啊。"尚楚背脊一凉，"难道只有他看见了？"

"他也觉得非常可怕，于是问邻座的那位乘客，刚才是不是一直坐在位置上。"白艾泽说，"就在这时，他发现了异常。"

尚楚瞪大双眼："不是吧？难道他隔壁那个……不是'人'？"

"不，是人。"白艾泽摇了摇头，语气十分沉重，"只是邻座那人似乎智力有些问题，无论问什么问题，他都只有一个答案。"

"什么什么？"尚楚不自觉绷紧了神经。

"什么。"白艾泽看着他说。

"什么？"尚楚没听明白，"什么啊？"

"什么。"白艾泽认真地解释，"无论问那个傻子什么问题，他只会回答两个字——什么。"

"什么玩意儿——"尚楚一噎，忽然反应过来白艾泽就是故意臊他，于是气急败坏地冲白艾泽倒竖拇指，"你能耐啊，白艾泽！还知道拐着弯儿骂我了！"

白艾泽勾起嘴角。

地铁到站，尚楚和白艾泽下了车："到了。"

"五原铁道？"白艾泽看着路牌上标着的站名，"这就是你刚才说的那段废弃铁道？"

"嗯。"尚楚点头说，"现在重建成一个景点了，弄了个环线小火车，绕五原村一圈，全程四十分钟，上周刚开放我就买票了。"

白艾泽没想到尚楚会带他来坐火车，问道："怎么想到要来这里？"

"探险啊。"尚楚对他眨了眨眼睛，"来一个闹过鬼的地方，是不是很刺激？怕了吧？"

"嗯，怕了。"白艾泽停下脚步，作势要转身离开，"还是不去了。"

"别啊！有我保护你呢，怕什么！"尚楚抓着白艾泽，拉过他就跑，"快点快点，要赶不上时间了！"

今天天气不错，秋天的阳光不那么热烈，温温和和的，晒在身上很舒服。

尚楚跑在前面，后脑勺上几撮头发蹦来跳去。

两人踩着点上了小火车，一节老式车厢，刷着绿漆，木制座椅是深褐色的。

"还好还好！"尚楚对着车票找到了他们的位置，"差点儿就没赶上。"

这会儿游客不多，车厢里除了他们和司机，就只有另外两个人。

白艾泽在靠窗的位置坐下，窗外站台边有一排长椅，坐着两个来写生的女孩。

"出发了啊。"司机回头看了几位乘客一眼，"全程四十二分钟，从这儿出发还回这儿来，中途不停靠，厕所都上了吧？别一会儿路上说尿急。"

"等等等等！"尚楚突然站起身，一手捂着肚子，很是焦急的样子，"那我下去放个水！"

"赶紧赶紧。"司机不耐烦地催促道，"事儿真多！"

"我陪你去。"白艾泽也跟着站起身。

"别啊。"尚楚按下他的肩膀，"又不是小学生，撒泡尿有什么可陪的，两分钟就回。"

"好。"白艾泽说，"快去快回。"

尚楚点点头就往车门那边跑，到了门边突然压低声音对司机说："师傅，您开吧，我下了。"

"你不回来了？"司机问。

"不了，我不上了，我一下车您就开吧。"尚楚说。

"成，那你下吧。"司机巴不得不用等他，冲他挥了挥手，"去吧。"

尚楚敏捷地跳下车，车门随即"啪"地关上，巨大的火车鸣笛声响起，司机用话筒说："坐稳，开车喽！"

白艾泽眉头一皱，立刻站起身："还有人没上——"

车身忽然一震，火车慢慢启动，白艾泽跌坐回深褐色木椅，转头看见尚楚站在那排长椅前对他笑，眼睛弯出两道弧度，见他看过来，于是抬手对他摇了摇，像一只招财猫，傻得要命。

尚楚是故意的，他为什么不上车？

窗外的站牌开始在视线里徐徐倒退，尚楚朝白艾泽挥舞双臂，嘴唇上下开合，在朝他喊话。

白艾泽从他的口型分辨出了他在说什么——

"小白，我在原地等你。"

白艾泽忽然心念一动，接着垂下眼睫毛，缓缓合上了双眼。

小火车开得很慢，发出"哐当哐当"的声音。白艾泽在微微的颠簸中睁开眼睛，窗外尚楚的身影已经变成了一个蚂蚁大小的点，小蚂蚁在原地等他。

白艾泽笑了笑，收回望向窗外的目光，这才看见身旁的座位上放着一个浅蓝色信封。

——给小白。

信封上端端正正地写着三个字，一笔一画都字迹清楚，一点儿都不潦草。

那家伙早上趴在床上偷偷摸摸的，原来就是在写这个。

白艾泽拿起信封，不舍得直接撕开封口，用钥匙一点点地裁开边缘，取出里面装着的信纸。

小白，你好，今天天气真不错，不冷也不热，早上起床虽然有一点儿冷，不过喝完粥就暖和了。

好俗的开场白，他果然不会写作文。

白艾泽笑着摇了摇头。

我趴在沙发上给你写的信，你家的沙发太软了，都不好下笔，所以字写得丑了点。

本来字就难看，和沙发有什么关系？

白艾泽指尖从纸上轻轻划过，接着往下看。

小白，你现在是坐在火车上看这封信对吧？不知道你坐过火车吗，我猜没有。

我坐过两次火车，第一次是从新阳来首都，第二次是从首都去新阳。

第一次坐火车的时候我还很小，我没有座位，只好坐在地上。我记得我的书包是黄色的，我抱得紧紧的，在路上一直哭一直哭。我好像很害怕，记不太清楚了，应该是因为害怕吧，不知道要去的是个什么地方，不知道要在哪一站下车，不知道还有没有明天。

第二次坐火车的时候我已经是大人了，但我还是哭了，一直哭一直哭。我记得你给我打电话，你要我回去，我也很想很想回去，但火车怎么也不掉头，一路朝着南方开。路上的隧道那么多、那么长，我在心里悄悄祈祷了好几次，如果火车穿过这条隧道就转向北方就好了，可是没有，一次都没有。小白，我太害怕了，我怕我永远都回不去了，我不知道还有什么能带我回去。

白艾泽指尖一顿，一股酸涩感从胸膛涌起。

他和尚楚都保持着一种无言的默契，都绝口不提那天发生的事情，就把被巨大车轮碾碎的一切都留在从首都去往新阳的铁轨下。他连回想都不敢，他一想就疼。

但尚楚却不怕疼,非要扒开那堆支离破碎的伤疤,一点一点地拼凑出完整的伤痕,再写到这封信里,统统告诉他。

小白,你不要笑话我,我就是这么没用,多大的人了,只要害怕了还是会哭鼻子,我不勇敢。

白艾泽目光微动,他分明是最勇敢的。

那天我看到了很多树,很多田地,很多稻草人,很多牛,很多羊,还有很多鸟。南方和北方真是不一样,由北向南,树叶变多了,青草变绿了,天空变蓝了,城市道路变窄了。我觉得很神奇,有好多奇妙的事情想要告诉你,可惜我没有文采,不知道该怎么和你说。

白艾泽笑了笑,他见过,他见过南方的树、南方的草、南方的天空和南方的路,唯一遗憾的就是没能见到尚楚穿着警服,意气风发地站在南方炙热的阳光里。

不过没关系,总有机会的。

我在南方过得很好,除了很想你们。小白,你不知道我有多害怕,你和阿尧都那么光芒万丈,只有我,灰扑扑的,像一只蚂蚁、一粒尘埃。我每天都在想,走路在想、吃饭在想、睡觉也在想,想你和阿尧今天又做了什么,你们一定参与了很多很重要、很有意义的案件吧,你们一定学到了很多吧,你们一定又变得更厉害了吧。这么说是不是太肤浅了?是不是有点蠢?但我真的很害怕,你们跑得那么快,我害怕再也追不上你们了。我觉得你知道的,你一定知道我有多慌,你肯定知道的,小白。

白艾泽无声地叹了一口气,再没有人比他更知道了。

我在新阳失去了很多,又好像得到了很多。我也说不上来我是该讨厌新阳,还是该喜欢新阳。现在想起新阳,我还是会有一点点难过,不过只剩下一点点了,只要抽一根烟就能好,我是不是又变得厉害了一些?

是。

白艾泽在心里回答。

新阳的空气很好,是个适合养伤的地方。新阳的人也很好,每一个都很好。小白,我在那里遇到了好多好多人,我记得我好像和你说过,谢队、龙哥、大冰哥、小王哥、付姐、倪老师……我是不是太啰唆了,总是和你炫耀这些。小白,我想带你认识他们每一个人,我没有什么值钱的礼物能送你,我最珍贵的东西就是这一路上收到过的善意和帮助,我想把我最最宝贝的东西都和你分享,你一定不会嫌弃的。

白艾泽默念一遍那几个名字，忽然感到眼眶发热。

他也想认识这上面的每一个人，然后郑重地感谢他们，是他们帮助阿楚重新站了起来。

阿楚养伤的时候他缺席了，是他们陪着阿楚。

他们给了尚楚最珍贵的善意，才让尚楚有勇气重新站到他面前。

他最最要感谢的人，是阿楚。

谢谢阿楚用了那么多那么多的勇气和决心，才从深陷的泥泞中挣脱出来，带着一身结痂的伤口回到他身边，笑得比以前还要灿烂。

还有李奶奶，她总说我长得像她过世的孙子，那她的孙子一定也很帅。李奶奶每天都坐在那张椅子上，也不知道在等什么。上周末我和李奶奶通视频了，我答应她这个寒假一定会去看她。她嘴上嫌弃我，要我别来，但是我看到她偷偷掉眼泪了，你说这老太太是不是嘴硬？

如果可以的话，我想邀请你和我一起去新阳，我们一起坐那趟长途火车，一起去看望李奶奶，你说这样好不好？李奶奶见到你一定很开心，她肯定最喜欢你了，比喜欢我还要喜欢你。

当然好，怎么会不好。

小白，去新阳的火车有九个小时那么长，我转了好大一圈才回来，还好你没有走，还好你还愿意留在原地等我。

这次的小火车只有四十分钟，我也不会走的，这次就换我来等你吧。

小火车穿过一片广阔的原野，窗外是一片金黄的油菜花田。

白艾泽长呼了一口气，接着用力闭了闭眼，睫毛微微湿润。

小火车兜了一圈，终于在出发的地方停下。车身还没停稳，白艾泽迫不及待地大步往外跑，一手撑着横杆跳出车门，把司机的"危不危险啊，车还没停稳你急什么"抛在脑后。

写生的两个女生已经离开了，尚楚坐在长椅上，两条腿晃荡来晃荡去，阳光是灿金色的，暖融融地罩在他身上。

白艾泽气息有些乱，在尚楚面前蹲下。

"你来啦？"

尚楚朝他勾唇一笑，从身后拿出两杯奶茶，一杯递给白艾泽。

"坐火车好不好玩？"尚楚问。

白艾泽点了点头，接过那杯奶茶。

"喝了我的奶茶，就要与我和好了？"尚楚眨了眨眼，眼角眉梢都藏着狡黠的笑意。

"好。"

"小白,对不起。"尚楚轻声说,"让你等了那么久。"

白艾泽眼睫毛微微颤动。

"不过刚刚我也等你了。"尚楚笑着说,"所以我们扯平了,好不好?"

白艾泽抬起头,凝视尚楚清凌凌的眼睛,郑重地允诺他:"好。"

搭乘下一趟小火车的乘客陆陆续续上车了,尚楚和白艾泽并肩坐在长椅上,看着小火车又在铁轨上跑了一圈。

太阳渐渐沉入地平线。

"阿楚,谢谢你。"

"嗯?谢我什么?"

白艾泽笑了笑,没有回答。

刚才白艾泽下车跑向尚楚的那段路分明很短,他却觉得花了很长的时间。

那一瞬间,白艾泽才发觉,尚楚跑向他的路途有多么遥远、多么漫长。

——所以阿楚,谢谢你。

——谢谢你一直把兄弟、把友谊看得比金子还贵重,义无反顾地跑回来。

"太阳下山了。"尚楚说。

"没有,"白艾泽转头看着尚楚的侧脸,"太阳一直都在。"

▶ 尾声

第1章 · 零花钱

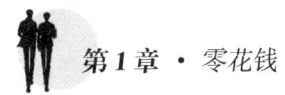

尚楚是被狗狗的嗷嗷声吵醒的。

两只小东西在客厅里蹦跶来蹦跶去,"贵族"楚楚打不过土狗小白就撒泼,扒着房门直叫唤,声音凄惨得不行。

尚楚睡得浅,挣扎着掀开眼皮。他从床头柜上摸过手机一看,才清晨五点半。

深色窗帘紧紧合着,房间里一片漆黑,伸手都瞧不见五个手指头。尚楚眨了眨眼,盯着黑黢黢的天花板,顿时睡意全无。

他做了一个很长很长的梦,梦境从遇见白艾泽的那一天开始,结束在那个灿金色的、伴随着火车鸣笛的黄昏。

梦里的一切太真实了,反倒给他带来了几分不真实的眩晕感。

尚楚在清醒和混沌的边缘,感觉到了自己逐渐加快的心跳。

少年时代经历过的一切杂乱无章地堆在他的脑子里,像一本搅混了页码的书,页边泛着陈旧的黄,乱糟糟的。

他远远地看到书上画了一些人,有哑巴妈妈和尚利军;还写了一些字,什么"废物""你不配""偷来的第一名"之类的。

太阳穴的位置开始泛起熟悉的刺痛感,尚楚睫毛颤抖,紧紧闭上双眼,抽出书本其中一页,想要看清上面到底写的是什么,然而在脑海里书页展平的一瞬间,上面的字迹忽然扭曲着变得模糊,根本辨认不出内容。

刚才在梦里分明就很清晰,现在怎么看不清了?

他有些着急,在心里告诉自己只要再做一场梦就能看见了,出于强烈的心理暗示,脑袋竟然真的昏昏沉沉起来,四肢也逐渐有些僵硬,身体变得很重很重,像有什么重物压在了胸口,意识却仿佛抽离了躯体,轻飘飘的——

"汪——汪呜!"

楚楚被小白打了一巴掌,扒着房门一声哀叫,尚楚眼皮剧烈地颤动起来,额头上沁满细汗,粗喘了一口气,猛地惊醒过来。

他心有余悸地吁了一口气，伸手拧亮床头的小夜灯，看到为了照顾他而趴在床边睡着了的白艾泽。

紊乱的心跳渐渐平复，混乱无序的感觉也一点点消退，脑海里那本页码错乱的书本"啪"一声合上。

什么破书，看不清就不看了，有什么大不了的！

时间会流逝，空间会扭曲，遇见过的人会离开，陈年的笔迹会模糊，只有白艾泽是不会变的。

"今天记得吃药。"白艾泽提醒尚楚。

他前些年上学时身体严重透支，这几年身体彻底不行了，靠着各种进口药勉强维持激素水平，必须严格按照时间用药。

尚楚不太懂这些，他就知道那些药死贵死贵的，一管就要上千块。白艾泽让他吃什么他就吃什么，让他什么时候吃他就什么时候吃。

自己的身体自己最明白，其实尚楚清楚药物对他作用不大，他的根基都毁了，吃再贵的药也补不回来，但吃药能让白艾泽安心，那他就吃。

"记着呢。"

尚楚打开药箱，里头放着一排排的透明小药盒，盒子上贴着便笺，标好了日期。

白艾泽经常出差，担心尚楚粗心大意忘记了，于是就把什么日子要吃什么药分装在小盒子里，再标上日期。

尚楚照着标签找出今天的，把小药盒揣在兜里，见白艾泽还是一脸不放心地看着他，于是说："哎，我肯定记得吃，你就不能少操点儿心？"

"你要是能让我少操心，你就不叫尚楚。"

"滚蛋！"尚楚嗤他。

白艾泽拿起车钥匙："走了，记得戴头盔。"

"知道知道。"尚楚手忙脚乱地往脚上套袜子，很敷衍地应了一声，"肯定戴肯定戴。"

尚楚也整不懂白艾泽每天早晨是怎么有时间把自己捯饬得人模狗样的，而他连梳个头的时间都没有，手忙脚乱地穿好衣服，电动车钥匙又不知道放哪儿了。趴在客厅地上找了半天，原来是被楚楚和小白叼到狗窝里去了。

经过巷子口的早点摊买了两个烧饼，刚好宋尧发消息叫他带个煎包，尚楚又挤到隔壁包子铺要了两个煎包，踩着点赶到市局，老张远远见了他就喊："尚队！迟到了啊！"

尚楚停车上锁，抬腿下车一气呵成，狂奔进市局大门打了卡，不多不少，七点五十九分五十九秒，差一秒就算迟到。

"惊险惊险，真惊险啊！"尚楚松了一口气。

老张笑眯眯地揣着手："尚队，你这个月已经踩点六回了。"

"我这叫时间管理。"尚楚振振有词，"踩点也是一种艺术。"

尚楚拎着一袋煎包、一袋烧饼，晃悠着进了大厅。

齐奇那帮家伙围成一圈，叽里呱啦不知道说些什么，尚楚冲他们吹了声口哨，齐奇招呼说："'花儿'，来了啊？"

"来了。"尚楚应了一声，过了两秒才觉得不对劲，操起一本书就砸了过去，"喊我什么呢！"

那群臭小子笑作一团。

齐奇拍了拍掌，眉飞色舞地吆喝："一人十块啊，赶紧拿来。我就说了喊队长'花儿'他肯定答应，你们非要和我打赌，有劲儿吗一个个的？"

小江不情不愿地掏出一张十元纸币放到齐奇手上，很是哀怨地瞟了尚楚一眼："花儿，我对你太失望了。"

尚楚活生生气笑了："你们拿我打赌是吧？谁起的头？"

齐奇立即怂了，立正敬礼："队长，我错了！"

"滚滚滚！"尚楚踹了他一脚，"看着就碍眼。"

"赚了一百二十块。"齐奇嬉皮笑脸地说，"尚队，分你五十块？"

"我缺你那五十块？"尚楚白了他一眼，"周中总结写完了吗？"

"……还没。"

"那你在这儿皮什么呢？还不赶紧写！"

尚楚啃了一口烧饼，又瞥见茶水间那儿出来一个人，迈着碎步贴着墙根走，看着挺眼熟。

好像是宋尧那儿来的一个新人？

刚好他给宋尧带的煎包还没送过去，他冲新人喊了一声："哎！那个……那个谁！"

翁施一怔，愣愣地看着尚楚："我？"

"对，就你。"尚楚笑眯眯地冲他勾了勾手，"你过来一下。"

翁施一直把尚楚当作人生偶像,昨儿在局长办公室门口激情澎湃地对偶像进行了一番自我介绍,却遭到了偶像的冷淡对待,他难受得一晚上没睡好,想不到今天偶像竟然主动和他打招呼了。

翁施激动得心脏怦怦乱跳,紧张地跑到尚楚跟前:"尚……尚队,您找我?"

"你就是物证科新来的小助手吧?"尚楚问,"我听你们宋科长夸你好几回了,机灵又勤快。"

"真的吗?"翁施惊喜地眨了眨眼睛。

当然是假的。

宋尧原话是他这徒弟成天绷着一根弦,跟只兔子似的,动不动就吓得一哆嗦,小心灵脆弱得很。

"真的。"尚楚笑得很和善,"你跟着宋尧好好学,他在物证这块儿很有研究。"

翁施点头:"我一定努力!"

尚楚把那袋煎包递过去:"这个给你,你帮我……"

"给我的?"翁施一脸惶恐地接过塑料袋,随即又很是感激地看着尚楚,"尚队,其实您一直是我的榜样,我考警校也是因为您,我来新阳也是为了有机会向您学习,我笔记本上第一页就写着您的名言!"

"我的……名言?"尚楚嘴角抽了抽。

他有什么名言,他自己怎么不知道?

"就是那句——努力就像夜空中的星辰,只要积攒到一起,就能够熠熠生辉!"翁施激动得脸蛋通红,"这句话一直是我的座右铭!"

"……谢谢哈。"

尚楚心虚地摸了摸鼻尖。他从没说过这句话,这种话也不是他的风格啊,什么星辰什么熠熠生辉的,狗屁不通!

"谢谢尚队的煎包!"翁施捧着那个塑料袋,"谢谢尚队!"

人家是个新人,照宋尧的话说,又是个小心灵比较脆弱的新人,尚楚实在不好打破新人对他的美好幻想,于是摆出一副和蔼的前辈样子,拍了拍翁施的肩膀:"不用谢,好好加油,努力就像那什么……小星星,只要凑到一起,就能——"

"熠熠生辉!"翁施接道。

"对对对，生辉！"这小孩儿怪可爱的，尚楚忍俊不禁，"赶紧吃去吧，一会儿凉了。"

"嗯嗯！"翁施用力地点了点头。

尚楚笑着看这小孩儿捧着一袋煎包跑走了，再转头一看，笑容当即僵在了脸上。

白艾泽倚在墙边，冲尚楚挑了挑眉毛。

先前他冲完咖啡出来，见着尚楚和阿尧手底下那个小助理聊得热火朝天，尚警官笑得嘴角都快咧到耳根了，还给小助理递了一袋吃的，小助理被尚楚哄得找不着北，跑走的时候脸都是红的。

白艾泽就烦尚楚这个性子，见了谁都要逗几下，就连门卫老张那只野猫都是他的忠实粉丝。

尚楚装作没看到他，狠狠咬了一口烧饼。

白艾泽一手端着一杯咖啡，迈着长腿走到尚楚面前。

"白sir，"尚楚抬眼看他，"有事儿啊？"

白艾泽下巴一抬："戴头盔了吗？"

"你什么毛病！"尚楚喷了一声，"戴了戴了！"

"说谎，"白艾泽微微一笑，"今天零花钱扣了。"

尚楚一拍桌子站了起来，瞄见周围人一副看热闹的表情，压着嗓子说："我戴了！"

白艾泽一看他头发被风吹得乱七八糟的样子，就知道他压根儿没戴头盔，还理直气壮地狡辩。

"说好一天零花钱一百，别想赖账！"尚楚咬牙说。

"扣了。"白艾泽抿了口咖啡，转身走了。

尚楚气得一脚踹在墙上。

齐奇和小江几个对视一眼，在群里打字——看来今天是咱"警花"吃瘪啊？

一队的小陆在下面回复——白sir就是最牛的！一队就是最牛的！

齐奇不屑地"喊"了一声，接着打字——"警花"永不认输！二队永不认输！

他正在群里喊着口号，肩膀突然被人拍了一下。

齐奇抬头一看，尚楚正冷着脸站在他跟前，他一个激灵："花儿……不是，尚队，周中报告是吧？我马上写！"

"不着急，"尚楚抿了抿唇，有点儿不自然地伸出手掌，"拿来。"

"啊？什么？"

尚楚皱起眉，低声说："那个啊！"

"哪个啊？"齐奇真不明白，一头雾水地摸了摸脖子，"周中报告？还是上周的总结？我记着那已经给你了啊……"

尚楚气得在他脑袋上狠狠薅了一把："五十块！拿来！"

第2章 · 结账

宋尧天还没亮就到局里了。他凌晨三点多接了通电话，说是大关村出了起入室盗窃案，派出所到现场调查取证，发现那小贼还挺狡猾，作案前在手指头上涂了一层502胶水，因此留下的指纹很不清楚，数据库里比对不出来，所以特地来请教请教宋老师，问能不能帮着指导指导。

请教请教是没问题，指导指导也是应该的，关键是能不能等天亮了再来求请教求指导？他已经连着在局里熬了两个大夜，都快忘了自己家在哪儿了，好不容易把结案报告交上去，到家舒舒服服地洗了个澡，玩了会儿手机，在两米二的大床上一躺，准备一觉睡到大天亮，结果被窝还没焐热就被吵醒了。

对方一口一个宋老师、宋专家，态度好得没得挑，宋尧憋了一肚子的火都不知道往哪儿发，应承下来后挂断电话，再闭上眼愣是睡不着了，心里总记挂着这件事儿。

按说他也没什么可着急的，这种小事情他大可不必管，顶多明天上班抽空帮那边看一眼就成。

宋尧翻了个身，念咒似的嘀咕"赶紧睡"，没几分钟又睁开眼，心说这事情应该挺棘手的，否则大关村那边也不至于大半夜给他打电话，要不是真遇上解决不了的问题，谁也不喜欢深更半夜找人帮忙，自讨没趣嘛，这不是！保不准这作案的是个惯偷，多耽误一晚上就有可能多一户人家遭受财产损失。

"唉！"

宋尧烦躁地抓了把头发，觉得自己真是个天生劳碌命，干个什么不好偏偏干了这行，连个觉都睡不踏实！

他一边在心里发牢骚，一边认命地换好衣服，操起车钥匙出了门。

白艾泽端着咖啡溜达到了物证科鉴定室，宋尧半死不活地趴在台子上，眼圈黑得能送去当国宝了。

"宋科长在吗？"白艾泽敲了两下门，揶揄道，"这里是鉴定中心没错吧？不是大熊猫展览馆吧？"

"滚你的！"宋尧和他开玩笑的力气都没有，冲他翻了个白眼，"少说风凉话！"

"报告不是交了吗？"白艾泽问，"怎么，昨晚又没回去？"

"回了，临时有事儿又过来了。"宋尧动了动鼻子，闻见一股咖啡味儿，"赶紧给我喝一口！"

白艾泽把杯子递过去，宋尧仰头一口气把一杯不加糖的黑咖啡全灌了下去，完了抹了抹嘴，顺便打了个饱嗝儿。

宋尧身体后仰靠在椅背上，两眼发直，脸上挂着微笑，颇有一种得道高人的得意："我感觉我要成仙了。"

"再这么折腾就差不多了。"白艾泽摇摇头，见桌面上摆了一份指纹成像，想了想最近似乎没有从现场送过来的指纹检材，于是俯身仔细看了几眼，"这是什么时候的？无中心无三角，典型疑难。"

"大关村送来的。有个盗窃案，现场提出来就这样，那边技术不行，让我帮着看看。"宋尧取了根烟点上，"难倒是不难，套个坐标再上个光点编辑就行，就是碎得很，麻烦。"

"谢局不是给你派了个小徒弟吗？"白艾泽靠在桌边，状似不经意地提起，"这种活儿怎么不给他锻炼锻炼？我看他挺闲的。"

"大关那边要得急，我先做了，再留底弄份样本给他练手。"宋尧掸了掸烟灰，"哎，老白，我怎么觉得你打听我徒弟这么不怀好意呢？"

"想多了。"白艾泽笑笑。

鉴定室隔壁就是物证科办公的地儿，隔着一层磨砂玻璃，能看见小徒弟翁施捧着煎包，就像捧着什么了不得的宝贝似的，小口小口地品尝着，脸上洋溢着十分幸福、青春又阳光灿烂的笑容。

宋尧转头看着啃煎包的翁施，抬了下巴说："喏，那就是我徒弟，傻坐着吃早饭呢，这小孩儿还挺可爱。"

白艾泽眉毛一挑，心说有什么可爱的。

宋尧见着煎包突然想起来："我早上让阿楚给我带早饭来着，他来了吗？再不来我就饿死了！"

"他来倒是来了，就是——"白艾泽顿了顿，嘴角挂着意味深长的笑容说。

"宋老师！宋科长！"他们这儿才刚说起尚楚，尚楚就拎着一袋文件风风火火地撞开门来了，"你这鉴定报告有毛病——你怎么在这儿？"

尚楚见白艾泽也在，瞬间就跟夯了毛的兔子似的，往后跳了一步，目露警惕。

白艾泽一摊手："尚警官能来，我怎么不能来？"

尚楚眼珠子转了转，心说他大早上来找宋尧干吗？不会是来打探消息，然后兴师问罪的吧？

"你没和他说吧？"尚楚有点心虚，小声问宋尧。

"啊？"宋尧不明就里，"说了啊！"

不就是告诉白艾泽，说新来的小徒弟是尚楚的超级粉丝，想和尚楚说句话又不敢，磨磨蹭蹭了好几天，这有什么不能说的？

尚楚痛心疾首地控诉："宋尧啊宋尧，你真不是个东西啊你！"

"我怎么就不是东西了我？"宋尧抓了抓脖子，"你也没说这不能说啊？"

"这还用我和你说不能说，你才不说吗？我没和你说不能说，你也不能说啊！"尚楚气得脑壳疼，用手掌一拍脑门儿，对宋尧龇牙，"我现在穷成这样你得负一半责任，我告诉你。"

宋尧本来就因为缺觉脑子不太够用，被他这一通能说不能说的彻底绕晕了："到底什么不能说啊？"

"你还和我装傻！就昨晚聚餐抽了三包烟，喝的啤酒全是冰的那事儿啊！"尚楚心说反正白艾泽都知道了，干脆破罐子破摔了，"还有结账的时候其实只花了八百多，我多给老板转了两百块，让老板再转到我账上这事儿啊！"

宋尧头皮一紧。

白艾泽露出一个微笑。

尚楚总算觉出了不对劲，问宋尧："你没说？"

宋尧瞄了白艾泽一眼，想摇头又不敢。

"尚警官？"白艾泽眉梢一挑。

尚楚"啪"一声关上门，勾起嘴角摆出一个乖巧的笑容："白sir，那什么……"

"三包烟？冰啤酒？两百块？"

他千叮万嘱，抽烟可以，但必须适度；喝酒可以，但千万不能喝冰的。

尚楚底子本来就不好，加上这两年工作强度大，身体更是状况百出。白艾泽已经是千小心万小心，恨不能事事都经手，事事都由他给尚楚安排。他知道尚楚不喜欢被管束，那他就最大限度地给尚楚自由，但这个混账东西怎么就这么不自觉，一点儿不把自己身体当回事。

"白sir，我自首。"尚楚举起双手，做了个投降的姿势，"我对我的犯罪事实供认不讳，请求从轻发落。当然了，最好还是不发落。"

白艾泽没有理会他，径直走出了鉴定室，走前没忘了拉上那扇磨砂玻璃的百叶窗。

"唉！"尚楚叹气。

"唉！"宋尧也叹气。

"你唉个屁！"尚楚没好气地说。

"你管我唉什么，"宋尧打了个哈欠，"我快困死了。"

"你害死我了你！"尚楚想到刚才那通乌龙就来气，掐着宋尧脖子晃个不停，"我看我这回是糊弄不过去了。"

宋尧直翻白眼："让你昨晚吹牛，说自己什么千杯不倒，让你少喝点你还不乐意。"

"我能认怂吗我？"尚楚踹了他一脚，"丢了个头功，我不带头多喝点儿多闹会儿，那帮小子心里更难受。"

宋尧轻叹了一口气，虽然尚楚表现得就和没事人似的，但他知道尚楚有多看重这个一等功、有多想给二队争一口气，要说难受，没人比尚楚更难受。

"道理是这个道理。"宋尧说，"不过也不能怪老白管着你，你上周不才出了个体检单嘛，我也看了，情况可不太好，也难怪老白心急。"

"难办。"尚楚心烦意乱，抓了把头发，坐在桌面上说，"我知道他是关心我才心急，我也心急啊，二队跟了我这么久，能力也不比谁差，就因为队长是我就处处矮人一头，我受不了。我这样儿的也不知道还能在一线干几年，没准什么时候就倒了，大不了我就退到二线，去干个文职……"

"瞎琢磨什么呢！"宋尧皱着眉打断他，"什么倒不倒的，赶紧闭嘴，大清早的晦气不晦气！"

"不说这个。"尚楚用力抹了把脸，把带来的那份文件打开，指着其中一处说，"就这儿，九月十八日出的检验报告上说是弓型纹，九月二十二日的二次足检报告怎么成箕型纹了？"

"我看看。"宋尧抬手捏了捏眉心，接过那份报告，顺便问道，"对了，我的煎包呢？"

"那什么……我那边还有事儿，我先回了啊。你这边弄明白了差个人给我送过去就行，宋老师再见！"

尚楚脚底抹油，立刻溜了。

午休时间到了，齐奇他们招呼尚楚一块儿吃饭去，尚楚装模作样地翻着一本书，摆手说再学习会儿。

"什么书啊？"齐奇凑上来一看，顿时笑得上气不接下气，"《幽默故事集锦》？队长你还有这爱好呢？"

"滚蛋！"尚楚推了他一把，"别烦啊，吃你的饭去。"

齐奇和小江几个勾肩搭背地走了。尚楚跷着二郎腿，看似专心致志地品味故事，实际上用眼角余光一个劲儿往会议室瞟。

白艾泽一小时前带着一队几个人进去开会了，怎么都这个点儿了还不出来？

心急如焚地等了十多分钟，会议室门终于开了，尚楚一个激灵坐直身体，见白艾泽率先走了出来，动了动嘴唇刚要叫人："小——"

白艾泽身后又出来几个人，尚楚一顿，装作无事发生，悻悻地摸了摸鼻尖。

"尚队，还不去吃饭啊？"小陆见尚楚还在位置上坐着，问了一句，"这都几点了，再不去食堂可就关了。"

尚楚笑了笑，挥了挥手里的《幽默故事集锦》："我再看会儿书，精神食粮。"

小陆乐得合不拢嘴："尚队你太幽默了！"

尚楚瞄了一眼白艾泽，给他使了个眼色，意思是中午一起吃饭。

向白艾泽发送信号完毕，尚楚又清了清嗓子，和小陆那几个一队队员说："你们赶紧去吃饭吧，一会儿鸡腿都被齐奇那帮狗崽子抢完了。"

"白sir请客，我们去对面湘菜馆下馆子。"小陆说。

"哦……行，那快去吧。"尚楚说。

白艾泽带着一队人走了，尚楚晃着小腿、哼着小调，很是悠闲地看着书里的笑话，时不时还会心一笑。

等白艾泽他们走出大门，尚楚才骂了一声，连忙把书塞进抽屉。

什么故事，什么笑话，难看得要死！

人家都三三两两结伴去吃饭了，就他一个人孤零零的，悲哀啊！

尚楚去物证那边找宋尧一起吃饭，宋尧困得眼皮都抬不起来，像死狗一样躺在沙发上，一动不动。

恰好这时候，翁施鼓起勇气问："宋哥要不要一块儿吃个午饭？"宋尧不堪尚楚骚扰，对翁施说："你和尚队一起去吧，反正尚队也正找人结伴。"

"真的吗？"翁施双眼一亮，"尚队？"

尚楚在宋尧腰上扭了一下，宋尧痛得龇牙咧嘴。

"尚队你喜欢吃什么？我请客！"翁施很是期待，"我没忌口，吃什么都可以！"

尚楚咳了两声，实在不好拒绝这个两眼放光的新人，微笑着说："都行，你先去门口等我，我马上来。"

翁施"嗯嗯"两声，兔子似的蹦跶走了。

"你卖我啊？"尚楚立即变了张脸，恶狠狠地对宋尧说。

"你不是全民偶像吗？"宋尧挑了挑眉毛。

"服了，这是你徒弟还是我徒弟？还要我帮你带是吧？"尚楚翻了个白眼，从宋尧上衣外套里翻出钱包。

宋尧说："你干吗！"

"借我五百块。"尚楚抽出五张一百块的钞票，"我都没钱吃饭了。"

宋尧说："人家不说要请客吗？"

"我能真让他请吗？"尚楚没好气地说，"那我这全民偶像还当不当了我？"

宋尧捧腹大笑："回来给我打包个盒饭！"

尚楚把钱包砸他脸上："睡你的觉去！"

尚楚不好意思带人吃食堂，于是去了外头一家吃杭帮菜的，在一楼大厅里找了个空座。

翁施兴奋得不行，还拿了个小笔记本让尚楚签名。尚楚实在是哭笑不得，还真有人把他当榜样崇拜着，这感觉不坏，挺好的。

两人聊了一会儿，尚楚发现这孩子还挺有那股子劲儿的，早早认定了要考警校，因为体能不行没被选上青训，就自己在家拼了命地练，高考总算如愿以偿。

他还知道尚楚在警校的事迹的时候还很小，但就是觉得尚楚很厉害，为了维护尚楚在网上和网友吵架，吵赢了好几个。

尚楚忍俊不禁，其实这已经是很多年前的事情了，但现在说起来，总觉得好像就发生在昨天一样。

翁施放松下来也是个小话痨，尚楚挺喜欢这孩子的，对他态度也很温和。两个人聊了没多久，大门那边走进来十多个人，有人扬声问："老板娘，包厢还有吗？"

尚楚闻声一愣，怎么是小陆的声音？

他抬头一看，和白艾泽的视线对了个正着。

尚楚一个激灵："咳咳咳……咳咳……"

"尚队您怎么了？"翁施赶紧给他倒了一杯水，"呛着了？"

"没没没，没事儿。"尚楚摆手，"不用管我。"

小陆也见着尚楚，惊喜地喊道："'警花'？吓吓吓，尚队，你怎么在这儿？"

"你们不是去湘菜馆了吗？"尚楚问。

"那边没座位了。"小陆说，"我们等号等了会儿，懒得再等了，干脆换家店。"

"白 sir！"翁施见了白艾泽很紧张，赶紧起身问好，"白 sir 好！"

"嗯。"白艾泽颔首，"你宋科长呢？"

"他没来。"翁施老老实实地回答，"尚队带我来的，尚队请我吃饭。"

尚楚觉得回头得和宋尧说说，教教这小徒弟职场生存法则，有些时候倒也不必如此实诚。

"尚队请客？"白艾泽眉毛一挑，"尚队，大方啊？"

"还行还行。"尚楚笑得有些生硬，"一般一般。"

白艾泽带着一队十多号人上了楼上包厢，尚楚呼了一口气，赶紧喝了一杯水压惊。

"白 sir 真厉害。"翁施说。

尚楚抹了把额头上的汗，斜着眼"哧"了一声。

吃得差不多了，尚楚看了眼时间，叫来服务员，说再做一份鲜肉馄饨和一份肉末蒸蛋，打包。

"给宋哥带的？"翁施问。

"对。他这几天忙，你也跟着辛苦了。"

"不辛苦不辛苦，我不辛苦的，宋哥很厉害！"

"怎么说？"

"昨天深夜大关派出所请他帮忙做个指纹鉴定，宋哥立即就来局里了。他本来不用这么着急的，可以在家里好好睡觉，但他还是来了。"

尚楚先是一愣，他本以为翁施会说宋尧技术多好、理念多先进，没想到是因为这个。随后他笑了笑："他就是这么个人，谁的事儿他都放心上。"

"宋哥真是了不起。"

"你和他挺像。"

"不不不，我没有宋哥那么厉害……"

"挺天真。褒义的啊，你俩都挺天真的，心无旁骛，适合干物鉴。"

翁施被偶像夸奖了，红着脸点了点头。

"宋哥他……"过了一会儿，翁施才小心翼翼地问，"没有谈恋爱吗？"

"有过，不过全是没多久就吹了。"

"为什么啊？宋哥那么好！"

"受不了呗。"尚楚耸了耸肩，"就你宋哥这性子，大半夜为了桩不归他管的活儿跑市局开工，谁受得了？"

翁施讷讷地眨了眨眼睛，不自觉微微攥着拳头："他是警察呀……"

尚楚拍了拍他的肩膀："做警察的伴侣，可不是件容易的事儿。"

打包的食物做好了，尚楚去前台结账，一共消费了三百六十块。

尚楚从口袋里掏出几张钞票，想了想又塞回去，对前台小哥说："你认得我吧？"

"认识，尚队长啊！"小哥笑呵呵地回答。

"那楼上包厢那个你也认识吧？"尚楚又问。

"怎么不认识！"小哥又说，"白队长啊！"

"嗯嗯，"尚楚点头，"他今天做东，你把我这单算他那儿，一会儿他结账你和他说声就成。"

"没问题！"小哥笑得很憨厚。

尚楚欣慰地点了点头。

最近新阳治安挺好，连带着他们刑侦队也清闲了不少。

吃完午饭回到局里，翁施提着打包袋给宋尧送饭去了。尚楚本来就是个闲不住的性子，加上心里总惦记着白艾泽生他气这件事儿，就更觉得时间过得慢。

坐立不安地玩了会儿手机，眼见着就快要一点半了，一队办公区那边还是空空荡荡的。

吃的什么饭啊，现在还没吃完？也不知道白艾泽给不给他结账，要是真不帮他付钱，那他一世英名就全毁了，到时候别说什么全民偶像了，明儿"市局刑侦队长尚楚吃白食"就能引爆整个新阳。

烦，真是烦。

尚楚叹了口气，本来想着等白艾泽回来了，他就把白艾泽叫去个没人的地方，给他老老实实认个错，顺便把今天的一百块零花钱讨回来。谁知道白艾泽今天中午偏偏就出去聚餐了，还聚到了这个点儿，一会儿等人多了他还怎么去找白艾泽！

又等了十来分钟，尚楚实在是忍不住了，给白艾泽发了条微信，没好意思直接问他吃完饭没，让白艾泽等会儿路过湘菜馆底下的煎饼摊时，给他带个葱油饼回来。

微信发出去就和丢进棉花堆的石头似的，连声响都听不着。除开公务在身，白艾泽从来没有不回他消息，尚楚撇了撇嘴，看来这回真把二公子气着了，难办得很。

这么干等着也不是个事儿，总归是要打发时间，尚楚先去门口保卫室逗了会儿猫，猫咪见了他连鱼干都不吃了，黏着他一个劲儿地喵喵撒娇；逗完猫又去接线处那边晃了晃，小桃那几个女生在聊一部男主角帅到没天理的新泰剧，尚楚眨了眨眼，倚在门边说"是什么男主角把你们魂儿都给勾走了，我可吃醋了啊"，俏皮话张口就来，逗得几个接线小姑娘脸红心跳。

整个市局溜达了个遍，尚楚下车库逛了一圈，顺便把早上停在路边的电瓶车开下去充电。

管理员林哥正在看一本开了线的《倚天屠龙记》，见到尚楚连忙招呼，问了他一个非常有高度的千古难题："尚队，你是喜欢赵敏啊，还是喜欢周芷若啊？"

尚楚给自己的小电驴插上充电器："我谁也不喜欢，还是单着好，一个人没烦恼。"

"我知道了，看来你喜欢的是纪晓芙！"

"我怎么就喜欢纪晓芙了？"

"纪晓芙死得早啊！她一死你不就单着了吗？"

"哥，幽默！"尚楚冲他比了个大拇指，"我今儿看了本幽默故事，加起来也没你幽默。"

林哥从偏远农村出来的，小时候初中没读完，但他这人挺有上进心，加上确实喜欢读书，这么些年就爱去二手书店淘旧书，还效仿精忠报国的岳元帅，在背上文了"自强不息"四个大字。

前年他来市局报案，揭发自己打工的那个工地老板以次充好，用的全是劣质钢板。后来林哥被那老板家人报复，被几个混混砍掉了半条命，尚楚连夜带队去救的人，医药费是白艾泽给出的，林哥出院后就来市局找了个活儿干。

他为人正派又有意思，尚楚平时有事没事就喜欢找他抽根烟聊几句。

林哥问尚楚怎么还不买车，这么些年了就他还骑着辆电动车，都当队长了还这么节俭，人家白队长轿车都换了几辆了。

尚楚吐出一个烟圈，在袅袅的白雾中摆了摆手："这些东西都是身外之物，咱们做警察的不在乎这些，图的就是个老百姓安居乐业。"

林哥看他的眼神瞬间就变得崇敬起来，双手抱拳说："尚队，你这思想高度，我真是自惭形秽啊！不瞒你说，我还以为咱男人就没有不爱车的，看来还真是我太浅薄了！"

尚楚真是欲哭无泪，他也爱车啊，每回见白艾泽开个四轮车那样儿，他馋得口水都能掉下来，无奈他的钱包比脸还干净，买辆两轮电动车都是找白艾泽借的钱，不戴头盔还要被扣零花，"惨"字一共十一笔，每一笔都刻在他脑门儿上。

但装都装了，尚楚半眯着眼，嘴角挂着一丝若有似无的微笑，往右前方白艾泽停车的位置瞟了一眼："其实我这人吧，真挺看不上那些开豪车的，是真没必要，这些玩意儿多了都是累赘，生不带来死不带去的，你说人活一辈子什么最重要？"

林哥被他这缥缈的神情和高深的语气唬得一愣一愣的："什么最重要？"

"思想，人是有思想的芦苇。"尚楚看着他说，"哥，我就佩服你一人，就是因为你有思想。"

"我有什么思想啊我？"林哥挠了挠头，"我就是喜欢瞎看个书，也没个文凭……"

"学历不能决定一个人的思想深度。"尚楚说。

林哥说："你这话说得还挺高深，有那么点儿意思了。"

"哥，我就知道你理解我。"尚楚掐了烟，搭着林哥的肩膀，"我对你吧真就是一见如故。"

"可不是嘛！"林哥挺感动，"你和白队是我的救命恩人，这恩情我一辈子也不能忘啊！"

"到点儿了，我得回去干活了，不然老谢又要唠叨我。"尚楚装模作样地摸了摸口袋，皱着眉说，"出来得急，也没带钱包，这……"

在车库停车要办停车卡，每月三百块，临时停进来的得做登记，按时间收钱。

"没事儿，你的车我不登记。"林哥笑着说，"哪能收你的钱！"

"那不行，规章制度可不能不遵守。要不这样，"尚楚想了想，又说，"该登记的还是得登记，钱你就帮我从白sir停车卡里扣，一会儿我上去了和他说一声，直接把钱给他，这样你也方便我也方便。"

"行。"林哥也觉得是个好办法，"那你自个儿和白队长说。"

"好嘞!"尚楚笑着把烟屁股扔进垃圾桶,"林哥,果然你最能理解我,有思想,不像那些个开豪车的,一点深度都没有。"

回到了局里,"一点深度都没有"的白艾泽已经坐在位置上了。尚楚捧着自己那个上头画着小棕熊图案的陶瓷杯,往茶水间去了好几回,经过办公区一个劲儿瞪大眼睛朝白艾泽使眼色,白艾泽面对着电脑岿然不动,也不知道是真没看见还是装没看见。

"尚队,你这是干吗呢?"一队的大明从厕所出来,"我先前进去你就站过道这儿,这都半小时了你怎么还在这儿?"

尚楚摸了摸鼻尖:"我坐久了屁股疼,放松,我站这儿放松。"

"你不会是想找我们白 sir 吧?"大明一副看热闹不嫌事大的表情,凑近尚楚低声说,"要不我帮你叫他出来?"

"我找他干吗啊我?"尚楚"哧"了一声,端着杯子转身就走,"我吃饱了撑的我。"

大明乐得不行,跑回一队办公区嚷嚷:"兄弟们,我刚'放警花'了嘿!"

"放警花"是二队私底下一项经典娱乐项目,由齐奇发起。只要在警花面前提起白艾泽,保准"警花"就和二踢脚似的当场就炸,现在城里管得严,不让放鞭炮了,于是他们就开始把气尚楚的这活动叫作"放警花",百试百灵。

"明哥,你牛的啊!怎么样?'警花'炸没炸?"

"那能不炸吗!"大明眉飞色舞地说。

【和我去趟四楼杂物间,速度!】

【你要是不去,今晚我就把楚楚宰了。】

【赶紧行动起来,否则你的楚楚狗头不保!】

…………

尚楚给白艾泽连发了十二条消息,但白艾泽愣是一动不动,连手机都不看一眼。尚楚气得牙痒痒,低头给白艾泽编辑第十三条信息,就在这时候,他瞥见白艾泽掏出手机看了看,接着从座位上站起身。

尚楚也赶紧站了起来,先白艾泽一步跑到了楼梯间。

白艾泽目视前方,越过他径直往走廊尽头走。

局长办公室门开了,谢军从里边走出来,见了白艾泽就招手:"艾泽。"

尚楚撇了撇嘴,敢情白艾泽不是来找他的。

"臭小子你傻愣着干吗！"谢军又朝他吼了一声，"还不赶紧滚过来！"

"我啊？"尚楚问。

"就你！"谢军说，"赶紧！"

尚楚打开手机一看，谢军刚才果然也给他发了条消息，让他去办公室一趟。

"来了来了！"尚楚赶紧放开步子跑了过去。

最近省厅上边人员调动，变化比较大，谢军和他俩说了这事儿，刚好下周尚楚和白艾泽要一起去省里开个会，谢军交代他们把会上每个人的职位都记清楚了，千万别到时候叫错了头衔。

谢军还特别吩咐了尚楚，说他混不吝的，这几天照着文件好好背清楚，省得给局里惹麻烦。

"知道知道。"尚楚不耐烦地摆摆手，"我就烦和那些坐办公室的打交道，这个官那个官的一大堆，能分得清谁啊。"

"你小子！"谢军哼了一声，"当初来这儿实习就是这德行，这么些年过去了也没个长进！"

"我要这长进干吗？"尚楚撇嘴，"我又不乐意升官。"

白艾泽无奈地摇摇头："谢队，您放心，我会监督他好好学习的。"

从办公室出来，尚楚想找机会和白艾泽说几句话，白艾泽硬是没搭理他。

好不容易等到了下班时间，其他人陆陆续续离开了，白艾泽有文件要处理，所以走得晚。尚楚趴在自己座位上等着，七点出头白艾泽那边才忙完，尚楚跟在他后面出了市局，往车库的方向走。

白艾泽这才停下脚步，扫了眼街边停着的一排电瓶车："你的车呢？"

"我开到车库充电去了。"尚楚朝他笑了笑，"你等会儿，我给你看个东西！"

白艾泽双手抱臂，好整以暇地等着。

尚楚伸手从路边的花坛里捡了一根小树枝，把树枝夹在耳朵后边，对白艾泽说："小白，我错了，我给你负荆请罪。"

这就叫负荆请罪？亏他想得出来。

白艾泽捏了捏眉心，担心树枝上有刺把他扎着，皱着眉取下那根树枝扔到一边。

"还有这个。"尚楚双手捧着两张一百块纸币，"还你两百块，我真的错了。"

白艾泽眉梢一挑："这又是找谁借的？"

"宋尧……"尚楚说，"你放心，这钱我自己还，月底发工资了我就还！"

"这么说，"白艾泽板着脸，"尚警官这个月是不打算上交工资了？那尚警官欠我的钱，不如也一次还清吧。"

"不是不是，"尚楚立即表忠心，"我的钱就是你的钱，全给你，你随便用。"

"还有三百块呢？"白艾泽问。

"什么三百块？"尚楚一时没反应过来。

白艾泽语气淡淡道："今天中午的饭钱。"

"那个不算，"尚楚说，"你不是说正当开支由你报销吗？"

"单独请吃饭也属于正当开销？"

"怎么不算？"尚楚硬着头皮辩解，"翁施是我粉丝，我请我粉丝吃饭也属于面子工程，咱这社会就是人情社会，我花这钱做人情是合法合理合情的。"

白艾泽见尚楚这振振有词的样子就来气，冷哼一声就走。尚楚跟在他后边，说："小白，我真的知道错了，你不生我的气了吧？"

一路下到了停车场，尚楚率先跑到自己的电瓶车那儿，第一件事就是把头盔戴上，掏出手机照了张自拍发给白艾泽。

白艾泽看着那张傻得要命的自拍照笑了笑，收起手机。

第3章 · 看房

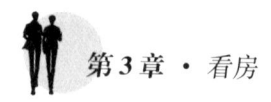

晚上下班，尚楚蹭白艾泽的车回家，白艾泽却把车开到了一个新楼盘里，尚楚问："来这儿干吗？"

"看房。"白艾泽解开安全带。

"看房？你又要买房啊？"尚楚问。

除开他们俩现在住的花园小区，白艾泽去年在海边还买了间三层小别墅，刑侦队时不时去那儿搞团建；他在白御公司有股份，每年光分红就抵得上尚楚几年工资，加上七七八八的各种投资，局里人都说别人干警察兴许还是为了拿那点稳定工资养家糊口，他来干刑侦那才叫真伟大，真正是不为生活只为崇高理想。

尚楚每回听到这论调都嗤之以鼻，他一直认为有钱人的崇高理想那都是假理想，因为有钱人已经实现了大多数人"有钱"的理想。不过他对什么基金啊、股票啊没兴趣，况且他是个负资产的穷光蛋，月月工资按时还债。

但白艾泽刚刚剥削压榨完他就要来看房，这就有点说不过去了。

"你有闲钱买房，你还克扣我零花钱？"尚楚悲愤交加，"真是'朱门酒肉臭，路有冻死骨'！"

还吟上诗了？

白艾泽勾了勾嘴角："下车。"

尚楚跷着脚，摆了摆手："不下，不屑与你们这种资本家为伍。"

白艾泽问："真不下？"

尚楚冷哼一声，掏出一根烟点上："千磨万击还坚劲，任尔东西南北风。"

"行。"白艾泽掏出手机，作势要拨通电话出去，"我和付阿姨说一声，你不屑帮她这种老资本家看房。"

"你爱说不说！"尚楚掸了掸烟灰。旋即，他手腕一抖，赶忙爬过去抢下白艾泽的手机，"你说这是付阿姨要看的房？"

"嗯。"白艾泽点了点头,"付阿姨做完心脏搭桥就一直身体不太好,加上首都空气没有南方的好,爸爸打算从一线退下来,带她来新阳休养,让我们帮着看看房子。"

"你早说啊!"尚楚掐了香烟,把白艾泽往外推,"赶紧的赶紧的!立马看!要是好的话就定下来!"

"朱门酒肉臭,路有冻死骨?"白艾泽合上车门。

"朱门酒肉香喷喷,路边小尚乐哼哼。"尚楚眨了眨眼。

白艾泽挑了挑眉毛:"千磨万击还坚劲,任尔东西南北风?"

"千磨万击真是妙,吹得小尚到处倒!"尚楚摇了摇脑袋。

白艾泽失笑。

新区这边地段不错,主要是清静,虽说离城区有段距离,但有私家车倒是也方便。

两人看了几种房型,售楼的工作人员把房子夸得天花乱坠,但尚楚算是半个行家,在电梯间溜达了一圈,回来就问:"外头两个防火分区的安全出口间隔多少?"

"啊?"售楼小哥愣了愣,"这个……"

"规定必须大于五米。"尚楚说,"我步测了下,怎么觉得距离不够呢?其实就按你这楼层面积,就算正好有五米也是不够的……"

"这个嘛……这个……"小哥抓了抓头,"这个太专业的问题我也不是很懂,需要问问我们经理。"

尚楚摆摆手:"别紧张,没有怪你的意思,就是这高层建筑吧,得多留几个心眼儿。"

"是是是。"小哥冷汗都要下来了,"理解的,理解的。"

白艾泽笑着拍了拍小哥肩膀:"他比较在意这些,不是针对你。"

尚楚去年办了个高层建筑失火的案子,防火分区设置没达标,十楼往上的住户几乎没有成功逃生的。火势蔓延不算快,本来伤亡可以不那么惨重,就是因为在安全出口疏散时发生了拥挤踩踏,不少人就这么丢了性命。

人们都说警察是办一回案长一回见识,尚楚是办一回案学一门知识。那次之后,他找消防那边要了不少专业材料回来自学,每次去什么地方下意识地先去观察防火分区疏散口。

这房子在尚楚这儿算是不合格,两人也没多逗留,坐电梯离开了。

回家路上,尚楚也有点儿累了,靠着椅背打哈欠,恰好手机传来"叮"的一声。

"老谢来信了,说上面的调动文件发邮箱了,还没公开,不能外传。"

"嗯。"白艾泽说。

"下周去开报告会,白叔叔是不是也来呀?"尚楚一边划着手机,一边说。

白艾泽单手操作方向盘,另一只手搭着窗框:"昨天我问过他了,还不能确定。"

"哦。"尚楚点点头,安静了几秒后又说,"我看到下周那时间有个商会,刚好也在省城活动。"

"嗯。"白艾泽应了一声,似乎已经知道这件事情。

"那个……"尚楚抿了抿嘴唇,"乔氏好像也参加了,乔阿姨会来吧?"

前方十字路口绿灯转成刺眼的红色,白艾泽把车停在路边。

尚楚说:"小白,到时候你去看看她吧。"

白艾泽目光闪动。

大学最后那一年,尚楚还是选择报了新阳市局,即使首都平台更广、资源更好,但新阳于他而言意义重大,是新阳把他拼成了一个完整的尚楚。他知道白艾泽是一定要去西城分局的,最后关头还是不免有些犹豫,最后是白艾泽帮他在意向申报网站上敲下了"新阳市公安局"这几个字。

两人的工作地点一南一北,本来已经确定了,但乔汝南一心撮合白艾泽和秦思年,又逼迫他求白父协助生意,白艾泽于是也报了新阳市局,彻底离开了母亲的势力范围。

加上那几年南方几个专家牵头,在犯罪侧写和物证鉴定这块儿影响越来越大,警界为了平衡南北资源,顺势做了一次学科转移,首都几个老牌警校的相关专业都转到了南方的学校,权衡之下,到新阳发展也是个不错的选择。

白艾泽竟然真的离开首都,乔汝南勃然大怒,那之后就不再和白艾泽联系,白艾泽打电话回去她也不接。

最初那几年白艾泽常回首都看她,不过她前年开始定居国外,白艾泽见她一面也不容易。

"我知道你也挺想她的。"尚楚笑了笑。

乔汝南的生日在四月中旬,白艾泽那天总会买个小蛋糕回来,安安静静地点一根蜡烛,什么话也不说。

每回蛋糕都是隔壁尚楚吃光的,尚楚也觉得有点不好意思,就对着蛋糕空盘默默说一句生日快乐,权当祝福了。

"哎,你表情那么凝重干吗,我就是提个建议啊,你要真不想去就不去,多大个事儿。"

"阿楚，我不知道该怎么和她相处。"白艾泽垂眸。

"你说说你这人吧，是不是好为人师？"尚楚说，"以前我总和我爸发脾气，你就知道教训我，现在轮到你自己了，还不是没辙了。"

白艾泽捏了捏眉心："那现在换你来教教我。"

"其实很简单啊。"尚楚耸了耸肩，"去年李奶奶去世，我守灵的时候就在想，我怎么不多去看看她呢，平时总是忙这忙那的，总觉得抽不出时间。其实人一辈子能活多少年呢？就按八十岁算吧，乔阿姨今年五十四岁了，如果你每年见她一次，那你们见面的时间还剩下二十六次。"

窗外霓虹闪烁，灯光映在尚楚的眼睛里，亮晶晶的，柔软得好像要滴出水来。

"小白，只有二十六次了。"尚楚轻轻叹了一口气，看着白艾泽说，"我没有爸爸妈妈了，但是你还有。我那时候做得不好，我不是个好儿子，你不要学我。"

白艾泽喉结滚动："阿楚，你懂事了。"

第4章 · 不配

周五一早,尚楚一到办公室,打开电脑就瞧见邮箱里躺着封新邮件。

拖拖拉拉了小一周,上头总算把正式通告发下来了,关于"9·28阳光绿叶"一案中优秀警员的表彰决定。

他点开扫了一眼,大概就是那些程式性的话,说新阳市公安局刑侦一队警情分析研判能力和应急处突能力优异,在捣毁特大传销组织"阳光绿叶"一案中起到了决定性作用,为维护社会稳定、打击违法犯罪、构建和谐社会做出了突出成绩,为表彰先进,研究决定对下列17名同志分别颁发证书和奖金。

刑侦一队队长的名字加了粗写在第一个。

尚楚把"白艾泽"三个字反复看了很多遍,而后垂下眼睫毛,跳过表彰部分,径直把邮件往下拉,最后一段写着全市公安机关警员要以受到表彰的同志为榜样,提高服务质量,增强履职能力,为建设平安新阳做出贡献。

没了?就没了?

尚楚又从头到尾确认了一遍,是真的没有。

从头到尾,没有一个字提到他的刑侦二队。

就算紧要关头关键性决策是白艾泽下的,最后时刻抓捕行动是一队负责收网的,但他们二队就连一句客客气气的"感谢协同合作"也不配?

尚楚把鼠标往桌上一甩,强忍着想骂脏话的冲动,颓然地靠在椅背上,重重抹了一把脸。

即使早知道是这个结果,哪怕早有了心理准备,但还是觉得不甘心。

真不甘心。

一队那边传来雀跃的欢呼声,有谁在高声嚷嚷着"白sir,今晚必须得请兄弟们吃顿好的";二队这边则是一片沉默,平时一个个都是话痨,这会儿都闭口不言。

白艾泽和尚楚的带队风格不太一样,队伍什么样儿多少也受些队长影响。

一队随了白艾泽，更沉稳点儿，遇到什么事儿都是一副八风不动的做派；二队像尚楚多些，大事小事都能闹腾，争论时都能吵得把整个局子掀翻了。

现在这场面却完全反过来了，隔壁热热闹闹的，二队这边一个个失魂落魄的，呆呆地看着电脑，跟丢了魂儿似的。

尚楚不太习惯这样的缄默，人们形容安静都爱说"连根针掉在地上都听得见"，尚楚却觉得这根针掉在他胸膛里了，扎得他心口疼。

他有脏字儿不能骂，有委屈也不能说，更不能让他的队员们发现他心里难受，谁让他现在是队长尚楚呢？

一旦肩上有了担子，总归就没那么随性。

尚楚重重抹了一把脸，站起身拍了拍手，扬声道："大早上的一个个干吗呢？今天晚上尚队请客吃饭，吃好的，必须比隔壁还好！"

坐着的人没什么反应。

"愁眉苦脸的给谁看？家里全办丧事是吧？"尚楚操起手边的一摞文件卷成筒，一个个朝他们脑袋上敲过去，"能不能整点儿精气神出来，队规怎么说的全忘了是吧？咱们二队要把什么放在第一位？"

小江抬眼看着尚楚，轻轻动了动嘴唇，声音小得听不清。

"大点儿声。"尚楚往他椅子上踹了一脚。

小江呼了一口气，放声大喊："帅！"

"对了，咱们二队，时时刻刻都得记得要帅！"尚楚眨了眨眼，往后一跃坐在了桌面上，跷起一条腿，没个正形的样子，"一个两个蔫儿吧唧的，比对街饭店老板养的土狗还丑，能不能和你们'警花'队长我学学？"

"队长！"

齐奇突然喊了一声。

尚楚闻声转头看过去，齐奇直挺挺地站着，双手贴着裤缝，胸口上下起伏着，嘴唇不住喏喏，似乎想说些什么却又说不出口。

"怎么了？"尚楚从桌上跳了下来，眉心微蹙，"你……"

"对不起！我错了！"齐奇忽然对着尚楚弯下腰，深深鞠了一个躬，"要不是我急于求成，要不是我……我……"

尚楚一愣，第一次在自己的队员面前感受到了手足无措这种情绪。

"老齐你……"

"你干吗啊来这么一出？"

尚楚一抬手，示意所有人安静。

"现在知道认错了？"他看着齐奇，"我和你说过多少次，不要冲动，不要冲动，你记着了吗？"

"我错了，"齐奇低垂着头，听着隔壁一队热热闹闹地商量着晚上去哪个店聚餐，语气中是浓浓的不甘，"这回头功本来该是我们二……"

"闭嘴！"

尚楚把手里那摞文件朝他劈头盖脸砸过去，齐奇浑身一震，其余队员见状也屏住呼吸，再不敢说一个字。

他们的"警花"队长虽然平时总和他们嘻嘻哈哈打成一片，但尚楚真正板着脸沉下声来，那种逼人的威压感尤甚。

二队私下讨论过，"警花"认真起来的样子和"白sir"尤其相像，虽然两个人从相貌到言行举止都大相径庭，但某些特定的时刻就是很像，就如同一个模子里刻出来似的。

"觉得冤是吧？"尚楚双手抱臂，环视一圈办公区，掷地有声地问，"都觉得冤是吧？"

所有人都垂着头，连呼吸都不敢太大声。

"不敢说？不敢说我说，我也觉得冤，盯了半个多月的梢，光是做布控就熬了三个大夜，难不难受？"尚楚冷哼了一声，伸手指着电脑屏幕，"也想要公开表彰是吧？想想自己配吗？每个人都拿面镜子照照，看看自个儿真配得上这次表彰吗？"

一队那边听见声音忽然静了下来，小陆战战兢兢地探头看了一眼，小声说："白sir，尚队在训话呢，是不是因为……"

"不会！"白艾泽叩了叩桌子，"做好自己的事情。"

"Yes，sir！"

白艾泽转过头，隔着玻璃隔断，看见尚警官笔挺的背脊。

"没做好就是没做好，人家这次干得比咱们好，就该受表彰。"尚楚闭了闭眼，轻轻呼出一口气，"花了再多心思，做了再多苦功，但凡一个地方出了纰漏，多少辛苦都白瞎。这道理小学生都懂，现在搁这儿愁眉苦脸的干吗？自我感动呢是吧？"

"不是，我就是……"齐奇抿了抿唇，开口想要辩解。

"要不是白sir当机立断，"尚楚抓起齐奇一只手，"你断条胳膊都是轻的！"

"我错了，对不起，弟兄们。"齐奇有些哽咽。

"干吗干吗?"尚楚摆摆手,语气有所缓和,"要哭要闹的滚远点儿,别让我看见,心烦。"

齐奇用力吸了吸鼻子,立正站直身体:"报告尚队,我没哭!"

"牛得你!"尚楚斜了他一眼,俯身关上那封邮件,"这次不配,还有下次,咱们二队不会每次都被压一头!各位爷拿出点儿精神头来行不行?队规第一条怎么说的?"

"永远把帅放在第一位!"齐奇梗着脖子大喊一声。

其余人举着拳头跟着号:"没别的,就是帅!"

"够了够了,再嗷嗷就把全新阳的狗都招来了。"尚楚失笑,轻轻抬了抬下巴,"都滚吧。"

二队队员们面面相觑:"滚去哪儿啊?"

"啧!去祝贺祝贺人家啊!"尚楚朝一队那边努了努嘴,又贼兮兮地眨了眨眼,小声说,"顺便蹭个饭,人家队长钱多得没地儿花,懂吧?"

"哦——"

队员们恍然大悟,互相给对方搓了搓脸,一窝蜂地朝一队那边冲了过去。

"白sir,听说您晚上请客啊?带上我们呗!"

"白sir,按规矩拿了奖金就得做东啊,一队二队是一家,有饭一起吃嘛,是不是!"

"白sir,我们'警花'可发话了,蹭不到饭回去是要杀头的……"

"滚!"尚楚吼了一声,"我可没说这个!"

白艾泽在老车棚找到了猫在里头吸烟的尚楚。

"你怎么来了?"

尚楚坐在一辆破烂得没人要的自行车上,头也没回地问。

他对白艾泽太熟悉了,熟悉到远远地听见脚步声,就知道来的人是白艾泽。

"里面太闹了,出来透透气。"白艾泽说。

尚楚撇了撇嘴,小声嘀咕:"谁透气透这儿来啊……"

这车棚废弃很久了,市局翻修后建了个新的,渐渐地也没人把车停在这里了,除了尚楚偶尔心情不好来这儿抽根烟,其他人闲着没事儿也不会过来。

白艾泽走到尚楚面前,双手环胸倚在墙上。

尚楚朝他吐了一口烟圈,半睐着眼嫌弃他:"边儿去!"

"尚警官,我透我的气,"白艾泽说,"不影响你吧?"

"你不影响我,我影响你啊!"尚楚手腕一抖,掸了掸烟灰,"你透气透我这儿来,就为了抽二手烟啊?"

"几根了?"白艾泽问。

尚楚深深吸了一口:"第三根,放心,这根抽完就不抽了。"

"嗯。"

白艾泽点了点头,安安静静地靠在墙边看着他。

尚楚扔掉手里吸了一半的香烟,压着声音叫了他一声,语气里有不易察觉的委屈:"小白。"

白艾泽:"嗯,我在这里。"

"我是不是……"尚楚一顿,许久后才接着说,"不适合当队长?"

白艾泽没有直接给出答案,而是反问道:"阿楚自己觉得呢?"

"我、我也不知道了,我其实有点害怕,就是……"尚楚呼了一口气,旋即有些沮丧地抬起头,看着白艾泽说,"我不知道该怎么说,刚才齐奇说是他的错,也许是我的错呢?可是我没有勇气,我不敢和大家说对不起,我总觉得是我……是我拖累了他们。"

白艾泽摇了摇头,缓缓在他面前蹲下身。

尚楚觉得耳朵里涌进来很多嘈杂的声音,这些年他常出现这种症状,每当他心神不定,那些声音就趁机往他脑海里钻,嘲笑他、质疑他、讥讽他。

"艾泽,我真的弄不清楚了,我有点乱……"

"阿楚,其实你知道不是这样的,对不对?"

尚楚在白艾泽沉静的嗓音里忽然平静了下来,那些纷乱的声音刹那间如潮水般褪去,他只看见了白艾泽干干净净的瞳孔,里面干干净净地映着他自己。

"我知道的,"沉默片刻后,尚楚垂下眼睫毛,"其实我知道。"

这次表彰决定没有错,一队比他们更应该拿这个头功。

但是二队错失表彰的原因中有没有一点点,哪怕只有一点点,是因为二队队长尚楚?

白艾泽抬起尚楚的手,紧紧按在他左心口的位置。

"阿楚,你适合当队长吗?"

尚楚的眼神有些茫然,掌心下传来他坚实有力的心跳,他眨了眨眼,片刻后轻点了点头。

"小白,我适合的。"尚楚抿了抿嘴唇,喉头一酸,忽然有点哽咽,"只是……还需要一点点时间,对不对?"

"对，只是还需要一点时间。"

他总是被看轻、被贬低、被漠视，既然他已经从层层包裹着他的偏见中劈出了一条血路，那么他就要走下去。

再给他一点时间，他还可以做到更好、做得更多。

尚楚用力抹了一把脸，跳下自行车，两步跨到车棚外，在太阳下伸了个懒腰。

白艾泽站起身，看见尚楚转头对他笑了笑，眼睛亮晶晶的。

"白 sir，晚上去哪儿请客啊，捎带上我呗？"

第5章 · 一等功勋

这天晚上下了班，尚楚和白艾泽回到花园小区，楚楚和小白听见脚步声就在门里嗷嗷直叫唤。

尚楚开了门，两只小狗摇着尾巴往他身上扑。他一手抱起一只，在黑乎乎的狗鼻子上各亲了一口。楚楚、小白兴奋得不行，铆着劲儿用脑袋顶尚楚的脖子，又伸出湿漉漉的舌头舔他的脸。

"想我了是吧？"尚楚遭不住这么热情又奔放的问候，缩着脖子边躲边笑，"行了行了，差不多就打住啊，太狂野了啊，你爹我遭不住这架势！没想到你俩狗东西这么爱我，这才一晚上没见着，乖乖乖，等会儿就带你俩下楼玩球，玩上个三五个小时……"

白艾泽刚才在楼下花园遇见了爸爸的一位老朋友，于是停下寒暄了几句，比尚楚上来得晚，这会儿才出了电梯。

两只狗崽子精得很，知道平时都是谁给自己买进口狗粮、磨牙棒和小玩具，见了白艾泽立即就把尚楚抛在脑后，蹬着小短腿跳下地，围着白艾泽的腿打圈，又拿鼻子蹭白艾泽的裤腿，乖巧温顺得不像话。

白艾泽笑着说了声"乖"，楚楚立即卧倒在他脚背上，大屁股扭来扭去；小白也不甘示弱，在白艾泽面前坐下，黑葡萄似的圆眼睛盯着他看。

尚警官面子挂不住，于是清了清嗓子，故意重重哼了一声，脚尖点了点地，命令道："过来。"

两只狗就跟没听见似的。

尚楚："……谄媚！没骨气！阿谀奉承！"

白艾泽蹲下身摸了摸土狗小白的脑袋，小白抬起前爪搭在他膝盖上。白艾泽笑了笑说："好乖，比你的主人乖多了。"

"白艾泽，你骂谁呢！"尚楚撸起袖子。

楚楚见白艾泽被吼了，立即冲尚楚"汪汪"叫了两声。

"你这大屁股还挺护主,我白疼你了!"尚楚撇嘴,转头用脚尖轻轻踢了踢小白的肚子,"儿子,你爹被凶了,给我咬他!"

"要咬我吗?"

白艾泽对小白伸出一只手,小白自发自觉地把脑袋凑到白艾泽掌心底下,欢快地蹭了起来。

"小白眼狼!"尚楚额角一跳,"胳膊肘就知道往外拐。"

白艾泽抬眼看着他,笑着问:"生气了?"

尚楚"嗤"了一声,抬脚就往门外走,边走边说:"我犯得着和两只狗生气吗我!"

"去哪儿?"白艾泽问他。

"我离家出走。"尚楚哼哼了两声,悠悠闲闲地说,"我出去浪迹天涯,你也别留我。"

他刚打开房门,白艾泽的声音从身后慢悠悠地响起:"对了,忘记告诉你,早上物业打电话,说对面1202的网络出了点问题,无线网暂时连接不上。"

尚楚背影一顿,没Wi-Fi了?

白艾泽见他停下脚步不走了,疑惑地问:"阿楚,不是离家出走吗?"

尚楚咬了咬牙。

"我尊重你的一切决定,就不留你了,"白艾泽十分善解人意、温柔体贴,"快去吧,晚了赶不上地铁了。"

尚楚回身关上门,笑眯眯地说:"我暂时先不走了,有点困了,我借你屋睡会儿,你就和你的狗一块儿过吧,千万别打扰我。"

白艾泽看也不看他,给楚楚和小白开了个狗罐头,哄道:"乖,吃饭了。"

屋子里一人两狗就没一个理他的,尚楚冲白艾泽倒竖拇指,转身就往客卧里走。

"吃晚饭叫你吗?"白艾泽在他关门前问了一句。

尚楚很有骨气,"啪"一声合上门,加大音量吼道:"不吃!"

"煎牛排也不吃吗?"白艾泽带着笑意的声音传来,"配上香草汁。熬什么汤好呢?奶油番茄?"

刚刚才关上的房门打开一条门缝,尚楚扒在门后咳了两声:"还是玉米蘑菇汤好。"

"你不是说不吃吗?"白艾泽问。

尚楚猫着腰,从门缝里探出一个脑袋:"别的不吃,牛排要吃的。"

"馋。"

"小白，去书房吧。"片刻之后，尚楚笑着说。

"好。"

尚楚的那面橱柜里整整齐齐地陈列着白艾泽的奖章，干干净净，一丝灰尘都没有落下。

"小白，我是不是擦得很干净？我经常打理的。"尚楚晃着小腿邀功，"你还说我懒。"

"是。"白艾泽笑了笑，"阿楚不懒，很勤快。"

尚楚邋遢到从不做家务，却对这些奖杯、勋章很上心，每隔两三天就要擦一遍，尽管上面刻着的名字都是三个字。

"我都不用看就知道每个奖杯的位置在哪儿。"尚楚很得意的样子，抬手一指，"第一排第三个，咱们刚来新阳那年参加南方集训，我记得咱俩分数一路都咬得死紧，最后我还是输了你两分。小白，你还记得吗？"

白艾泽垂眸，他记得，他怎么不记得。

集训是八月中旬，新阳那阵子不停地下雨，最后一天是野外搜救，他在抵达终点前忍不住回头看了一眼，尚楚追在他后面，踏过泥水，雨滴挂在尚楚乌黑的睫毛上，那个又倔又拧、像小豹子一样的眼神，他怎么可能忘记。

"还有第二排第六个金杯，你的第一个一等功。那年缅甸有一伙毒贩潜到新阳，咱们配合缉毒那边搜捕，你带队冲进制毒窝点，我在底下听见枪声响了，差点儿站都站不住，是不是好丢人？"尚楚回忆说，"我太害怕了，我不知道那是不是坏人开的枪，不知道有没有打在你身上。我很想很想冲进去和你一起战斗，可是我还有任务。小白，还好你没事。"

"傻！"白艾泽喉结上下动了动，"我怎么会出事。"

那次尚楚带队在仓库后门接应，那伙毒贩很狡猾，警惕性很高，有几个持枪挟持人质冲出仓库，和尚楚正面遇上。白艾泽在二楼仓库里也听见底下枪响了，他这辈子都没有那么怕过，有那么几秒他拿枪的手都在发抖。

还好阿楚平安无事。

"小白，你有这么多漂亮的勋章，我却还没有。"尚楚顿了顿，嗓音有些沙哑，"第一名永远只有一个。"

白艾泽不知道该说些什么："你也会有的。"

尚楚摇了摇头："其实我还是很在意第一名，也还是很害怕别人说我比不上你。"

"嗯,我知道。"白艾泽沉声说。

尚楚认真且坚定地说:"总有一天,我也会有属于我的一等功勋。"

第6章 · 有言在先

四年后。

"你过来没啊？"尚楚戴着蓝牙耳机，撑着车门从出租车上单脚跳了下来，他右小腿上着夹板，拄着腋拐边蹦边说，"我都快热化了。"

"一会儿还有个会，半小时内，很快，"白艾泽不放心地叮嘱，"你不要乱跑。"

"就我现在这一条腿的残废样儿我能跑哪儿去啊我！"六月的天气热得能要人命，在太阳底下站一会儿都受不了，尚楚满头是汗，不住地向白艾泽抱怨，"今儿可是周六，你怎么又有会啊，升个职开会都开个没完了。你说这整天开会不就是虚度光阴浪费生命嘛！有些人啊，就是有毛病，脑袋一拍想出个新鲜主意就要开会，服了。"

"嗯，是很有毛病，"白艾泽表示赞同，又补充了一句，"一会儿的会议你白叔叔主持。"

"……有时候开会也是很有必要的，白叔叔要开的会那肯定意义重大、效率奇高。"尚楚立即转口，非常认真地说。

"马屁精！"白艾泽忍俊不禁，"付阿姨给你炖了猪蹄汤，让我们晚上去她那里。"

"又是猪蹄啊？"尚楚苦着脸，"付阿姨都给我炖了两个月的大猪蹄了，全新阳的猪蹄都要被我吃光了。"

"没办法，她每天早上六点半就出门，赶早去市场给你挑猪蹄。"白艾泽说，"大哥听说这事都吃醋了，他当年车祸骨折，付阿姨都没这么上心照顾过他。"

"那当然，白御哥能有我讨人喜欢吗？"尚楚乐了，"行，那咱今晚就吃猪蹄去。"

白叔叔和付阿姨两年前来的新阳，海滨城市空气好，绿化也好，适合调理身体。他们本来只打算休养一阵子，没想到付阿姨对南方竟然非常适应，来新阳后多年的过敏性鼻炎也不怎么犯了。白叔叔也退休了，在新阳挂了个闲职，两位长辈干脆就在新阳定居了。

尚楚从口袋里拿出钥匙,边开门边说:"刚才坐那出租车,司机连冷气都不舍得开,忒抠。"

白艾泽在电话里笑着说:"让你在家里等我,你自己不愿意,这么热的天,非要一个人出门。"

"我这都躺病床上憋多少天了,好不容易获准下地了,可不得立即出门放风嘛,一秒都不能耽搁。你不知道外头空气有多清新——哎!这脏得!咳咳咳……"

门一推开,久不通风的霉味扑面而来,尚楚被呛了个正着,拄着拐杖连忙往边上蹦跶了两步,用手掌在脸前一通扇。

"不是空气清新吗?"白艾泽问。

尚楚悻悻地说:"意外,意外。"

他进屋打开门窗通风,白艾泽这段时间已经陆陆续续把东西送过来了,地上堆着十多个大纸箱。空调还没来得及找师傅装,屋子里就一个老电扇,尚楚插上电把风力调到最大,掀开上衣敞着肚皮吹了会儿,这才觉得活过来了。

"别靠太近。"白艾泽在电话那头说,"吹一会儿凉快了记得把风调小点。"

尚楚前后左右张望了几眼:"你不是躲哪儿看我吧?"

"我有那么无聊吗?"白艾泽说。

尚楚问:"那你怎么知道我就站在风扇前头还把风开到最大的?"

"我本来也不确定,"白艾泽回答,语气戏谑,"现在知道了。"

"你钓鱼执法!"尚楚笑了出来,"你都三十岁的人了,怎么还总来这套?"

"阿楚,兵不厌诈。"白艾泽也笑着说,"你也三十岁了,怎么还是上当?"

尚楚哼了一声,听见那边有人喊白艾泽该去会议室了,于是说:"那你去吧,下了会早点过来,慢点开车,挂了啊。"

"好。"白艾泽应下来,又叮嘱道,"你在店里等我,不要乱跑,要出去的话一定告诉我。"

"知道知道,"尚楚嘟囔,"我又不是三岁小孩儿了,啰唆什么,赶紧去。"

挂了电话,尚楚很自觉地把电扇调小,拄着拐在屋里蹦了两圈。

这地儿是他之前在医院躺久了没事干难受,在网上随手找的,今天是他第一回来实地看,挺满意的。货架是前一位租客留下的,金属架子,挺结实,擦擦就能用。

反正闲着也是闲着，尚楚打算把地上这些箱子先拆开，在白艾泽来之前整理整理里头的东西。他把拐杖夹在胳膊底下，弯腰想抱起最上面那口纸箱，没想到箱子还挺沉，原以为一只手就能轻松抱起来，折腾了几次愣是没成功，反倒把自己热出一头汗。

他叉着腰喘了会儿粗气，又低头看了看还没法活动的右脚，心说算了算了，就自己现在这半残的身体，别腿没好全一会儿又摔一跤。医院他是万万不想再去了，躺里头简直生不如死。

瞧见柜台边有个躺椅，尚楚单脚蹦过去，随便吹了吹上头的落灰，大大咧咧地就躺上去了。他掏出手机玩了会儿贪吃蛇，宋尧发微信问尚楚什么时候开业，订两个花篮送过去，尚楚回复说千万别，搁屋子里他都嫌碍眼。

两个人有一搭没一搭地聊了几句，尚楚看行政小范在群里通知说下个月局里要搞个运动会，让大伙儿踊跃报名，尤其是3000米长跑缺人得很，能跑的都报上。

3000米这个项目最累人，没人愿意报名，年年都是强制拉人去参加的，尚楚连续拿了五年这个项目的冠军，今年怕是没戏了。

他垂眸看了眼自己的右脚，把眼底的失落小心翼翼地藏好。

六个月前，一起枪支弹药走私案震惊全国，沿海几个省份都牵涉其中，首都来人指挥，五省成立联合缉查大队，协同缅甸、老挝两国特警共同调查。

战线拉得很长，白艾泽在新阳指挥中心负责整体调度，尚楚带队严守边境海关，明察暗访数月后发现缉私队伍中竟然有内鬼，消息刚传上去尚楚就被内鬼卖了。在码头围堵中小腿中了两枪，所幸子弹没有伤到动脉血管，也没有直接击中骨骼。他拖着一条血淋淋的伤腿，带着关键证人退到了一个地下车库。为了保护证人，尚楚让他藏在车库垃圾桶里，再独自离开。

前来截杀的歹徒顺着血迹找到了尚楚，在搏斗中，尚楚不幸受伤：腰椎骨折、肋骨断裂，小腿最严重，本来就受过严重的刀伤，加上这次中弹，基本算是废了，能够恢复到正常走路就顶天了，想再回一线队伍基本没可能。

病危通知下了三次，他在重症监护室里靠着各种仪器挨了三天，第四天转到了普通病房，在第五天的黄昏终于睁开了眼。

尚楚苏醒的第一眼看到了守在床边的白艾泽：头发凌乱，胡楂满脸，眼圈乌黑，眼里都是血丝，邋里邋遢，一点也不像"白sir"。

腿被打穿了、骨头摔断了，尚楚也没觉得有多疼，但他这辈子都不敢回想那天黄昏白艾泽的那个眼神，以及砸在他脸上的温热眼泪。

十一年，他们认识整整十一年，那是尚楚唯一一次见到白艾泽落泪。

他在床上躺了半个多月才勉强能下地，市局为他请来了最权威的医生，腿上前后动了四次手术，有时候晚上疼得睡不着觉，但他挺着不愿意打止痛针，就怕产生依赖性，将来肌肉反应就变迟钝了。

尚楚在病床上躺得浑身难受，见电视里天气预报说明天空气质量良好，尚楚便小声说："明天空气这么好，能一起出去晨跑就好了。"

白艾泽说："等你腿好了就去，挑个天晴的日子。"

尚楚说："边跑还要边放歌，放最狂野的摇滚乐。"

白艾泽说："好，我们跑3000米，就像以前在首警那样。"

其实尚楚心里明白，他再也不可能跑3000米这么远了，腿废了就是废了，哪怕想尽办法修复，将来可以凑合着用，也不可能和原来完全一样。

他躺在床上的时间很多，时常能感觉到他的皮肤、肌肉、血管、神经、骨骼已经和以前不一样了，再权威的医生、再先进的仪器、再贵的药、再多的复建也都补不回来。

尚楚干了这么多年刑侦，见过太多伤亡，他比谁都清楚身体这东西有多脆弱。

不过他自己倒是心态挺好，衣来伸手饭来张口地躺了不到一星期就乐呵呵地接受了现实。尚楚骨子里算是乐观的，仔细想想自己确实是很幸运了，四肢中枪后百分之二十五的死亡率他躲过了，从三层楼高的地方摔下去也没摔死，救援及时赶到没让他被歹徒打死，在ICU昏迷了三天也没被拉进鬼门关。

兴许是老天爷眷顾，才让他活了下来。

从警这些年，尚楚从来没有后悔做过的每一个决定，他可以为了庄严的警徽而死，可以为了守护的平凡生活去死，可以为了捍卫的正义去死，但他有无论如何都要醒过来的理由——

在一个天晴的日子，和白艾泽一起出门晨跑。

出院之后，尚楚在家又休息调养了一段时间。白艾泽升职后更忙了，尚楚一个人把能玩的游戏都打了个通关，实在觉得没劲透了，寻思着多少找点事儿干，脑子一热在网上盘了间小店面，计划着开家小药店。

一开始尚楚还想着怎么软磨硬泡让白艾泽批准，还找了宋尧来当说客，美其名曰不能在家闲着，况且他还欠着白艾泽八百多万呢，得找法子赚钱还债。

当年鸿福路搞拆迁，尚楚小时候住的那间出租屋被改造成了现在的花园小区，尚楚进进出出售楼部好几回，然而房价实在太高，他也只能看看而已。

白艾泽于是就把十二层的两套房都买了下来，"转卖"给尚楚一套，一口价八百万，让尚楚慢慢还。

没想到白艾泽竟然同意了尚楚开药店这事儿，尚楚现在恢复得差不多了，拄着拐能下地走挺久，本来说好了今天周六一起来整理店铺，谁知道市里突然有会，几通电话把白艾泽临时叫走了。

尚楚又打了会儿游戏，临近中午白艾泽打电话过来，说会议一时半会儿结束不了，他给尚楚点了午饭，大概半小时后送到店里。

"行吧。"尚楚有些犯困，加上天气热，蔫儿吧唧地回说，"那你也记得吃饭啊，那边结束了就早点过来。"

白艾泽给他点的是他们常去的一家私房菜馆的菜，尚楚还在康复期，这回送来的菜果不其然又是那几样，什么丝瓜炒蛋啊、清蒸蛤蜊啊、水蒸蛋啊，天气热了本来就影响胃口，尚楚草草咽了几口米饭就扔了筷子。

白艾泽忙到下午四点多才匆匆赶到店里，尚楚靠着脏兮兮的躺椅，眼皮耷拉着，像是睡着了。

大门敞着，桌上的饭菜基本没怎么动，电扇正对着人呼呼地转，白艾泽不禁皱了皱眉，不免有些生气，但转眼看见柜台边呼吸匀称的尚楚，顿时什么重话也说不出来了。

他轻叹了一口气，走到尚楚身边蹲下，轻声喊："阿楚？"

"嗯？"尚楚没真睡过去，就是浅浅眯了一会儿，听见声音睁开眼，"你来啦？"

"怎么睡着了？"白艾泽探了探他的额头，"小心感冒。"

阳光从天窗斜射进来，打在白艾泽肩上，是金黄色的。

"几点了？"尚楚迷迷糊糊地问。

白艾泽看了眼手表："四点一刻。"

"怎么这么晚，我还以为白叔叔多高效呢，结果也这么磨蹭，晚上我找付阿姨告状去。"

"行。"白艾泽笑了笑，问，"今天还整理吗？"

"不整了，"尚楚大手一挥，"明天再来吧，先吃肘子去。"

"好，"白艾泽取过靠在墙边的拐杖，"明天我们一大早就过来。"

"我都视察过了，"尚楚笑着说，"要拖地，还要擦架子，墙面也要弄干净，二楼好像有个小阁楼，也要打扫。"

白艾泽问："都是我一个人干？"

"对啊，"尚楚说，"白sir，任重而道远，加油啊。"

八月初省里开了表彰大会，尚楚拿到了一等功，他腿还没好全，但没有挂拐杖，一瘸一拐地走上台领奖。

他的警服很挺拔，一丝褶皱都没有，帽子戴得端端正正。授勋时，他紧张地抿了抿嘴唇，青涩得像是初出茅庐的新人。

奖章扣在胸前的那一刻，尚楚摘帽敬礼，白艾泽坐在台下看着他，看见他眼睛里有泪光闪烁。

新阳市局来参会的人在台下大声喊尚楚的名字，尚楚右手捂着左心口，勋章和心脏一同覆盖在他掌心下。他深深鞠了一躬，许久后才重新起身。

尚警官的刑警生涯至此落下帷幕。

尚楚终于拿到了梦寐以求的一等功勋，他只留下了那枚小小的勋章，把奖杯和证书都放在了新阳市局，留在了刑侦二队队长的位置上。

真正获得了最高荣誉，尚楚反而释然了。他一直在追一直在追，一直在跑一直在跑，又在仍旧很年轻的年纪不得不退下一线。他有很多很多事情还没来得及做，希望下一位坐在那个位置上的年轻警官，能够完成他没来得及完成的事。

他获得了很多赞美，也承受了很多非议，所以他要做得比别人更好，跑得比别人更快。

但是现在，他只想找一个天晴的日子，和白艾泽一起去晨跑。

周日清晨，天气晴朗，尚楚和白艾泽慢悠悠地走到了公园。

"我去了？"白艾泽笑着说。

"去吧，"尚楚坐在长凳上，找了一首喜欢的摇滚乐，打开蓝牙音响，把音量开到最大，仰头对白艾泽笑了笑，"我在这里等你，不跑完3000米不准回来。"

白艾泽打开手腕上的运动手环："不许乱跑，在这里等我。"

"好啊，"尚楚点头，"我们有言在先。"

"答应我了，你就一定要做到。"

"知道了知道了。"尚楚推了他一把，"快去吧。"

十八岁冬天一起见过的初雪，十八岁新年烟花下一起跨年。

有言在先，字典里的意思是有话说在前头，指事先打了招呼。

如果这么解释的话，那么有幸遇见你这件事，比有言在先，还要更在先。

—正文完—

▶ 番外

番外 · 最好的警察

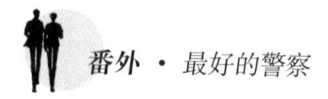

"哎，我去！谁啊走路不长眼——尚队？没把你撞坏吧？"

尚楚一条腿刚迈进市局，迎面撞上了脚步匆匆的刑侦队小王。小王蓬头垢面，头发一绺绺的，能渗出油来，身上还一股子汗酸味儿。尚楚很是嫌弃地皱了皱鼻子："你这几天没洗澡了，臭成这样？"

"这不是被那灭门案弄的，我这都四天没回家了。"小王苦着脸，抓着他的手说，"你可算来了，就等着你破案呢！"

尚楚拍掉小王的手，又恨铁不成钢地往他脑袋上来了一巴掌，骂道："我都退下去多久了，还靠我破案？亏你说得出来。你们两个刑侦队三四十号人都只会吃白饭吧？"

虽然尚楚因伤退出了一线，但还属于公安系统。他现在名字还挂在市局刑侦队，平时就和吉祥物似的，要是局里遇上一些疑难案件实在顾不过来了，谢军就会叫他过来帮帮忙。

"那也比不上你啊！"小王眨巴眨巴眼睛，眼角夹着的眼屎差点没挤掉，"我们还不都是你手把手带出来的，你就是那指路明灯，就是那东方启明星，就是……"

"行了行了，别废话！"尚楚摆摆手打断他，"你们白 sir 呢？"

"三楼会议室。"小王抬手往楼上指了指，压低声音，心有余悸地说，"昨天凌晨又死了个关键证人，线索都断了，白 sir 刚发完飙，心情可差了，我们都吓个半死。"

"废话！"尚楚白了他一眼，"一个星期，八条人命，加上昨晚那个，死九个了，搁谁谁不心急。"

"你快上去看看吧。"小王叹了口气，"我们还能轮班吃个饭，眯会儿休息休息，白 sir 基本没怎么合眼，我都怕他顶不住。"

"行，知道了。"

尚楚进了办公大厅，刑侦队弥漫着一股子汗臭味儿，队员们个个垂头丧气的，见了他就像见着救星似的。

案子进入僵局，昨晚在他们眼皮子底下又死了一个，白sir大发雷霆，局里气压很低，他们个个大气儿都不敢出。

"尚队，你可算来了！"

"'警花'，想你想你好想你！"

…………

尚楚抬手打断："少废话，卷宗给我。"

已经是副队长的齐奇立即把一摞文件递到他手上。

"现场记录、相关口供都在吧？"尚楚问。

齐奇跟了他那么多年，一些工作习惯都是跟尚楚学的，点头说："在里头呢。"

"行，你们该忙什么忙什么，我上去一趟。"尚楚一边快速浏览卷宗，一边往楼上走。才走出去两步又停了下来，转头问："有吃的没？"

"有有有！"小陆从桌上的纸袋里掏出一个塑料盒，"中午给白sir打的，他顾不上吃，就是凉了，要不我去食堂加热……"

"不用。"尚楚接过饭盒，头也不抬地说，"案子要紧，没那么多讲究。"

他一手揣着塑料饭盒，一手抱着卷宗，大步跨上了台阶。

"'花儿'你走慢点！"齐奇见他三步并作一步，赶紧喊了一声，"别再给崴着了！"

尚楚的伤腿恢复得不错，平时走路看不出什么异样，但一着急放开大步就能看出有点跛，右脚使不上劲儿似的，踩不实。

尚楚头也不回地摆了摆手，径直上了三楼。会议室门关着，尚楚刚要开门进去，发现小腿肌肉止不住地哆嗦，里边有根筋一抽一抽的。

他心说这右腿是真不禁用了，怕白艾泽察觉又要操心，于是踢了踢腿，在门口站了会儿，等缓过劲儿了才拧开门把手。

白艾泽背对着这边，站在贴满照片的白板前沉思，听见响动冷声说："不知道敲门吗？"

他一贯都是波澜不惊的，难得一次见他这么严厉，看来这回是真着急了。

尚楚反脚踢上门，说道："对不起啊白sir，要不然我出去重进一次？"

白艾泽听见是尚楚的声音，转身说："你怎么过来了？"

"送饭。"尚楚挥了挥手里的饭盒，"我再不来，底下那帮小子担心你要猝死了。"

白艾泽抬手捏了捏眉心，走到尚楚面前，盯着他看了足足两分钟，接着叹了一口气，冷肃的神色微微缓和了些："抱歉，我太心急了。"

"是该着急，是我也急。"尚楚看着他泛着青色的眼圈，笑了笑，"不过再怎么急也要先吃饭。"

白艾泽嗓音里带着浓浓的疲惫："已经死了九个人，其中还有一个人整整被砍了十三刀，眼睛都没有闭上。"

二队队长伤退后，两个刑侦队合并到了一起，白艾泽担任队长，对上对下大小事情太多了，所有压力都落到了他一个人身上。

尚楚知道白艾泽有多累，但他也知道白艾泽不需要什么安慰，于是只拍了拍白艾泽的后背，小声说："小白，你现在好臭啊，等回家了要好好洗个澡。"

白艾泽轻轻一笑："好，回去第一件事就是洗澡。"

尚楚推着白艾泽去吃饭，自己站到了那块白板面前。马克笔勾出密密麻麻的关系网，现场照片惨不忍睹，所有受害者双手被捆在身后，尸体被摆放成跪姿。

"上下四代，一共八口人。"尚楚太久没看过这么血腥的现场，忍不住一阵反胃，"这是什么深仇大恨啊。"

"能看出什么吗？"白艾泽问。

这个案子已经陷入僵局了，也许尚楚能发现一些他们忽略的东西。

尚楚摇了摇头："我看过卷宗，太干净了，能抽出来的线全被掐断了。你给我说说昨晚死的那人怎么回事儿？"

白艾泽端着饭盒走到他身边，用红色马克笔在最角落的一张照片上画了一个圈，是昨晚的那位死者，同样双手被麻绳绑在身后。

"无业游民，赌徒，案发当日凌晨两点半他从福山路的地下赌场出来，家住古南路。"

尚楚脑子里展开一张新阳地图，不用白艾泽细说，立即敏锐地发现了其中的关联："从福山路步行回家，案发现场是必经之地。加上他三十岁出头，结合身高体重估算步长，大致会在案发时间经过现场，所以他有可能目击一些关键信息。"

"嗯。"白艾泽点头，"本来还不能够确定。"

尚楚默契地接过他的话："昨晚他被杀害恰恰验证了这一点，他当时一定看到了什么。"

"对。"白艾泽说，"可是——"

"可是他为什么不立即报警？"尚楚说，"假设他路过现场见过凶手，又在昨晚被凶手杀害，中间相隔了整整五天……"

白艾泽眼底浮上笑意："尚警官，有你在我轻松了不少。"

"社会关系摸排了吗？"尚楚问。

"他欠了三百多万高利贷，已经被砍断一根手指。"白艾泽立即说，"这五天没有查到他出入地下赌场的监控，他也没有和外界联系。"

"三百多万？滚到了这个数，再还不上估计命都没了啊。"尚楚摩挲着下巴，"我猜他威胁凶手要钱了，昨天就是最后期限。"

"假设成立。"白艾泽点头，原本乱作一团的大脑渐渐变得清明，"那么凶手为什么不当场杀了他，而是整整拖了五天……"

"也许凶手并不想杀害那一家子之外的其他人？"尚楚抿了抿唇，不太确定地说，"这个赌鬼步步紧逼，凶手无奈之下只好动手解决了他。"

白艾泽沉吟片刻，缓缓摇了摇头："没有证据。"

"嗯，只是推测。"

尚楚弯腰盯着角落那张照片，眉心紧蹙。

白艾泽点了一根烟提神，发觉这么多天以来的焦躁奇异地平息下来。

明明尚楚也没有说什么宽慰他的话，也没有做什么安抚他的事，怎么就像镇静剂似的有奇效。

尚楚办案的时候一向是极端专注，白艾泽没有打扰尚楚，非常享受难得平静的这一刻，就像是暂时把肩上的担子交到了尚楚身上，终于获得了难得的喘息机会。

尚警官就是他得以呼吸的那个气口。

尚楚突然伸出指尖，敲了敲白板角落那张照片："你看这里。"

"嗯？"白艾泽凝神。

"这是猪蹄扣啊。"尚楚转头看着他，嗓音低沉，"是个双套结，灭门案中那八个死者手腕上的绳结可不是这种手法，只有一个套。"

白艾泽神情一凛，半眯着眼仔细盯着照片看了半晌，沉声道："是不同。"

"白sir，出现了两个凶手啊。"

白艾泽忽然有种豁然开朗的感觉。

"死亡地点是光复大道？"尚楚再次向他确认。

"对。"白艾泽快速说，"光复大道有在建楼盘，他死在工地里，第二天工人上工发现的。"

"光复大道……"

尚楚低声重复着这个地名,脑海里那张地图渐渐放大、再放大,最终锁定在一个小小的区域内。

他心念一动,猛地抬起头:"光复大道新建楼盘那一带原来是个屠宰场!"

"屠宰场?"白艾泽眉头紧锁。

"对,我十年前就被按着背地图了,不会有错。"尚楚点头说。

白艾泽深深看了他一眼,把手里的烟掐灭。

"快去吧。"尚楚微笑着说,"早点回家洗澡。"

白艾泽转身大步出了会议室。

尚楚看着他出了门,然后悠悠闲闲地伸了个懒腰。

照片里有个孩子,看着估计才到桌面那么高,浑身是血,双眼大睁。尸检报告上说他是一家人中最后一个死去的,可以想象这孩子死前目睹了怎样惊恐的画面。

尚楚叹了一口气,温和且坚定地说:"放心吧,他是最好的警察,没有他破不了的案子。"

至于自己嘛——

尚楚垂眸看了看自己右腿,站久了还是觉得酸痛,他勾唇淡淡笑了笑,又抬手刮了刮鼻梁,像是有点儿不好意思。

"我也是最好的警察。"他看着照片上的孩子,又小声补充了一句,"曾经是的。"

白艾泽带队出发了,尚楚站在窗边,看着他跨上警车的背影,防弹背心衬得他更加挺拔。

也不知道是不是看久了,尚楚眼睛有点发酸,俯身揉了揉右腿,伸手轻轻抚摸着那孩子的眼睛,就像是帮他合上双眼。

"我的店还开着呢,"尚楚大大咧咧地摆了摆手,"走了啊。"

他刚转身,手机忽然响动,白艾泽给他发了一条消息。

【尚队长,谢谢。】

尚楚盯着这五个字看了半响,抬手重重抹了一把脸,又转回身,对着那块白板轻声说:"我是最好的警察,现在也是,以后也是。"

有了尚楚提供的关键线索,灭门案三天后顺利告破,牵扯出一段父辈恩怨,两个凶手是亲兄弟,协同作案,为了这一天已经筹谋了十几年。

收到结案报告的时候，尚楚正躺在店里打游戏，齐奇在电话那头不胜唏嘘，说这两兄弟也是挺惨的，小小年纪就死了爹妈，在外边流浪了好几年。

尚楚一通操作行云流水，一举拿了个"五杀"，激动地喊了一声："漂亮！"

齐奇愣了半秒："……'花儿'你有没有人性啊！"

"什么跟什么，"尚楚说，"我和你说的压根儿就不是一个事儿。"

"我说那兄弟俩，那么可怜，你就没点儿恻隐之心啥的？"

"没有。"尚楚背靠着躺椅，双眼盯着游戏画面，声音沉静，"我对凶手的凄惨身世没兴趣。这世上可怜人多了去了，我吃饱了撑的才把恻隐之心分给杀人犯。"

他现在闭上眼还能看到那个孩子的死状，结案报告里说是这孩子给凶手开的门，还给凶手倒了一杯汽水。

才是刚上小学的年纪，什么也不懂，觉得这个世界上不会有坏人，热情地把客人迎进家门，最后眼睁睁看着至亲惨死，自己死后也不肯闭上双眼。

齐奇叹了一口气，片刻后又说："这两兄弟和被害者一家原先是一个村的，他们爹妈相当于间接被死者一家害死的。兄弟俩当时报了案，后来因为证据不足，案子不了了之，他们这才走上了极端犯罪的道路。"

"不相信法律的人，最终也会被法律制裁。"尚楚看着手机屏幕，忽然觉得游戏变得索然无味起来，"挺好。"

番外 · 又是三年后

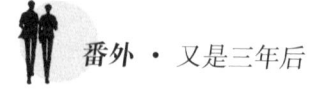

三年后，首都警察学院。

"快点快点！"尚楚戴了一副巨大的墨镜，整整遮住半张脸，站在跑道边的阶梯上吹了声口哨，放声喊道，"快快快！你们那两条腿安身上干吗使的？支棱着做摆设是吧？去后山池塘捞只王八跑得都比你们快！就你们这速度，将来出外勤赶到现场，犯罪分子都早跑到天涯海角了！步子给我迈大！"

跑道那头跑过来一队穿迷彩服的学生，个个都气喘吁吁，跑在第一位的少年长相清秀，左眼角下有颗泪痣，步伐稳健，汗湿的刘海粘在额头。

尚楚垂眸看了眼秒表，在名册上叫"苏星"的名字后面打了个钩，墨镜下眉梢一挑，速度竟然还不错。

"再快点！"他又吼了一声，"注意摆臂！注意呼吸！"

叫苏星的少年目视前方，从尚楚身边匀速跑过，带过一阵卷着热气的风。

"老大，歇、歇会儿吧！"跑在队伍中间的几个实在不行了，喘着气求道，"真跑不动了啊！"

"还有力气说话，体力不错啊。"尚楚笑了笑，往他们屁股上踹了一脚，"赶紧跑！背挺起来！我去厨房抓只鸡来姿势都比你们标准！"

八月中旬实在是热得不行了，尚楚趁着这群臭小子跑到操场那边，悄悄拿花名册顶头上遮遮太阳。

本来这都放暑假了，教务处那群老家伙不知道怎么想的，在低年级搞了个小学期，大一大二留校多训二十天，让尚楚过来给这群毛孩子做主教官。尚楚原本心里有一千一万个不乐意，这大热天的翻个身都嫌累，待在家里吹空调吃西瓜多爽啊，傻子才来带这个小学期。

然而就在半个月前，临近期末，首警按惯例做了个教学测评，尚楚警官再度成功蝉联"最受欢迎教师第一名"，且票数遥遥领先第二名。

周一早会他作为教师代表上台领奖，白艾泽前个晚上给他写的发言稿，他老老实实照着念就行。尚楚现在带的是大二刑侦,那群臭小子在台下给他拉了条三米多长的横幅,上头用金色大字写着"恭喜尚楚同志 C 位断层出道",还集体高喊口号"阳光照耀大自然,俺们尚楚最最狂"。

尚楚稿子才念了一半,实在没忍住笑着骂了一声,发言稿也不念了,对着话筒说:"你们投我就是为了整我是吧?明年别投了,要让我知道谁再投我的票,我让他跑 5000 米!"

下头传来一片起哄的嘘声,尚楚刚要下台,教导主任那臭老头把他拦住,拿过话筒对台下几千号人说:"这次即将到来的小学期,尚楚老师将担任大家的主教官,同学们欢不欢迎啊?"

台下传来一片欢呼叫好声,尚楚人都傻了,这老头给他整了个先斩后奏,他实在是骑虎难下,只好干笑着应了下来。

好好的一个暑假,吃水果吹空调全泡汤了,成天只能和一大帮臭小子混在一起,光是汗味儿就能把人熏死。尚楚成天从早晒到晚,回了家都是汗涔涔的。

尚楚看了眼手机,时间差不多了。

5000 米结束,尚楚又带着这帮小子做了一组力量训练和一套拉伸,就提前十分钟让他们散了。几个调皮的缠着尚楚要和他过过招,尚楚虽然腿不行了,也有好几年没出过外勤,但终归底子在那儿,技巧胜出一大截,对付几个毛头小子还是轻轻松松,三两下就把人放倒了。

这帮小子对尚楚心服口服,闹着要尚老大请客吃饭,尚楚赏了他们每人一脚,说今儿没空。等他们什么时候 5000 米全部跑进二十五分钟了,他就什么时候请客,想吃什么随便点。

嘻嘻哈哈闹了会儿,尚楚拎上背包走到校门口,白艾泽的车已经在外头停着了。黑色轿车旁边还停着一辆挺拉风的大摩托,车上坐着个穿皮衣皮裤的少年,一条长腿撑着地,俯身两手撑着车头,和坐在车里的白艾泽聊天。

尚楚吹了声口哨,扬声道:"行啊贺迟,这大热天的你还挺能装,怎么没把你热死呢?"

叫贺迟的少年转头一笑,露出颗尖尖的小虎牙:"哥,你这就土了吧,你知道什么叫潮流吗?"

"你懂个屁你!"尚楚哼了一声,抬起一只手摇了摇,"睁大眼睛看看,这才叫潮流,懂?"

他手腕上用圆珠笔画了块表——早上出门画的。

"白sir，你戴几十万的表，好兄弟就戴这个？"贺迟笑得前仰后合。

白艾泽耸了耸肩："他的品位一贯如此。"

"滚你的！"尚楚笑骂了一声。

贺迟往尚楚身后张望了几眼，问道："哥，苏星呢？怎么还没出来？"

"回教室拿包了吧，等会儿。"尚楚上下打量了那辆摩托几眼，挺新奇地问，"整挺好啊贺小迟，哪儿弄来的？"

"是吧？还是哥你识货。"贺迟冲他比了个大拇指，"二手店便宜淘的破烂，我自个儿翻修的，是不是还成？"

"成。"尚楚想起上回一起喝酒，贺迟和他说过的事儿，问道，"你不是在倒腾机车厂吗？弄得怎么样了？"

"租好地儿了，下周去北边看看设备，价格谈下来就没什么大问题。"贺迟说。

尚楚点点头，刚想问他"钱够吗，需要的话只管说"，转念一想又怕他尴尬，于是拍了拍他的肩膀："我长这么大还没开过摩托，你那边弄好了和我说声，我也去做回'摩的大镖客'。"

"没问题啊！"

"开摩托也需要驾驶证，"白艾泽淡淡插了一句，"否则罚款三百块。"

苏星从里边出来了，贺迟把头盔给他戴上，四个人又聊了几句有的没的，两个小孩骑着摩托兜风去了。

"这届进来的都不行啊！"尚楚带着点儿炫耀的语气，"几次考核都是我带的苏星第一名，白sir，你后继无人了啊！"

白艾泽不置可否："我是五十年一遇的天才。"

意思就是五十年才能出一个白艾泽。

尚楚忍不住笑出了声："白艾泽你要不要脸啊！"

"喝点水。"白艾泽见他身上汗渍还没干，担心他着凉了，把车里温度调高了些，"温的。"

尚楚旋开保温杯喝了一口，又问："刚才你和贺迟聊什么啊？"

白艾泽下巴一抬。

尚楚这才看见车前的小盒子里放着几张A4纸，他拿起来一看，是一份合同，弄得挺正式的。尚楚快速扫了两眼，大概是说白艾泽借给贺迟的机车厂十万块，贺迟三年内还清，年息20%。

合同最后一页签着贺迟的名字，一笔一画都是端端正正的。

"行啊你!"尚楚一笑,"你俩什么时候谈成的?我怎么不知道?"

"上个月。"白艾泽说。

"你还要利息干吗?"尚楚皱了皱眉,"三年?再过三年他才毕业,还得清吗他?"

"尚警官,"白艾泽抬手敲了敲他的脑袋,"别小看了人家。"

尚楚一想也是,就贺迟那脾气,不要利息他肯定不能答应,再说了现在的小伙子,浑身上下都是劲儿,十万块钱算什么。

白艾泽又补了一句:"尚警官毕业几年了?"

尚楚想了想,随口应道:"十多年吧,干吗?"

"毕业十多年了还欠着债,"白艾泽瞥了他一眼,似笑非笑地说,"尚警官,算上利息你应该还我多少钱?"

尚楚捶了白艾泽一拳:"白艾泽,就咱俩这交情,你还管我要钱,伤心啊,伤透心了!"

说完,他装模作样地抹了抹眼泪,把白艾泽逗笑了。

两人一路上都在拌嘴,尚楚说回去就把那两只狗的毛全剃了,白艾泽可以,剃完后立刻还钱。

尚楚"啧啧"两声:"你听听你说的是人话吗,满口钱钱钱的,俗!"

"落山了。"尚楚望着窗外金灿灿的夕阳说,"一不留神就这个点了,太阳都落山了。"

"是山那边的太阳落山了。"白艾泽笑着说。

尚楚眨眨眼,好像明白了白艾泽的意思,也悄悄弯起了嘴角。

——昼夜交替,太阳会落山。

——但刻在胸膛里的太阳永远不会沉没,就好像怀揣着信念的少年永远不会老去。

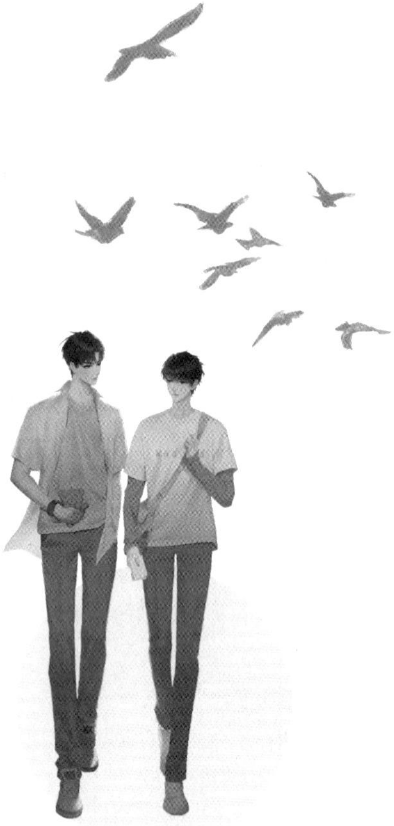